다윗 —— 상권

대하서사소설
다윗 —— 상권

2024년 11월 25일 초판 1쇄

지은이   이창훈
펴낸이   김영태
펴낸곳   도서출판 끌림
책임편집 김한결

출판등록 제2022-000036호
주소   대전광역시 서구 대덕대로 325, 스타게이트빌딩 471호
전화   0502-0001-0159
팩스   0503-8379-0159
전자우편 kkeullimpub@gmail.com

공급처   한국출판협동조합
전화   02-716-5616
팩스   02-716-2999

ISBN 979-11-93305-11-9 (03810)

값 20,000원

ⓒ이창훈 2024

* 이 책은 저작권법에 따라 한국 내에서 보호를 받는 저작물이므로 무단 전재와 복제를 금합니다.
* 잘못 만들어진 책은 구입하신 곳에서 바꾸어 드립니다.

대 하 서 사 소 설

다윗

상권

이창훈 지음

목동이요, 음유시인이며, 전사요, 왕이며,
피 냄새 나는 침략자요, 이스라엘 영웅인 다윗.
이 책은, 다윗의 빛과 그림자를 치열하게 추적한다.

끌림

글을 시작하며

인간 다윗을 들여다보고 싶었다. 다윗 주변에 일어난 사건들이 사실이라면, 구름 위에서가 아니고, 인간 세상에서 벌어진 일이잖는가? 그 역사의 땅을 다윗과 함께 밟고 싶었다.

다윗을 소개한 유일한 고대문서인 히브리전승(구약)을 경전으로만 볼 것인가, 역사 속 경전으로 볼 것인가? 번민에 늘 빠지고는 했었다.
그런 면에서 이 책은 개방된 생각을 가졌던 벨하우젠(Julius Wellhausen), 궁켈(Hermann Gunkel), 폰 라드(Gerhard von Rad), 노트(Martin Noth), 존 브라이트(John Bright), 불트만(Rudolf Karl Bultmann), 틸리히(Paul Johannes Tillich) 등 히브리전승 연구가와 현대신학자들에게 빚을 졌다.

"이 글은 창작이다. 히브리전승을 기초로 썼다. 세 푼(分)은 전승의 내용과 일치하며, 칠 푼은 허구다. 하등비평(성서 내용을 문자 그대로 믿는 본문비평 방법)과 고등비평(성서 내용을 문자 그대로 믿지 않고 역사적으로 재해석하는 양식비평 방법)을 병행하여 집필했다."

나보다 더 슬픈 영혼에게 이 글을 바친다.

2024년 가을
이창훈

| 차례 |

글을 시작하며 005

왕정정치의 도래 009
사울, 사무엘을 만나다 019
사울, 기름 부음을 받다 031
암몬과의 전투 043
사무엘 은퇴 070
사울, 초대 이스라엘 왕 등극 074
블레셋과의 전투와 사무엘과의 갈등 083
왕세자 요나단 092
아말렉과의 전투와 사무엘과 결별 114
목동 다윗 130
다윗과 골리앗 148
사울은 천천, 다윗은 만만 167
부마 다윗 180
왕세자 요나단과 도망자 다윗 192
라마에서 사무엘과 다윗과 사울의 만남 199
다윗, 놉으로 피신 214
다윗, 블레셋으로 망명 220
모압 망명 227

놉 성읍 제사장들 살해 244

다윗과 요나단의 재회 254

십 광야에서 사울과 다윗의 만남 264

나발 사건 275

십 광야에서 사울과 다윗의 재회 286

다윗, 두 번째 블레셋 망명 298

시글락 성주 다윗 309

다윗, 아말렉과의 전투 322

사무엘의 죽음 333

길보아 전투 344

헤브론 왕국 건국 363

이스보셋, 마하나임 망명정부 376

다윗의 여인들 393

아브넬의 반역 399

요압 형제, 아브넬 암살 413

통일왕국 왕이 되다 422

후기 - 신정정치와 인본정치의 충돌 433

왕정정치의 도래

쐐기풀잎을 타고 베짱이가 지나가자, 슬금슬금 뒤를 쫓던 사마귀가 앞다리 갈고리로 낚아챈다. 베짱이를 입에 물고 돌아가던 사마귀가 풀섶에 쳐 놓은 거미줄에 걸린다. 줄을 타고 조르르 다가온 거미가 사마귀를 칭칭 동여맨다. 나뭇가지 위에 앉아 눈빛을 세우던 황조롱이가 거미를 노리고 잿빛 날개를 편다. 날갯짓 소리에 놀라 붉은 독사가 둔덕을 타고 사라진다. 언덕 아래에는 가나안[001] 촌락들이 드문드문 흩어져 있다.

모세의 후계자 여호수아는 조상이 전하는 야훼의 약속을 믿고 이집트에서 탈출한 히브리 노예들을 이끌고 '야훼 닛시'(야훼 신은 나의 승리) 깃발을 휘날리며 가나안을 침공한다.

가나안에는 새로운 침략자들도 나타난다. 지중해를 떠돌던 해양 세력 블레셋인들은 바닷가에 정착하여 이스라엘과 패권을 놓고 다툰다.

---

[001] 좁게는 요단 서편 땅 전체를 가리키고, 넓게는 요단 서편과 시리아 일부를 가리킨다. 동쪽에 아라비아 광야, 서쪽은 지중해, 남쪽으로는 시나이 광야와 홍해, 북쪽은 '레바논'('희다.' 산 정상의 만년설 때문에 유래) 산맥이 있다. 동서로 짧고 남북이 긴 이 땅의 지형은 기복이 심하며 기후 또한 한대부터 열대까지 다양하다.

가나안에 완전히 정착하지 못하고 부족사회에 머물던 12지파 연맹체 이스라엘은 순간순간 크고 작은 영웅들이 야훼의 이름으로 일어나 본토민과 블레셋족속을 쳐부순다. 이들을 사사라 불렀는데, 왕정정치가 시작되기 전 마지막 사사가 사무엘이다.

"폭풍 같은 노여운 음성으로 백향나무 뿌리를 뽑으시고, 가데스 광야를 흔드시는 야훼여, 당신의 백성인 우리 히브리인들이 블레셋 귀신 군대를 물리치게 하소서."

사사요 예언자인 사무엘은 예루살렘 북쪽 성읍 미스바에서 백성들을 모아 이스라엘을 침공한 블레셋인들을 도륙했다. 그 후 십칠 년이 지나고….

사무엘이 세운 신학교 라마('고지대.' 예루살렘 북쪽 8km 지점) 성읍 관사로 열두 지파 대표 장로[002]들이 모여들었다. 노인들의 손에는 지파와 가문을 상징하는 화관이 달린 지팡이가 들려 있다. 장로가 교장 자리에 앉아 있는 사무엘에게 철편 같은 침을 튀기며 소리쳤다.

"우리에게도 다른 열방처럼 왕이 필요하오. 강한 군사 지도자가 나와 이 나라를 방어해 주어야 하오. 블레셋이 우리 땅을 유린하고 있지 않소? 그들은 어지간한 성읍마다 초소를 세워 갈취하고 있소. 또 암몬은 우리 영토 요단강 동편을 집적대고 있지 않소. 중앙집권제가 되지 않아 상비병 한 명 없는 우리가 어떻게 그 사나운 블레셋과 암몬 군대를 막을 수 있겠소."

---

[002] 장로들은 '자켄'(턱수염)과 '시브'(백발)라고 불렸는데 연장자란 뜻이다. 이들의 주된 임무는 백성들 간에 다툼이나 분쟁이 생겼을 때 재판관 노릇을 함으로써 공의를 시행하는 것이다.

이제까지 히브리인[003]들은 왕정제도를 잘 알지 못했다. 족장시대에도 아브라함은 가부장적으로 관대한 통치를 했고, 이집트 노예 생활을 할 때는 왕을 가질 기회가 없었다. 지금까지 성소에서 제사를 드리고, 제사장이 율법을 낭송하며 신정정치를 펼쳐 왔는데, 그들의 입에서 왕이란 말이 나온 것이다.[004]

"야훼가 이스라엘의 왕이고 그분의 말씀이 곧 왕명이요, 법률인데, 또 어떤 왕을 세운단 말이오?[005] 야훼께서는 보좌인 언약궤[006] 뚜껑에 앉아 계시지 않소?"

사무엘이 생각할 때 야훼 왕을 버리고 인간 왕을 찾는 것은 배반이

---

003 '건너온 자.' 이 용어의 기본 동사 '아바르'는 '강을 건너다'를 의미한다. 아모리어 중에 '이주하다, 피난처를 찾다' 등을 의미하는 '하부아루'란 말에서 파생되었다는 이론도 있다. 히브리 민족이 떠돌이였음을 의미한다.

004 히브리전승에 따르면 이미 노아의 아들 함의 후손 중에 왕이 있었다. 이 자는 에티오피아의 조상 격인 구스의 아들 니므롯(약탈자)이었는데, 별명은 '특이한 사냥꾼'이라고 전한다. 이름과 별명의 뜻과 같이 이 자는 고대 전쟁의 영웅으로 폭력을 좋아하는 자로 전해진다. 또 바벨탑을 쌓도록 선동한 자로 알려져 있다. 신화에 가까운 이 전승은 국가를 형성한 권력을 부정적으로 전하고 있다.

005 원래 신을 왕으로 호칭한 곳은 바빌론이 먼저다. 바빌론의 국가 신 마르둑은 혼돈의 바다에서 승리를 거두고 자연 및 인류를 창조했다 하여 봄마다 그 신을 환호하며 왕으로 호칭했다. 이러한 관념은 시리아의 바알 신화와 숭배 의식에도 나타나며 이스라엘도 영향을 받아, '멜렉 예호바'(야훼께서 왕이 되셨다)로 찬양하는 등 야훼를 왕으로 호칭하기 시작했다.

006 법궤, 야훼의 궤, 증거궤라고도 불렀다. '싯딤나무'(이집트 아카시아)로 만들어 금박을 입혔다. 히브리전승에 따르면 이 속에는 모세가 신에게 받은 십계명의 돌판, 항아리에 넣은 만나, 아론의 싹 난 지팡이가 들어 있었다. 언약궤는 모세 때 만들어졌다는 견해와 함께, 가나안에 정착한 후 만들어졌다는 이견도 있다. 한 개라는 견해도 있고, 지역마다 세워졌던 성소 신당에 많은 수의 언약궤가 만들어졌다는 이견도 있다(셈족 문화권에 있었던 유랑민족에게는 이러한 이동 성소 즉, 성물은 보편화되어 있었다).

요, 반란이었다.

"어리석은 자들이 왕을 세운 것은 이번이 처음이 아니었소. 사사시대 초기 때 사람들이 관직이나 얻기 위해 아비멜렉을 왕으로 삼았던 일을 기억하시오? 결국 아비멜렉은 가알이라는 자가 사람들을 충동질하여 반역을 보이자 자기를 왕으로 세운 그 사람들까지 주살했소. 사람이 힘을 가지면 누구라도 폭군이 되고, 신의 명령이 아니라 자신의 명령을 따를 것을 주장하게 되는 것이오. 인간의 왕정(王政)은 폭정(暴政)이 될 것이오."

사무엘은 사사시대 때 잠시 왕을 세웠던 전례를 들며 요구를 거절한다. 장로들의 심중을 뚫어 본 것이다. 왕을 먼저 요구한 것은 민초들이 아니다. 장로 중에도 토호세력이다. 이들은 관직을 원했다. 큰 권력을 갖고 합법적으로 백성들을 통치하고 싶었다. 장로들은 입을 다물지 않았다.

"우리를 시시탐탐 노리는 블레셋인들은 집중화된 중앙 권력으로 국력에 앞서 있소. 사실 우리는 정치발전 속도가 암몬, 모압, 에돔, 페니키아 같은 이웃 나라들에 비해서도 무척 느리지 않소? 그들은 우리보다 국토도 인구도 적지만 족장제도를 폐지하고 왕정제도를 일찍이 채택했소."007

"조상 여호수아가 죽었을 때부터 우리 이스라엘은 지파 결속력이

---

007 근동에는 이미 수메르 때부터 '루갈'(수메르어. '왕')이 있었고, 그 왕은 가나안 소국에도 있었다. 히브리전승에 따르면 족장 시대 때부터 에돔은 '하달'('강력한.' 일명 하닷이라고도 불림)로 불리우는 왕을 두어 부족을 다스리고 있었다. 암몬, 모압 역시 강력한 지도력을 가진 왕이 있었다. 블레셋 역시 5대 도시 국가의 왕들이 있었으며 그들은 연합하여 전쟁을 치르곤 했다. 또 북서쪽에는 페니키아의 두로나 시돈에도 벌써부터 왕정제도가 있었다.

와해되었소. 지금 구심점이 없다면 블레셋이나 또 다른 민족에게든 멸망될 것이오. 어서 왕을 세워 그를 중심으로 뭉치게 하소서."

 장로들은 이민족의 위협을 들어 왕의 필요성을 강력하게 주장한다. 사무엘은 조곤조곤 반박한다.

 "전에도 주변 미디안 사막 유목민족이 우리 이스라엘을 침략하여 토지를 약탈했지만, 각 지파가 사사 기드온을 중심으로 신앙심을 갖고 싸웠을 때 물리쳤소. 그때도 왕정을 설치하려는 자들이 있었고, 그들은 삼대까지 충성할 것이니 왕이 되라고 충동질했으나 기드온마저 '그대들을 다스릴 분은 야훼이시오' 하며 왕권을 거부하지 않았소? 이스라엘은 다른 나라와 다르게 왕을 세우지 않고, 모세 이후 수백 년 동안 신정정치를 이룬 나라였소."

 사무엘은 다시 초기 사사시대 전승을 말하며 왕을 세움이 다른 신을 세움같이 야훼 앞에 반역적 행위라고 설파한다. 그가 힘주어 말한다. 왕의 학정이 있을 것이라는 경고다.

 "당신들이 인간을 왕으로 세우려 하나, 인간 왕의 폐단을 말해보겠소. 그 왕이 그대들의 아들들을 취하여 전차와 말을 다루게 하고 전차 앞에서 달리게 할 것이며, 그대들의 아들들로 천부장과 오십부장을 삼아 자기 밭을 갈게 하고 자기 추수를 하게 할 것이며, 자기 병기와 전차의 제구를 만들게 할 것이며, 그대들의 딸들을 취하여 향료 만드는 자와 요리하는 자와 떡 굽는 자를 삼을 것이며…."

 사무엘의 설득을 듣고 대다수는 돌아갔으나 수석장로 몇은 관저에 남아 밤이 늦도록 논쟁을 계속한다.

 "예언자여, 우리는 세속의 왕을 세우려는 것이 아니고, 야훼의 종인 왕을 세우고자 하는 것이오. 야훼의 이름으로 신성 왕국을 건설하고자 하오, 도와주시오."

"율법에도 왕 선출의 기준과 왕이 지켜야 할 법들이 있지 않소. 그것은 무슨 뜻이겠소? 야훼께서도 이미 왕정제도를 허락하신 것이 아니겠소?"

장로들은 세우려는 왕 역시 제사장과 다름없이 야훼의 이름으로 세워질 종이니, 염려 말라고 강변한다. 사무엘은 곧이곧대로 듣지 않았다.

"당신들은 야훼의 통치를 거부하려 세속 왕을 세우려는 것이오. 그 왕 아래서 관직을 받고 부귀를 누리려 하고 있소. 그 왕도 힘이 생기면 절대 야훼께 순종하지 않을 것이오. 그대들의 손에서도 떠나 마음에 들지 않으면 그대들까지 어느 순간 죽일지도 모르오."

한참 말싸움을 하던 수석장로가 사무엘의 신경을 건드리는 말을 꺼낸다.

"성인군자라도 권력을 가지게 되면 다른 사람에게 양도할 마음이 없어진다고 하는 말이 옳은 말이구려. 그대는 지금까지 엘리(사무엘을 사사로 거둔 사사시대의 마지막 대제사장)의 뒤를 이어 제의를 집전했소. 그리고 사사직도 겸하고 있고 또 예언자직까지 차지하고 있소. 이제는 왕권까지 가지려 하시오? 가나안이 정복되고 지파들에 분할된 후 여러 명의 사사들이 계셨소. 그런데 그대가 지금 쥐고 있는 것은 어떤 사사도 또 일찍이 모세도, 아론도 차지하지 않았던 권력이오."

그는 그렇게 말해도 사무엘의 뜻을 꺾을 수 없자 다른 문제를 꺼낸다.

"심지어 당신은 세습되지 않는 사사직도 아들들에게 물려주려고 하고 있소. 그 아들들이 국경을 같이 하는 블레셋인들과 불법 거래를 하며 이익을 취하고 있다는 얘기까지 들리고 있소. 블레셋인 여자를 취하여 첩으로 삼았다는 풍문도 돌고 있소. 어서 은퇴하시고, 아들들 잡도리나 해야 할 것이오."

사무엘의 아들 요엘과 아비야가 부름을 받고 브엘세바(이스라엘 최남단 성읍)에서 라마로 돌아왔다. 사무엘이 눈꼬리에 독을 묻히고 묻는다.

"요엘아, 네가 아는 제사장의 직분을 말해 보아라."

"성소의 등불을 점검하고, 희생 예물을 드리고, 단 위의 불을 꺼지지 않게 하고… 나팔을 불어 회중을 소집하고, 전쟁에서 백성을 격려하고…."

"그렇게 제사장의 직분을 잘 알고도 탐욕을 부리고 있느냐? 내 스승 엘리 대제사장께서도 아들들을 훈계하지 못하고 방치했다가 야훼의 징계를 받아 가문이 멸절하였다. 너희들은 어찌하여 나에게 엘리 제사장의 길을 걷게 하려 하느냐?"

요엘과 아비야는 사사 사역의 보조자로 있었다. 사사가 되지 못했던 것은 사사직은 세습될 수 없었기 때문이다. 그러나 아비를 세습하여 사사와 제사장 역할을 했던 것도 사실이다. 사무엘도 아들들을 사사직에 올려놓고 안정된 기반에서 이스라엘의 신정 체계가 계속되도록 바랐다.

"나는 너희들을 낳을 때 이 이스라엘이 야훼가 아닌 다른 우상을 섬겨서 '요엘'(야훼는 신이시다)이라고 지었고, 또 야훼의 말씀에 순종하지 않아서 '아비야'(야훼는 아버지시다)라고 지었다. 그런데 네놈들이 화근이 되다니, 네놈들을 어찌하랴!"

아비야가 엎드려 벌벌 떨며 말한다.

"장로들은 우리를 음해하고 빌미삼아 왕을 세우려 하고 있습니다. 그 아래서 고관의 지위를 누리려 하고 있습니다. 벌써 율법을 지키지 않고, 다른 열방 귀족처럼 허랑방탕하게 지내며 콧대만을 높이고 있습니다."

"이놈들, 나는 장로들이 아니더라도 너희들의 비행을 여러 번 들었다. 사실이 아니라고 믿고 싶었을 뿐이다. 우리 레위인들이 왜 병역이나 모든 노역에서도 면제되었는지 아느냐? 신의 일에 전념하라는 것이다. 왜 다른 지파처럼 한정된 구역에 살게 하지 않고 38개 지역에 퍼져 살게 했는지 아느냐? 성소까지 올 수 없는 백성들을 가르치고 제의를 감당하라는 뜻이다. 내가 너희들을 블레셋과 국경 지대인 브엘세바로 보낸 것도 그곳이 여기서 너무 멀어 통치할 수 없고, 인근 블레셋인들의 출범으로부터 백성을 돌보라고 보냈다. 그런데 블레셋 놈들과도 작당하여 향수를 밀수입하여 되파는 등 이득을 취하지 않았느냐? 너희들은 낙향하여 거친 염소털 옷을 입을 것이며, 호밀 농사나 지어라. 그렇지 않으면 브엘세바가 아니더라도 어딜 가나 백성들에게 뭇매를 맞아 죽을 것이다!"

그날 사무엘은 아들들을 라마에 붙잡아 두고 사사 옷을 벗겨버렸다.

지파장들에게 사주 받은 농민, 목동, 상인 등 천민까지 관저 앞에서 농성한다. 사무엘이 나오지 않자, 지팡이로 땅바닥을 치며 고함을 지른다.

"우리도 열방처럼 나라를 세우게 하소서. 군사 지도자가 필요합니다. 왕이 우리를 다스리며, 앞장서서 우리의 싸움을 이끌어가야 할 것입니다."

사무엘은 관저에서 나와 그들과 대면하지 않을 수 없다.

"너희 말이 옳지 않다. 그 왕은 영토를 넓히기 위해 전쟁을 일으킬 것이며, 전쟁터에 나가 피 흘리는 자는 너희의 아들이 될 것이다."

"노욕 냄새나는 입을 닫으시오. 우리의 운명은 우리가 결정할 것이오. 명성 있는 나라치고 왕이 없는 나라가 어느 곳이오?"

어떠한 신적 권위도 백성들의 소리를 누를 수 없었다. 사무엘은 민심 앞에 굴복한다.

'아, 저들은 내일이면 내게 돌을 던지리라. 모레면 칼을 들이대리라….'

사무엘은 장로들과 지파장들과 또 토호들을 라마 관저로 불러들인다. 그는 그들의 반역을 허용하라는 신탁을 받고 왕을 세우려 한다. 어쩌면 자신의 목숨과 권위가 위태롭게 되자 타협하며 신탁의 이름으로 반란을 용인했을지 모른다. 아니면 왕 역시 신의 뜻을 땅에서 실천하는 제사장 정도로 생각하고 허락했는지도 모른다. 사무엘은 율법의 왕 자격을 열거하면서 왕권 통치를 받아들인다.

"이스라엘 왕은 야훼의 말씀인 율법에 합한 자로 찾아야 할 것이오. '왕을 세우려면 반드시 네 신 야훼의 택하신 자를 네 위에 왕으로 세울 것이며, 네 형제 중에서 한 사람으로 할 것이요, 네 형제 아닌 타국인을 네 위에 세우지 말 것이며….'"

사무엘은 관사에 남아 밤하늘을 바라본다. 솟는 눈물로 별빛이 아른아른했다. 불과 세 살 때 신전을 찾아 야훼를 섬겼고, 젊은 시절부터 성읍들을 돌아다니며 율법으로 백성들을 가르쳤다. 자식 같았던 그들로부터 버림받았다는 감정이 가슴을 가득 메운다.

'신이여, 원하옵나니 이 백성들의 죄를 큰 인자하심으로 용서하소서!' 광야 시절 불순종한 이스라엘 백성을 야훼가 멸망시키겠다고 말했을 때, 대신 용서를 빌었다던 모세의 말을 읊으며 사무엘이 기도를 올린다. 그러나 그는 아직 왕을 지명할 힘을 가지고 있다. 그 권력을 사용하고자 한다.

'왕이 나온다면 북쪽지파에서 선출되어야 할 것이다….'

북쪽 열 지파는 남쪽 '두 지파'(유다와 시므온)와 비교하여 많은 인구를 가지고 있었다.⁰⁰⁸ 북쪽 대표 지파는 조상 요셉의 아들들인 에브라임과 므낫세지파다. 사무엘 역시 에브라임 땅에서 조상 대대로 살았던 사람이다. 사무엘의 고심은 더 깊어진다.

'그렇다면 북쪽지파 중 베냐민지파에서 찾으면 어떨까? 그 지파의 영토는 남북을 가를 때 어느 쪽에 놓아도 어색하지 않은 중간지대가 아니던가. 베냐민지파에서 왕이 선출되면 남북 지파 모두가 승복하리라.'

사무엘은 또 생각한다.

'베냐민지파는 이스라엘 열두 지파 중에서 인구도, 영토도 가장 작은 지파다. 그 지파의 어떤 자가 왕이 되어도 자기 지파를 이용해 폭정을 부리지 못할 것이다….'

---

008 가나안 땅은 북쪽으로 올라갈수록 비가 많이 내려 농경사회가 정착되어 인구도 많았다. 반면 남쪽으로 내려갈수록 비가 내리지 않아 반 유목민 생활을 하고 한적했다.

사울, 사무엘을 만나다

블레셋인들은 나라도 세우지 못한 이스라엘을 사실상 식민지로 삼고 있었다. 가나안 중부 내륙 기브아 성읍까지 통제사령부를 두고 총독관과 수비대를 배치했다. 성읍 초입에도 블레셋 초소 영문이 세워져 있다. 기브아 백성들은 몸을 조아리고 은조각과 곡식을 건네며 초소 앞을 통과한다. 상인들은 짐 보따리를 수색당한다. 금지한 철기로 된 무기, 농기구를 거래하고 있나 감시하는 것이다. 블레셋 병사가 지나가는 사울을 부른다.

"거기 허우대 큰 놈, 난딱 이리 오지 못할까!"

슬쩍 초소를 지나가려던 사울이 슬금슬금 블레셋 초소로 다가온다. 덩치나 키가 어찌나 큰지 자신이 부르고도 블레셋 병사의 심장이 잦아든다.

"나리들, 이분은 이곳 촌장 아드님이십니다. 우리 주인께서는 블레셋 나리들에게 공물도 많이 바치고 있습니다. 부디 통과하게 해주십시오. 저희는 주인님의 엄명으로 잃어버린 나귀를 찾아 급히 떠나야 합니다. 잃어버린 지가 어제 저녁이라서 한 마장도 더 도망쳤을지 모릅니다."

사울 곁에 따라오던 가동(家童)인 시종이 블레셋군에게 다가가 손바닥을 비빈다.

"흠, 네 아버지 얼굴을 봐서 이번은 통과시켜 주겠다. 다음에는 초소를 통과할 때, 머리 한 개에 은 한 '세겔'(11.423g. 이스라엘 노동자의 하루 품삯)을 내야 한다. 너희 마을에 철을 다루는 대장장이가 있다는 풍문을 들었다. 그런 자를 보면 냉큼 초소에 신고해야 한다!"

"통행세가 무서워 나다니지도 못하겠구나. 아버님께서도 저놈들의 횡포에 여간 시달리는 것이 아니야. 주민들도 저 불벼룩 같은 놈들에게 피를 빨리고… 철로 된 낫 하나를 만들려 해도 저들의 허락을 받아야 하니…."009

"우리 기브아인들뿐만 아니라 모든 이스라엘인들이 블레셋의 등쌀에 견딜 수 없습니다."

사울과 시종은 여행도구도 없이 나귀를 찾아 기브아를 떠난다. 뒤편으로 붉게 달궈진 해가 따라온다.

"신이 다 닳았어요. 휴… 이럴 때 날랜 말새끼라도 있었으면 타고 다녔을 텐데."

"나귀가 도망간 것이 아니라 누가 훔쳐간 것인지 모르겠다. 양 한 마리라면 포기할 수 있겠지만, 귀한 나귀를 잃었으니…."

"만나는 목동마다 우리 가문의 '화인장'010을 말해 놓았으니, 기별이 올 것입니다."

---

009 히브리전승에는 블레셋인들이 이스라엘인들의 연장이나 농기구들을 날카롭게 해 주며 대가로 한 '핌'(2/3 세겔)을 받았다고 한다. 자신들과 대적하여 사용될 잠재적 무기들을 날카롭게 하는 것에 고가를 요구했다.
010 불로 달군 쇠 문양으로 가축의 엉덩이에 찍어 소유주를 알리는 문신.

사울은 시종과 함께 에브라임 산지 기브아 북쪽 성읍인 살리사, 사알림 등을 헤맨다. 집을 떠난 지 수일이 지나가고 있다.

"암나귀도 찾아야 하겠지만, 아버지께서 우리 때문에 걱정하시어 병이라도 나셨겠다."

사울이 돌아갈 생각을 할 때, 시종이 사방을 둘러보며 소리친다.

"이곳 에브라임 산지 라마 성읍은 유명한 예언자가 사는 곳이라 들었습니다. 암나귀 행방을 알려줄지 모릅니다."

"내 고향 근처에 그런 자가 있었냐?"

"주인님은 어찌 그리 영적인 것에 어두우시오? 나는 전부터 여러 번 들었소."

예언자는 신의 사람으로 '다라쉬 엣 엘로힘'(신에게 묻기 위하여) 찾아갈 수 있는 사람이었다. 그러나 엘리 대제사장과 아들들이 언약궤를 가지고도 블레셋에 참패한 후[011] 이스라엘에서 성직자로서의 권위는 땅에 떨어져 있었다. 예언자는 잃어버린 물건이나 찾아주는 점쟁이의 역할을 수행할 뿐이다.

"지금 우리도 식량이 떨어져 먹을 것도 없는데, 신의 사람에게 어떻게 빈손으로 찾아갈 수 있느냐? 암나귀 행방을 물으려면 복채가 필요한 것이 아니냐?"

"제 손에 은 한 세겔의 사분의 일이 있습니다. 예물로 바치고 신의 사람에게 나귀의 행방을 물어보지요."[012]

---

[011] 대제사장 엘리의 아들 홉니와 비느하스가 언약궤만 믿고 전투에 나갔다가 블레셋 군에게 몰살당한 사건.

[012] 당시 근동인은 '크시타'라고 부르는 은 조각을 돈처럼 사용했다. 그 조각에 도량형을 표기하는 도장이 찍혀 있었던 것 같다.

"율법에 이르기를 신에게 나아가는 성인(成人)은 은 반 세겔을 드리라고 했는데, 그것에도 못 미치는 예물로 그분을 뵙겠느냐?"

"일단 한번 만나보지요. 며칠 동안 고생만 하고 그냥 갈 수 없지요."

"너도 옳은 말을 할 때가 있구나. 가자!"

사울과 시종은 라마 성읍 '나욧'(가르치는 집) 마을을 찾아간다. 시종이 어깨에 토기를 이고 물 길으러 내려온 면박을 한 처자를 보자 묻는다.

"이 마을에 '선견자'[013]가 있습니까?"

"오, 사무엘 예언자를 말씀하시는군요. 조금 전 당신들보다 앞서가셨으니 빨리 가보세요. 산당에서 제사를 드리는 날이므로 성으로 들어오셨습니다."

처자가 사울의 지친 행색을 보고 말을 잇는다.

"가시면 화목제 후 베풀어지는 음식도 얻어드실 수 있을 것이에요."

사울과 시종이 성문 앞 거리에서 새해맞이 화목제 때문에 모여 있는 인파 속을 두리번거릴 때다. 사람들을 줄 세우던 신학생이 시종의 어깨를 툭 치며 묻는다.

"타관 사람 같은데 여긴 어쩐 일이오?"

"위대한 선견자님이 계신다고 하여 뵈러 왔습니다."

---

[013] '로에', '호제'라고 부름. 초자연적인 원리나 징표를 파악하여 본다는 뜻을 가진 예언자의 직분을 가리킴. 시종이 '나비'(예언자)를 선견자라고 호칭한 이유는 그 둘은 같은 직책이나 예언자는 신의 계시를 받고 선포하는 일이 직무라면, 선견자는 은밀한 일을 내다보는 능력의 소유자를 가리키는 말이기 때문이다. 암나귀를 찾아야 했기에 그 선견자의 능력을 기대하고 부른 것이다.

"산당으로 올라가 보시오. 제의를 집전하고 계시니 만날 수 있을 것이오."

사울이 사내가 가리키는 산언덕 쪽을 바라보니 조그마한 '미쉬칸'(나무 벽을 두른 성막)이 보인다. 어렴풋이 그 앞에 제단과 향로, 마세바('돌기둥.' 가나안 풍요의 여신 아세라의 남편을 상징), 솟대 등이 있다. 산당이라고 부르는 곳이다.014

성소가 있던 실로 성읍이 블레셋인들에게 파괴되어 마땅한 제의 장소를 찾지 못한 이스라엘인들은 마을마다 있는 산당에서 야훼 신을 섬겼다. 또 같은 산당에서 가나안 신을 섬기는 자도 부지기수였다.

산당에서 신학생들과 화목제를 마치고 내려오던 사무엘이 사울을 보고 걸음을 멈춘다. 그는 소맷부리에 꽃무늬 장식을 늘어뜨린 제사장 웃옷을 입고 있다. 흰 속눈썹이 덮인 파란 눈으로 어찌나 뚫어지게 바라보는지 사울은 숨이 막힐 것 같다. 사무엘은 여전히 눈빛을 거두지 않고 응시하다가 몇 걸음 다가와 묻는다.

"얼굴이 낯선데… 누구신가?"

"저는 베냐민지파 기스의 아들입니다."015

"베냐민지파라고?"

---

014 산당은 '높은 산'을 뜻한다. '짐승의 등'을 가리키는 아카드어 '버마'에서 파생된 말이다. 원래 가나안 종교를 섬기는 원주민들이 지어놓은 마을 신전이다. 이처럼 높은 곳에 사당을 지은 것은 신은 하늘에 있고 그곳과 가장 가까운 곳이 산꼭대기였기 때문이다.
015 이스라엘에서는 자신의 정체를 밝힐 때 먼저 지파 이름, 조상의 이름을 말하는 관례가 있었다. 혈통과 가문을 중요시하는 이유이기도 했다. 또 고향을 말하기도 했는데, 역시 같은 이유였고 또 동일한 이름이 많았기에 출신 지방을 말함으로 구별하기도 했다.

사무엘의 눈이 커진다. 새해 첫날 만난 사내가 범상치 않다. 장대한 사울을 지그시 바라보다가 입을 연다.

"뭐 하는 사람인가?"

시종이 어깨를 으쓱인다.

"도련님은 베냐민지파 유력한 가문의 아드님이십니다. 기브아에 계신 제 주인님은 많은 토지와 가축들을 소유하시고 그 땅을 호령하고 있습니다. 우리는 잃은 나귀를 찾고 있는데 용하신 예언자님에게 그 가축의 행방을 묻고 싶습니다."

사무엘은 붉은 눈, 각진 턱, 두툼한 귓밥의 사울 이목구비를 살핀다. 왕을 세우라는 장로들의 압박은 매일 거듭되고 있었다. 여러 곳을 여행도 했고 수많은 사람을 만났지만, 사울처럼 건장한 자는 처음이다. 사무엘의 말이 무척이나 공손해진다.

"산당 만찬장으로 올라갑시다! 그대는 오늘 나와 함께 먹을 것이요. 내일 아침에 나귀의 행방을 말해주겠소."

'… 아침까지 나를 데리고 있겠다는 얘기가 아닌가? 이 일을 어쩐다.'

사울이 우물쭈물하자, 사무엘이 그의 마음을 읽는다.

"온 이스라엘이 사모하여 찾는 자가 누구입니까? 당신과 당신 아비의 집이 아닙니까?"

'저자가 하는 말이 무슨 뜻인가?'

사울이 어리둥절하며 되묻는다.

"저는 가장 작은 지파 베냐민 사람입니다. 가족은 베냐민지파 중에서도 가장 미약합니다. 어찌하여 이같이 말씀하시나이까?"[016]

---

[016] 베냐민지파의 수가 적은 이유는 사사시대의 히브리전승이 얘기해 주고 있다. 레위

사울은 다시 고개를 조아린다.

"저는 잃어버린 암나귀를 찾으러 왔을 뿐입니다."

"그대가 찾아야 할 것은 잃어버린 암나귀가 아니오. 흩어진 이 백성을 찾아야 할 것이오."

"?"

뜻밖의 말에 사울은 당황스럽다. 사무엘이 그를 데리고 산당에 차려진 만찬상 앞으로 간다. 초대를 받은 손님 삼십 명이 앉아 있었다.

"이리 앉으시오!"

만찬을 준비한 주인은 음식상 입구에 앉아 있고, 상석은 사무엘을 위해 비어 있다. 바로 그 자리를 사무엘이 권하자, 사울이 놀라 펄쩍 뛴다.

"제가 어찌 높은 자리에 앉을 수 있습니까?"

"그 자리는 야훼의 명령을 받고 비워두었소. 요리사는 내가 맡겨놓은 고기를 가져오너라!"

'넓적다리 고기'[017]가 사울 앞에 놓여졌다. 손님들은 왼쪽 팔꿈치로 몸을 받치고 비스듬히 누워 오른손으로 음식을 먹는다.[018] 조금 후 가죽부대에 담긴 '맑은 포도주'(껍데기를 벗겨 발효시킨 백포도주)도 나온다. 손님들은 '우가'('둥글다'는 뜻으로 빵을 의미)와 '할랄'('구멍을 내다'는 뜻으로 가운데 구멍을 낸 빵)에 수프를 찍어 입에 넣는다. 사무엘이 넓적다리고기를 뜯

지파 사람이 첩과 함께 베냐민지파 땅을 여행한 적이 있는데, 그때 첩이 베냐민지파 깡패들에게 유린 당하고 죽는다. 레위지파 사람은 이 사실을 다른 지파에게 알렸고, 이스라엘 열한 지파와 베냐민지파 사이에 큰 싸움이 있었다. 그때 베냐민지파는 장정 육백 명만 남고 모두 살해당했다.

017 원편 뒷다리 부분은 특별히 귀한 손님을 대접하는 최상의 고기이기도 했다. 또 오른편 뒷다리 부분은 제사 후 제사장들의 몫이다.

018 근동인들은 변소에서 쓰는 왼손으로 식사를 하는 것은 모독이다.

어 사울 앞에 놓인 접시에 담아 준다.

만찬 내내 사무엘은 사울을 정중하게 대접했다. 그러나 자신은 음식에 손을 대면서도 포도주는 마시지 않았다. 나실인[019]의 규례를 따랐던 것이다.

"자, 오늘은 나와 동행하시게."

식사가 끝나자, 사무엘은 사울을 데리고 산당에서 내려와 성안으로 들어갔다.

사무엘은 사울을 마을에서 가장 큰 집으로 데리고 간다. 본인이 올 때마다 머물던 권세자의 처소다. 계단을 통하여 옥상으로 올라가 '지붕길'[020]을 걷는다.

사무엘과 사울이 난간[021]에 섰다. 평평한 지붕에는 밤잠을 못 이룬 자들이 바람을 맞으며 쉬고 있었다. 한쪽에서는 아낙들이 삼대를 말리다가 사무엘을 보자 얼른 자리를 피한다. 그들은 자리 깔린 곳으로 가서 말리던 삼대를 밀어내며 앉는다. 사울을 바라보는 사무엘의 눈빛이 따스하다.

"지금 이스라엘은 여러 이교도들로부터 공격을 받고 있소. 서쪽으로는 블레셋, 동쪽으로는 암몬의 왕 나하스가 군대를 일으켜 괴롭히고 있소. 누군가 흩어진 민심을 모아 그놈들을 물리쳐야 할 때요."

---

[019] 신에게 봉헌된 자로 머리카락을 길렀으며 포도나무의 산물을 먹지 않았다.
[020] 집들이 밀집해 있는 곳에서 집들 사이 간격이 좁아 지붕과 지붕 사이를 건너다닐 수 있게 한 길. 가나안의 가옥 구조는 지붕이 평평해 사람들은 옥상을 기도처나 휴식처, 잠자는 곳으로 사용했다.
[021] 이스라엘에서는 지붕이 평평한 까닭에 떨어질 것을 염려하여 난간 설치를 율법에 명시하여 의무화하였다.

"그 강한 족속들과 어찌 맞설 수 있습니까? 우리 마을도 블레셋군에게 공물을 바치고 있습니다."

"블레셋이 두려우시오? 우리는 히브리인이요, 야훼의 백성이오. 이 교도들 앞에 무릎 꿇을 수도 없고, 공존할 수도 없소. 우리가 이 가나안 땅의 주인이오. 이곳은 야훼가 조상 모세를 통해 우리 히브리인들에게 약속한 땅이오."

솔솔 밤안개가 뿌려진다. 사무엘과 사울의 대화는 계속 이어진다.

"송백나무 둥치처럼 풍채가 좋은데, 싸움터에 나가본 적 있소?"

"저는 소와 쟁기를 부리는 자입니다. 전쟁터 근처에도 나가본 적이 없습니다."

"이 시대가 그대를 부르고 있소. 깜깜한 이 시대는 영웅을 찾고 있소."

"저는 위인이 못됩니다. 암나귀만 찾으면 고향 기브아로 돌아가겠습니다. 아비도 저의 행방에 걱정이 심하실 것입니다."

널려있는 삼대 위에 찬 이슬이 내리기 시작한다. 신학생이 옥상에 올라와 '크쑤트'(밤에 걸치는 외투)를 가져와 사무엘 어깨에 걸쳐주고 내려간다.

밤하늘은 별꽃이 한 잎 한 잎 피어나 별꽃밭이 된다. 사무엘은 새벽이 올 때까지 사울이 왕이 될 것이라는 말을 끝내 하지 않았다. 아무리 보아도 왕이 될 재목이라는 확신이 들지 않았기 때문이다.

'야훼여, 정말 이 자가 당신께서 얘기하신 왕이 될 자입니까?'

사무엘은 왕을 선택할 지파로 베냐민지파를 생각하기 전에 제사를 맡은 레위지파를 생각해 본다. 그 지파는 장로들이 반대하고 나섰다. 제관이 주도하는 신정정치를 싫어했기 때문이다. 또 자기가 살았던 땅 에브라임지파에서도 왕을 찾고자 했다. 그러나 에브라임지파는 얼마 전 블레셋군의 침공으로 의기소침해 있었고, 마땅한 자도 없었다.

사무엘이 다시 사울을 본다. 눈에 잠기가 들어 꺼벙이처럼 눈꺼풀이 반쯤 내려와 있다. 사무엘은 그가 왕으로 세워지더라도 자신이 수장이 되어 지파 동맹으로 나라를 인도해 갈 것이니 상관없다고 생각한다.

사무엘과 사울은 옥상에서 밤을 지새우고 새벽이 돼서야 '알리야'(지붕 위에 짓는 다락방) 자리 위에서 잠이 든다. 밤하늘에는 나방을 쫓는 박쥐들이 새벽까지 날아다닌다.

아침빛이 온갖 만상을 금빛으로 물들인다. 사무엘은 사울을 성읍 초입까지 바래다준다. 지팡이를 의지해 걸을 수밖에 없는 노구지만 성문 밖 한가한 데까지 인도한다.

"저 산모롱이만큼 먼저 가게나. 나는 도련님과 나눌 말이 있네."

시종이 영문도 모르고 사무엘의 말을 좇아 앞질러 간다. 그가 잰걸음으로 멀리 사라졌을 때다. 사무엘이 정중하게 말한다.

"야훼의 말씀이시오! 무릎을 꿇으시오."

그 말에 위엄을 느끼며 잠시 머뭇대던 사울이 땅바닥에 무릎을 꿇는다. 사무엘이 망설임도 없이 품에서 작은 기름병을 꺼내 머리 위에 쏟아붓는다. 022 두 손을 기름 묻은 머리 위에 얹고 기도한 후 일으켜 껴안

---

022 기름 부음은 고대 근동 풍습이다. 이집트인과 히타이트 족속은 기름 부음이 저승의 신들로부터 보호해 준다고 믿었다. 이집트 제사장은 취임할 때 특별한 의복을 입고 기름 부음 의식을 행했다(기원전 14세기 아마르나 문서에도 시리아 누하세 왕에게 파라오가 기름을 부었다는 기록이 나온다). 아라비아 유목민들도 족장을 임명할 때 머리를 쓰다듬으며 기름 부음을 하는 풍습이 있다. 히브리인들이 이것을 받아들여 예언자, 제사장 등에게 기름 부음을 했다. 왕에게 기름을 붓는 의식은 왕이 직무를 담당하기 전에 성별한다는 의미를 지니며, 왕은 신의 통치를 실현하는 신의 종이라는 뜻을 나타낸다. 이제 '메시아'(기름 부음을 받은 자)가 된 것이다

고 입을 맞춘다.

"야훼께서 온 이스라엘의 지도자로 삼으셨소!"

사무엘은 사울에게 '멜렉'(왕)이라고 하지 않고 '나기드'(지도자)라고 호칭했다.

왕정정치를 반대했던 그는 사사 때처럼 사울을 지도자로만 삼고자 했다.⁰²³ 헤어지면서도 엄명을 내린다. 기름을 부어 지도자로 삼은 사울에게 분명한 뜻을 전한다. 자기 말에 순종하고, 독립적으로는 아무 일도 하지 말라는 경고다.

"길갈⁰²⁴로 내려가시어 칠 일만 기다리시오. 그곳에서 그대와 함께 번제와 화목제를 드릴 것이오. 그리고 당신이 해야 할 일을 가르칠 것이오. 오늘 벌어진 일은 때가 올 때까지 발설하지 마시오!"

(사울 전 히브리인 조상 어느 족장도, 모세, 여호수아도 기름 부음을 받지 않았다. 이 제도는 그 후에 생긴 것이다).

023 히브리전승에 따르면 그날 사무엘이 기름을 붓고 지도자로 삼은 것은 신의 뜻이라는 징표 세 가지를 사울에게 말해 주었다고 전해진다. 사울은 집으로 돌아갈 때 베냐민 경계 '셀사'(예루살렘 서북쪽 3km지점)에 있는 '라헬'(야곱의 두 번째 아내)의 묘실 곁에서 두 사람을 만날 것인데, 그들은 잃어버렸던 암나귀를 사울 아비가 찾았다고 말해주리라는 것이다. 또 더 걸어가다가 다볼 상수리나무 아래 이르러 거기서 '벧엘'('신의 집.' 베냐민지파와 에브라임지파 간의 경계 성읍)로 올라가는 세 사람을 만날 것인데, 하나는 염소 새끼 셋을 이끌었고, 하나는 떡 세 덩이를 가졌고, 하나는 포도주 한 가죽 부대를 가졌는데, 그들이 떡 두 덩이를 사울에게 줄 거라는 것이다. 또 더 걸어가다가 기브앗엘로힘('신의 산.' 기브를 가리킴) 블레셋 영문이 있는 곳에서 그 성문을 들어갈 때 예언자 무리가 산당에서부터 악기를 앞세우고 예언하며 내려오는 것을 만날 것인데, 사울은 그들과 함께 예언하고 새 사람이 될 거라는 것이었다. 사울은 그 일들을 체험했다고 전해진다.

024 히브리전승에 따르면 여호수아가 가나안에 처음 입성하여 장막을 친 곳이다. 이집트에서 종살이를 벗어버리고 수치를 굴려버렸다는 뜻으로 야훼가 여호수아를 통해 '길갈'(굴려버리다)이라고 이름을 지어준 곳이기도 하다.

"주인님, 예언자께서 길갈로 가서 이레 동안 기다리라고 하셨는데, 그냥 고향으로 내려가면 서운하게 생각하지 않으실까요?"

"이레 동안 그곳에서 머물면 아버지는 우리 걱정에 돌아가실지도 모른다. 어서 가자!"

사울은 길갈로 가지 않고 곧바로 고향 기브아로 돌아온다. 동네가 보이자마자, 시종은 사람들이 모여 콩꼬투리를 털고 있는 타작마당으로 달려간다.

"도련님께서 라마 성에서 사무엘 예언자를 만나셨는데, 그분은 귀빈이 모인 자리에서도 상석을 양보하셨어요. 옥상에 올라가 사람들이 지켜보는데 밤새워 도련님과 비밀 얘기를 하시고… 아침에 라마 성읍 끝까지 배웅해 주었고…."

사울은 사무엘에게 들은 말이 있어 고향땅에 가면 어떤 얘기도 하지 말라고 시종에게 지시했었다. 그러나 시종이 떠들어대는 것이 싫지만은 않은 듯 입가에 웃음이 번진다.

"허허, 저놈의 입은 닫을 장사가 없지!"

사울, 기름 부음을 받다

"와! 사울이 신을 찾으러 산당에 올라가고 있다. 사무엘을 만나 예언자라도 된 모양이야!"⁰²⁵

마을 사람들이 수군대는 소리가 뒷전에서 들려왔으나 사울은 돌아보지 않고 산당을 찾는다. 산당 안에는 예언자들이 모여 양손을 치켜들고 기도하며 황홀감에 빠져 있다.⁰²⁶ 고개를 젖히고 눈을 뒤집어 흰자를 보이며 알 수 없는 방언으로 신과의 교섭을 시도한다. 사울 역시 분위기에 빠져 기도를 올린다. 그의 입에서 자신도 알 수 없는 말이 흘러나온다. 혀가 뒤엉킨 빠르고 격한 빈 말들이다.

그날 밤, 사울의 숙부 '넬'(등불)이 사울을 불러 묻는다. 요즘 동네에서 떠도는 소문을 들은 것이다.

---

025 훗날 이스라엘에서는 종교적, 윤리적으로 크게 변화한 사람들을 일컬어 '너도 사울처럼 예언자 중에 있느냐'라는 속담이 생기기도 했다.
026 고대 종교에서는 그 입문 과정에서 황홀감을 느꼈다는 전승 기록이 많이 남아 있다. 메소포타미아에서도 황홀경에 빠진 예언자를 '무후'라고 불렀다. 고대 그리스 델타 신전에서 신탁을 받는 자들도 황홀경을 체험했다.

"며칠 동안 어디에 갔었고, 누구를 만났느냐?"

"나귀를 찾지 못하고 라마 성읍까지 갔습니다. 그리고… 그곳에서 사무엘 예언자를 만났습니다."

"사무엘이라면 이스라엘 최고의 예언자가 아니냐? 네게 무슨 얘기를 하였느냐?"

넬은 무슨 비밀을 손에 잡은 양 다그쳤다. 그러나 사울의 입에서 사무엘과 나누었던 얘기는 들을 수 없다. 때가 될 때까지 입을 다물라는 명령을 지키고 있다.

"혹시라도 그 예언자 덕분에 높은 자리에라도 오르면 내 아들 '아브넬'(아버지는 등불)을 부탁한다. 그 아이는 보리 세 되로 만든 떡을 다 먹는 먹보요, 장사 중의 장사가 아니냐? 요사이에는 활, 창, 칼 솜씨도 얼마나 진보했는지 기브아에서 당해낼 자가 없다. 곁에 두고 쓰면 너에게 도움이 될 것이다."

"사울은 유력한 가문에 외모마저 출중하지 않더냐. 또 만 가지 상(相) 가운데 심상(心相)이 제일 중요한데, 아비의 명령에 순종하여 나귀를 찾으러 다니는 것을 보니 마음도 충실한 것 같더라."

일주일이 지난 후, 사무엘이 신학생들과 함께 길갈로 향해 걸으며 남모를 미소를 짓는다.

'그렇게 준수한 자가 이스라엘 땅에 또 있을까? 지도자의 길을 가르치고, 번제와 화목제를 드려 신앙심을 돈독하게 해주어야겠다.'

그러나 사무엘은 길갈에서 사울을 만날 수 없었다. 왠지 모를 불안감에 먼 하늘을 본다. 새털구름이 흩어지고 있다.

'나는 젖내도 가시기 전부터 신전에 기거하면서 엘리 대제사장을 사사하며 예언자 수업을 쌓았다. 소 몰고 쟁기질만 하던 자가 이스라엘

지도자가 될 수 있을까. '아돈'[027]이여, 사람을 잘못 선택한 것은 아니지요, 그렇지요?'[028]

"예언자님께서 부모·형제와 친지들과 함께 미스바('파수대.' 에루살렘 북쪽 12㎞ 지점)로 오시라는 말씀이셨습니다."

나맥 추수가 끝날 무렵, 라마 신학교 신학생이 기브아로 사울을 찾아왔다. 아비 기스의 집안은 갑자기 소란스러워진다. 모두 사울을 보며 눈알을 굴린다.

'도대체 사무엘이 왜 사울을 찾는다는 것인가?'

백성들이 미스바 들판으로 모여든다. 먼 길을 오느라 마차에 천막을 싣고 오는 자도 있고, 양식 등을 등짐에 지고 온 자도 있다. 들꽃이 지천으로 피어있던 평원은 인파와 행구(行具)로 가득하다. 기스도 식솔들을 거느리고 오고 있다.

"예언자가 우리 가족을 초대했는데 무슨 일인지 모르겠다. 네가 경솔하여 그분에게 실수한 것은 없느냐?"

아비가 물을 때도 사울은 어정쩡한 표정만 지을 뿐이다. 평원에 도착한 기스 가족들은 풀 찾는 누 떼처럼 모여든 백성들을 보고 놀라 몸이 움츠러든다.

---

027 주인님이란 뜻으로, 야훼란 말을 부르기가 너무 성스러워 이스라엘인이 대신하여 부르던 존칭.
028 사무엘은 가나안 관습으로 이어져 오는 왕의 선택 기준에 따라 사울을 택한 것이다. 페니키아나 가나안 사회에서는 왕의 기준이 장대하고, 건강하고, 풍모와 용모를 갖춘 자여야 했다.

"이스라엘 신 야훼께서 말씀하시기를 '내가 이스라엘을 이집트에서 인도하여 내고, 그들의 손에서 건져내었느니라' 하셨거늘 너희가 그 신을 버리고 왕을 세우라 하는도다."

연단에 선 사무엘은 왕정정치가 신의 뜻이 아님을 분명히 한다. 그러면서도 장로들과 백성들의 요구에 왕을 선택하지 않을 수 없었음을 밝힌다.

"너희들이 그렇게 왕을 원했으니 폐단이 엄청나도 오히려 깨닫게 하기 위해 세우겠다. 자, 야훼의 뜻에 따라 그 인물을 소개할 것이다. 모든 백성 중에 이와 같은 인물이 없느니라!"

사무엘이 백성 앞에 소개하고자 할 때, 조금 전까지 연단 한쪽에 서 있던 사울이 보이지 않았다. 사울의 시종에게 명령한다.

"어서 네 주인을 찾아와라!"

사울은 누군가가 세워놓은 달구지 뒤에 숨어 있다.

'도대체 예언자님 의중은 무엇일까? 정말 나를 지도자로 삼으려는 것일까? 설교는 왕 제도를 반대하는 것 같은데, 왜 구태여 나를 왕으로 세우려는 것일까?'

사울이 숨을 죽이고 있을 때, 시종이 다가와 속삭인다.

"예언자님이 찾고 있어요. 도련님을 지도자로 삼으시려는 것 같아요."

"오라고 해서 왔지만, 도대체 무슨 말을 하는지 모르겠다. 또 이 많은 인파는 다 무엇이냐?"

"이 아둔패기 도련님, 어서 단상에 오르세요!"

사울과 시종이 티격태격하는 사이 백성들이 발견하고 우르르 몰려온다.

"사울이 여기 있다!"

"사울이 뭐야, 이놈아! 왕이 될 분을, 어서 모셔라!"

백성들이 단상으로 밀어 올려보낸다. 사울이 쭈뼛거리며 연단 위에 섰다.

"보시오, 이분이 이스라엘을 어깨에 지고 갈 왕이시오!"[029]

사무엘의 소개에 백성들의 시선이 사울에게 꽂혔다. 덩치가 언덕에 선 황소 같았다. 백성들이 소리친다.

"와! 우리에게 거인 왕이 생겼다. 블레셋인도, 암몬인도 우리 왕 앞에서는 맥을 못 출 것이다. 왕 만세! 왕 만세!"

한쪽에서 갓지파 수장이 연단 앞으로 몇 걸음 다가와 소리쳤다.

"근원을 알 수 없는 자를 어찌 왕으로 삼으려 하는 것이오!"

그러나 그의 말은 백성들의 환호성에 묻혀서 들리지 않았다. 눈치를 살피던 사울의 숙부 넬이 앞으로 뛰어나오며 환호성을 친다.

"사울 왕 만세! 이스라엘 왕 만세! 히브리민족 만만세!"

베냐민지파 기브아 사람들도 앞으로 뛰어나와 양팔을 들어 만세를 불러댄다.

"사울 왕 만세! 베냐민지파 만만세!"

"가장 작은 우리 지파에서 왕이 선출되다니, 그토록 멸시받던 우리 지파가 왕을 내다니, 흑흑!"

베냐민지파 늙은 지파장이 흐느낀다. 전승에 따르면 선조 베냐민은 다른 열한 형제들과는 다르게 메소포타미아 하란 땅이 아니라 유일하게 가나안에서 태어난 야곱의 아들이다. 어느 때는 갈등이 생겨 열한

---

[029] 히브리전승에 따르면 사무엘의 주도 아래 그날 왕을 가리기 위해 각 지파를 놓고 제비를 뽑았는데 베냐민지파가 뽑혔고 또 기스의 아들 사울이 뽑혔다고 한다. 모든 것이 신의 뜻이라는 전승 작가의 기록이다.

지파 연합과 싸워서 큰 살상을 당해 지파가 멸절할 뻔한 적도 있었다. 여느 지파 못지않게 결속력이 강했던 이들은 그만큼 기쁨이 더 컸다.

사무엘이 환호성을 지르는 백성들을 바라본다. 얼굴색에 기쁨과 슬픔이 교차한다.

'왕을 잘 뽑은 모양이다. 그런데 저들은 야훼보다도 또 나보다도 왕을 더 원하고 있었구나!'

즉위식은 왕관도 없는 초라한 행사로 치러진다. 사울이 앉은 보좌는 통나무로 만든 의자다. 그러나 다른 근동 민족처럼 왕을 위한 제사를 드린다. 산당 앞 바위를 네모나게 깎은 번제단 위에 소, 염소, 양을 잡아 피를 뿌리고 또 희생물로 태운다.

제의를 끝낸 후, 사무엘이 야훼의 이름으로 사울이 왕이 된 것을 선포한다. 그러나 사울과 백성들을 향해 축사 대신 경고를 한다.

"야훼께서는 너희들이 원해서 왕을 보내주셨다. 그러나 이스라엘의 왕은 이교도 왕들과는 다르게 야훼에게 순종해야 한다. 백성들도 왕의 명령보다 야훼의 명령을 따라야 할 것이다. 그대들은 오늘 내가 한 명령에 순종하겠느뇨, 맹세하겠느뇨?"[030]

---

[030] 강자의 주장에 의해 일방적으로 맺어지는 종주권 언약이다. 고대 근동에서 자주 행해지는 신과의 언약이었으며, 강국과 약소국이, 왕과 신하가 맺던 언약이기도 했다. 히타이트 제국에도 이와 같은 언약의 양식이 있었다. 먼저 왕이 일방적으로 군신들과 언약을 맺는데, 자신이 누구이며, 자신이 얼마나 자비로운 자이며, 군신들은 그런 자신의 명령을 따라 조공을 바쳐야 하며, 군신들 간에도 평화를 지켜야 하는 등의 형식으로 선포되었다. 그 언약서는 성소에 보관되며, 정기적으로 대중 앞에 낭독해야 했다. 이와 같은 언약은 모세에 의해 시나이산에서, 여호수아에 의해 세겜에서 왕이 되는 야훼의 이름으로 반포된 적이 있다.

사무엘은 맹세를 문서로 남기고자 원했기에 각 지파 족장에게 확약하는 서명까지 받아낸다.

"맹세 서명을 기록한 이 책을 놉(제사장들의 집성촌이 있던 성읍) 성소에 두어 보관하라!"[031]

그는 다시 신정정치에 따른 왕권헌장(王權憲章)을 사울 앞에서 읽어 준다. 사무엘이 작성했지만, 율법에 입각한 것이다.

"왕이 된 사람은 아내를 많이 두어 마음이 미혹되게 하지 말 것이며, 자기를 위하여 금은을 쌓아두지 말 것이며…."

즉위식 후, 사울은 고향 기브아로 돌아가겠다고 사무엘에게 허락을 구한다. 아비에게 조르는 어린아이 모습과 같았다.

"저는 원래 사람 모인 곳을 싫어해서…. 혹시 가축을 부리거나 밭이라도 가는 일이 있어 필요하시면 언제라도 불러주십시오."

그런 사울이 사무엘은 싫지 않았다. 그랬다. 자신이 없으면 존재할 수 없는 그런 왕을 사무엘은 원했는지도 모른다. 사무엘이 공손히 대답한다.

"그렇게 하시지요, 필요하면 왕을 찾겠나이다!"

그러나 대관식 행사를 주관했던 세력가들은 사무엘의 눈치를 보며 사울을 쫓아 기브아로 향한다. 열국으로부터 왕의 제도를 어렴풋이 알고 있던 장로들은 왕 곁에서 권세를 잡고자 했다. 사울에게 소소한 예

---

[031] 이집트에서는 맹세로 확증한 중요 문서, 예를 들어 국제조약은 신전의 신상 발밑에 놓았다. 히브리인들도 중요 문서는 신전에 보관했던 것 같다.

물을 바치기도 하며 관직을 기대한다.

"우리 지방에서 나는 약초입니다. 만수 하소서. 그리고… 제가 아셀지파 장로 유다라는 것을 기억해 주시오."

대관식에 참석한 자 중에는 사울이 왕이 된 것을 반대하는 자들도 많다. 북쪽에서 가장 큰 에브라임지파의 반발이 컸다. 이 지파는 성소가 있던 실로를 영토 아래 두어 이스라엘 종교 중심지 역할을 했다. 또한 장자의 축복을 받아 가장 큰 세력을 가진 지파다. 더욱 반발한 자들은 왕을 세우고자 했던 지파의 장로들이다.

"왕이 나와야 한다면 응당 장자인 우리 지파에서 뽑아야 하지 않겠소. 이 가나안 땅을 얻은 것도 에브라임지파 여호수아의 공로가 아니오. 어찌 가장 작은 지파요, 공도 없는 베냐민지파에서 왕이 나올 수 있단 말이오?"

"도대체 사울이란 자는 누구요? 한 번도 들어본 적이 없는 빈촌의 무지렁뱅이가 무슨 공로가 있어 왕이 된단 말이오? 허수아비를 세워 제 마음대로 조종하려는 사무엘의 농간이 아니오?"

유다지파도 가만히 있지 않는다. 장로들이 사무엘 앞에 몰려가 삿대질까지 하며 대든다.

"가장 큰 땅과 가장 많은 인구를 가진 우리 가운데서 왕을 뽑아야 했거늘, 어찌 독단적으로 보잘것없는 지파에서 왕을 뽑았단 말이요? 전승에도 우리 지파에서 왕의 지팡이를 가진 자가 나온다고 했는데 천부당만부당한 일이오."[032]

"맞소. 야훼는 원래 우리 부족의 신인데, 다른 지파가 왕권을 가지면 야훼 신의 뜻이 아니오."[033]

영토나 백성 수에서 작은 지파도 그들끼리 수군거리며 다툼이 일어난다.

"우리 에셀 지파에서 왕이 나오면 안 되는 법이 있소?"

"에셀은 선조 야곱의 첩 실바의 아들이 아니더냐? 또 야곱이 예언하시기를 그 지파는 왕의 수라간 음식상이나 차리게 될 것이라고 하지 않았느냐. 그런 비천한 지파가 왕위를 노리다니 괘씸하다."

"너의 스불론 지파는 조상 야곱께서 예언하시기를 해안가에 살며 배나 타게 될 것이라고 하지 않았느냐? 왈패 같은 놈이 무슨 소리 하는 것이냐."

대관식이 끝나고 돌아오면서 사울 동네 사람들도 수군거린다.

"사울은 덩치만 컸지 머리가 빈 자가 아니더냐? 사냥할 때 오소리가 나타나자, 저만치 풀섶 한쪽에서 콧구멍만 오비작대던 자가 아니던가."

"자기가 부리는 소보다도 더 미련한 자다. 나무 패는 일이나 할 자가 우리 이스라엘을 이끌고 적과 싸울 왕이 될 수 있다더냐? 타작마당에서 아녀자들과 맷돌질이나 하고 체로 낟알이나 가려내는 일이나 해야 할

---

032 유다지파는 히브리전승을 나름대로 해석하여 성민(聖民)의식이 자리잡고 있었다. 전승에 따르면, 야곱이 유언으로 모든 아들에게 복을 빌어주었다. 그때 넷째 아들 유다에게 "통치자의 지팡이가 떠나지 않을 것이다"라고 예언했다고 전해진다. 해석하기 나름이지만 어찌 보면 왕이 나올 것이라는 예언이었다. 이 전승은 후대에 이르러서도 유다지파에서 왕이 나와야 한다는 당위성으로 해석되곤 했다. 이 지파 구별은 영토 분할, 재산 상속, 제사장 직분, 왕위 계승 등 중요한 역할을 한다. 그러나 왕정시대 때 명분만 남고 사실상 소멸한다.

033 이스라엘 열두 지파 중 유일하게 유다지파만이 야훼의 이름이 들어가 있다. 그러기에 야훼가 '유다'(야훼를 찬양한다)지파 단독 부족 신이었다고 주장하는 견해도 있다.

인물이야."

"그런 말 하지 말게. 사울은 그래도 힘 좋은 장사가 아니던가. 사람이 순해서 그렇지 졸부는 아니네. 지난번에도 양을 해치는 이리를 잡아오지 않았던가?"

반대하는 한 가지 이유는 왕의 재목이 아니라는 얘기다. 사울은 뒷전에서 비아냥대는 소리를 들으면서 말없이 걷는다.

'저들의 말이 옳아. 내가 이스라엘 왕이 될 자격이 있단 말인가?'

미스바에 모였던 백성 중 사울을 지지하는 자들이 아비 기스의 집에 모였다. 기스는 하인들을 보내 주변의 토호들도 잔치에 초대했다.034 손님들은 잔칫집에 도착하여 흰 예복으로 갈아입었다. 기스가 포옹하며 입을 맞춘다. 여종들은 다가와 발을 씻어준 후 머리와 발에 향유를 발라준다.

마당가에 화톳불이 피워졌다. 염소가 통째로 구워지고 양고기가 조각내어 삶아졌다. 번철에 건포도를 놓아 과자를 굽고 무화과니, 꿀이니, 다과들이 차려졌다. 마지막으로 포도주가 나왔다.035

손님들이 잔칫상 앞으로 다가간다. 이들은 많이 먹으려 하지 않았고, 음식의 질이나 맛에 표정을 바꾸지 않았다. 모든 음식에 손을 대려고 하지도 않았다. 체면상 점잖아야 했기 때문이다.

"도련님께서 왕위에 오르시다니 이 같은 경사가 어디 있어요? 아씨

---

034 히브리인 잔치의 관례는 남자만 초대되었다. 부녀자와 자리를 같이하고 술을 마시는 것은 불경스러운 일이었다.
035 히브리인 서민들은 아침엔 보리떡을 초에 찍어 먹는 간단한 식사를 하고, 일을 할 수 없는 어둠이 내릴 때 저녁으로 고기 등을 먹었다.

는 왕후가 되셨어요."

"왕후가 무엇인지 모르지만, 지금처럼 지아비를 섬기며 사는 이 생활이 나는 좋다."

음식을 만들던 여종이 호들갑을 떨어도 설거지하는 '아히노암'(내 형제는 고귀하다)의 얼굴빛은 어둡다. 다른 여종들도 마당에서 빗질을 잊고, 외양간 구유에 꼴 채우는 일을 잊고 왕 이야기에 꽃을 피웠다.

"주인집 아드님이 왕이 되었으니 우리는 시녀가 되는 것이 아니야?"
"왕이 뭔데?"
"왕도 모르냐? 하늘의 주인이 신이라면, 땅의 주인이 왕이야!"

"먹는 자에게서 먹는 것이 나오고, 강한 자에게서 단것이 나왔는데 이것이 무엇인고?"

"그것은 사사 때 삼손이 동무들에게 낸 수수께끼가 아니냐? 내가 그 답을 말하겠다. 바로 사자 사체 속의 벌집이다!"

만찬 후, 언제나처럼 잡담, 수수께끼, 주사위 놀이가 벌어졌고 가무가 이어졌다. 또 나라를 세울 이야기도….

"왕을 뽑았으면 궁전을 지어야지?"
"궁정보다 시녀들을 많이 뽑아야 하는 것이 아니야?"
"그러려면 세금을 받아야 하는데 농사꾼 사울에게 누가 세금을 내겠어?"

사울의 측근들도 얘기만 무성할 뿐 누구 하나 왕정제도를 어떻게 실시하는지 아는 자들이 없다. 더욱이 왕이 무엇을 해야 하는지 사울 자신도 몰랐다. 사무엘 또한 원치 않는 왕정제도를 만들고 임명했지만, 사울을 왕 지위에 올려놓지 않고 궁도, 왕좌도 만들어주지 않았다.

잔치는 이틀 동안 계속되었고 포도주와 삶은 양고기가 바닥나자 끝났다. 나랏일을 얘기하며 신하가 되겠다고 맹세했던 자들이 하나하나 사울의 집을 떠난다.

"왕이 된 것을 축하하오. 관직을 내리실 일이 있으면 우리 형제들을 기억해 주시오."

그들은 덕담과 청탁을 하다 돌아갔다. 심복이 되어야 할 자들이었지만 신하 역할조차 몰랐다.

보리밭에 굴을 파고 들락날락하던 두더지가 고개를 내밀다가 햇빛을 보고 몸을 숨긴다. 사울은 농사꾼으로 돌아와 있다. 멍에에 보습을 멘 소들을 끌고 도랑을 판다.

"왕이 쟁기질하러 나왔네? 하긴 이스라엘에서 왕이 무슨 필요가 있어."

"그럼, 그럼. 무슨 일이 있으면 야훼께 기도하면 되지."

고향 사람들이 수군거린다. 그러나 의미 있는 깊은 눈길로 사울을 보는 자들도 있다.

"사울은 낮에는 농사일을 하지만 밤에는 무술 연습을 하며 앞날을 예비하고 있다. 사사 기드온도 미디안 족속이 두려워 숨어서 밀 타작을 했지만, 나중에는 미디안 군사들을 몰살시키지 않았느냐?"

암몬과의 전투

 전승에 따르면 암몬 족속은 아브라함의 조카 롯의 후예다. 사해 주변 '소돔'(에워싼 장소)과 '고모라'(물이 많은)가 도덕적으로 타락했기 때문에 신의 노여움을 받고 멸망할 때,036 롯의 가족 또한 재앙을 피해 도망쳤다. 롯의 아내는 제 집과 재물이 있던 불타는 소돔과 고모라를 뒤돌아 본 고로 소금 기둥이 되었다.037
 롯은 재앙을 피하여 딸들만 데리고 '소알'('작다', 요단 저지대의 성읍) 산으로 도피했다. 그때 두 딸은 세상이 다 멸망하여 남자가 없는 줄 알고 아비를 술에 취하게 하고 관계를 맺어 아들들을 낳았다. 첫째 딸이 낳은 아들은 모압 족속의 시조가 되었고, 둘째 딸이 낳은 아들이 암몬 족속의 시조가 된다.038 전승에 따르면 그 후예들은 요단 동편으로 가 토

---

036 현대신학자들은 그 지대에 산재해 있는 역청이나 천연가스들이 번개를 만나 폭발하는 풍경을 보고 생겨난 민담으로 보기도 한다.
037 사해 근처 지역에는 수세기 동안 침식작용으로 뾰족한 돌기둥이 많이 생겨났는데, 그 모양새가 사람을 닮은 것이 많다. 또 소금 물보라가 분출된 결과 생긴 소금 단괴도 있다. 이 형상을 보고 생겨난 민담일 것이라고 보는 현대신학자들도 있다.
038 암몬과 모압의 근원이 적힌 창세기 히브리전승은 아브라함 이후 1500년 지난 작품이다. 그때 저자들은 고대에 나타나 자신들과 끊임없이 영토 분쟁을 일으켰던 모

착민이었던 삼숨밈 족속을 멸하고 아르논 강에서 얍복 강에 이르는 지역에 정착했다고 전해진다.

이 암몬 족속은 요단 동편 시리아 사막 가장자리에 위치한 자신들의 지리를 최대한 이용하여 '왕의 대로'(시리아에서 가나안을 통과하여 아라비아, 이집트로 이어지는 길) 등 무역 통로를 지배하며 그 주변 지역 여러 족속의 수장 노릇을 하고 있었다.

암몬 사람들은 자신들의 국경지대에 큰 돌로 거대한 요새를 만들고 실전에 투입될 수 있는 공격부대까지 조직하고 있었다.[039] 이 족속은 이스라엘 거민과 대결 관계였다.

사울이 미스바에서 왕위에 오를 무렵, 암몬 왕 '나하스'[040]가 목을 길게 빼고 요단 동편 이스라엘 영토 '길르앗'[041]을 넘본다. 암몬인들은 이스라엘이 블레셋의 침공으로 나약해졌다는 것을 알고 있었다. 그러던

압, 암몬 건국 신화를 설명해야 했다. 당시 이스라엘인들은 근동의 모든 족속을 자신들의 후예로 생각했다. 그러기에 적이었던 그들을 자신들의 후손이면서도 근친상간의 후예로 묘사했다고 주장하는 현대신학자들도 있다.

[039] 히브리전승에 따르면 사사시대 때 암몬 족속은 이스라엘 땅으로 올라와 가나안 서부 베냐민 땅에 깊숙이 침공하며 '암모니'(암몬 사람들의 성읍)를 세우기도 했다. 이때 상황이 급했던 이스라엘은 기생의 아들 입다를 앞장세워 대항군을 조직하여 암몬 사람들을 격파했다. 그러나 입다도 암몬 족속을 잔멸하지 못했다. 그리하여 아직도 베냐민 땅 암모니에는 암몬인들이 상당수 거주하고 있었다.

[040] '뱀.' 암몬 족속을 포함하여 고대 근동에서 숭배하는 토템이 뱀이었기에, 이 이름을 가진 자들이 많았다.

[041] '기념하기 위해 쌓은 돌무더기.' 이 땅은 원래 아모리 족속 땅이었다. 그런데 모세 때 아모리 왕 시혼을 몰아낸 후 이스라엘이 지배하고 있었다.

차 이스라엘이 왕을 세웠다는 소문을 듣고 위기감을 느껴 침공한다. 나하스가 앞장서서 군을 지휘한다.

"이스라엘인들은 블레셋인들에게 시달리느라 전력을 다 소비했다. 철기 무기도 몇 자루 되지 않는다고 한다. 우리 조상이 그들의 조상 입다에게 입은 치욕을 갚을 기회이다. 우리는 길르앗 땅 농경지를 다시 찾을 것이다."

기원전 1040년경 나하스는 암몬 도성 '랍바'[042]에서 군사를 모아 항오를 지어 서쪽으로 전진한다. 동쪽 고원지대에 거주하던 이들은 더 넓은 평원을 얻고 싶었다. 암몬 제사장들은 그들 영토를 지나면서 몇 번이나 부족신 몰렉에게 살아있는 아이를 태워 제물로 바치는 의식을 거행했다.[043]

황야 저편으로 뱀에게 물린 사슴이 절룩이며 도망치고 있다. 하늘에는 사슴이 쓰러지기를 기다리며 독수리들이 쫓는다. 그 뒤를 암몬의 군대가 몰려온다. 손에는 무기, 허리춤에는 껍질을 벗기지 않은 호밀로 찐 검은 빵을 차고 암몬 병사들이 이스라엘 국경을 넘는다. 이들은 행군 도중 옹기종기 모여 막대기나 주사위로 점을 친다. 복채를 받기 위해 전쟁터까지 따라온 무당들은 뱀머리가죽을 벗겨 만든 가면을 쓰고 뱀소리를 내며 '나하쉬'('복술.' 뱀소리의 의성어)를 한다.

---

042 '얍복강 상류에 위치.' 이곳은 시리아 다마스쿠스에서 남방의 성읍으로 연결되는 대상로에 속했으므로 교통의 중심지다.
043 사람을 불태워 바치는 제의는 가나안에 퍼져 있었다. 암몬과 모압과 시리아 사람들도 이 제의를 실행했다. 페니키아에서는 본토뿐만 아니라 식민지였던 카르타고까지 이 제의가 성행했다. 이스라엘도 족장시대 때 아브라함이 아들 이삭을 제물로 바치려 했고, 사사 입다도 딸을 제물로 바쳤다.

"이번 출정은 분명히 승전가를 부르며 돌아올 것이 분명해!"
"내 점괘는 다른데. 주사위 수를 더해 보니 불길한 숫자가 나오더라고."
낮에 주사위로 점을 치던 암몬 병사들은 야영할 때는 별과 달을 보고 점성술을 한다. 아침이 되면 꿈을 얘기하며 이번 전쟁의 승패에 관해 이야기를 주고받는다.

나하스는 길르앗 야베스까지 아무런 저항을 받지 않고 군대를 전진시킨다. 이스라엘 땅을 밟자마자 엎드려 양손을, 하늘을 향해 펴며 신을 부른다.
"몰렉('임금.' 암몬족속의 신)이여, 우리에게 새로운 영토를 주소서!"
암몬군이 쉽게 이스라엘 동부 침공에 성공한 것은 이미 블레셋으로부터 묵계가 있었기 때문이다. 가나안을 지배하고 있던 블레셋은 사울이 왕으로 추대되는 등 이스라엘에서 이상 동향이 있자 견제하려 암몬인들의 침공을 묵인한 것이다.

암몬 군대가 '야베스'(건조한) 성읍 지역으로 들어섰어도 낡은 초소만 몇 개 있을 뿐 군사는 보이지 않았다. 원래 이 지역은 지리적 조건 때문에 북쪽 시리아와 남쪽 암몬, 모압, 아라비아 등 적의 침략을 자주 받아 용맹한 자들이 많았다.
그러나 야베스에는 큰 군사가 없다. 지난날 사사시대 때 이스라엘 열한 지파가 베냐민지파 영토에서 벌어진 강간 사건의 책임을 물어 베냐민지파와 싸움이 벌어졌는데 야베스 지역은 그 보복 전투에 참여하지 않았다. 야베스 사람들은 그 일에 트집이 잡혀 이스라엘 총회의 공격을 받게 되었다. 그 후 이 지역은 세력이 급하게 약해졌다.
"사내놈은 죽이고 계집들은 끌고 와라. 공로 있는 병사들에게 첩으로 하사하리라!"

 나하스는 길르앗 경계를 넘어 대군을 몰고 오면서 산지에 흩어져 있는 이스라엘인들의 초막을 유린했다. 그들의 발길이 닿는 곳마다 찢어지는 비명이 들린다.

 "낯짝이 반반하여 병사들에게 던져주기 아까워 데려왔습니다."

 심복이 어린 처자를 끌고 군 막사로 들어왔다. 자줏빛 질린 입술을 벌벌 떨고 있는 소녀는 무릎을 꿇고 자비를 구한다.

 "갈 길이 바쁘고 멀다. 어찌 계집을 끌고 다닐 수 있겠느냐?"

 나하스는 말은 그렇게 하면서도 군영 옆 장막에 만들어 놓은 침궁으로 데리고 간다.

 다음 날 아침, 소녀는 나하스의 침궁에서 풀려났다. 소녀는 폭풍 속을 지나온 듯 옷매무새가 흐트러져 제 고향 촌락 쪽으로 걸어간다. 발자국마다 눈물이 떨어진다. 왕과 하룻밤을 지낸 여인인지라 암몬 장군들과 병사들도 건들지 못한다.

 소녀는 고향으로 돌아왔지만 암몬 족속에게 몸을 버린 여인이라고 따돌림을 당한다. 히브리인들은 신이 자신들을 택했다고 믿었기에 제 종족 피를 고귀하게 여겼으며 이국인의 피는 더럽게 여겼다.[044]

 "암몬군에게 겁간당한 이번 경우에는 들판에서 겁탈을 당한 경우와 진배없다. 부득불 당한 경우는 율법에도 용서하라 했으니, 소녀를 돌로

---

[044] 처녀성을 유지하는 것은 아비의 책임이기도 했다. 혼례 후 처녀가 아님을 발견했을 경우, 남편의 고소에 따라 율법에 의해 아비의 집 문전에서 돌을 맞고 살해당하기도 했다(율법에는 남자의 동정 여부는 묻지 않았다).

치지 마라!"⁰⁴⁵

　율법의 의미대로 장로의 판결이 내려졌지만, 부족인들과 친족들로부터도 부정한 여자가 된 소녀는 고향을 떠나 요단강변으로 간다. 강물에 몸을 던질 작정이다.

　사철 눈이 녹지 않는 헤르몬 산정과 레바논 산과 들에서 흐르는 물줄기는 갈릴리 호수⁰⁴⁶와 더 멀리 사해까지 이어져 흐르고 있다. 강변에는 어부들이 그물로 잡아 올린 물고기들을 고른다.
　"제길, 율법에서 금한 비늘 없는 물고기를 빼고 나니 정작 먹을 것이 없구먼."
　어부들은 메기, 뱀장어 등은 놓아주고 돌잉어와 '틸라피아'⁰⁴⁷는 바구니에 담는 등 물고기 가리기에 열중할 뿐 곁을 지나치는 소녀에게 눈길 줄 여유가 없다. 한참을 쓰러질 듯 타박타박 걷던 소녀는 누군가 강물에 띄워놓은 작은 조각배를 본다. 바닥에 물이 고이고 노가 없는 배였다. 소녀는 배에 올라 제 몸을 맡긴다.

　늙은 사내가 물 곁으로 떠밀려 온 조각배 밑에 쓰러져 있는 소녀를 보고 다가가 이마에 물을 축여준다.

⁰⁴⁵ 율법에는 아무도 없는 광야에서 강간을 당할 경우는 여자에게 죄를 묻지 않았지만, 민가에서 강간을 당하였을 때는 죄를 물었다. 반항하고 소리치지 않았다는 이유에서다.
⁰⁴⁶ 남북의 길이가 21㎞, 동서의 폭이 12㎞, 깊이가 44m가 되는 담수호. 약 20종의 어족이 서식한다.
⁰⁴⁷ 갈릴리호숫가에서 가장 흔한 물고기로 염장 또는 훈제해서 식용했다. 입안에서 새끼를 부화하는데, 훗날 베드로의 물고기로 명명된다.

"쯧쯧, 이 처자는 어디서 떠내려 온 것일까? 맥이 약한 것이 살 수나 있을지 모르겠구나."

사내는 베들레헴에서 주인 이새의 양 치즈를 팔러 온 종이다. 사내 곁에는 말린 생선들이 줄에 꿰여 나귀에 실려 있다. 물물교환한 것이다. 소녀를 품에 안아 안장에 눕히며 중얼거린다.

"하비루048 강도떼들을 만나 숨어 있느라 늦었는데 주인께서 내가 도주라도 한 줄 알겠다. 그런데 주인에게 이 처자를 데리고 가면 좋아하실까? 늙은 여주인도 앓고 있는데, 첩으로 삼으라고 하면 입이 찢어지겠지… 그러나저러나 다윗 도련님이 수금줄이 끊어졌다고 사슴힘줄을 구해오라고 했는데… 어디서 구할꼬…."

"암몬 왕이여, 우리는 아브라함의 피를 받은 형제가 아니오? 그런 까닭에 우리 이스라엘인들이 가나안에 들어올 때 아모리 족속을 치면서도 그대들의 땅은 침범한 일이 없거늘 어찌 이렇게 황망한 일을 저지른 것이오?"

야베스 성주는 암몬 군사가 쳐들어오고 있다는 소식을 듣고 급히 사신을 보내 막고자 한다. 암몬 진영을 찾은 특사가 성주의 애첩에게서까지 닥닥 긁어모은 예물을 내려놓으며 엎드려 읍소한다. 그러나 나하스의 입에서 나오는 말은 얼음칼로 찌르듯 차가웠다.

"그때 얘기라면 우리도 할 말이 많다. 너희 이스라엘 놈들이 이집트

---

048 '떠돌이 산적패.' 근동을 떠돌던 하비루는 가나안어 무리를 뜻하는 '하베르'에서 나왔을 가능성이 크다. 원래 의미를 '먼지투성이의 사람들' 혹은 '당나귀가 일으키는 먼지'로 보고, 대상들이 교역으로 생계를 이어갈 수 없자 산적이 되어 이 이름으로 변했다는 이론도 있다.

에서 올라올 때 우리 땅을 빼앗지 않았느냐? 사사 때 그것을 돌려달라고 했는데 그대들의 사사인 입다가 거절하고 우리를 공격하지 않았는가?"

"그것은 사사 때와 마찬가지로 억지떼를 부리는 것이오. 그때 그 영토는 그대들 암몬의 영토가 아니라, 그대들이 아모리 족속 시혼 왕에게 빼앗긴 상태였소. 우리 조상들은 아모리 족속의 땅을 취한 것이오."

야베스 사신과 나하스는 조상 때 영토 분쟁의 비화를 얘기하며 설전을 벌인다. 그러나 명분보다 나하스의 야망은 크다. 사신을 내쫓고 다시 길르앗 야베스 성을 향해 전진한다.

암몬 자손은 조상이 아브라함의 후예요, 아브라함의 조카 롯과 그의 딸 사이에서 근친상간으로 낳았다는 전승을 믿지 않았다. 히브리인들이 꾸며 암몬인들을 비하하려는 얘기로 여긴다. 이스라엘인이 자신들을 멸시하는 것도 안다. 암몬인도 나름대로 성스러운 조상 설화를 가지고 있었다. 암몬군이 이스라엘을 침공하며 그 분노를 터뜨린다.

"이스라엘 놈들은 우리가 그들 총회에 들어가는 것을 율법으로 막고 있다. 오라고 해도 들어가지 않을 우리지만 그 생각이 괘씸하지 않느냐?"[049]

"이번에는 우리가 그놈들을 잡아 불알을 바르리라. 그 잘난 총회에 못 들어가게 하겠다."

성주는 성문을 열고 발가벗고 나와 엎드려 내 명을 받으라!

---

[049] 율법에는 '종교 집회'(총회)에 못 들어오는 분류를 명시해 놓았다. 사생아, 10세 전까지의 아이, 고환이 상한 자나 성기를 베인 자 그리고 아비와 딸 사이 근친상간의 후예라 하여 암몬, 모압 사람이다.

나하스가 야베스 성읍 앞에 진을 친 후, 포로 등가죽을 벗겨 거기에 쓴 서신을 보내 압박한다. 이스라엘에서는 사울이 왕위에 오른 지 얼마 되지 않은 때라서 중앙세력이 없었다. 지방으로 파견하여 적을 방어할 수 있는 상비군이 없다는 얘기이기도 하다. 모든 지방 성읍은 스스로가 적들을 상대해야 한다.

높은 언덕에 흙벽돌로 쌓아 올린 야베스 토성 안. 야베스 군사지도자들은 성주의 집무실에 모였지만 할 수 있는 일은 한숨짓는 것 뿐이다.
"휴, 우리는 나라도 없고 왕도 없으니, 누가 우리를 도우랴!"
작전회의라고 했지만 눈물로 시작해서 눈물로 끝난다. 성주는 겁에 질려 항복이나 다름없는 서신을 보낸다.

위대하신 왕이여, 그대의 나라를 부국(父國)으로 섬기고 그대를 부모처럼 섬기겠소. 해마다 곡물, 가축, 처녀, 미동 등 조공도 바칠 것이니 군사를 물려주소서.

나하스가 사신을 향해 독 오른 이빨을 세운다. 원한 것은 조공이 아니다. 선조가 당한 수치를 갚는다는 명분을 내세워 야베스 땅을 송두리째 갖고 싶었다. 가장 모욕적인 조건을 내세운다.
"너의 성주가 성(城)을 들고 와 발가벗고 절을 해도 살려줄까 말까 하는데, 이까짓 서신으로 현혹하려 하느냐? 그래, 좋다. 서로 화친하자. 그러나 한 가지 조건이 있다. 너희 족속의 오른쪽 눈을 다 빼어 나에게 주면 철군하겠다."[050]

나하스가 무리한 조건을 내세우고 야베스를 압박할 수 있었던 이유는 중앙세력이 없는 이스라엘을 얕잡아 본 것이다. 성읍은 울음바다가 된다.

야베스는 다른 이스라엘 성읍처럼 장로들이 모든 정치에 관여했다. 성주를 앞에 놓고 다시 대책회의를 했으나 어떤 방책도 찾지 못한다. 장로가 울먹이며 말한다.

"나하스 말대로 항복하고 한쪽 눈을 화저로 지집시다. 눈 한쪽 없어도 사는 것이 낫지 않소?"

그는 말을 끝내기도 전에 회의에서 쫓겨난다. 장로의 의견이 야베스 성안에 알려지자, 백성들이 몰려가 그와 가족들을 돌팔매로 살해했다. 그 경황 중에 장로들의 회의는 계속된다.

"요단 서편 다른 지파들에게 도움을 요청해 봅시다. 전날 모세 시절 헤스본 왕 시혼과 바산 왕 옥을 제압하고 이곳 요단 동편을 우리가 할당받았을 때, 우리는 요단 서편으로 가 다른 지파가 가나안 족속과 싸우는 것을 도운 적이 있소. 이번에는 그들이 우리를 도와줄 차례요. 얼마 전에 사울이란 자를 우리 이스라엘 왕으로 삼았다고 하니, 사람을 보내 도움을 요청해 봅시다."

누군가가 과거 전승과 사울의 이름을 말했으나 금방 다른 장로들로부터 핀잔만 듣는다.

"나도 그자가 왕이 되었다는 소식을 들었으나 덩치만 컸지 장수의 기질이 없을뿐더러 따르는 자도 없다고 하는데 어찌 우리를 돕겠소?"

---

050 군사는 전투할 때 왼손으로 방패를 들어 얼굴의 한쪽 왼쪽 눈을 가리고, 오른손으로 칼을 들고 오른쪽 눈으로 싸우게 되는데, 그 눈을 달라는 것은 군사들을 무력화시키겠다는 뜻이다.

"그자는 지금 고향 기브아에서 소나 몰며 농사를 짓고 있다고 들었소. 따르는 자가 없으니, 농군으로 돌아간 것이 아니겠소?"

"어찌할 수 없소. 다시 사신을 띄워 나하스에게 살려만 달라고 빌어 봅시다."

구석에서 회의를 지켜보던 암몬으로 가야 할 사신이 울먹인다.

"하이에나 어금니보다 강퍅한 나하스가 이번에는 사신을 죽이지 않겠습니까? 지난번에 사신으로 갔을 때 내 얼굴이 뜨거울 정도로 나하스의 얼굴은 화기가 올라 있었습니다. 다시 오면 혀를 빼겠다고 했습니다!"

장로들의 얼굴이 더 처참해진다.

"야베스 성에서 항복할 테니 칠 일만 기다려달라고 하는데 어떤 술수가 숨어 있을지 모릅니다. 지금 쳐야 합니다!"

"그놈들이 감히 무슨 짓을 하겠느냐?"

"분명히 다른 지파들에게 구원을 요청한 것입니다."

"다른 이스라엘 놈들도 남서쪽 블레셋과 대치 중이니 이 먼 곳까지는 지원할 여유가 없을 것이다. 또 몰려온다면 더 좋은 기회다. 모두 몰살시키고 이스라엘 전체를 차지하겠다."

야베스 성주의 조건부 항복을 들은 암몬군은 작전회의를 연다. 장수 몇몇이 반대했지만 나하스는 큰 자신감으로 조건부 항복을 받아들인다. 그는 전령이 밖으로 소식을 전하지 못하도록 철저히 단도리한다.

"야베스 성읍을 겹겹이 포위하라. 쥐새끼 한 마리 빠져나가지 못하도록 하라!"

그 시간, 야베스 성주는 이스라엘군 소집권을 가지고 있는 라마 사무엘에게 전령을 보내 구조를 요청한다. 촌음을 다투는 급박한 순간이었다. 성주는 고창병을 앓아 뼈만 남은 어린 장남을 전령으로 보낸다. 여위어 가벼웠기에 파발마가 더 빨리 달릴 수 있기 때문이다.

성읍을 포위한 암몬군이 전령의 필마가 성문에서 나오는 것을 보고 쫓는다. 성주의 아들이 바람 속을 달리며 말 뱃구레를 발로 차댄다.

"말아, 어서 달려라. 너에게 성읍 백성들의 생명이 달렸다!"

멍에 멘 황소를 몰며 쟁기질하는 사울을 따라오며 호밀 씨를 뿌리던 시종이 언제나처럼 비죽거린다.[051]

"어찌 도련님께서는 왕좌에 앉아 백성들은 부리지 않고 소만 부린단 말이오?"

"미스바에서 예언자께서 나를 지도자로 지명할 때 세력 있는 사람들의 눈빛을 보지 못했느냐? 그자들이 나를 왕으로 모시겠느냐? 왕좌에 오르면 오히려 죽이려 들지 모른다. 나는 왕궁의 왕보다 밭 가는 농부 생활이 더 좋다. 또 기다리다 보면 좋은 기회가 올지도 모르지 않느냐?"

사울이 황소 고삐만 잡고 있던 것은 아니다. 새벽마다 활을 쏘았고, 밤마다 물푸레나무에 쇠촉을 달아 만든 단창 던지는 연습을 했다. 그가 이십 보 멀리서 단창을 던져 상수리나무 둥치에 박히는 소리가 마을 뒷산에 쿵쿵 울렸다.

"기회는 무슨 기회요? 단창 연습만 한다고 왕이 되나요? 주인님은 필경 소고삐만 쥐고 살다가 농군으로 마치겠어요."

---

[051] 가나안은 봄과 가을이 아주 짧아 크게는 겨울의 우기와 여름의 건기 두 계절로 구분되기도 한다. 가을 이른 비 때 씨앗을 뿌린다. 이때 농부들은 밭에 나와 나귀와 함께 쟁기를 끌었고, 소를 부려 써레질했다. 아마씨, 보리, 호밀 종자를 뿌렸고, 겨울이 지나고 봄이 되어 우기가 끝나는 4월경 타작을 했다.

해가 뉘엿뉘엿 넘어가고, 사울이 시종과 함께 소를 몰고 집으로 돌아올 때다. 밭두렁에서 농민들이 일손을 놓고 퍼질러 앉아 울고 있다. 사울이 소고삐를 잡고 다가가 묻는다.

"무슨 일이오?"

"어찌 그리 귀가 어둡소? 지금 암몬 군대의 공격을 받아 야베스 사람들이 다 눈이 빠져 죽게 되었어요. 그 사람들이 누굽니까? 우리 베냐민지파가 이스라엘 총회의 공격을 받을 때 유일하게 칼을 들지 않은 주민들이 아니오? 그때 총회에서 우리에게 딸을 주지 않자, 우리 청년들이 그들의 딸과 혼례를 맺지 않았소?052 길르앗 사람들은 우리 혈족과 다름없소."

사울이 길르앗 야베스 소식을 듣고 온몸을 부르르 떤다.

"어찌 이스라엘 왕으로 뽑혔으면서도 이교도에게 자기 백성을 죽게 내버려둔단 말이오? 왕이란 자가 고향에 칩거하여 소고삐나 쥐고 있으면 되겠소?"

사울이 들고 있던 소고삐를 놓고 달구지에 실려 있는 낫을 쥐며 소리친다.

"이놈, 나하스, 네놈의 눈부터 뽑아내겠다!"053

사울은 집으로 돌아오면서도 분을 삭이지 못하고 고추뿔 곤두선 황소처럼 씩씩거린다. 지켜보던 시종이 불쑥 내뱉는다.

---

052 사사시대 때 베냐민지파 청년들이 야베스의 처녀들을 납치해 혼례를 맺었다. 납치결혼은 고대 사회에서는 드물지 않은 일이었고 특히 추수 절기에 그렇게 하므로 다산한다는 의식이 있었다.
053 히브리전승에는 이때 사울은 '루아흐 엘로힘'(신의 영)에 크게 감동되어 나하스에 대한 '아프'(분노, 콧김)가 일어났다고 전한다.

"울분만 토하지 마시고 라마 예언자를 찾아가 보시죠. 무슨 일이 있으면 찾아오라고 말씀하셨잖아요."

사울이 발을 슬며시 뺀다.

"그분 곁에는 지파 장수들과 신학생들도 많은데, 나랏일이야 그들이 알아서 하겠지."

기스가 집 울타리 앞에 발을 동동대고 서 있다가 소를 몰고 돌아오는 사울에게 급히 말한다.

"사무엘 예언자께서 보낸 신학생이 왔었다. 급히 라마로 달려가라. 암몬 놈들의 침공 때문에 너를 불렀다고 말하더라. 아들아, 너는 이스라엘의 왕이다. 네 백성이 이교도들에게 몰살당할 위험에 처했다. 일어서야 할 때다."

기스는 불려와 서 있는 조카 아브넬을 보고 말한다. 장창을 들고 어깨에 화살통을 차고 출전 준비를 하고 있다.

"사울 형을 따라가 보필하며 공을 세우거라! 전쟁에 나가면 형의 뒤를 지켜주어라!"

사울은 두 자루의 단창을 등에 메고 나선다. 멀리 던져 적을 살상하는 무기다. 아히노암이 부엌에서 일을 하다 앞치마에 손을 씻고 마을 초입까지 따라나선다. 기브아의 작은 토호 '아히마아스'(내 형제가 분노한다)의 딸이다. 사울이 사무엘에게 기름 부음을 받은 후 왠지 모를 불안감에 가슴 졸이며 살아왔다.

사울은 아히노암의 손을 잡고 있는 막내아들 '말기수아'(야훼께서는 부유하시다)와, 마당귀에서 막대기 장난짓을 하는 둘째아들 리스위를 잠시 지켜보다 아브넬과 함께 라마 쪽으로 발길을 돌린다. 큰아들 요나단(야훼께서 주신 자)이 달려오며 외친다.

"저도 따라가 암몬 군대와 싸우겠어요. 이 기브아에서 저만큼 활을 잘 쏘는 청년은 없을 거예요."

사울은 요나단에게 가다가 어깨를 두드린다.

"네 어깨는 아직 비둘기 죽지와 같다. 솔개나 독수리처럼 단단해지면 아비를 돕거라."

'예언자께서 나를 부르셨다고? 나하스라는 자는 잔인하기 짝이 없고, 많은 군사를 거느리고 있다고 했는데… 어떻게 그들을 무찌를까?'

사울은 라마로 가면서 탄 말이 커다란 덩치 때문에 헉헉대는 것처럼 마음이 무겁다.

기브아 평원을 지날 때, 마을 농부들이 낫질하다가 말한다.

"드디어 사무엘께서 부르시어 떠나는구나. 지금 보니 사울의 모습이 큰 장수요, 왕감이 아니냐!"

"때가 급하오, 만백성 앞에서 그대가 야훼께서 택한 왕인 것을 보여주어야 할 시기가 왔소."

라마의 관저 앞에서 기다리던 사무엘은 사울을 얼싸안으며 반긴다. 그리고 급히 사울에게 전술과 전략을 가르친다.

"왕께서는 열두 지파 수장들에게 전령을 띄워 모병하라 명하시고, 그 모든 연합 세력을 베섹 들판에 모으시오. 그곳은 길르앗 야베스 서쪽에 근접한 곳이므로 우리 진영을 세우기에 더없이 좋은 곳이오. 전령을 보낼 때 소의 각을 떠서 보낼 것이며, 왕과 내 이름으로 보내시오. 그리고…."

"나를 가르치소서. 야훼의 종인 당신의 말에 순종하리다!"

전쟁을 앞에 두고 사울은 더욱 사무엘을 의지했다. 사무엘은 신앙의 힘을 불어넣는다.

"왕은 들으소서. 왕에게 기름 부으신 자는 야훼이십니다. 그분이 왕을 인도하실 것이니 누구 앞에서도 두려워하지 마시오."

사무엘의 격려를 받고 기브아로 급히 돌아온 사울은 눈빛부터 달라진다. 쟁기를 끌던 한 쌍의 소를 도살하여 토막토막 각을 뜬다. 그리고 사무엘이 보내준 전령들을 서신과 함께 이스라엘 각 지파에 두루 보낸다.

베섹 들판으로 모이라. 누구든지 이스라엘 왕 사울과 예언자 사무엘을 좇지 아니하면 이 소와 같이 되리라.

사울은 고향 기브아에서 모병한 베냐민지파 젊은이들을 이끌고 북쪽으로 올라간다. 제단이 있던 성지인 미스바와 세겜을 거쳐 베섹에 도착했다. 다른 지파 장군들 역시 군대를 이끌고 와 수군거린다.

"사울이 누구이관데 왕 흉내를 내며 우리에게 군사를 징모하라고 명령하느냐? 베냐민지파 촌장의 아들놈이 아니냐?"

"서신은 그가 보낸 것이지만 사실 사무엘이 보낸 것이나 다름없지 않나? 그리고 이번 싸움은 동포를 살리는 명분 있는 싸움이지 않소. 그러니까 우리 지파장도 나선 것이 아닌가."

각 지파는 사울의 명령보다 사무엘의 권위에 따르기 위해 군대를 파병했다. 054

---

054 사울이 병사들을 계수해 보니 이스라엘 자손이 삼십만이요, 유다 자손이 삼만이었

"지난 사사시대 200년 동안 오늘 같은 날이 몇 번 있었지. 전날 베냐민지파 깡패들이 여행하는 레위인 첩을 윤간하고 살해했을 때, 다른 열한 지파가 그 베냐민지파와 싸우려고 모였었지."

"지난번 대제사장 엘리의 아들들이 언약궤를 들고 블레셋과 싸울 때도, 사무엘이 미스바에서 블레셋과 싸울 때도 이렇게 많이 모이지는 않았는데 굉장한 숫자군."

각 지파 장로는 모인 수를 보고 놀라워했다. 블레셋 족속뿐만 아니라 암몬 족속이 히브리인들을 노예로 삼으려 침범하자 뭉치지 않을 수 없었다.[055]

"유다지파는 영토도 가장 크고 인구도 가장 많은데 어찌 군사를 조금밖에 보내지 않은 거요?"

지파 장로들은 군대를 이끌고 온 유다지파 장수에게 꾸짖듯 묻는다. 유다는 남쪽을 대표하는 지파였는데, 영토와 인구에 비해 출병한 군사 수가 적다고 생각한 것이다.

"우리 족속 성읍들은 블레셋과 국경을 같이 하고 있어 하루도 거르지 않고 전쟁을 벌이고 있소. 놈들은 침공해 와 우리 영토 반 이상을 차지해 버렸소. 고향 땅에서 병사를 빼돌려 이리로 오기가 힘들었소."

다고 한다. 히브리전승 중에 전쟁터 병사 수가 특히 과장되는데, 신이 그만큼 위대한 일을 했다고 강조하기 위한 표현일 것이다. 아마도 수천의 병사였을 것이다(고고학자요, 보수적인 구약학자 올브라이트는 후대 솔로몬 전성기 때 이스라엘 전체 인구를 대략 80만으로 추산한다).

[055] 이스라엘은 유목 생활 때부터 최고의 정치 기구는 공중 회의인 '카할'('회중.' 공익을 위한 소집), '에다'('회중.' 정해진 시간에 소집된 집합)였다. 이번에도 그 회중이 모인 것이다. 그들의 구성원 중 최고 지도자는 장로들이다. 지파의 나이 많은 부족장이요, 세도가들이다.

유다 장수의 말은 옳은 말이다. 그러나 유다지파는 언젠가부터 북부 지방과 스스로 차별을 두고 있었다. 그것은 지리적인 이유도 있었다. 북과 남 사이 그 중간에는 여부스족속이 지배하는 예루살렘이 있었다. 그들을 정복하지 못했기에 남과 북은 교통로가 막혀 서로 고립되어 있었다. 또 북쪽지파는 요셉의 지파요, 그의 어미 라헬의 지파였고, 남쪽지파 유다는 어미 레아의 지파였다. 조상이 배다른 형제였던 이들은 유목민 시절부터 정서적으로도 나뉘어져 있었다. 이번 싸움도 북부 지방의 문제로 보았지, 이스라엘 전체의 문제로 보지 않았기에 대군을 파송하지 않은 면도 있다.

"남쪽지파들은 강 건너 불구경하듯 하지 말고 무슨 일이 있으면 협력해야 할 것이오. 이번에 우리 북쪽지파를 위해 보내준 군사 수는 서운하기 그지없소."

남쪽에서 유다지파가 수장이라면 북쪽에서는 에브라임과 므낫세지파였다. 그들 지파장의 핀잔에 유다지파 수장의 안색이 변한다.

"북쪽지파 놈들은 저희가 지시만 내리면 우리가 종처럼 움직일 줄 알았던 모양이지? 저들은 아스낫의 후손들이 아니냐? 그 혼혈아들이 이스라엘 정통파인 양 큰 소리를 내고 있으니 꼴사납구나."

히브리인 조상 요셉은 이집트 총리로 있던 시절 이집트 제사장 딸 아스낫과 결혼하여 므낫세와 에브라임을 낳았다. 그 전승을 기억하고 볼멘소리를 지른 것이다. 이때 모든 지파의 소란을 잠재운 목소리가 들린다.

"사무엘 예언자께서 도착하셨소!"

모두가 입을 다물고 노구를 지팡이에 의지한 채 다가오는 사무엘을 본다. 깡마른 모습이 육체가 아니라 혼이 다가오는 듯하다. 회중 앞에 선 사무엘이 카랑카랑한 목소리로 일장 연설을 한다.

"스스로 존재하시며, 누구의 도전도 받지 않으시는 신 중의 신 야훼께 까부는 암몬족속에게 화가 있을 것이다!"

사무엘은 저주를 퍼부으며 웅변을 시작한다. 군사들은 창칼을 치켜들고 환호한다.

"우리는 모두 아브라함의 후예요, 이집트에서 바다를 가르고 나온 선민이다. 하나가 되어 귀신의 족속과 싸워야 한다. 이 전투를 위해서 야훼께서는 사울 왕을 택하셨다!"

사무엘이 힘 있는 연설로 전투를 독려한다. 사울은 사무엘이 지켜보고 지시하는 가운데 군영을 설치하고 지파들을 통솔한다. 군대를 점호한 그가 길르앗 야베스 쪽으로 전령을 보내며 명령한다. 손에는 쇠고삐가 아니라 왕의 지팡이가 들렸다.

"그곳 성주와 장로들에게 전하라. 야훼의 군대가 곧 도착할 것이라고!"

라마 사무엘에게 전령으로 보낸 야베스 성주의 아들은 성안으로 돌아오지 못한다. 사무엘의 답신을 갖고 돌아오다가 성 근처에서 암몬 군대에게 주살당했다. 야베스 성 사람들은 서신이 사무엘에게 전달된 것도 모르고 있었다. 성안은 양식이 떨어져 잡초와 쥐와 고양이까지 먹으며 버티고 있었다.

"성주님, 내일이면 암몬 왕 나하스와 약조한 이레가 되는 날입니다. 암몬 병사 놈이 우리 눈을 파서 담아 가겠다고 성문 앞까지 옹기를 들고 와 고함을 질러대다가 돌아갔습니다."

"분하다. 우리는 눈이 뽑히고 죽음의 길로 가는 것인가? 각 백성은 서로서로에게 작별 인사를 하게 하라. 오늘 밤이 마지막 날이 아니더냐!"

야베스 성읍 둘레를 암몬군이 겹겹이 포위하고 있다. 백성들은 피난도 가지 못하고 성안은 곡소리에 파묻힌다. 성주가 '마즈키르'('사관.'

기억나게 하는 자, 공식 대변인)에게 항복 문서를 집필하라고 명령하고 운다. 이때, 말을 탄 전령이 성문을 열고 성주 앞으로 달려왔다. 말 옆구리는 암몬 궁수에게 맞은 화살이 꽂혀 있다.
"성주는 나와서 이스라엘 왕의 서신을 받으시오!"

이스라엘 온 지파는 연합하여 군대를 모으고 있소. 곧 출정하여 그대들과 같이 성전(聖戰)056을 치를 것이오.

"사울 왕이 보낸 전령이 도착했다! 이스라엘 온 지파가 연합하여 엄청난 군대를 보내준대!"
야베스 성읍은 울음을 그치고, 성민들은 곡괭이며 지팡이 등을 든다. 사관도 항복 문서를 쓰다가 던져버린다.
"붓을 놓고 칼을 잡겠습니다!"
성주가 뜨거운 눈물을 흘리며 전령에게 말한다.
"사울 왕에게 전하소서. 신하 된 우리는 왕의 뜻대로 따르겠노라고!"

야베스 제사장들이 나와 우슬초에 해면(스펀지로 쓰는 마른 해산물)을 꿰어 양의 피를 묻힌 후 성 밖 둘레에 뿌린다. 조상들의 이집트 노예 생활 중 문설주에 양의 피를 바른 집은 재앙이 비껴갔다는 전승을 믿으며 하는 행위다. 먼저 공격한 쪽은 야베스군이다. 성문이 열리고 십여 마리의 말에 오른 마병들이 앞장선다.

---

056 성전은 아라비아어 '혜렘'에서 파생했으며 살육을 뜻한다. 그러나 이 말은 성스러운 전쟁을 일컫는 말로 변하여 히브리인들은 '파괴를 통하여 신에게 봉헌함'으로 해석했다.

"야베스 군대가 우리를 향해 오고 있습니다."

"호, 그래! 재물과 처녀들과 미동들을 데리고 항복하러 오고 있느냐?"

암몬은 총 진영을 뒤로 물려 성읍 전체를 포위하고 소수의 군대만이 야베스 성문 앞에서 진을 치고 있다. 항복할 것을 확신하고 있었기에 선발대로 보낸 자들이다. 열린 성문 쪽을 보며 눈들을 밝힌다.

"말을 타고 병기를 든 자들이 몰려오는 것을 보니 싸우러 오는 것 같습니다."

"놈들이 선공했다고?"

성문 앞을 지키던 암몬 수비대 장군은 전령의 말에 놀라 눈알이 터질 듯 붉어 오른다.

"겁 없이 대드는 것을 보면 다른 지파에 지원 약속을 받은 것이 분명합니다."

"어서 본 진영으로 전령을 띄우라. 방심하고 있다가 놈들의 궤계에 말렸는지도 모르겠다."

암몬 장수들이 서둘러 허리춤에 칼집을 두른다. 손들이 부들부들 떨린다.

"자, 가자. 한 놈이라도 더 죽이고 같이 죽자!"

야베스군이 암몬군을 향해 달려온다. 적은 수의 군대라 얕보고 다가섰던 암몬 병사들이 오히려 독 오른 칼날, 곡괭이날, 도끼날에 밀린다.

"그러게, 내가 무어라고 했나? 쥐를 잡더라도 도망갈 길을 내어주고 쫓으라고 했지. 눈을 빼어달라고 했으니, 놈들이 이래 죽으나 저래 죽으나 마찬가지니 불나방처럼 뛰어드는 것이 아닌가!"

야베스군과 암몬군 선발대들 간에 승패 없이 어울린 싸움이다. 모두가 지쳐 성문 앞에 널브러진다. 암몬 본 진영에서 대군이 몰려왔다.

야베스 군대는 급히 군사를 물려 성안으로 들어간다. 성문 빗장이 굳게 채워진다.

"네 놈들이 성문을 닫으면 성벽을 부수리라. 어서 근처 나무를 베어 투석기를 만들라. 성을 향해 돌을 쏘고, 포로들의 사지를 찢어 시신 토막을 성안으로 쏘아 보내라. 성문을 부수고 저들의 사기를 빼앗아라!"

나하스는 투석기까지 만들라고 명령하며 시간을 흘려보낸다.

"어서 성을 함락시켜야 한다. 이스라엘 지파 연합군이 몰려오면 우리는 양면에서 협공을 받게 된다. 투석기는 언제 만들어지는 것이냐?"

나하스는 서두른다. 그러나 이미 해는 헐떡이며 지평선 너머로 사라지고 삽시간에 성 주변은 칠흑의 바다로 변한다.

"야밤 침공은 불리합니다. 만일 저들과 섞여 백병전이라도 벌어진다면 아군과 적군을 구별하지 못하고 서로 죽이는 일이 벌어질 것입니다. 오히려 지금은 성에서 멀리 떨어져서 아침이 올 때까지 기다려야 될 것입니다."

어둠이 벽이 되어 성읍을 지켜주고 있다. 심복의 말을 듣고 나하스가 혀를 찬다.

"아, 내가 몰렉 신이 준 기회를 잃어버린 모양이다!"

그다음 날 아침, 암몬 군대는 투석기가 더디 만들어지자, 성벽을 타고 오른다. 성 밑에서는 궁수들이 화살을 쏘아 성루에 있는 병사들을 맞혀 떨어뜨렸고, 성루에서도 활을 쏘고 돌을 던지며 막는다. 성루에서 떨어지는 자, 성벽을 오르다 떨어지는 자, 성 밑에는 양편 군사들의 시체가 쌓여만 간다.

"형제들이 대군을 몰고 와 구해 줄 것이다. 야훼의 군대여, 이교도들을 쳐부숴라!"

성읍 백성들은 신을 믿고 이스라엘 지파 연합군을 기다리며 버틴다.

"어서 빨리 성벽에 오르라. 이스라엘 연합 군대가 다가오고 있다!"

암몬 장군은 외치고 있었지만, 시간이 흐를수록 암몬군은 더욱 초조해져 간다. 성안은 화살도, 준비했던 돌까지 다 떨어지자, 건물을 허물어 벽돌까지 던진다. 그것마저 떨어지자 솥, 사발, 인분까지 끼얹는다. 나중에는 아군의 시체에 불을 붙여 밖으로 던지며 저항한다.

"형제여, 죽어서라도 싸워주시오!"

전투는 하루 종일 계속된다. 야베스 성안은 본채가 불화살을 맞아 타버려 혼란스러웠으나 버티고 있었다. 다급한 쪽은 화살마저 떨어진 암몬 진영의 나하스와 장군들이다.

"아, 저렇게 저항할 줄 알았다면 공성퇴를 준비했을 것을!"

너무 쉬운 전쟁이라 여기고 병기까지 소홀히 한 나하스가 탄식한다.

"오늘 밤에 결단을 내야 합니다. 사울 군대가 곧 도착할 것입니다. 횃불을 켜고라도 이 밤에 승부를 내야 합니다."

참모의 의견이 있었으나 나하스는 또 망설인다.

"비가 내려 성벽이 미끄럽지 않으냐? 달도 뜨지 않아 캄캄한 이 밤에 어떻게 성벽을 올라 전투를 치를 수 있단 말이냐? 내일 새벽이 밝아오면 총공격하리라!"

다음날 '이른 새벽,'[057] 요단강 여울목을 건너 밤새도록 달려온 사울의 군대 중 마병들이 야베스 초입으로 들어선다.

---

057 이스라엘인은 밤을 세 단계로 나누는데 그 마지막 부분인 아주 이른 시간, 새벽.

"암몬 놈들이 야베스군과 싸우느라 지쳐 있다. 이 새벽은 신께서 놈들의 목을 우리에게 주신 시간이다. 한 군대는 좌를 치고, 다른 군대는 우를 치고, 나머지 한 군대는 정면으로 적들을 치라!"

사울은 군대를 삼대로 나누고 적들을 급습한다. 사촌동생 아브넬이 선봉장군에 선다. 사울의 군대가 고함을 지르며 몰려가자 암몬 진영은 놀라 군사들이 천막에서 뛰어나온다.

"어느새 사울의 군대가 도착했느냐?"

"땡벌처럼 달려들고 있습니다."

"사울 군대부터 치자. 훈련받지 못한 오합지졸일 것이다!"

암몬 군대가 사울 군대에 몰려든다. 암몬 족속은 국경을 접한 북쪽 시리아의 영향을 받아 철기로 무장되어 있다. 이스라엘에서는 블레셋의 통제로 철기를 만들 수 없었기에 사울과 몇몇 장군들을 제외하고 일반 병사들은 청동기 무기였다. 청동은 장력이 없어 긴 칼을 제조하지 못하고 도끼가 많다. 심지어 가시나무로 만든 막대기에 황소의 뿔을 씌워 만든 창도 있다. 이들이 사울을 따라 폭풍처럼 암몬군을 향해 돌진한다.

"형제의 군대가 왔다!"

야베스군도 성문을 활짝 열고 암몬 군대에게 달려든다. 협공이다. 사울 병사들과 암몬 군대가 부딪힌다. 바람을 가르는 칼 소리, 방패를 치는 칼 소리, 칼과 칼이 부딪치는 철 소리…. 전쟁은 이른 새벽부터 정오 때까지 계속됐다. 처음에는 전술과 전법으로 싸웠으나 뒤엉켜 적과 아군도 없는 육박전으로 전개됐다.

사울의 장창이 날아가 말에 오른 암몬 장군의 놋투구에 맞으니 쨍 소리가 나며 투구가 두 조각이 난다. 암몬 장군이 말머리를 돌려 줄행랑을 친다. 사울이 어깨에 멨던 단창을 빼 던져 말등상에서 떨어뜨린다. 말굽으로 적들을 짓밟던 아브넬이 말 등에서 활을 쏴댄다. 암몬 보병들이 족족 화살을 맞아 쓰러진다.

빗줄기가 굵어진다. 시체들 위에 내린 비는 핏물이 되어 흘러내린다. 사울과 심복들은 시체를 밟아가며 창과 칼과 청동도끼를 휘둘러댄다.

"저자가 사울이냐? 우리 머리가 저자의 어깨높이도 되지 않지 않느냐? 쟁기질이나 하는 촌놈이라고 들었는데 용맹하기 그지없구나. 다른 장수들도 저렇게 무용이 뛰어나단 말이냐?"

나하스와 암몬 장수들도 사울과 아브넬을 무서워하며 급히 군대를 물린다. 그러나 바짝 이스라엘군이 쫓아오자 암몬 군사들은 항오를 풀고 흩어지기 시작한다. 암몬 선봉대장이 도망치는 군사들을 막으려 철채찍을 휘두른다. 그러나 그도 채찍을 버리고 줄행랑을 친다.

나하스의 아들 하눈이 말머리를 돌려 도망치다가 귀때기에 화살을 맞고 비명을 질러댄다. 귀에 박힌 화살을 빼지도 못하고 줄행랑을 친다.

"쫓아가서 짓밟아라!"

도주하는 암몬의 마병 장수를 향해 사울의 단창이 날아간다. 창이 등에 꽂힌 장수가 말에서 떨어져 뒹군다. 암몬 군사들 대부분이 무기를 버리고 도주한다. 따라붙은 이스라엘군의 도끼에 대 살생이 벌어진다. 이리저리 잘려 나간 암몬군의 머리와 팔다리들이 흩어진다. 비도 그쳐 있다.

사울 군대는 암몬 족속을 추적하여 많은 전과를 올렸으나 국경은 넘지 않았다. 암몬 족속을 이스라엘 땅에서 내쫓은 것에 불과했다. 그러나 이스라엘군의 대승이었고, 사울의 승리였다. 지금까지 암몬에게 조공을 바쳤던 길르앗 야베스가 그들로부터 독립한 날이기도 했다.

이번 싸움은 전날 사사 입다의 승리와 비교해도 큰 승리였다. 사사 때 암몬은 자신들의 대상교역로를 확보하기 위해 소수로 요단 동편을 침공하였고, 입다는 그들을 물리쳤다. 이번 암몬 왕이 거느린 대규모 침공은 요단 동편 이스라엘 백성을 잔멸시키기 위한 것이고, 사울은 거뜬히 물리쳤다.

이스라엘 장군들이 암몬 포로들을 분류한다. 포로들의 목에는 몰래 도망치지 못하도록 방울을 맸다. 그들 중에는 병기를 들었던 장정들이 대부분이었지만 왕과 장수들의 시중을 들던 시녀들도 여러 명이 있다.

"사내들은 노역장으로 보낼 것이다. 계집들은 지파장들의 노예로 보낼 것이다. 계집 몇몇은 용감히 싸운 사병들에게도 상으로 줄 것이다. 심히 부상당한 포로들은 죽여라!"

전공에 따라 상급이 주어졌다. 전사자들의 유족들에게는 황소를 주었고, 부상자들은 양과 염소를 위로품으로 받았다. 겁먹고 도망갔던 자들은 수배하여 사형에 처했다. 이스라엘 군사들은 전리품을 나눠 받고 집에 돌아갈 일에 들떠 있다.

"처자식들에게 내가 어떻게 싸웠는지 말해 줘야지. 아내는 산당 앞에서 매일 지성을 드리고 있을 거야."

그러나 그들은 전쟁터까지 따라와 율법을 준행하는가를 감시하고 있는 종군제사장의 말을 들어야 했다.

"시체를 만진 자는 몸을 정결케 해야 한다. 칠 일 동안 진 밖에 유영하라."

이스라엘군은 율법을 지키기 위해 진 밖에서 지낸다. 율법에 명기된 대로 피와 시체를 만졌기에 진 밖에서 목욕하고 정결의 시간을 보내야 했다. 포로도 마찬가지다.

이스라엘 군대는 전리품으로 얻은 포로들과 말들, 병기, 갑옷 등을 갖고 베섹 쪽으로 돌아온다. 초입 거리에 늘어선 백성들이 함성을 질러 댄다. 사무엘도 눈시울을 붉힌다. 토호가 소리친다.

"전날 미스바에서 즉위식이 있던 그날 '사울이 어찌 우리를 다스리겠느냐?' 한 자가 누구니이까? 끌어내소서, 우리가 죽이겠나이다!"

유다지파, 에브라임지파 사람들과 사울 동네 사람들이 오금이 저린다.

"극형에 처하소서. 어서 참형에 처하소서! 그날 예물을 갖고 오지 않은 오만한 세력가들도 잡아 수족을 베소서!"

백성들의 고함을 들으며 사무엘이 사울을 바라본다. 그도 사울의 눈치를 살피는 자가 되어 있다.

"오늘은 야훼께서 우리를 구원하신 날이다. 이 기쁜 날은 누구도 죽이지 못하리라."

사울의 말을 듣고, 그제야 사무엘이 백성들에게 일장 연설을 한다.

"왕의 말씀이 옳으시다. 자, 적들을 물리쳤으니, 길갈로 가서 나라를 세우자!"

백성들이 큰 대열을 이루어 길갈로 내려간다. 이집트에서 탈출한 히브리족속이 가나안에 들어와 최초로 장막을 쳤던 곳이다. 백성 전체에게 할례를 시행했고, 지파 동맹을 결성하여 사실상 나라를 세운 곳이기도 했다.

사무엘 은퇴

"사사시대에는 이스라엘을 구원해 주던 뭇별들이 있지 않았더냐. 사울도 빛나는 별이 아니냐!"

"사울 왕 만세! 사울 왕 만세!"

"우리 왕 만세! 우리 대왕 만세! 단창의 명수, 사울 왕 만세!"

길갈에 군영이 설치된다. 백성들은 낮밤을 가리지 않고 사울의 이름을 외쳤다. 암몬과의 승리는 사울을 실질적으로 이스라엘 왕으로 올려놓았다. 단창의 명수라는 별명까지 붙는다.

예언자가 지명한 왕이 이제 '암 하레츠'(땅의 거민 즉, 백성)의 지지까지 받았다. 베냐민지파뿐 아니라 여러 지파 천부장, 백부장, 십부장, '패장'(군사적 책임보다 행정적인 직무 수행자)들이 사울의 그늘 아래로 모여들었다. 병사들은 사울이 명령을 내릴 때마다 '천명(天命)!'[058]이라는 구령으로 받들었다.

그런데 사울이 암몬을 제압하자 군사들은 돌아가지 않았다. 오히려

---

[058] 이 '천명'이란 말은 고대 국가에서 신하가 왕에게 붙이는 구령이다. 왕의 명령을 하늘의 명령으로 받겠다는 충성의 언약이다.

군 진영에 머물러 직업군인이 되고자 했다. 이들 역시 한 세력이 된 것이다. 군사들은 사울을 보며 더 큰 환호성을 지른다.

"왕이시여, 종려나무[059]처럼 왕조를 누리소서!"

사무엘은 성문 곁에 서서 환호성을 지르는 군사들을 지켜본다.

'저들이 야훼 이름을 부르지 않고 사울의 이름을 부르는구나. 얼마 안 있으면 나를 버리고 사울에게 충성 경쟁을 하려 할 것이다.'

그날 밤, 사무엘은 길갈 산당에 들어가 나오지 않았다. '브네 하느비임'('예언자의 아들들.' 신학생들을 가리킴) 중 수장격인 갓이 들어갔을 때도 제단 곁에 서서 긴 침묵에 빠져 있었다. 허리가 더 굽어 보인다.

"오늘같이 좋은 날 무슨 염려라도 있습니까?"

사무엘이 시선을 먼 허공에 던진 채 대답한다.

"얼마 전이었다. 야훼가 내게 신탁을 주셨다. 사울이 이스라엘을 다스릴 것이라고."

"그 신탁은 이루어졌고, 우리 이스라엘은 사울 때문에 승리하지 않았습니까?"

"신탁 말씀 가운데 자꾸 내 마음에 걸리는 것이 있다. 웬일인지 오늘 여러 광경을 보니 더욱 그 말씀이 떠오르는구나."

"무슨 말씀이었습니까?"

"사울이 백성을 '야초르'(강압하여 복종케 하다)[060]할 것이라는 말씀이었다."

---

[059] 열매를 맺기까지 40년이 걸리고, 150년간이나 결실할 수 있는 장수 나무.
[060] 다스리다는 뜻의 '마샬'과는 다른 뜻으로 사울의 통치가 억압적인 것이 될 것이라고 암시된 말.

사무엘은 며칠째 들려오는 사울을 칭송하는 함성을 들으며 다시 침묵에 빠져든다. 사사 때엔 사사들이나 병사들도 전쟁이 끝나면 고향으로 돌아가 쟁기를 잡고 농사일하곤 했다. 사무엘은 사울도 그 전례를 따르기를 바랐다. 그런데 그는 이미 근동 여느 왕과 다름없는 존재가 되어 있다.

길갈 벌판에 노란 밀 이삭이 물결을 친다. 사무엘이 높은 바위 위에 올라서서 백성들을 바라본다. 평생 입고 다니던 낡고 낡은 누더기 겉옷이 바람에 흔들린다. 서편 하늘로 노을의 강이 흐른다. 백발이 황혼빛에 물든다. 어느덧 눈에 물기가 비친다. 백성들이 웅성거린다.
"예언자님께서 무슨 말씀을 하시려는 것일까?"
"오늘 보니 많이 늙으신 것 같구만. 눈동자에도 백태가 끼신 것 같군."
사무엘의 입이 무겁게 열린다.
"나는 늙어 머리가 희었고, 내 아들들도 너희와 함께 있느니라…."
사무엘이 그 말을 할 때, 백성들 앞에 요엘과 아비야도 서 있다. 사사직 옷을 벗고 라마에서 평민이 된 아들들도 아비의 고별 연설을 들으며 눈시울이 달아오른다. 사무엘의 말이 이어진다.
"나는 세 살 어려서부터 엘리 제사장의 사환으로 들어와 오늘날까지 너희들 앞에서 출입하였더니…."
사무엘은 노환 탓인지 어떤 격정 때문인지 목소리도, 입술도 파르르 떨린다.
"내가 지금껏 너희를 다스리면서 뉘 소, 나귀를 취하였느냐? 누구를 속였느냐? 누구를 압제하였느냐? 내 눈을 흐리게 하는 뇌물을 뉘 손에서 취하였느냐? 그랬으면 너희에게 갚으리라!"
백성들이 소리친다.

"당신이 우리를 속이지도, 압제하지도 않았고, 뉘 손에서 아무것도 취한 것이 없나이다."

"나는 내 어미 한나께서 지어주신 염소가죽 한 벌로 일생을 살았다. 너희가 내 손에서 아무것도 찾아낸 것이 없음을 야훼께서 증거하시며 기름 부음을 받은 자 사울 왕도 알 것이다."

그가 앞에 선 사울을 힐끔 보더니 얘기를 이어간다.

"너희가 암몬 자손의 왕 나하스의 처러 옴을 보고, 야훼께서 너희의 왕이 되시는데도 내게 이르기를 '우리를 다스릴 왕이 있어야 하겠다' 하였다…."

사무엘은 이스라엘 백성들이 야훼 신을 버리고 인간 왕을 세운 것을 다시 한번 질타한다. 나하스와의 싸움에서 이겨 왕을 칭송하는 백성들의 태도가 못마땅했던 것이다. 그 순간 사무엘이 다시 사울을 바라본다. 그들은 눈빛으로 낯 뜨겁게 만난다. 사무엘은 다시 말을 잇는다.

"너희가 만일 야훼의 목소리를 듣지 아니하고 야훼의 명령을 거역하면, 야훼의 손이 너희의 조상을 치신 것 같이 너희를 치실 것이다…."

사무엘 연설 도중 비가 내리기 시작한다. 날이 어두워지고 천둥이 울리더니 하늘 저편에서 번갯불이 구름을 찢었다. 사무엘은 빗줄기로 백발이 흐트러지면서도 연설을 이어간다. 061

"너희는 오직 야훼만을 따를 것이며…."

---

061 그때는 가나안의 밀을 베는 시기인 오월 중순경이다. 비가 오지 않는 건기다. 히브리전승은 백성들은 두려움에 빠져 야훼와 사무엘의 말에 순종할 것을 맹세했다고 한다.

사울, 초대 이스라엘 왕 등극

기원전 1047년 봄. 대관식이 거행된다. 사울은 금박을 입힌 왕좌에 앉았다. 마흔이 되던 해다. 그 곁 왕후 자리에는 아히노암이 아주 어색한 자태로 앉아 있고, 왕자관을 쓴 맏아들 요나단과 둘째아들 리스위, 셋째아들 말기수아가 단정하게 서 있다.

사울의 머리에는 황금으로 테를 두르고 가운데 홍옥이 박힌 왕관이 씌어졌다. 라마에서, 또 미스바에서도 기름 부음을 받았지만, 왕관을 쓴 것은 이 길갈에서다.

"왕 만세!"

"사울 왕 만세!"

길갈 들판에 백성들의 환호성이 울려난다. 이스라엘에서 '멜렉'(왕)이란 호칭은 지금껏 인간 누구에게도 붙이지 않았다. 다시 사울 머리 위에 기름이 부어졌다. 신이 택했다는 의미다.[062] 이번에 기름을 부은 자는 대제사장 엘리의 손자 아히둡이다. 사무엘 자신은 세속정치와 거리를 두겠다는 뜻이다.

---

[062] 그 후로도 이 도유식(塗油式)은 왕을 삼는 전례가 되었다.

"길르앗 야베스를 구원한 사울 왕 만만세!"

백성들의 환호를 받으며 사울이 왕좌에서 일어나 손을 흔든다. 베냐민지파 농사꾼의 아들이 정식으로 초대 이스라엘 왕이 된 것이다. 흰 구름이 백장미를 피우고, 푸른 들판 너머로 종다리가 솟구쳐 오른다.

대관식 잔치의 소란함이 끝난 밤중, 길갈 처소로 사무엘이 사울을 찾아와 얘기를 나눈다.

"이곳은 조상 모세가 축복과 저주를 선포하신 성산(聖山) 그리심산과 에발산 사이에 있고, 요단강을 낀 평지가 있어 백성이 살기에 좋은 곳이오. 또 근처에 서부 가나안의 관문이며 남북동서 교역의 교착지가 되는 여리고 성읍과 조상 때부터 정치 중심지였던 세겜 같은 큰 도시도 있소. 왕께서 이 길갈에서 왕관을 쓰셨으니, 도성으로 삼으시지요."

사무엘은 사울의 고향인 기브아를 도성으로 삼을 경우 그의 세력이 막중하게 집중될 것을 염려했다. 반면에 길갈은 여호수아 이후 열두 지파의 종교연합 장소다. 또 자신이 세운 선지학교 분교도 있었다. 그는 현실 정치에서 물러나면서도 신정정치를 포기하지 않았다. 모세 이후 지켜온 율법이 중심이 된 지파 정치를 길갈에서 펼치기를 원했다.

"궁 건축은 지출을 줄이기 위해서도 내 땅 기브아에 짓는 것이 옳을 것입니다. 나는 예언자님이 염려했던 것처럼 무거운 세금을 받고 억압하는 왕이 되지 않을 것입니다. 내 가문의 힘으로 정원도, 별궁도 없는 조촐한 궁을 세우겠습니다."

사울은 이미 성숙한 정치가가 되어 정립된 생각을 말한다.

"그러나 날 왕으로 세우신 분이 여기 계신 예언자님이 아니십니까? 그 뜻을 받들어 궁은 기브아로 정하고, 길갈은 군사 도시로 정해 중요한 제반사는 이곳에서 처리하겠습니다."

사무엘은 얼굴을 붉힌다. 그 말은 듣는 방향에 따라서 달리 해석할 수가 있다.

'궁을 기브아에 세운다는 것은 사실상 도성으로 정한다는 것이 아닌가. 제 아비의 집을 도성으로 삼으면 베냐민지파가 득세할 것이다. 앞날이 어둡구나.'

"기스의 아들 사울이 이스라엘 왕이 되어 귀환하고 있다는 소문입니다!"

"히브리인들에게 무슨 왕이 있단 말이냐? 목동들 몇이 모여서 동아리 놀음이나 하는 것이겠지."

"저도 그놈을 잘 아는데 절대로 왕이 될 재목은 아닙니다. 지난번에 통행세를 요구하며 창을 들이밀 때, 길 한쪽에서 오줌을 지리던 놈입니다. 아니, 어디 동명이인이라도 있었나요?"

기브아 블레셋 총독관. 마당에서는 온몸에 돼지기름을 바른 블레셋 병사들이 씨름하고 있다. 보초소에서는 총독과 부관들이 모여 사울 얘기를 한다. 정보를 가지고 온 군졸은 확신을 하고 얘기한다.

"아닙니다. 벌써 암몬 군대를 쳐부수고 금의환향하고 있답니다."

"그래… 사실이라면 무슨 변고냐? 암몬 침공을 허용하여 이스라엘 세력을 약화시키려 했더니 오히려 물리쳤다니… 본국에 돌아가서 대군을 몰고 와야겠다!"

수십의 군사만을 거느리고 있던 총독은 군사들과 서둘러 짐을 싸서 고향으로 철수한다. 돌아가면서 총독 관사에 불을 지른다.

베냐민지파 영토 기브아 언덕에 왕궁이 세워진다. 불탄 블레셋 총독관이 있던 곳이다. 권세 있고 부자였던 아비 기스가 도왔고, 베냐민지파 세력가들은 일꾼과 재물을 보내 주었다.

진흙과 짚단을 섞어 거푸집에 넣어 벽돌을 찍는다. 쪼개지 않은 돌을 진흙과 회반죽을 섞어서 성벽을 쌓았다. 서쪽 벽과 남쪽 벽은 겨울철 폭풍우를 막기 위해 돌로, 다른 부분들은 벽돌로 쌓았다.

기브아 성은 직사각형 모형으로 벽돌, 돌 더미를 쌓아 올린 요새였는데, 각 모서리에는 돌로 만든 첨탑을 세워 파수병을 배치할 수 있게 했다. 이층으로 된 왕궁도 그 안에 지었는데 조악한 축성이다.

왕궁이라기보다는 요새화된 성이다. 일종의 전시 사령부다. 구운 벽돌로 궁 바닥을 포장하고 회반죽으로 궁 안팎과 성벽을 바르는 것으로 작업은 끝났다. 축성 축제는 기브아뿐만 아니라 '바라'('어린 암소.' 베냐민지파의 대표 성읍. 예루살렘 동북쪽 10km 지점) 등에서도 벌어져 온 베냐민지파의 잔치가 된다.

여러 지파 토호가 찾아와 군량미, 무기, 가축 등을 바쳤다. 또 상인들도 찾아와 상거래를 보호받고 왕궁과 거래를 트기 위해 예물을 바쳤다. 요단 동편 로드발 성읍에 사는 암미엘이란 자는 큰 장사꾼이었다. 무기를 만들 청동괴와 갑옷을 만들 피륙을 바치며 궁의 조달사가 된다.

기브아는 다른 객상들도 드나들며 성문 앞에 큰 시장이 생기고 의젓한 도성으로 발전한다. 원래부터 샘물이 귀한 성읍에 큰 저수지도 만든다.

왕궁에는 호위병들과 모사들, 대신과 시녀들이 생겨났다. 여러 부서를 관리하는 관리장들은 관복을 입었다. 근친들까지도 사울에게 예를 갖춘다. 그가 왕궁을 나갈 때는 마차나 여섯 명이 나르는 가마를 탄다.

"왕이 되었으면 왕실 번성을 위해 후궁들이 필요합니다."

"나에게는 아내가 있지 않소. 이것으로 만족하오."

세력가요, 토호들인 신하들은 사울을 가만히 두지 않았다. 측근 여인들을 데리고 와 선보이며 간택을 요구한다.

"율법에 이르기를 왕은 아내를 많이 두지 말라고 가르치고 있소. 한 명의 첩만 더 얻겠소."

사울은 아야의 딸 '리스바'(뜨거운 돌)를 후비로 맞는다. 아야는 바빌로니아 객상의 후예로 가나안 땅까지 흘러와 살던 후리족이다. 이족이었지만 조상 때부터 오랫동안 베냐민 땅에 살았기에 히브리인처럼 여겨지고 있었다.

사울이 히브리족속이 아닌 여인을 첩으로 맞은 것은 친정은 세력가가 아니라 세도를 부릴 수 없었고, 먼 훗날 왕자들 간에 다툼을 피하기 위한 신중한 선택이다. 앞으로 태어날 리스바의 아들들은 어미가 이족이기에 정실 아들들에게 도전 세력이 될 수 없다.⁰⁶³ 에브라임 지파장이 매파를 보내 딸을 주려 했지만, 사울은 완곡히 거절한다.

사울은 아비가 물려준 재산 외에 누구의 토지도 늑탈하지 않았다. 그러기에 왕이 마음대로 쓸 수 있는 경작지도 없다. 단지 궁이라고 보기에는 민망스러운 기브아의 한 거처가 있을 뿐이다.

그러나 아직도 유다지파 사람들은 베냐민지파 사울이 왕이 된 것을 반대했다. 여전히 자신들 지파에서 왕이 나와야 한다는 전승을 주장한다. 수장들은 기브아 궁으로 출입하지 않고 그들의 중심 도성 헤브론에 모여 떠든다.

"우리 지파에서 왕의 지팡이를 가진 자가 나와야 한다. 분명 베냐민

---

063 율법에도 이민족이 왕이 되는 것을 허락하지 않았다.

지파의 농부는 왕이 아니다!"

사울은 왕이라기보다는 전시체제의 총사령관이다. 그도 알고 있었다. 이스라엘에 왕정이 생기고, 자신이 왕으로 추대된 첫 번째 목적이 블레셋의 위협을 물리치는 것이라는 것을.

사울 군대는 암몬 전투의 승리로 기세가 올라와 있다. 그러나 아직 이스라엘 여러 촌락은 블레셋에게 조공을 바치는 속국이나 다름없다. 사울은 기브아 궁에서 지파장 회의를 열고 장로, 두령들에게 연설한다. 왕좌에 오르자, 말도 능란해졌다.

"블레셋인은 우리 땅에 군영을 설치하고 초병을 두어 착취하고 있다. 이 나라를 독립시켜야 한다. 수시로 징모하던 불편한 제도를 바꿔 상비군을 만들겠다…."

사울은 힘 있는 자나 용맹 있는 자를 군사로 불러 모아 상비군을 조직한다. 신식 무기와 훈련된 마병부대에 전차부대까지 거느린 블레셋군과의 전쟁에 대비하기 위해서다. 그리고 혈육으로 군부 수장을 삼는다.

"아브넬아, 너는 국방장관이 되어라. 요나단아, 너는 선봉장군이 되어 내 곁에서 있어라. 리스위는 형 요나단의 부관으로 임명한다."

기브아 궁 뒤뜰은 군대 훈련장이 되었다. 요나단이 앞장서서 상비군을 훈련시킨다. 애숭이었지만 타고난 전사였다. 특히 명궁이다.

"마병인 너희들은 말을 다룰 뿐만 아니라, 말 등 위에서도 활을 쏠 수 있는 기술을 익혀야 한다. 보병도 달려가면서도 활을 쏠 수 있는 병사가 되어야 한다."

사울만큼이나 덩치가 컸던 아브넬 역시 상비군에게 병기 다루는 법을 가르친다.

"이 활은 축이 둥근 모양으로 여기에 기름먹인 양털을 붙여 쏘아 올리면 화전을 할 수 있다. 또 이 활은 신호용이다. 화살에 붉은 색줄을 달아 쏘아 올리면 전진하라는 표시고, 노란 색줄을 달아 쏘아 올리면 후퇴하라는 표시다."

사울 궁으로 쓸만한 장정들이 모여든다. 한 사냥꾼은 자기가 잡아온 멧돼지새끼를 두 손으로 잡아 치켜들고 힘자랑하며 병사로 써줄 것을 부탁한다. 종 몇 명을 데리고 온 토호의 아들은 장수로 써달라고 청탁을 넣기도 한다.

이스라엘은 블레셋보다 군사 수에서는 앞섰으나 여전히 무기의 질은 뒤떨어졌다. 사울은 철기 무기를 만들기 위한 계획을 행동에 옮긴다.

"당신이 철을 떡처럼 주무르는 겐 족속 족장이요?"

유다 남쪽 광야에 사람을 보내 겐 족속[064] 족장을 붙잡아왔다. 환영 만찬을 벌이고 포로가 아니라 귀빈처럼 대우한다.

"아득한 조상 때부터 철을 만지고 살았소."

족장은 용광로 곁에서 얼마나 살았는지 얼굴이 새까만 윤기가 줄줄 흐른다.

"우리는 블레셋인의 침공을 받고 있소. 철제 무기를 만들어 주시오. 그만큼 대가를 치르겠소."

사울이 권하는 포도주잔을 받아 마시면서도 그는 고개를 흔든다.

"우리 촌락도 블레셋 족속이 지배하고 있소. 대장간도 점령당했소.

---

[064] 떠도는 소수 부족으로 히브리전승에는 모세의 처가 족속이라고 전해온다. 모세의 장인 이드로는 겐 족속이었다.

그들이 원하는 것만을 만들어야 하오. 이스라엘 백성에게 못 하나라도 만들어줬다는 것을 알게 되면 우리 씨족은 다 주살당할 것이오."

"군대를 보내 당신 가솔들을 이리로 데려오겠소. 정주하며 무기만 만들어 주시오. 우리 조상 모세가 그랬던 것처럼 환대할 것이오."

족장이 고개를 끄덕인다. 그 역시 조상들과 모세와의 인연을 익히 알고 히브리족속에게 좋은 감정을 갖고 있다.

전날 블레셋에게 정복되기 전 쓰던 제련소를 찾아 복구했다. 급히 새 용광로가 만들어졌다. 풀무날개가 돌아가고, 운철이 매운 온도에 녹아난다. 겐 족장을 따라온 철기 제련사들은 떡치듯 무기를 만들어낸다.

"우리는 그동안 철광석은 채취할 수 있었으나 녹일 온도까지 높일 수 없었소."[065]

이스라엘 기술자들은 용해 기술을 배우려고 바짝 붙어 눈에 불을 켠다. 한쪽에는 칼, 단창, 장칼, 철퇴 등 철재무기가 더미로 쌓인다.

군인들이 장기 복무를 하며 사울 곁에 상주한다. 모든 경비는 전리품과 기부금에 의해 유지되었다. 기브아 궁은 넉넉한 여건이 되지 못했다. 큰 상비군을 둘 수는 없었다.

사울은 정부 형태를 가나안 성읍국가 같은 중앙집권제로 하지 않았다. 가나안 입성 시 히브리인 체제로 열두 지파 중심의 산만한 연맹체였다. 사무엘이 사울에게 지시한 조직이기도 했다.

---

065 구리의 용해 온도는 1,000도이다. 그러나 철의 용해 온도는 1,537도다. 숯으로 피우는 화력으로는 수십 대의 풍로를 이용하여 온도를 높일 수밖에 없다. 이 당시에는 철에 찌꺼기가 많아 여러 번 걸러내야 했다.

사울 왕국은 나라에 무슨 일이 있을 때마다 각 지파 장로를 초청하여 상의하는 지파 동맹을 유지한다. 또 기브아 궁에서는 새달이 뜨면 최측근 심복들이 월례회로 모여 국가 문제를 토의했다.

블레셋과의 전투와 사무엘과의 갈등

"히브리노예 족속이 왕을 세웠다. 상비군을 모았다는 얘기가 들린다. 이것은 무슨 뜻이냐? 이웃인 우리와 맞서겠다는 뜻이 아니냐?"

"암몬 왕 나하스가 참패한 것을 보면, 농사꾼 사울의 나라를 마냥 지켜볼 수만 없다."

국경지대 블레셋 장수들은 이스라엘 건국을 보며 경계심을 갖는다. 이들은 이스라엘인들을 두려워하지 않았다. 무기에서 월등히 앞섰기 때문이다. 사무엘 젊은 시절, 그들이 미스바에서 한 번 패한 전투는 스쳐 지나가는 옛이야기일 뿐이다.

이스라엘 동태를 파악하고 있던 블레셋은 '게바'[066]에 큰 군영을 설치하고 전쟁을 준비한다. 수장은 복수를 다짐하며 블레셋군의 사기를 돋운다.

"사무엘과 전투에서의 패배를 이번에는 천배 만배로 갚아주자. 다곤[067] 신이 야훼 귀신보다 얼마나 위대한지 보여주자!"

---

[066] 언덕. 예루살렘에서 11㎞ 떨어진 기브아 근처 성읍. 블레셋이 지배하고 있었다.

게바의 블레셋군은 세 부대로 나뉘어 기브아로 진군한다.[068] 이스라엘 민가에 선발대를 보내 수탈을 시작한다. 전쟁 물자를 확보하고, 상대의 사기를 저하시키려는 보편적 전략이다. 특히 노리는 것은 군량미다. 먼 곳까지 군량미를 가지고 이동하기 어려웠던 까닭이다.

"블레셋군이 내륙으로 몰려오고 있습니다. 게바에 총군영을 두고 우리 영토 곳곳에 수비대를 설치하고 있다는 정보입니다."
"각 지파에 보낸 전령들은 돌아왔느냐?"
"각 지파 원로들은 군사를 보내겠다고 약속만 할 뿐 움직이지 않고 있습니다. 그들도 직간접으로 블레셋의 지배를 받고 있기에 눈치를 보고 있는 듯합니다."
각 지파는 암몬 침공 때와는 다르게 군사 보내기를 주저한다. 그만큼 블레셋은 위협적이다.
"그동안 훈련시킨 상비군을 무장시켜라. 그들만을 데리고 싸우겠다!"
등극 2년, 기원전 1045년. 사울은 상비군 중 이천 명을 데리고 믹마

---

[067] 다곤('곡식') 신은 원래 아모리 족속 시리아의 신이었으며 기후의 신이다. 이 신은 이미 기원전 25세기 전부터 셈족의 농경 신으로 숭배되고 있었다. 시리아 북부에서 섬겼던 이 신은 그 후 그들과 교류가 잦았던 블레셋인들에게 알려졌다. 블레셋인들은 기원전 12세기에 가나안 연안지대에 정착하면서 이 신을 받아들여 주신(主神)으로 삼는다. 왜냐하면 블레셋인들이 거주한 가나안 동서쪽 해안 땅은 곡물 재배지로 날씨는 매우 중요했다. 그리고 이 신의 상징 형상인 물고기는 재빠르게 움직이며, 엄청나게 번식하는 까닭에 자연의 활력과 생산력을 상징하는 풍요의 신으로 추앙한 것이다.

[068] 한 부대는 오브라 길로 와서 수알 땅에 이르렀고, 또 한 부대는 '벤호론'(가나안 신 호론의 집)으로 진군했고, 나머지는 광야를 질러 '스보임'(하이에나) 골짜기로 향해 왔다.

스로 향한다. 블레셋 수비대가 있던 게바의 북쪽이다. 또 일천 명의 상비군을 요나단의 지휘 아래 게바 남쪽 기브아에 주둔시킨다. 부자는 협공 작전을 펴서 블레셋 군영이 있는 게바를 공격하고자 한다.

믹마스 쪽에는 '보세스'(미끄러운 바위)라 부르는 암석 벼랑이 있고, 게바 쪽에는 '셴'(날카로운 가시를 뜻하는 험한 바위)이라 부르는 낭떠러지가 서로 계곡을 두고 마주보고 있다. 이스라엘과 블레셋 양쪽 병사가 이 두 곳에 진주했다.

"블레셋 수비대는 산지에 흩어져 있다. 너는 군사를 몰고 가 그중 한 군데를 습격하라. 우리의 사기가 오르면 블레셋 본 진영을 칠 것이다!"

사울이 요나단을 불러 명령한다. 자신의 전력이 블레셋에 비해 현저히 약하다는 것을 알고 있다. 전면전이 아닌 유격전 명령을 내린다. 왕세자를 최전선에 보내는 모험이다.

달빛이 횃불처럼 밝다. 요나단은 수십 명의 궁수를 데리고 블레셋 초소를 에워싸고 화살을 쏘아 붓는다. 블레셋 파수병들이 막사 바깥에서 앞만 보고 있다가 화살들을 맞으며 쓰러진다. 비명을 듣고 뛰어나온 블레셋군 역시 온몸에 화살을 받으며 쓰러진다.

그날 요나단은 의미 있는 작은 승리를 거둔다. 사울은 전령을 보내 이 승전고를 과장하여 이스라엘 각 지파에 알린다.

선봉장군 요나단이 블레셋 주력부대를 격파했다. 그대들 지파도 속히 참전하여 영광을 같이 나누자.

"지난번 암몬 왕 나하스에게 거둔 승리가 우연이 아닌 모양이다. 우리도 병력을 보내자. 사울은 큰 용사가 분명하다.”
"어서 군대를 보내자. 늦게 도착하면 왕이 화낼까 두렵다.”
사울이 승리했다는 소식을 듣고 이스라엘 각 지파에서 군대를 파병했다. 사울의 지략을 인정한 것이다.

사울은 군대를 물려 여호수아 때부터 병참 기지가 있던 길갈에 큰 병영을 설치했다. 게바에 있는 블레셋 수비대를 친 것은 선전포고다. 급습을 당해 낭패를 본 블레셋 장군들이 대군을 이끌고 요나단을 치러 올라온다. 그러자 그도 철수하여 길갈로 가 아비의 군대와 합류한다.
블레셋군은 얼마 전까지 사울의 진영이 있던 믹마스로 몰려들었다. 그곳 이스라엘 초소 수비대들을 몰살시켰다. 그들은 그 믹마스에 총본영을 설치했는데, 전차[069]가 삼천이요 마병이 육천이고 보병들도 상당수다. 이스라엘 첩보병들이 먼 언덕에서 보니 깃털을 꽂은 블레셋 병사들의 머리가 온 지면에 가득했다. 슬금슬금 뒷걸음쳐 돌아와 동료들에게 소리친다.
"믹마스의 블레셋인들이 초원의 풀포기보다 더 많다!”

"블레셋인들에게 복종하며 살았으면 생명은 부지했을 것 아냐? 저 승사자 같은 그들을 건드렸으니, 우리가 무덤으로 내려가는 자와 무엇이 다르겠는가!”
전령들의 보고에 이스라엘 병사들은 공포의 그물에 사로잡힌다.

---

[069] 벽화에 남아있는 히타이트의 전차는 크고 견고한 바퀴를 앞으로 당겨 매달아 차체를 효율적으로 만들었다. 그 빠른 속력은 기습하는데 용이했다. 근처 블레셋 전차도 비슷했으리라.

"그들 조상은 지중해를 주름잡던 해적들이었다. 이집트도 떨었고, 히타이트족도 멸망당했다. 우리도 몰살될 것이다."

이스라엘 병사들은 흩어져 굴과 수풀과 바위틈에 숨었다. 또 일부는 요단을 건너 길르앗 땅으로 도망갔다. 길르앗은 본래 의미가 '울퉁불퉁한 산악지대'라는 뜻을 가진 산지였다. 블레셋군의 위세에 눌려 요단강 서편에서 멀리 동편 산악지대로 도피한 것이다.

"가만히 있으면 당한다. 어서 진군하여 먼저 블레셋 놈들을 급습하자!"

사울은 남은 이스라엘군을 정비하고 진군 채비를 한다. 그러던 그는 자꾸만 먼 라마쪽을 바라본다. 진군 전 제사를 드리기 위해 사무엘을 기다리는 것이다.

이스라엘은 큰 전투 전에 반드시 제사장이 제사를 드리고 전쟁을 시작했다. 신의 도움 없이는 전쟁을 치를 수 없다는 믿음 때문이다. 제사장 아히둡(신은 선하시다)이 이날도 전쟁터를 지키고 있었다. 그는 궁중 제사장이요, 전 대제사장이던 엘리의 손자다. 그런데도 사실상 사무엘이 대제사장 역할을 했고 향이나 피우는 보조 역할을 하고 있다.070 사무엘은 신학생을 보내 제사와 출격 날짜를 사울 군영에 알리며 기다리도록 엄명을 내려놓고 있다.

사무엘이 온다고 약속한 날이 지났다. 제사에 관련한 실권이 없었

---

070 모세 때는 율법에 레위 족속만이 제의를 주관하도록 명시했다. 그러나 그가 죽고 후계자 여호수아마저 죽은 후 이스라엘인들은 가나안에 동화되고 그 전통은 지켜지지 않았다. 그 후 제의는 실권을 쥔 지도자가 집행했다. 바로 이 순간 지도자는 정계에서 은퇴한 사무엘이다. 그러나 그는 레위지파였을뿐 제사를 맡을 권한이 있는 아론 자손이 아니다. 단지 성막지기 일을 맡은 그핫 자손에 불과했다.

던 사울은 궁중제사장이 있다고 마음대로 제사를 드리지 못했다.
"웬일로 더디 오시는 것일까?"
"라마에서 오시는 길에 적을 만났을지도 모릅니다. 노환에 거동이 늦어지는지도 모르겠습니다."
전쟁의 공포감에 탈영병이 늘어난다. 그러는 사이 믹마스의 블레셋군은 항오를 점검하며 이스라엘 군영을 향해 돌진할 태세를 갖춘다. 한나절이 낮달 따라 흐른다. 사무엘에게서는 감감무소식이다. 사울은 여전히 라마 쪽을 향해 모가지를 길게 빼고 기다린다. 사울의 모습을 지켜보던 정보장군이 참지 못하고 나선다.
"어서 공격 명령을 내리소서. 블레셋인들은 믹마스까지 오느라고 지쳐 있습니다. 저들은 곧 군을 정비할 것입니다. 놈들이 선공하면 우리는 자멸합니다."
"사무엘님이 오셔서 제사를 드려야 한다. 저 번제와 화목제물은 그때를 위해 준비한 것이다."
다른 장군들도 입을 가만히 두지 않는다.
"타고 오는 노새도 늙은 모양이야."
모사들 사이에도 사무엘에 대한 비판 소리가 높아졌다.
"이 중요한 시기에 왜 약속을 어기고 더디 오시는 것일까? 지난번에 모든 공직에서 물러나겠다고 고별 연설까지 하지 않았던가. 아직도 자신만이 제의를 담당하려 하니, 그 노욕이 여전하군."
산그림자가 내려와 아군의 진지에 머문다. 장수들이 발을 굴러대며 소리친다.
"어서 진군 명령을 내리소서. 블레셋군은 온갖 무기를 앞세우고 항오를 짓고 있습니다. 군사들이 저들의 기세에 놀라 도망치는 자가 부지기수입니다."

"어서 결단하소서. 이곳에는 '에포드 바드'(흰색 세마포로 된 제사장의 겉옷)를 입고 있는 아히둡 제사장도 있지 않습니까? 그는 아론의 후예요, 엘리의 손자로 궁중제사장이 아닙니까? 왜 아히둡이 제사를 올리면 안 되는 것입니까?"

"왕께서 나서서라도 빨리 제의를 올리고 전투에 임하소서. 전날 사사 기드온도 급할 때는 제사장도 아닌 그가 제사를 올리지 않았습니까? 그때 기드온은 미디안 족들을 쳐부수고 대승을 거두었습니다."

장군들은 여러 정황을 들어 사울을 압박한다.[071] 한참을 망설이던 사울이 고개를 끄덕인다.

"아히둡 궁중제사장을… 부르라!"

사울은 지금까지의 전례를 어기고 아히둡을 앞장세워 번제와 화목제를 올린다. 잡은 짐승 위에 포도주를 붓고 제의를 거행하고 있는 아히둡의 손이 떨린다. 그는 사무엘을 의식하고 있다. 아비를 이어 제사장직을 이어받을 아히멜렉이 제물과 향을 나른다. 사울이 제의를 지켜보며 눈길은 몇 번이나 라마 쪽을 향한다.

"예언자님이 도착하셨습니다!"

전령이 그 말을 전했을 때는 제의가 끝나고 있다. 장작더미 위의 번제에 쓴 제물은 재로 변하고 하얀 연기가 피어오른다. 지팡이를 짚은 사무엘이 제의장에 나타난다. 그의 눈에 짐승의 재가 보였다. 갑자기 회오리바람이 분다. 뿌연 잿더미가 사무엘 쪽으로 몰려온다.

---

[071] 근동 다른 국가 국왕들은 사제권까지 가지고 있었다. 그러나 페르시아에서는 마고스(페르시아의 제사장) 없이는 제사를 드리지 않는 것이 관습이었다. 이스라엘에서도 마찬가지다.

"내가 올 때까지 기다리라고 하지 않았습니까? 내가 늦게 온 것은 그만한 국정의 일이 있었기 때문에 늦은 것이오. 조상 모세가 시나이산에 올라가 율법을 받고 내려올 때, 그것을 못 기다리고 황금 송아지를 만든 아론의 죄를 왕이 지은 것이오."

사무엘의 눈 속이 펄펄 끓어오른다. 사울이 얼른 해명하려 든다.

"지금 블레셋 군대는 믹마스 초입에 진을 치고 있습니다. 곧 바퀴 달린 전차를 몰고 이 길갈로 내려올 것입니다. 우리도 빨리 제사를 드리고 대항해야 하는데, 당신이 약속한 날짜보다 더디 오시니 전열은 흐트러지고 군사들이 사기를 잃고 있었습니다. 그리하여…."

사울의 그 말도 사무엘의 분노를 가라앉히지 못한다. 지팡이를 들어 하늘을 가리키며 소리친다.

"야훼가 노하셨소! 아무리 급박해도 먼저 야훼의 명령에 순종해야 함을 거역한 것이오. 이스라엘에서는 왕이든, 귀족이든, 평민이든, 노예든 야훼의 법을 어길 순 없소. 내가 정한 날에 오지 않았다고 하나 당신은 믿음을 가지고 기다려야 했소. 부득이하여 번제를 드렸다고 변명하지만 그렇게 드린 번제는 야훼께서 받지 않으시는 형식에 불과하오."

사무엘은 입술을 부르르 떨어대며 사울 곁에 서 있는 아히둡을 보더니 소리친다.

"네가 망령이 든 것이 아니냐? 어찌하여 왕에게 그릇된 길을 가르쳤느냐? 너도 같이 야훼의 징계를 받을 것이다."

사무엘은 눈길을 돌려 사울을 겨누며 소리친다.

"야훼께서 이스라엘 위에 왕의 나라를 영영히 세우셨을 것이거늘, 왕의 나라가 길지 못할 것이오. 야훼께서 그 마음에 맞는 사람을 구하여 백성의 지도자를 삼으실 것이오."

사무엘의 말뜻을 못 알아듣는 자는 없다. 사울 곁에서 충성을 맹세했던 심복들까지 신탁을 믿고 불안해한다. 이 순간 갈등은 종교 관례를 놓고 빚어진 것처럼 비친다. 또 왕과 사제의 자존심 갈등처럼도 보인다. 그러나 나라를 수중에 잡고 흔들 수 있는 위치에 선 사울과 또 다른 영적 지도자였던 사무엘과의 주도권 갈등이다. 신본정치에서 인본정치로 바뀌는 과정에 흔히 있던, 어쩌면 필연적인 정치와 종교 세력들 간의 충돌의 서막이다.

사무엘은 사울의 얼굴도 보기 싫다는 듯 산당에 제의가 있다면서 길갈을 떠났다. 이스라엘군 대부분은 사무엘을 야훼의 능력이 있는 예언자로 믿고 있다. 사울의 측근 중에는 아직도 추종하는 자들이 많다. 많은 수가 사울 눈치를 보면서 사무엘을 따라간다. 사울이 남은 병사를 헤아리니 600명가량이다.

'아, 그렇게 충성을 맹세했던 자들도 사무엘을 따라가는구나. 아직도 이 나라는 그의 것이구나!'

사울은 사무엘을 배웅하고 와서 한숨을 내뱉는다. 쓸쓸하게 보였는지 모사들이 위로한다.

"그 자신이 늦게 와 전투를 망쳐놓고 왕에게 죄를 묻는단 말입니까? 사무엘은 아직도 왕 세운 것을 못마땅히 여기고 있고, 왕을 기어이 왕좌에서 끌어내리려고 노망을 부리고 있습니다."

"사무엘은 처음부터 왕정제도를 반대했기에 어떻게든 이 제도를 폐하려고 구실을 찾으려 하고 있습니다. 사무엘의 질투는 또 있을 것입니다."

사울에게는 사무엘을 대신할 수 있는 제사장이 곁에 있다. 아히둡은 대제사장직을 이어받을 수 있는 엘리의 혈통을 주장할 수 있는 자다. 아히둡이 사울 앞에 엎드려 충성을 다짐한다.

"왕이 저를 버리실 때까지 보필하겠습니다!"

왕세자 요나단

'사무엘이 내 곁을 떠났다. 쓸 만한 인재들이 따라 떠났고, 얼마 남지 않은 병사들뿐이다. 블레셋군은 만만치 않은 군대다. 어찌할꼬….'

사울은 군영 천막 안에서 두문불출하며 말을 잃는다. 장군들까지 침묵하며 싸워보기도 전에 패배감이 젖어 흐른다. 요나단이 아비 앞에 나선다.

"이러고 있으면 우리는 블레셋군에게 자멸하고 맙니다. 사나 죽으나 저들과 승부를 내지요."

"우리는 블레셋인의 적수가 될 수 없다. 어떻게든 피할 수 있는 길을 찾아보자."

"지난번 아버님께서는 별다른 무기도 없이 암몬 전투에서 싸워 승리하지 않았습니까."

"그때 싸웠던 자들은 사실 암몬 주민들이다. 지금 우리가 싸워야 하는 자들은 블레셋 전투부대요, 상비군이다."

사울이 두 눈마저 감고 입을 닫는다.

그런데 블레셋군은 사울의 군대가 아닌 에브라임지파 사람들과 먼저 충돌을 일으켰다. 블레셋 선발대들이 믹마스 근처 에브라임지파 촌을 급습하여 생명과 재물을 강탈한 것이다. 그러자 에브라임지파 촌장이 용기를 내어 수하 백성들을 이끌고 블레셋인에 대항한다.

"조상 여호수아께서 우리 '요셉지파'(에브라임지파와 므낫세지파가 이 지파에 속했다)에게 말씀하지 아니하셨느냐? '너는 큰 민족이요 큰 권능이 있은즉 한 영토만 가질 것이 아니라, 그 산지도 네 것이 되리니 비록 삼림이라도 네가 개척하라. 끝까지 네 것이 되리라. 가나안 사람이 비록 철전차를 가졌고 강할지라도 네가 능히 그를 쫓아내리라.'"

그러나 에브라임 촌장과 백성들은 싸워보지도 못하고 블레셋군에 몰려 금세 포로가 된다. 에브라임지파와의 충돌 때문에 블레셋 공격이 잠시 늦추어지긴 했으나 이 소식을 들은 사울 군대는 사기가 더 떨어진다.

사울 앞에서 물러났던 요나단이 심복을 불러놓고 말한다.

"블레셋 놈들이 에브라임지파를 습격하여 우리 히브리 사람들을 잡아갔다. 저 믹마스 초입 근처 블레셋 수비대에 포로로 잡혀 있다. 잠입하여 구하러 가자."

"우리 둘이서 어떻게 블레셋군과 싸울 수 있단 말입니까? 더군다나 왕께 보고도 안 드리고 전쟁터에 나간다니, 그것만으로도 큰 죄를 짓는 것입니다. 왕과 장군들과 상의하시어 군대를 몰고 블레셋인과 마주하소서!"

"우리에게는 대군도, 시간도 없다. 나만 믿고 따라오너라. 그렇게 상황을 따지고 정공법을 쓰게 되면 우리는 몰사한다. 먼저 우리가 습격하여 저들의 진영을 혼란에 빠뜨리자. 자, '켈리'(허벅다리에 차는 칼)를 차고 나를 따르라!"

요나단은 최측근 병사 한 명만을 데리고서 블레셋 진영으로 잠입해 들어간다. 병기 든 자라고 불리는 호위병사다. 요나단 가까이에서 시중을 들며 무사로서 훈련을 받은 최고의 경호원이다.

블레셋군은 믹마스 평지에 마병과 전차부대를 집결해 놓고, 보병은 분산시켜 산등성이마다 배치했다. 그중 블레셋 보병 영문은 언덕 위에, 초소는 적들을 휜히 내려다볼 수 있도록 바위로 둘러싸인 험한 꼭대기에 있다.

요나단이 침투한 곳은 믹마스 계곡 가장 높은 곳에 있는 블레셋 초소다. 바위를 오르며 호위병사에게 힘을 돋워준다.

"우리가 할례 없는 자들의 부대로 건너가자.[072] 야훼께서 우리를 위하여 대신 싸워주실 것이다. 야훼의 구원은 사람의 많고 적음에 달려 있지 않다."

"왕자님의 마음이 있는 대로 다 행동하시며 앞서가소서. 마음을 같이하여 따르겠나이다."

호위병사 역시 죽음 속을 뛰어든다. 손에 칼을 들고 또 어깨에 활을 메고 등에 두 개의 단창을 걸머지고 있다. 손으로 바위를 잡고 다리로 버텨가며 몇 개의 바위산을 넘었을까. 계곡 위로 작은 블레셋 초소가 보였다. 요나단과 호위병사가 바위 구멍에 몸을 숨기고 지켜본다.

"한 '체메드'[073]밖에 안 되는 진지이다. 저 속에 있는 병사 수도 얼마 되지 않을 것이다. 우리 둘만으로도 초소를 파괴할 수 있다."

요나단은 상황을 나름대로 판단한다.

---

[072] 할례는 야훼가 아브라함과 선민(選民)언약을 맺은 표로서 이스라엘의 자랑이 되었다. 할례 없다는 것은 블레셋 사람들을 이방인이라고 천시해서 부른 것이다.
[073] 한 쌍의 소가 반나절에 갈아 엎을 만한 조그마한 땅. 히브리인들은 면적을 측정하는 특별한 용어가 없었기에 이렇게 표현했다.

"우리가 블레셋군과 마주쳤을 때 그들이 말하기를 '우리가 너희에게로 갈 테니 기다리라' 하면, 우리는 철수하자. 그러나 만일 '우리에게로 올라오라' 하면 그것은 야훼께서 저들의 생명을 우리 손에 붙이신 표징이니 도륙하자."

요나단의 말은 블레셋군이 먼저 싸우러 내려가겠다고 하면 기세가 오른 것이니 싸움을 피하고, 올라오라고 하면 이미 기가 꺾인 것이니 싸워볼 만하다는 얘기다.[074]

얼마 후 요나단과 호위병사의 눈에 블레셋군이 보인다. 그쪽에서도 보고 호각을 불며 소리친다.

"히브리 놈들이 숨었던 구멍에서 나온다!"

블레셋 병사는 요나단과 호위병사를 보고 소스라치게 놀란 표정이다. 십여 명이 지키는 요해처였는데, 이스라엘 병사 단지 두 명이 자신들을 치러 왔다고는 생각하지 않았다. 그들은 갑옷을 보고 용장이라고 알려진 요나단을 알아본다. 블레셋군은 정작 요나단과 거리가 가까워지자 그 자리에 서서 소리만 친다.

"개 같은 히브리 놈들아, 싸우고 싶으면 우리에게로 올라오라!"

요나단의 얼굴이 밝아진다.

"너도 들었지? 야훼께서 저들을 우리 손에 붙이신 것이다."

요나단이 빠른 동작으로 바위에 올라 그들에게로 다가간다. 호위병사도 따른다.

---

[074] 요나단의 이 행동은 '에기루'(바빌로니아어. '모험 신탁'), '클레톤'(그리스어. '모험 신탁')과 같이 신탁의 한 종류이기도 하다. 상대방이 어떤 행동을 취하느냐에 따라 점괘를 찾는 일종의 미신이다.

"히브리 놈들이 단 두 명이 아니냐. 저들이 급습했단 말이냐?"
"또 어딘가에 매복하고 있겠지. 표범처럼 매복에 능한 놈들이 아닌가?"
블레셋군은 숨은 궤계가 있는가 하여 진 앞에 나와 웅성거린다. 어깨에 메었던 활을 잡고 호위병사가 화살을 날린다.
"으악!"
블레셋 병사가 목에 박힌 화살을 붙잡고 언덕 아래로 떨어진다. 다른 블레셋 군사들이 계속 날아오는 화살을 피해 바위틈 사이에 몸을 숨길 때다. 그들에게 다가간 요나단이 칼을 휘둘러댄다. 마지막 남은 블레셋 군사를 발로 차 넘어뜨리고 엎어진 한쪽 어깨에 칼을 박는다.
"히브리인 포로들이 잡혀 있는 곳이 어디냐?"
"본 진영… 뒤편… 석회 동굴… 속에 가두어… 놓았소."
"몇 명이나 살려 두었느냐?"
"여자는… 우리 블레셋으로 호송했고, 암몬 상인들에게… 노예로 팔기 위해 사내들… 수십 명이 있소."
요나단이 그 칼을 빼 다시 다른 어깨에 세게 박는다. 블레셋 병사가 칼을 맞고 미동도 못하며 숨만 몰아쉰다.
"내 칼을 네 놈의 어깨에 남겨 두겠다. 들짐승이 먼저 오면 너는 짐승의 밥이 될 것이다. 사람이 먼저 오길 빌어라. 블레셋 철은 단단하다고 하니 대신 네 칼을 가져간다."
요나단이 블레셋 병사의 손에 들려 있던 칼을 뺏고 호위병사와 산 아래 블레셋 보초막사 쪽으로 달려간다.

"왕자님께서 단 한 명의 부관과 블레셋 진영으로 싸우러 나가셨다!"
이스라엘 진영에서 병사들이 나와 떠들어댄다. 군영 천막 안에서 사울이 자리에서 벌떡 일어나 소리친다.

"요나단아, 네가 사자굴로 뛰어들었구나. 장군들은 어서 군장을 준비해라. 왕자가 적진으로 뛰어들었는데 구하러 가야 되지 않느냐?"

사울이 심복들에게 이스라엘 영웅들의 전승을 얘기하며 싸움터로 말을 달린다. 요나단의 출정이 사납게 만들었던 것이다.

"사사 기드온은 용사 300명으로 미디안 족속을 멸절시켰다. 우리는 두 배의 600명의 용사가 있다. 무엇이 두려우랴, 어서 나를 따르라."

요나단과 호위병사가 바위와 바위를 타며 블레셋 진영으로 숨어든다. 저만치 언덕 쪽을 보니 블레셋인들이 화톳불을 피워 놓고 바위틈에서 기어 나오는 전갈을 구워 먹는다. 곁에는 히브리인 포로 서너 명이 그들의 방패에 기름칠을 해주고 있다.[075]

"저쪽에 우리 히브리인들이 잡혀 있다. 풀어주어 블레셋 진영을 혼란에 빠뜨리자."

요나단이 칼날을 들어 입술에 물고 침을 묻히더니 블레셋 초소를 향해 몸을 낮춰 다가간다. 보초병도 없다. 험한 산 위쪽에서 적이 오리라는 것을 예상조차 못 하고 있다.

굴 앞에서 두 명의 문지기가 무기를 내려놓고 주사위 놀이를 하다가 요나단과 호위병사의 칼을 맞고 쓰러진다. 요나단은 토굴 속 에브라임 지파 포로들을 석방하고, 그들과 함께 또 다른 언덕 굴로 다가가 무기 창고를 급습한다.

---

[075] 고대 근동 전사의 방패는 나무판에 염소가죽을 입혀 흔히 만들었다. 그 가죽이 트지 않도록 기름칠을 하는 것이다.

"언덕 위쪽 진영에서 싸움이 벌어진 모양입니다. 고함이 여기까지 들렸습니다. 사울, 그 여우가 위쪽 감옥과 무기고를 친 모양입니다."

"낭패다. 저쪽에서 활을 쏘고 돌을 굴러 내리면 우리 쪽은 초토화될 것이야. 본군 위치를 잘못 잡은 모양이다."

블레셋 본 진영 군사들이 우왕좌왕할 때, 방패를 닦으며 곁눈질하고 있던 히브리인 포로들이 그들을 향해 달려든다. 포로 사내가 블레셋군이 찌른 창을 배에 맞고도 그 창을 잡고 놓지 않는다. 다른 포로가 블레셋 군사를 덮쳐 코를 물어뜯는다.

"이놈들 죽으려고 환장했나!"

블레셋군은 그들의 저항에 질려 오히려 뒷걸음친다. 위쪽에서 바위가 굴러오고, 풀려난 히브리인 포로들이 몰려온다.

"아, 놈들의 덫에 걸렸다!"

블레셋 병영은 이스라엘 대군이 급습한 것으로 여기고 순식간에 혼란에 빠져 수장들부터 졸병까지 도망가기에 급급하다. 위쪽에서 비명이 메아리쳐 울리자, 평지의 전차부대도 마부들까지 전차에서 내려 도망친다.

'적 진영으로 뛰어든 아들은 소식이 없구나. 블레셋 원수들과는 일전불사만이 남았다!'

사울 군대는 '미그론'(기브아 북쪽 5km 지점. 게바 변경에 위치)에 군영을 설치했다. 사울은 블레셋 진영이 바라보이는 높은 지대 석류나무 숲에 섰다. 석류꽃이 작은 등(燈)처럼 가지마다 달려 붉은 빛을 발한다. 그는 단창을 곤두잡는다.

"블레셋 군영이 이상합니다. 무슨 반란이라도 일어났는지 저희끼리 웅성거리고 있습니다."

염탐을 보냈던 세작이 석류나무 그늘 아래로 달려와 블레셋군의 우왕좌왕하는 모습을 보고한다.

"너무 멀어서 사연을 알 수 없습니다만 전차 부대들이 혼란스럽게 엉키어 움직이고 있습니다. 칼을 뺀 자도 있었습니다."

"그래… 그렇다면, 공격을 해야 하는가 말아야 하는가?"

사울이 종군사제로 따라온 아히둡을 부른다. 사무엘이 없는 지금 대제사장의 역할을 하고 있다.

"어서 야훼의 궤를 가져와라!"

사울은 야훼의 신탁을 받고 싶어 했다. 그러기 위해서 언약궤가 필요하다고 생각한다.

"야훼의 궤는 기럇여아림(예루살렘 서북쪽 14㎞ 지점 성읍)에 있지 않습니까? 가지고 오려면 오랜 시간이 걸리는 일입니다."

"그러면 우림과 둠밈[076]으로 신의 뜻을 물어보거라!"

아히둡이 에봇[077]을 가져와 우림과 둠밈이 들어있는 가슴 주머니에 손을 집어넣을 순간이다. 다른 세작이 다급히 다가와 보고한다.

"블레셋 진영이 자중지란에 빠져 서로들 싸우며 쓰러지는 자가 부

---

[076] 매끄러운 돌 모형으로 주사위처럼 던져 신의 뜻을 물을 때 사용했을 것이다. 작은 막대기일 수도 있다. 그중 우림은 좋은 답을, 둠밈은 불길한 답을 주는 추첨인 것 같다. 우림은 히브리어로 '빛'에 해당하는 말로 밝은색이나 흰 돌과 연관되었을 것이다. 근동 수메르에서는 이 돌을 진리의 돌로 불렀다. 아시리아의 문헌을 보면 두 개의 돌이 설화 석고와 적철광이라고 구체적으로 언급되어 있다. 히브리인들도 이 점을 야훼의 이름으로 쳤던 것 같다.

[077] 소매가 없으며 앞치마같이 엉덩이까지 내려오는 긴 웃옷. 에봇의 어원은 '가나안 여신 아닷의 옷'에서 파생되었다. 원래 기둥이나 신상을 두르는 금속 덮개를 뜻했으나 신의 의복으로 이해되었고, 나중에는 제사장 예복이 되었다.

지기수입니다."

히브리 포로들이 저항하는 것을 그렇게 본 것이다. 사울이 아히둡에게 급히 말한다.

"지금 신탁을 받을 시간이 없다. 모든 군대를 끌고 블레셋을 치리라!"

사울은 곧 군사를 몰아 블레셋 진영으로 내려간다. 아히둡이 지켜보며 혀끝을 찬다.

'어찌 저다지 경망스러운가. 신탁도 떨어지기 전에 전세가 유리하다고 마음을 바꾸어버리니, 쯔쯔!'

블레셋 진영에서는 요나단과 함께 포로가 되어 있던 히브리인들이 싸우고 있다. 사울 군대가 몰려가자, 블레셋 군사들이 혼비백산하여 도망간다. 후퇴하던 전차들도 험한 지형에 갇혀 바퀴를 제대로 굴리지 못한다.

사울 군대가 블레셋 군대를 쫓을 때다. 블레셋과의 전투에서 패배하여 은신하고 있던 에브라임 산지 히브리인들이 몰려와 같이 추적한다. 블레셋군을 잔멸시킬 수 있는 기회가 온 것이다. 사울은 그들을 쫓으며 속웃음을 터뜨린다.

'사무엘 없이도 전투에서 이겼다. 블레셋뿐 아니라 사무엘도 이겼다!'

이스라엘 총진영에서는 장군들이 모여 도망치는 블레셋 군사들을 진멸할 계획을 세운다. 사울이 뜻밖의 명령을 내린다.

"야훼의 도움으로 블레셋인들을 잔멸시키겠다. '촘'[078]을 하며 야훼

---

[078] '금식.' 음식을 절제함으로 신 앞의 헌신을 뜻함.

께 힘을 구하자."

사울은 사무엘을 떠나보낸 후 신앙이 없는 자라고 주위로부터 지탄을 받았다. 승리를 바로 앞둔 지금 그렇지 않다는 것을 보여주고 싶었다. 금식함으로 신의 도움을 간절히 원했는지도 모를 일이다. 그러나 금식 선포는 전례대로라면 전쟁터에 나온 제사장이 신탁을 받아 해야 할 일이다.

"저녁때 곧 내가 원수 블레셋에게 복수하는 때까지 식물을 먹는 자는 저주를 받을 것이다!"

이스라엘군은 이미 블레셋과 싸우느라 온 기력을 잃고 있었다. 불만이 터져 나온다.

"종일 전투하느라 힘이 빠졌거늘 어찌 굶으라고 하느냐. 전투에서 살아남았더니, 왕이 굶겨 죽이려고 하는구나."

"전투도 다 '떡'⁰⁷⁹을 먹으려고 싸우는 것인데, 목숨 걸고 싸우면서도 못 먹으니 이게 말이 되는 것이냐?"

이스라엘군은 블레셋인들이 양식으로 쓰려고 몰고 다니던 소와 염소, 양을 보며 입맛만 다신다. 이들은 명령이 두려워 손도 못 대고 원망이 가슴까지 차올랐다. 창 든 병사가 비영비영거리다 풀섶에 벌렁 누우며 소리친다.

"제기랄, 난 안 싸우겠어. 아니, 못 싸우겠어!"

"블레셋인을 잔멸시키라, 어서 바짝 따라가 짓밟아버리자!"

---

079 떡은 히브리말로 '레헴'으로 본래 '전쟁하다'라는 뜻의 '라함'에서 파생된 말이다. 이는 전쟁의 원인이나 목적이 식량 때문이었던 원시 사회의 의식구조를 보여준다.

요나단도 사울 군대를 만나 한 떼의 군사를 이끌고 블레셋 패잔병을 쫓는다. 사기를 잃은 블레셋군은 이스라엘군의 칼질에 목이 수없이 떨어졌다. 그 도중 수하 병사들이 포로 사내를 데려왔다. 그런데 그가 자신은 에브라임지파라고 강변한다.

"나는 이스라엘인이고 에브라임지파 사람이요. 몇 년 전 블레셋인들에게 잡혀 노예가 되었을 뿐이오. 살려주시오."

블레셋인들은 이미 가나안에 동화되어 이스라엘인과 같은 언어를 쓰고 있었다. 말이나 모양새로도 구별할 수가 없다. 한 장군이 말한다.

"전날 사사 입다가 에브라임지파와 싸움이 붙었지 않았습니까? 그때 잡은 포로 중 에브라임지파 사람들을 구별할 때 쉽볼렛('흐르는 시냇물'이라는 뜻)이라는 말을 발음하게 하지 않았습니까? 전통적으로 에브라임지파 사람들은 사투리가 심해 쉽볼렛이라는 말을 발음하지 못하기 때문이었습니다."

사사 때부터 전해오는 그럴듯한 이야기다. 요나단이 포로에게 쉽볼렛을 발음하게 했다. 그는 영문을 모르고 대답한다.

"쉽볼렛! 쉽볼렛! 쉽볼렛!"

포로는 그 자리에서 칼을 맞고 쓰러진다.

"육포나 볶은 곡식이나 '헤마'[080]는 없느냐?"
"바삐 적들을 추적해 오느라고 준비된 음식이 없습니다."
"할 수 없지, 샅샅이 뒤져라. 블레셋 패잔병들이 숨어있을지 모를 일

---

[080] 우유기름. 우유를 휘저어 거품을 일게 하여 만든 동물지방의 응고된 형태. 칼로리가 높아 비상식량으로 사용됨.

이다."

요나단은 병사들과 허기진 배를 움켜쥐고 벧아론 골짜기를 수색하며 블레셋 잔당들을 찾는다. 갑자기 그의 얼굴이 환해진다. 벌들이 속이 빈 나무 윗 둥치에 저장했던, 나무껍질에 금이 가며 흥건히 쏟아진 목청을 본 것이다. 요나단은 병사가 가져온 지팡이로 꿀을 찍어 입에 대니 혀까지 녹아나는 듯하다. 이때, 조금 전 본 진영에서 합류한 병사가 놀라 소리친다.

"당신의 부친이 맹세하여 엄히 이르기를, 오늘 식물을 먹는 자는 저주를 받을 것이라 하셨습니다. 그래서 본 진영 모든 병사는 눈에 보이는 산딸기 한 개도 못 따먹고 피곤해하고 있습니다."

요나단은 화들짝 놀라며 탄식한다.

"아, 아버지가 곤란하게 만들었다. 보아라. 꿀을 조금만 맛보아도 내 눈이 이렇게 밝아졌는데, 하물며 군사들이 오늘 대적에게 탈취하여 얻은 것을 임의로 먹었다면 블레셋 놈들을 살육함이 더욱 많지 아니하겠느냐!"

사울도 군사를 이끌고 블레셋을 쫓고 있었다. 금식까지 하면서도 믹마스에서부터 아얄론(사슴 들판. 블레셋 영토와 근접한 도시)까지 쫓아 승리를 거두어 블레셋인들로부터 가축, 무기 등을 탈취했다. 사울 군대가 블레셋 군사들을 국경 밖으로 몰아내고 돌아섰을 때는 노을이 밀려왔다.[081]

"왕이 식물을 금기한 금식기간이 지났다. 짐승들을 끌고 와라."

---

[081] 히브리인들은 석양이 다른 하루의 시작이다.

하루 내내 굶은 병사들은 블레셋군을 쫓느라 기진맥진해 있다. 가축들을 끌고 가 배를 갈라 간을 꺼내 입에 마구 넣는다. 야수가 먹이를 뜯는 것과 다름없다. 제사장들에 의해 사울에게 급히 보고된다.

"병사들이 고기를 피 채 먹어 야훼께 범죄하였나이다. 모두 입 주변을 붉게 물들였습니다. 일찍이 이스라엘군에게는 없었던 일입니다."[082]

"믿음이 없는 행동이 아니냐. 어서 '에벤게돌라'[083]를 가져오라."

소와 염소가 잡아졌고, 받침돌 위에 놓였다. 뚝뚝 더운 피가 땅에 떨어진다. 사울은 피를 뺀 다음에 병사들에게 고기를 먹게 한다. 어쨌든 이 일은 받침돌이었지만 사람들이 바라볼 때 사울이 야훼를 위하여 처음 단을 쌓은 제의가 되었다.

"블레셋 놈들을 쫓아 내려가서 동틀 때까지 한 놈도 남겨두지 말아라."

식사가 끝난 후에도, 사울은 군대를 계속 움직여 블레셋 패잔병들을 국경 너머까지 쫓아 섬멸하려 들었다.

"천명, 곧 추적하여 섬멸하겠습니다!"

국방장관 아브넬은 충성을 서약하고 있었지만, 지쳐 있는 이스라엘

---

[082] 피는 생명을 의미했고, 생명은 신에게 속하였다고 믿었기 때문에 이스라엘에서는 피 채 먹는 것을 율법에 정하여 엄히 금했다. 제사를 드릴 때도 피를 단에서 쏟아야 했다(레위기 17장 11절-12절 참조). 근처 근동에서도 같은 이유로 피 채 먹는 것은 음식법으로 금했다. 또한 피라는 신성한 액체는 고기로부터 빼내 물같이 땅에 쏟아서 다시금 땅으로 돌아가도록 해야 한다고 생각했다. 짐승의 생명력은 피인데 그 짐승에게 생명을 준 신에게 되돌려 보내는 것이다. 아라비아에서도 '할랄'이라고 하는 도살법이 있었는데 역시 피를 빼고 잡는 방법이다.

[083] 큰 받침돌을 의미하며 제단을 쌓는 돌은 아니다. 식용으로 잡은 짐승 피를 땅으로 흘러내리기 위한 돌이다.

군대가 그 멀고 위험한 곳까지 추적한다는 것은 불가능한 일이다. 종군 제사장 아히둡이 말을 돌려 반대하고 나선다.

"과연 지금 우리가 블레셋군을 쫓는 일이 옳은가 야훼께 신탁을 받아보시지요?"

사울은 관례를 따르지 않을 수 없다.

"그러면 야훼께 물어 보거라."

아히둡이 우림과 둠밈을 꺼내 던지며 신의 뜻을 묻는다.[084] 고개를 갸우뚱거리더니 사울에게 말한다.

"야훼께서 이번 싸움의 미래를 보여주지 않고 있습니다."

"신탁이 내려오지 않는 것은 네가 제사장으로서 영적으로 어둡기 때문이 아니냐?"[085]

"이것은 분명히 우리 중 누군가가 야훼의 법을 어긴 것입니다. 그래서 신탁을 주시지 않는 것입니다."

"우리 중에 범죄한 자가 있을 것이라고? '펀나'(어른들, 장로들)야, 다 이리로 오라. 이 죄가 누구에게 있나 알아보리라. 이스라엘을 구원하신 야훼의 사심으로 맹세하노니 그자가 내 아들 요나단이라도 반드시 죽으리라!"

---

[084] '고랄'(제비)은 인간의 이성으로 결정할 수 없는 문제에 봉착했을 때 신을 불러내기 위한 물건이다. '제비뽑기'는 고대 근동에서 두루 사용되었는데, 이스라엘에서도 신의 뜻을 확정하기 위해 사용되었다(이 방식에는 나무토막에 각 이름을 쓰고 목이 좁은 항아리 안에 넣어 뽑기도 했고, '예', '아니오'를 쓴 2개의 조약돌을 사용하기도 했다. 각 면에 이름을 쓴 주사위 같은 것을 사용하기도 했다). '우림과 둠밈' 또한 제사장이 사용한 제비의 한 형태다.

[085] 고대 근동에서의 싸움은 제사장의 신탁을 받아 시작했는데, 그 싸움에서 지면 신탁이 잘못됐기 때문에 당한 것이라고 여겨 제사장을 죽이는 경우가 많았다.

사울은 완전한 승리를 거두지 못하게 한 그 죄를 물어 누구라도 죽일 태세다. 아히둡은 블레셋과의 무리한 싸움을 막고 싶었던 까닭에 신탁을 말한 것인데 상황이 다른 방향으로 번지고 있다.

"내 아들아, 네가 무슨 죄를 범하였느냐?"
"저는 지팡이 끝으로 꿀을 조금 맛보았을 뿐입니다. 그러나 금식하라는 왕의 금령을 어겼으니 죽어야 마땅합니다."
사울이 요나단을 불러 세워놓고 국문한다. 그가 아비 앞에 엎드려 자백한다. 옆에 서 있는 호위병사도 제 주인의 모습을 보고 울먹인다.[086]

"나는 이미 야훼의 법을 어긴 자는 내 아들이라 할지라도 죽일 것이라고 야훼의 이름으로 맹세한 바 있다. 금식령을 어긴 것이 밝혀졌으니 처단할 것이다."
야훼의 이름으로 맹세한단 말은 생명을 걸고 반드시 지키겠다는 서약이다. 만일 사람이 실수하여 신의 이름으로 맹세하였다 하더라도 그 일에 대하여서는 책임을 지게 되어 있었다. 처형을 병사들이 막는다.
"왕자님은 이스라엘을 구원한 영웅이신데 어찌 도모하려 하십니까? 머리털 한 오라기라도 땅에 떨어지게 하면 안 될 것입니다."
"왕자님을 해하지 마소서!"
"왕자님을 해하지 마소서!"
이 순간만큼은 제사장들도 요나단의 편을 든다.

---

[086] 히브리전승에 따르면 그날 추격에 앞서 아히둡 제사장이 말한 신탁의 결과를 놓고 제비를 뽑아 죄가 누구에게 있는가 신에게 물어보았다고 한다. 그때 신의 법을 어긴 자가 요나단이라는 것이 밝혀졌다고 전해진다.

"왕이 금령을 선포했을 때는, 왕자님은 그 자리에 계시지 않고 블레셋 패잔병들을 쫓고 있었습니다. 율법에 이르기를, 부지중에 죄를 범한 자는 그 죄를 자복하고 죄과를 인하여 '속건제'(신의 성물에 위해를 가했을 경우 드리는 제사의 일종)를 드리게 되어 있습니다. 왕자님께서 죄를 자백했으니, 제물을 드리고 야훼께 용서를 받으면 될 것입니다."

요나단은 병사들과 제사장들로부터 동정을 받아 처형을 면하게 된다. 그 대신 흠 없는 수양을 신께 바쳤고, 제사장은 그것으로 속건제를 드리므로 신의 이름으로 용서한다.[087]

요나단이 용서를 받은 것은 사울의 의중도 있다. 장남을 죽이고 싶지 않았던 차에 병사들과 제사장들이 그의 뜻을 대신 말해준 것이다. 사울이 속건제 내내 제사상 앞에 무릎을 꿇고 있는 요나단을 보면서 두 눈을 감는다.

'신중하지 못하게 금식령을 선포하여 아들을 죽일 뻔했다. 금식령을 말하지 않고, 병사들을 오히려 먹여 추적하게 했으면 블레셋군을 잔멸시킬 수 있었으리라. 그들은 이번 싸움을 복수하러 다시 우리의 영토를 침범하겠지….'

그다음 해. 지중해 해안 쪽에서 다곤 형상인 머리는 물고기요, 몸은 사람인 그림이 그려진 깃발이 내륙으로 다가온다. 블레셋 다섯 개의 도시 국가 중 이번에는 에그론이 수천의 군사를 거느리고 게바로 몰려온

---

[087] 율법의 해석은 애매모호했다. 신의 이름으로 맹세한 자가 그 맹세를 어겼을 때, 죽일 권한도 살릴 권한도 세력 있는 자의 해석에 달려 있었다.

다. 게바는 블레셋 영토였으나 지난번 전투 때 빼앗겨 이스라엘 수비대가 있었다. 에그론군은 이스라엘군 초소를 박살 내고 군영을 설치한다.

요나단이 선봉장군으로 앞장선다. 게바에 도착했을 때는 블레셋 진영에서 장수들이 나와 이스라엘군을 기다리고 있었다. 협곡을 두고 이스라엘군과 블레셋군이 대치한다. 이스라엘 장수가 말을 타고 앞으로 나와 고함을 친다.

"그동안 우리가 잠시 너희들에게 조공을 바치며 머리를 숙였으나, 오늘 야훼께서 너희 목숨을 우리 손에 주셨다!"

그가 돌아가자, 블레셋 장수가 말을 타고 다곤 깃발을 들고 나와 이스라엘 진영 앞에서 외친다.

"오늘 너희들은 우리 전차 바퀴에 다 깔려 죽을 것이다. 입만 살아있다고 나불거리지 말아라!"

이스라엘군이 블레셋 전차부대를 바라본다. 철기로 장식되고 철 무기로 무장된 전차가 금방이라도 까뭉갤 듯 노려보고 있다. 지난번보다 전차를 더 강하게 개조시켜 싸움터에 나온 것이다.

"마차 바퀴에 칼이 달렸잖아? 저 바퀴가 지나가면 근처 병사들은 발목이 베어져 땅에 떨어질 거야."

"저 마부 뒤에 서서 창을 겨누고 있는 블레셋 놈들은 어떻구. 말을 마구 몰아가며 저 위에서 창으로 찔러대면 우리 보병들이 어찌 저들을 이길 수 있겠어?"

이스라엘군에게는 단 한 대의 전차도 없다. 병사들은 햇빛을 받아 빛나는 철전차들을 보며 몸이 굳는다. 요나단이 이스라엘군을 향해 사기를 북돋는다.

"놈들과 우리 사이에는 협곡이 있지 아니하냐. 전차는 평지가 아니면 무용지물이다. 전날 우리 이스라엘이 이집트를 탈출할 때 전차들의 추격을 받으면서도 갈대바다 앞에서도 붙잡히지 않았고, 또 사사 때 드보라 예언자와 장군 바락이 기손 강가에서 가나안인 야빈 군대장관 시스라의 철전차를 쓸모없게 해버린 것도 다 지형 때문 아니었느냐. 지금 저들의 마차는 장난감에 불과하다!"

먼저 말머리를 들고 선공한 쪽은 이스라엘 마병이다. 요나단이 유격대를 이끌고 블레셋의 철전차로 달려든다.

"이스라엘의 지렁이들이 몰려온다. 바퀴로 짓밟아라!"

블레셋 전차들이 몰려든다. 전진했던 이스라엘군이 금세 바퀴에 짓밟히며 후퇴한다. 요나단의 군대는 희생자를 내면서도 계곡 쪽으로 유인한다. 전차들이 좁은 협곡으로 달려온다.

말을 타고 다가간 요나단과 장수들이 마차 바퀴에 창을 던진다. 창들은 굴러가는 마차 바퀴에 끼어 전차들을 전복시킨다. 철전차들이 협곡을 빠져나오려 우왕좌왕할 때, 그 위에서 고함이 터진다. 매복하고 있던 이스라엘 병사들이 바위를 마구 굴려댄다.

숲과 구릉지대에서는 전차보다 마병이 유리했다. 마병들은 일부 활로 무장하고 일부는 창을 든다. 궁수의 화살이 적진을 흐트러뜨리자, 기습병인 창병들이 다가가 찔러댄다. 협곡에 갇힌 블레셋군이 막다른 절벽에 선 짐승처럼 울부짖는다. 요나단이 활시위를 당기며 블레셋 군대를 통솔하고 있는 자를 노린다. 화살은 공기를 꿰뚫고 나가 블레셋 총수의 가슴팍에 피가 튀며 박힌다.

"대장군께서 당하셨다!"

블레셋군은 선봉장군이 쓰러지자 향방을 잃고 흩어진다. 에그론 군대가 돌아가는 순간이었고, 블레셋 세력이 가나안 내륙에서 서서히 물러가는 순간이기도 하다.

"야훼께서는 선조 아브라함에게 가나안 땅을 다 준다고 허락하지 않았습니까?"

"그 명을 받은 여호수아께서도 가나안 정복을 꿈꾸지 않았습니까? 정복하지 않으면 정복당합니다!"

군부의 독촉에 사울은 정복사업에 나선다. 마병과 보병들은 남부로 내려가 에돔을 침공한다.[088] 이들은 시리아에서 가나안을 거쳐 아라비아로 오고가는 객상 무역로를 영토 안에 가지고 있었기에 상권을 쥐고 큰 부를 누리고 있었다.

사울은 군사들을 이끌고 광야에 흩어져 있는 에돔 촌락들을 급습하여 유목민들로부터 양과 염소 등 가축들을 탈취했다. 병사들은 민가를 약탈하며 병아리, 달걀까지 바구니에 담아서 나왔다.

이스라엘군 칼 아래 놓여있던 에돔 마을 촌장이 가솔들과 말 수십 필을 끌고 사울의 진영을 찾아왔다.

"이스라엘 영웅 사울 왕에 관하여 익히 들어 알고 있습니다. 저는 아비 때부터 말을 길러 우리 궁과 이집트 파라오 궁에 전마로 팔고 있습니다. 말들을 왕께 바치겠습니다."

노인의 속뜻은 빼앗길 것 같으니 차라리 바치겠다는 얘기다. 데리고 온 아들의 손을 잡고 요청한다.

---

[088] 에돔은 사해 남동쪽 아카바 만에 이르는 지역에 남쪽 끝으로 신 광야, 네겝 사막 등에 자리 잡고 있었다. 기원전 13세기 초 가나안의 맹주였던 이집트와 아시리아가 허약해진 틈에 다른 유목 집단들이 그곳에 들어와 호리아 족속이라고 불리우는 원주민들을 정복하고 또한 동화시켜 에돔 족속의 나라를 세운 것이다. 에돔인들은 그곳에서 도성 '데만'(에돔어. '남쪽')을 중심으로 이미 왕정제도를 받아들여 나라를 이루고 있었다.

"자손이 없다가 늦게 첩에게서 아들을 얻었습니다. 이 아이에게 작은 관직을 주어 왕에게 충성하게 하소서."

사울은 노인의 아들 도엑에게 '모케드'(목양도감)란 직책을 주어 에돔으로부터 조공으로 받은 양을 치게 했다.[089]

사울은 그 후에도 몇 번 에돔 촌락을 쳐 굴복시키고 무역로를 빼앗았다. 이스라엘이 에돔의 상권을 일부나마 점령할 기회를 가진 것이다. 이스라엘 군사들은 그곳 광야 주변을 지나가는 시리아, 이집트, 아라비아, 인도 상인들을 붙잡아 무역품을 갈취했다.

사울은 에돔 북쪽에 있는 모압까지 침공한다.[090] 과거를 들먹이며 병사들을 독려한다.

"모압 왕 에글론은 근 20년 동안이나 내 베냐민지파에게 조공을 받으며 착취했다. 또 르우벤지파는 쫓겨나 무력해져 버렸다. 그 빚을 받아야 한다!"

이때 근동 메소포타미아 남부는 큰 세력을 가진 나라가 없이 소국으

---

[089] 에돔과의 외교관계를 위해 에돔어를 쓸 줄 아는 인재가 필요했기에 고용한 것이다. 훗날 다윗 때도 귀화인들을 고용하여 통역관으로 삼았다. 솔로몬 때는 통역관을 위한 학교도 세워졌다.

[090] 모압 족속은 기원전 13세기경에 요단 동편에 나라를 세운 후 모세가 가나안으로 올 때 쯤 아모리 왕 시혼에게 영토를 빼앗기고 있었다. 모세는 그 영토를 도로 빼앗아 르우벤지파의 영토로 삼았다. 사사시대에는 모압 왕 '에글론'(송아지의 마을)이 18년간 뚜렷한 지도자가 없었던 쇠약해진 이스라엘을 침공하여 르우벤지파를 쫓아내고 요단 동편을 다스리기도 했다.

로 나뉘어져 다투고 있었다. 시리아 역시 여러 도시국가로 나뉘어져 있지만, 그중 세력이 가장 강했던 소바가 메소포타미아를 향해 세력을 넓힌다.091

이미 북부 암몬까지 제압한 이스라엘은 시리아 소바 왕국과 대치한다. 소바는 광물이 풍부한 안티 레바논산맥과 유프라테스강 지역에서 큰 세를 부리고 있었다. 사울 군대는 소바 남부 촌락을 급습해 승리를 거두었다.

소바는 이스라엘 침공을 받고 분노했으나, 그 도발을 크게 생각하지 않았다. 오직 북쪽 기름진 땅 메소포타미아를 노리고 그리로 진출하기를 원했다.

사울이 에돔, 모압, 시리아와 접전을 벌였지만, 그의 군대가 제압한 것은 정부 군대가 아니라 흩어져 있는 촌락에 불과했다. 특히 시리아 소바는 군사력이 막강했기에 다시 침공하지 않았다.

사울은 군사지도자로서 덕장이었다. 승리는 부하들에게 돌리고 패배는 자신의 탓으로 돌렸다. 자신의 전략과 반대되는 의견을 내는 심복에게도 전쟁이 끝났을 때 상급을 내렸다.

사울 곁에는 많은 지장, 용장들이 따른다. 이스라엘 영토는 더 넓어지고, 사울의 이름은 더 널리 퍼져간다. 히브리노예들이 세운 이스라엘은 역사상 처음으로 근동의 어엿한 국가로 자리 잡는다.

---

091 소바 왕은 국경을 넘어 아시리아를 침공했고, 앗슈르라비 2세(기원전 1012-972년)로부터 성읍 피트루, 무트키누까지 빼앗았다.

라마 신학교에 칩거하고 있는 사무엘의 귀에 제자가 사울의 소식을 들려준다.

"사울이 에돔, 모압과 시리아 도시국가 소바까지 치며 영토를 넓히고 있습니다. 백성들이 그를 영웅으로 칭송하고 있습니다. 이 나라는 사울의 나라가 되어 버렸습니다."

탁자에 앉은 사무엘은 갈대 펜[092]을 들어 양피지에 히브리전승을 기록한다.[093] 여전히 양피지에 고개를 묻고 불쑥, 한 말만 내뱉는다.

"사울은 모래성을 쌓고 있는 것이다!"

---

092 이집트에서는 골풀(갈대)로 펜을 만들었다. 그 끝을 끌처럼 좁거나 넓게 잘라 획을 그었다. 잉크는 숯에 기름을 배합해서 만들었다.
093 기독교 보수적 해석으로는 사사기나 사무엘서 또는 룻기, 열왕기 등 다른 몇몇 히브리전승 기록을 사무엘이 저술했다고 믿는다. 이 견해는 현대신학자들에게는 지지를 받지 못한다. 신명기를 쓴 저자가 그 문체와 사상으로 사무엘 사후 600년쯤 지난 후 바빌론 포로시절 사무엘서나 열왕기서 등을 저술했다고 믿고 있다. 만일 히브리전승을 사무엘이 썼다면 극히 일부분일 수도 있다.

아말렉과의 전투와 사무엘과 결별

기브아 궁은 연이은 이방 민족과 전쟁에서 승리하며 전리품과 조공으로 부를 누린다. 그러나 사울은 왕좌에 앉았어도 떠나간 사무엘의 옷자락이 눈에 선하다. 아직도 사무엘의 지지가 필요하다. 자신을 왕으로 세운 자였고, 변함없이 이스라엘의 정신적 지도자였기 때문이다. 사울이 모사를 불러 묻는다.

"예언자님은 어떠하시더냐, 아직도 화가 풀어지지 아니하시다더냐?"

"라마 신학교에서 제자를 가르치며, 조상들의 얘기를 책으로 엮고 계신다고 들었습니다."

"궁으로 불러들일 방법이 없느냐?"

"예언자님이 원하시는 성전(聖戰)을 일으키소서. 그리고 종군제사장으로 초청하소서. 관례대로 전투 전에 제사를 드릴 것이고, 웅변으로 군사들에게 사기도 북돋아 줄 것입니다."

"성전을 치르라고?"

"아말렉과 전쟁을 일으키소서. 그 족속을 잔멸시키라고 전승되어 오고 있지 않습니까? 그들은 우리가 블레셋에게 시달리는 사이 우리 남부 영토를 깊이 침투하여 점령하고 있습니다. 아말렉족은 대상무역을 하고 있으니 승리하면 전리품이 상당할 것입니다."

"사울 왕 심복이 나귀 등에 많은 예물을 싣고 선생님을 뵈러 왔습니다."

신학생의 보고에도 사무엘은 교장실 탁자에 앉아서 갈대 펜을 들고 글을 쓸 뿐 고개를 들지 않았다. 그러나 교장실까지 들어온 사울 심복의 이야기를 듣고 고개를 번쩍 든다.

"왕께서 지금 아말렉 군대를 섬멸하기 위하여 전쟁을 준비하고 계십니다. 독전(督戰)기도를 받기 위해 예언자님을 애타게 찾고 계십니다."

사무엘이 서신을 띄워 사울에게 대명(大命)을 내린다. 지난번 일로 서운한 감정은 주체할 수 없었으나, 그의 힘을 빌려 조상들의 원수를 갚으려고 한다.

우리 조상들이 이집트에서 나와 시나이 광야에서 방황하고 있을 때, 우리 히브리 민족을 얕잡아보고 통과를 방해한 아말렉족속을 친다는 것은 참으로 잘한 결정이오. 이것은 '헤렘'(신에게 바치는 성전 聖戰)이오. 야훼 신에게 도전한 아말렉족속을 야훼의 이름으로 진멸하시오.

사무엘이 에봇을 입고 나와 승리를 위해 제사를 올렸다. 싸움터로 나가는 장군들에게 일장 연설을 한다.

"야훼께서 명령하셨다. 아말렉은 이 가나안에서 멸절되어야 할 벌레들이다. 야훼의 전사들이여, 야훼의 이름으로 나아가, 야훼의 이름으로 승리하거라! 이번 싸움은 성전이다. 동정심을 가지지 말고 진멸하되 살아있는 것은 다 죽여라. 내가 오늘 아침 우림과 둠밈을 던져 신의 뜻을 물었다. 신께서는 아말렉군을 우리 손아귀에 부치셨다. 그대들은 승리할 것이다. 야훼 닛시!"

사무엘이 말을 타고 진군하려는 사울에게 다가가 못을 박듯 당부한다.

"왕이여 들으소서. 만군의 왕 야훼께서 전승에 말씀하시기를 '아말렉이 이스라엘에게 행한 일, 곧 이집트에서 나올 때 길에서 대적한 일을 내가 추억하노니 아말렉을 쳐서 모든 소유를 남기지 말고 진멸하되 남녀와 소아와 젖 먹는 아이와 우양과 낙타와 나귀를 죽이라' 하셨나이다. 아말렉 왕 아각은 귀신이 조종하는 사악한 자이니, 도끼를 들어 반으로 쪼개 죽이시오. 야훼의 뜻입니다."

아말렉족속은 가나안 서남부 황무지에 자리 잡고 있었다. 비가 적었지만, 사막은 아니었기에 목축하고 살았다. 일찍부터 가나안의 주인이었던 이들은 모세 때부터 히브리 민족으로부터 큰 공격을 받고 잔멸하다시피 하여 호전적인 모습은 사라지고 이집트와 아라비아 사이를 오가며 대상무역을 했다.

전승에 따르면, 아말렉은 출애굽 당시 가나안으로 들어가는 모세에게 전쟁으로 맞섰기 때문에 다른 가나안 족속과도 다르게 야훼 신에게는 더욱 미움을 받는 민족이 되어 있었다. 사무엘이 거듭 당부하자 사울이 맹약한다.

"반드시 아말렉족속을 전멸시키겠습니다. 심려하지 마소서!"

이번에도 이스라엘은 지파 연합으로 군대를 모았다. 사울은 '들라임'(유대 남부에 있는 땅)에서 군사를 점검한다. 보병이 수를 헤아리기 어려울 정도로 많았다. 그리고 유다지파 사람이 일만이다. 사울이 이번 싸움에서 유다 사람을 따로 계수한 이유가 있다. 아말렉 또한 거친 유목민으로 기습 작전에 능한 부족이다. 유다는 아말렉 영토에 인접해 있었으므로 쉽게 그들의 침략을 받았다. 원한을 가진 그들을 선봉에 세우

기 위한 까닭이다.⁰⁹⁴

선발대로 유다지파 병사들이 앞장선다. 유다지파 제사장이 사기를 북돋우려 전승에 내려오는 '발람'(미디안의 술사)이 야훼 신에게 받았다는 신탁 중 '이스라엘에 대한 축복과 아말렉에 대한 저주'의 노래를 부른다.

"그 '왕'(이스라엘을 가리킴)이 '아각'(아말렉 왕의 총칭)보다 높으니 그 나라가 진흥하리로다. 신이 그를 이집트에서 인도하여 내셨으니 힘이 들소와 같도다. 적국을 삼키고 그들의 뼈를 꺾으며 화살로 쏘아 꿰뚫으리로다…."

소똥을 짓이겨 벽을 쌓고 들풀을 엮어 지붕을 올린 민가들이 모인 아말렉 집단 촌락. 사내들이 양떼를 몰고 돌아오자, 아낙들이 물동이를 가지고 가 물을 먹이고, 아이들은 손바닥에 소금을 묻혀 양떼의 입에 갖다 대고 핥게 한다.

촌락 중앙에는 낙타 가죽을 이어 붙여 만든 큰 장막이 세워져 있다. 아말렉 왕궁이다. 바닥에 양털이 깔린 장막 속에서 아각과 모사들이 사울이 대군을 이끌고 쳐들어온다는 정보를 듣고 분개한다.

"조상 때부터 인명을 살상하고, 장막을 불사르고, 우물을 메우기도 하며 괴롭히더니 이제는 왕을 뽑아 우리를 잔멸시키려 침공해 오고 있습니다."

---

094 '진보적 해석은 이유가 다르다. 이 내용을 전하는 히브리전승은 사울 때가 아니라 이스라엘이 남과 북으로 나라가 갈렸을 때 기록되었다(기원전 900년경 남쪽 유다와 북쪽 이스라엘로 분열되어 나라가 세워졌다). 그리하여 남북 군사 수를 따로 기록했을 것이다. 히브리전승의 다른 많은 부분에도 남과 북 즉, 이스라엘과 유다의 군사를 따로 구별하여 명기했다.

"이 노예 족속들, 이 철천지원수들, 그들의 율법에는 우리 아말렉족을 아기까지도 잔멸시키라는 명령이 전해진다지. 이 잔인한 족속!"

유목민 아말렉족속은 중앙집권화된 나라를 세우지 못했다. 황야 여러 곳에 흩어져 부족을 이루고 있었다. 아각 또한 한 부족장에 불과했다.

"아말렉 성읍에는 우리 민족을 선대했던 모세의 장인 이드로의 후예인 겐 족속이 살고 있습니다. 보호해야 할 것입니다."

아말렉 침공 전날, 막료가 사울에게 의견을 낸다. 반유목민인 겐 족속은 원래 금속 세공장이들로 떠돌아다니는 기질이 있는 종족이다. 일부가 아말렉과 섞여 살고 있었다. 이미 사울은 다른 겐 족속을 포섭하여 기브아 근처에 대장간 촌을 만든 적이 있다. 철 다루는 기술자가 절실하기도 했던 사울은 겐 족속 족장에게 비밀리에 서신을 띄운다.

우리는 아말렉 촌의 살아있는 모든 것은 잔멸시킬 것이오. 그대들은 우리 조상 모세의 처갓집 지파가 아니오. 야훼의 이름으로 살리고자 하오. 어서 몰래 성읍을 빠져나오시오….

겐 족속은 족장의 인도 아래 가축들을 몰고 보따리를 싸 짊어지고 아말렉 촌에서 나온다. 이마에 표를 새긴 겐 족속이 촌 입구에서 만난 이스라엘 복병을 쫓아 도피한다.[095]

---

[095] '한 학설에 따르면 겐 족속은 가인과 두발가인의 후예로 알려져 있다. 히브리전승에 따르면 가인은 아우 아벨을 죽였는데 그때 살인 죄악으로 두려워하는 그를 신은 자비를 베풀어 아무도 해하지 못하도록 표를 주었다고 한다. 유대교 전승에 따

"겐 족속이 성읍에서 도망갔습니다. 이스라엘 진영으로 간 것이 분명합니다."

"그들은 우리와 같은 가나안 족속이거늘 이스라엘 편을 든단 말이냐? 그들이 칼끝을 돌려 우리를 찌를 것이 분명하다."

아각이 발을 구른다. 이스라엘과의 전쟁이 시작되기 전부터 아말렉군은 사기를 잃는다.

이스라엘군은 먼저 아말렉 촌락에 침투하여 민가를 급습한다. 그리고 얼른 군대를 물려 퇴각시킨다.

"히브리인들이 누구냐? 이집트로 쫓겨 갔던 비렁뱅이요, 노예가 아니었더냐. 천한 그놈들을 잔멸시키는 길이 가나안이 평화를 찾는 길이다."

아각이 '외봉낙타'[096]를 타고 부하들과 이스라엘군을 추격한다.

"이 주변 지대는 날카로운 바위투성이입니다. 평평한 길은 이곳밖에 없으니 이 길로 이스라엘 놈들이 다시 지나갈 것입니다."

"그러면 여기서 매복했다가 급습한다!"

이끼 낀 푸른 바위들이 솟은 긴 협곡이다. 지리에 밝아 지름길로 가로질러 온 아말렉 병사들이 계곡 위에 숨어 퇴각하는 이스라엘 군병들을 기다린다. 아각이 굵은 침을 꿀꺽 삼킨다. 무언가를 예감한 맹금류들이 계곡 언덕에 내려앉아 바위에 부리를 갈아댄다.

르면, 후대의 겐 족속 일부도 그 전승을 믿고 신이 주었다는 그 표를 얼굴에 새기기도 했다(아마도 원시부족들 사이에서 존재했던 기하학적인 무늬 부적으로, 귀신을 쫓고 적을 압도하려는 흉상이었을 것이다).

096 아라비아 외봉낙타는 사막에서는 말보다 더 빠르다는 짐승이다.

한나절이 지났다. 사막 거미 서너 마리가 땅바닥으로 기어가던 계곡 한쪽에서 이스라엘 병사들이 걸어온다.

"보아라, 놈들이 이리로 오고 있지 않느냐? 다가오면 그물처럼 덮치면 된다."

아각은 눈을 부라리고 계곡 아래쪽을 노려본다. 곁에는 아래로 굴러내리려 준비한 바위들이 쌓여있다. 이스라엘 마병들이 다가오는데, 그 수는 수십 명밖에 안 됐지만 뒤에는 어디서 누굴 잡았는지 밧줄로 묶인 많은 포로가 따라오고 있다.

"신이 돕는 것이 아니냐? 우리가 급습하면 포로도 동조하여 저들에게 대항하리라. 어서 계곡으로 내려가 이스라엘 놈들을 주살하라!"

아각의 말을 듣고 아말렉 군사들이 미끄러지듯 계곡을 내려간다. 그들은 금방 이스라엘 마병들을 에워싼다. 아말렉 군사들이 칼과 창을 들고 칠 때다. 갑자기 포로들이 스스로 포승줄을 풀며 아말렉군에게 덤벼든다.

"아, 함정이다. 거짓 포로들이다!"

아말렉 장수가 칼을 내려놓으며 외친다. 위장된 포로인 이스라엘 군사들이 오히려 아말렉군을 포위한다.

"아말렉 왕을 잡아라! 아각만 잡으면 우리의 승리다."

이스라엘 마병들은 아각을 노리며 달려든다. 아말렉 군사들은 모두가 흩어져 달아나고, 아각은 웃옷까지 벗겨져서 포로로 잡혔다.

"한 명이라도 살려두면 야훼의 저주가 우리에게 임할 것이다!"

이스라엘 병사들이 왕을 잃고 쫓겨 가는 아말렉 병사들을 추격한다. 아브넬이 말을 몰고 쫓아가 아말렉 장수의 등에 창을 꽂는다. 그가 쓰러지자, 그 위로 이스라엘 마병의 말굽들이 짓밟고 지나간다.

아말렉 병사들은 대다수가 주살되었고 도망친 자는 소수에 불과했다. 사울 군대는 이집트 동쪽 경계 성읍 술까지 아말렉 활동 영역을 초토화했다. 소, 양, 나귀, 여자, 어린아이, 의복, 무기, 수많은 무역품 등을 탈취했다.

"아말렉의 모든 것들을 진멸하라. 하나도 남겨두지 말라. 다 야훼 앞에 불경스런 것들이다!"

사울은 사무엘이 지시했던 대로 아말렉인을 살해하라고 명령한다. 이미 피 냄새를 맡은 병사들은 포로로 잡은 아말렉 군사들과 주민들에게 칼을 휘둘러댄다. 칼을 맞고 쓰러진 아낙의 등에 업혀 울고 있던 아이의 심장에도 칼이 꽂힌다.

"귀신을 믿는 족속이라서 파란 피를 흘릴 줄 알았더니 붉은 피가 아니냐?"

아이를 찌른 병사가 피 묻은 제 칼을 보며 고개를 갸우뚱거린다.

한쪽에서는 전리품들이 모아져 태워진다. 가축, 옷감, 파피루스 등 여러 물품을 태우는 새카만 연기가 하늘을 가리고 있었다. 장군들이 몰려와 씩씩대며 사울을 찾는다.

"아말렉인들은 여러나라 객상들과 교류했던 까닭에 값진 물품들이 생각했던 것보다도 훨씬 많습니다. 다 불살라 버리는 것은 너무 아깝습니다."

"우린 지금껏 백성들에게 세금을 받지 않고 전리품으로 전쟁을 치러 왔습니다. 유독 아말렉인들의 물품만 태우라는 뜻을 이해할 수 없습니다. 목숨 바쳐 싸운 우리 병사들에게도 전리품을 지급해야 하지 않습니까? 이들은 예비군도 아니고 상비군입니다. '사카르'(군인에게 지급되는 배급)를 응당 주어야 할 것입니다. 빈손으로 보내면 반란이 일어나지 않겠습니까?"

"아각을 처형하라는 것도 그렇습니다. 아말렉인들은 도처에 남아 있습니다. 왕을 인질로 잡고 있으면 경거망동하지 못할 것입니다. 후에 조공까지 받아낼 수 있습니다."

사울도 불길 속에 사라지는 아말렉 물품들을 보며 입맛을 다신다. 못 이기는 척 뒷말을 붙인다.

"예언자님 말씀대로 모든 것을 진멸하되, 야훼께 바칠 좋은 것 몇 가지는 남겨두어라. 그리고… 아각은 너희들 마음대로 하라!"

사울은 아각을 죽이지 않고 포로로 잡았고, 전리품들도 모두 불태우지 않았다. 사심(私心)과 인정(人情)이 작용했던 것이다.[097]

"이것이 무슨 소리냐?"

승리했다는 소식을 듣고 사무엘이 지팡이를 쥐고 잰걸음으로 군영 앞까지 달려왔다. 그가 병영 뒤편에서 들리는 가축 울음소리를 듣고 화들짝 놀라 묻는다. 따르던 신학생이 반지빠르게 대답한다.

"예언자님의 명령을 어기고 왕이 전리품을 병영 뒤에 숨겨 놓았습니다. 아말렉 왕 아각도 살려두었습니다."

사무엘의 얼굴이 불이 붙은 듯 붉게 달아오른다. 지팡이로 땅을 치며 영접하러 다가온 사울을 꾸짖는다.

"어찌하여 야훼의 목소리를 청종치 아니하고 탈취하기에만 급하여

---

[097] 고대 사회에서는 군인에게 임금을 지불하지 않았다. 전리품으로 녹을 대신했다. 그러면서도 전쟁은 신들이 간섭하는 신적 사명으로 여겼기에 전리품은 신들의 신성한 재산이었다. 세속 세력과 성직 세력은 전리품을 놓고 다툴 때가 많았다.

야훼의 악하게 여기시는 죄를 행하였나이까? 왕께서는 지난번에도 제사장의 권한을 침해하여 야훼의 이름을 망령되게 하더니 오늘 또 그와 같은 짓을 하여 야훼께 용서받을 마지막 기회마저 놓치셨소."

"야훼의 목소리를 청종하여 아말렉인을 진멸하였으나, 가장 좋은 것으로 당신의 신 야훼께 제사하려고 군사들이 양과 소를 남겨두었나이다."

사울이 말할 때 모사가 거든다.

"왕께서는 예언자님의 말씀을 지키려 마음을 다하셨습니다. 왕께서는 야훼께 드릴 예물 되는 가축 얼마와 애원하는 몇몇 유아들과 부녀자들 그리고 남은 아말렉 잔존 세력을 제압하는 데 필요할 것 같아 아각을 살려줬을 뿐입니다."

"너는 성전(聖戰)을 치를 때 개인감정이나 동정은 금물인 것을 모르느냐? 이제 잔인무도한 아말렉의 잔존 세력들은 더 큰 악으로 성장하여 이 이스라엘을 괴롭힐 것이다. 잔인한 자에게 연민의 정을 보내는 사람은 끝내 그 정 때문에 그에게 당하고 말 것이다."

사무엘은 모사를 꾸짖고 눈길을 돌려 더 독한 말을 내뱉는다.

"야훼께서 번제와 다른 제사를, 그의 목소리를 순종하는 것을 좋아하심같이 하겠나이까? 순종이 제사보다 낫고, 듣는 것이 '숫양의 기름'(희생제물 중 가장 요긴하다고 생각했던 부분)보다 나은 것이오. 거역하는 것은 케셈('사술詐術.' 허망한 짓을 의미한다)의 죄와 같소. 완고한 것은 우상에게 절하는 죄와 같소. 왕이 야훼의 말씀을 버렸으므로 야훼께서도 왕을 버려 왕이 되지 못하게 하실 것이오."

"내가 당신의 말씀을 어긴 까닭은 전리품을 나누어주지 않으면 반란이라도 일어날까 두려워했기 때문입니다. 왕이 있고 군율이 있다고 하나 전쟁터에서는 모두가 흥분되어 있고 칼을 잡고 있어 전리품을 다

태워버리면 반란이 일어날 수 있습니다."

사울은 죄를 부하들에게 전가하며 엎드려 용서를 빈다. 사무엘을 올려다보는 눈에는 눈물마저 고여 있다. 사무엘은 고개를 돌린다.

"신도 버린 자를 내가 어찌하리오!"

사무엘이 돌아서서 떠나려 할 때, 사울이 옷자락을 붙잡는다. 사무엘의 '메일'(제사장 또는 예언자들이 입는 예복)이 찢어졌다. 사무엘과 사울의 사이가 찢어지는 순간이요, 신정정치와 왕정정치가 찢어지는 순간이다. 사무엘이 돌아서서 아직 옷자락을 잡고 있는 사울을 향해 목소리를 높인다.

"야훼께서 오늘 이스라엘을 왕에게 떼어서 왕보다 나은 왕의 이웃에게 주었나이다. 이스라엘의 지존자는 거짓이나 변함이 없으시니, 그는 사람이 아니시므로 결코 그 뜻을 돌이키시지 않으십니다."

사무엘의 불붙은 눈빛은 사울을 사르고 있다. 심복들도 고개를 들지 못하는 중에 사울은 자기와 함께 제사를 드려 체면만은 살려달라고 애원한다.

"내가 범죄했을지라도 청하옵나니 내 백성 장로들 앞과 이스라엘 앞에서 나를 높여 나와 함께 돌아가서 당신의 신인 야훼께 경배하게 하소서!"

속죄제가 드려진다. 번제단 앞에 사울이 엎드려서 눈물, 콧물을 흘리며 회개한다. 사무엘은 엉덩이를 들고 엎드린 그를 보며 여러 가지 감정에 휩싸인다. 자신이 야훼의 이름으로 지명한 왕이 아니었던가?

이때, 사울이 살려둔 짐승 울음소리가 병영 뒤쪽에서 들려온다. 사무엘의 목소리가 갑자기 노기를 띤다.

"냉큼 원수의 수장을 끌고 와라!"

사무엘의 명령에 아각이 끌려 나온다. 고문을 당해 얼굴이 으깨져 부어있다.

"그러면 그렇지. 사울 왕이 나를 풀어주려는 모양이지. 그와 나하고는 무슨 원한이 있겠는가!"

아각은 끌려오다가 앞에 서 있는 사무엘의 눈빛을 보고 얼어붙는다.

"네가 우리 아말렉의 철천지원수 사무엘이렷다!"

아각은 살의에 찬 눈빛으로 자신을 바라보고 있는 사무엘을 노려본다. 사무엘의 뜻을 알아차린 것이다.

"나는 죽음으로 자유를 찾겠다. 죽음만이 나의 구원이다, 으하하하!"

아각은 자신이 죽을 것이니 고문의 고통 속에서 해방됐다고 말하고 있었다. 사무엘이 그의 태연한 모습을 보며 더욱 화를 낸다.

"너의 칼이 그동안 이스라엘 여인들을 수없이 죽여 다시는 자녀를 출생하지 못하게 한 것처럼, 여인 중 네 어미도 아들이 없을 것이다. 무엇하느냐, 어서 이스라엘 원수인 저놈을 둘로 쪼개 죽여라!"

병사들이 사울의 눈치를 보며 아각을 끌고 간다. 그는 끌려가면서도 사울을 보며 소리친다.

"어찌 그리 무능하시오. 제왕이라는 자가 한낱 늙은 예언자에게 끌려다닌단 말이오, 으하하하!"

신하들 앞에서 아각의 조롱과 야유를 들으며 사울이 얼굴을 붉힌다.

사무엘은 아각을 큰 도끼로 찍어 죽인 후에 쇠칼로 시신을 둘로 나뉘게 했다. 병사들이 시체를 사무엘 앞에 갖다 놓았다. 그는 아각의 시체를 바라보다가 얼굴을 돌려 끓는 눈빛으로 사울을 바라본다.

"…!"

사무엘의 눈빛이 사울을 찌르고 쪼개고 있었다. 아각의 처형을 끝낸 그는 붙잡는 사울을 뿌리치며 고향 라마 쪽으로 발걸음을 돌린다.

"왕은 야훼의 '에두트'(가르침)를 따르지 않고 '미스파트 함멜루카'(왕의 법)를 버렸소. 다시 왕을 보지 아니할 것이오!"

"아버지, 예언자님께서 고향으로 내려가고 있습니다. 어서 말을 몰고 쫓아가 화해하세요."

요나단이 말을 해보았지만, 사울은 사무엘을 더 이상 쫓지 않는다. 단지 눈시울을 좁히고 사무엘의 뒷모습을 망망히 바라볼 뿐이다.

사무엘이 떠난 후, 기브아 궁에 돌아온 사울은 아말렉과의 승리의 기쁨보다 불안감과 공허함이 더 크게 밀려든다. 왕좌에 앉아 신하들에게 소리친다.

"어서 '갈멜'(과일나무가 있는 정원)로 내려가자. 그곳에 나를 위한 기념비를 세우리라!"

갈멜은 북부 가나안 해안지역으로 지중해가 내다보이는 고지대다. 그 꼭대기에는 가나안인들이 찾는 제의 성소가 있었다. 사울은 가나안 성소인 그곳에 자기의 이름을 높이려 했다. 궁중제사장 아히둡이 반대하고 나선다.

"모든 승리는 야훼께서 주신 것입니다. 어찌 인간이 했다고 공로를 돌에 새길 수 있겠습니까? 사무엘 예언자님이 아시면 매우 화내실 것입니다. 그는 젊은 시절 블레셋과의 전투에서 승리한 후 자신의 기념비가 아닌 야훼 신을 찬양하기 위한 에벤에셀(도움의 돌) 돌비를 세우지 않았습니까?"

몇몇 모사들도 반대하고 나서자, 왕좌에서 벌떡 일어난 사울이 얼굴을 일그러뜨리며 소리친다.

"주변의 모든 열왕들도 전공비를 세우지 않느냐? 나는 왜 못 세운단 말이냐? 사무엘이 나의 제왕이나 아비라도 된단 말이냐? 어서 큰 돌을 가져다가 가나안 여러 족속과 아말렉 군대에 승리한 위대한 왕 사울의 전공을 기록하라. 천날만날이 지난 다음에도 내 이름은 갈멜에서 빛날 것이다.”

"왕이시여, 언약궤가 기럇여아림 산지기 집에 20여 년 동안 사실상 내팽개쳐져 있습니다. 그 법궤(언약궤의 다른 말이다)를 가져와 왕궁에 보존하소서. 야훼께서 왕조에 복을 내리실 것입니다!"
며칠 후 제사장이 궁에 와서 말한다. 사울은 한 마디 거칠게 내뱉고는 고개를 돌렸다.
"언약궤는 사무엘의 스승이었던 엘리와 아들들이 신처럼 모셨던 궤짝이 아니더냐? 그 궤를 메고 나가 블레셋과 싸워도 참패하지 않았느냐? 나에게는 필요 없다!"

그런데 그다음 날, 사울은 궁중제사장 아히둡과 함께 가마를 타고 기브아 옆 동네 성소가 있는 놉 성읍으로 행차한다. 그리고 엘리의 후예 제사장들과 제사를 드린 후, 이어진 만찬장에서 약속한다.
"지금은 사람들이 언약궤 만지는 것을 두려워하고 있으니, 때가 되면 궤를 이 놉 땅에 안치시키겠소."
사무엘이 엘리 후예들과 소원한 것을 알고 친해지려는 행동이다. 사무엘은 아론의 직계인 대제사장 엘리의 후손이 아니면서도 제사 집전을 한 까닭에 정통파 놉 세력들로부터 지탄을 받고 있었다. 그 놉의 세력을 등에 업고 사무엘 세력을 견제하려는 의도다. 사무엘은 레위지파였지만 아론의 후예가 아닌 고핫 자손의 후예로 제사장 집례를 거들어 주는 역할을 하도록 되어 있었다.

사무엘은 사울의 세속 세력에 대항하기 위해 라마의 신학교를 키웠으며, 미스바, 세겜, 길갈 등에도 분교를 세워 신학생들을 적극적으로 양육한다.

"사울이 갈멜에 전공비를 세웠다고 합니다."

사무엘이 제자의 보고를 받으며 턱을 딱딱 떨어댄다.

"자기 기념비를 세우는 짓은 모세도 여호수아도 하지 않았다. 그 기념비는 바벨탑이고 또 하나의 '주상'(우상을 숭배하기 위하여 세워 놓은 비석)이다. 사람이 힘이 생기면 신을 잊어버린다는 얘기가 어찌 어제오늘뿐이랴. 사울도 그 길로 가는구나. 더군다나 갈멜은 가나안 귀신들의 주상들이 즐비한 곳이 아니더냐."

사무엘의 관자놀이 핏줄이 붉게 솟아오른다. 그렇지만 이미 이스라엘은 왕정정치가 도래해 있었다.

"사울을 왕으로 세운 자가 누구입니까? 선생님이 아니십니까? 그런데 은혜를 잊고 있습니다. 일어설 때입니다. 우리 신학생들도 적지 않습니다. 명령만 내리시면 몰려가 사울을 왕좌에서 끌어내리겠습니다."

"기도나 올리거라. 경전이나 읽는 너희들이 어찌 세속 세력과 다툴 수 있겠느냐?"

신학생들이 들고 일어났지만 사무엘은 고개를 흔든다. 칼을 쥔 사울에게 무력으로는 적수가 되지 못한다는 것을 알고 있었다.

'소고삐밖에 못 잡는 촌놈을 왕으로 만들어 놓았더니….'

교장실 의자에 앉은 사무엘이 깊은 생각에 잠겼다가 번뜩 고개를 든다.

'사울 그놈은 자객을 보내 나를 죽일지도 모른다. 이 땅에서 거칠 자가 누가 있느냐, 나밖에 더 있겠느냐?'

사무엘은 조용히 하나의 계획을 실행에 옮긴다.

'사울을 왕위에서 폐하리라. 야훼와 내 명령에 충실한 다른 왕을 세울 것이다. 그를 세운 자도 나인데, 또 다른 왕을 세우지 못할 것이 무엇인가?'

사무엘이 지팡이를 짚고 신학교 교정을 나선다. 흰 속눈썹으로 덮인 눈 속에서 푸른 불길이 활활 타오른다.

목동 다윗

사무엘은 라마 신학교 출신 예언자들을 풀어 왕이 될 인물을 수소문한다. 수시로 그들로부터 비밀리에 추천받는다. 두 해가 지나고 있었다. 신학교를 졸업하고 수석 예언자 대열에 오른 갓이 은밀히 보고한다.

"야훼 신앙이 신실한 자 중에 아들이 많은 자를 찾았습니다. '베들레헴'[098]에 사는 '이새'(주인님의 선물)라는 자입니다."

사울 왕의 아비 기스는 토호요, 부호였지만 야훼 신앙이 열렬한 자는 아니다. 사무엘이 관심을 갖고 묻는다.

"어떤 자더냐?"

"민촌에 사는 늙은이입니다. 큰 세력은 갖지 않고 목축업을 하고 있습니다. 아들 일곱 명이 아비의 업을 돕고 있습니다. 그 아들들을 만나보시지요."

사무엘은 라마에서 기브아를 지나 예루살렘 근처를 통과하여 베들레헴 성읍으로 잰걸음을 옮긴다. 사환이 소 한 마리를 끌고 뒤따라온다.

---

[098] '떡의 도시.' 예루살렘 남방 8km 지점 성읍.

'에브라다'(열매가 많다)라고 불리었던 옛 지명의 뜻처럼 베들레헴 들판은 보리와 호밀 등이 누렇게 익고 있다. 사무엘이 고개를 끄덕인다.

'옛말이 헛말이 아니로다. 들판을 기어다니는 쥐새끼도 반지르르 기름기가 올랐구나. 덕인이 태어날 수 있는 동네다.'

사무엘이 성읍 초입에 들어서자, 이미 소식을 듣고 나선 베들레헴 장로들은 난감한 표정이다. 사무엘과 사울의 심한 갈등을 알고 수군거린다.

"궁중예언자가 왜 우리 마을을 찾는단 말인가? 사울 왕과 원수가 됐다고 하지 않는가? 저자와 관계를 맺는다면 왕이 우릴 가만두겠는가?"

"저자가 마을 땅을 밟았다는 것만으로 왕은 우리를 가만두지 않을 텐데…."

장로들이 허리를 굽혀 사무엘에게 정중하게 절을 한다.

"이 깡촌에 웬일이십니까? 평강을 위하여 오셨습니까?"

'당신 때문에 평화가 깨지는 것은 아닙니까?'라는 에둘러 말한 물음이다. 사무엘 역시 그들의 마음을 읽는다.

"이 늙은이가 죽기 전에 이스라엘 모든 땅을 밟고 싶었소. 그래서 베들레헴에 발을 들여놓았소. 온 김에 제사라도 드리고 갈까 하오."

"…."

장로들은 의심의 눈초리를 풀지 않았다. 사무엘이 흰 수염을 쓰담으며 넉넉한 미소를 지어 보인다.

"보시오, 이곳에서 번제를 드리러 수소를 끌고 오지 않았소. 어서 번제단이 있는 산당으로 날 인도하시오. 이 마을을 위해 제사를 드리고 복을 빌어 주겠소."

장로들은 노쇠한 그의 발걸음을 막지 못한다.

산당에서 화목제가 벌어졌다. 몇몇 장로들과 토호들이 모여들었다. 대 예언자가 주관하는 것이라 평소라면 영광스러웠을 제의가 긴장 속에서 진행된다. 수소가 번제단에 놓였다. 사무엘이 우슬초(잎에 잔털이 촘촘한 박하과 식물)에 피를 묻혀 번제단 네 모퉁이에 뿌린다.

제의가 끝났다. 관례대로 제물을 바친 마을 참석자들과 제사장이 인사를 나누는 시간이다. 화목제로 드리고 남은 쇠고기로 만찬이 차려졌다. 제사장 몫 뒷다리를 잡고 뜯던 사무엘이 슬쩍 한 이름을 들먹인다.

"이 성읍에 이새라는 목축업자가 있다고 들었소?"

"이새? 이 지역에 사는 자입니까?"

장로와 토호들이 고개를 갸웃거린다. 한 촌장이 머리를 긁적인다.

"우리 마을에 사는데… 작은 세력가인지라 이 자리에 참석시키지 않았습니다."

사무엘의 얼굴이 확 밝아진다.

"그렇소? 그를 만나고 싶소."

촌장이 다시 나선다.

"그럼, 속히 불러오겠습니다!"

"그자뿐만 아니라 아들들을 모두 불러와 이 만찬에 참여케 하시오."

조금 후 이새가 불려왔다. 설늙은이로 영락없이 촌부의 얼굴이었는데 붉은 얼굴에 곰보 끼가 있다. 자신이 무슨 잘못이라도 있는가 하여 사무엘 앞에 쭈뼛거리며 고개를 들지 못한다.

"아들들을 불러오시오!"

사무엘이 말했을 땐, 이미 아들들은 이새의 뒤에 서 있다. 촌장의 급작스러운 소환에 아비가 무슨 봉변이라도 당할까 하여 같이 왔던 것이다.

"쓸 만한 일꾼을 찾고 있소. 맏아들부터 내 앞에 서게 해주시오."
"?"

이새가 잠시 망설이다가 아들들에게 손짓한다. 맏아들 '엘리압'(신이 나의 아버지시다)이 앞에 섰다. 큰 키에 몸체도 좋은 것이 누가 보아도 장수의 품위가 있어 보였다. 사무엘이 속으로 반긴다.

'오, 기름 붓기에 합당한 자다!'

그러나 사무엘은 문득 사울을 왕으로 택할 때가 떠오른다. 그도 풍채가 당당하고 준수한 자가 아니었던가. 사무엘이 묻는다.

"네 소망이 무엇이냐?"

엘리압은 인물을 찾는 줄 짐작하고 큰 목소리로 포부를 말한다.

"오래전부터 사울 왕과 요나단 왕자처럼 영웅이 되기 위해 무술을 연마했습니다. 블레셋 원수들을 쳐부수는 큰 장수가 되고 싶습니다!"

엘리압의 위품을 보고 사환이 사무엘에게 속삭인다.

"누가 보아도 큰 장군감입니다!"

사무엘은 고개를 흔든다.

"야훼께서 내게 말씀하셨다. '그 용모와 신장을 보지 말라. 내가 이미 그를 버렸노라. 나의 보는 것은 사람과 같지 아니하니, 사람은 외모를 보거니와 나 야훼는 중심을 보느니라.' 다른 아들을 부르시오."

이새가 둘째 아비나답(나의 아비는 고귀하다)을 불러 세운다. 키는 작았지만 앙바틈한 모습이다. 한참 동안 바라보다 사무엘이 '이 자도 야훼께서 택하지 아니하셨다' 말한다. 셋째 '삼마'(황폐함)와 여섯째까지 사무엘 앞을 지나갔다. 그는 깊은 눈으로 바라보다가 고개를 흔든다.

"다른 아들은 없소?"

"예. 아니, 있기는 하나 아직 어려 들판에서 양을 돌보고 있습니다.

쓸 만한 아들은 다 불렀습니다."

이새의 말을 듣고 촌장이 나선다.

"그만 자리에 앉아 만찬이나 즐기시지요."

"아니요, 그 아이를 내게로 데려오시오. 그때까지 식탁에 앉지 않겠소."

사무엘은 기다리지 못하겠다는 듯 몸을 일으켜 이새를 재촉한다.

"내가 그대의 집으로 가겠소. 막내아들을 불러오시오!"

샛노란 개나리꽃 울타리가 쳐져 있는 이새의 집 마당. 사무엘이 의자에 앉아 말째를 기다리다 이새의 가문에 관하여 묻는다.

"저는 유다지파로 가깝게는 '보아스'(민첩)를 조부로 두고, 제 아비는 '오벳'(종)입니다."

"보아스라면 여호수아 때 여리고 성을 염탐하러 갔던 살몬의 아들이며, 효부 룻의 남편이 아니냐? 보아스의 어미는 가나안 기생 라합이고, 그 후예들이 지금까지 베들레헴에 살고 있다니…?"

이스라엘 전통 역사에 밝았던 사무엘은 전승을 떠올린다.[099]

'유다지파… 유다지파… 과연 유다지파에서 왕이 나올 수 있을까?'

---

[099] 다윗의 조상 족보가 최초로 기록된 히브리전승 룻기 내용은 이렇다. 사사 때다. 가뭄이 극심하자 유다 베들레헴 땅에 살던 '엘리멜렉'(신은 왕이시다)이 아내 '나오미'(우리들의 즐거움)를 데리고 모압 지방으로 내려갔다. 모압은 사해 동쪽에 위치한 낮은 땅으로 가뭄이 미치지 않고 있었다. 엘리멜렉에게는 '말론'(병약자), '기론'(낭비하다)이라는 두 아들이 있었는데, 그들은 모압땅에서 '오르바'(암사슴)와 '룻'(우정, 자손)이라는 여인을 택하여 아내로 삼았다. 그런데 그 땅에서 그 엘리멜렉과 말론, 기론은 죽고 미망인이요, 며느리까지 과부가 된 나오미는 큰 자부 룻을 데리고 베들레헴 고향으로 되돌아왔다. 룻은 그 후 남편의 근친인 '보아스'(유력자)와 재혼하여 아들을 낳았는데 그자가 오벳이었고 그의 아들이 이새였다.

사무엘의 고민처럼, 다른 지파에서 유다지파를 바라보는 상반된 시각이 있었다. 유다지파는 왕의 지팡이를 가지게 될 것이라고 예언이 된 지파다. 그러나 실질적으로는 이스라엘은 북쪽지파가 세력을 가지고 있다. 종교 중심지도 북쪽 세겜이다. 세겜은 유다지파의 땅과 먼 거리다. 그래서 지파 총회인 세겜 회의 때도 자주 불참하여 유다지파를 가나안 족속과 다름없다고 생각하는 시각도 있었다.[100] 또 전승에 따르면 유다지파는 시조 유다가 며느리 가나안 여인 다말과 상관하여 후손을 이었기 때문에 부정한 족속이라고 생각하는 자가 많았다.

'유다지파 살몬의 후예라고?'

사무엘이 더 깊이 생각하고 있는 문제는 이새의 조부인 살몬의 행적이다. 그는 여호수아 시절 염탐꾼으로 여리고 성에 침투하여 위험을 무릅쓰고 정보수집을 하는 등 공로가 많았다. 그렇지만 그 성 창녀 라합과 결혼하여 이스라엘 피를 혼혈시킨 전력이 있기 때문이다.[101]

'선조는 근친상간의 전력이 있고, 고조모는 가나안인 창녀요, 증조모는 이방 여자라. 여러 부정한 피가 섞인 가문이구나.'

사무엘은 다시 한번 곰곰이 생각한다. 이번에 왕이 나올 지파는 이스라엘 전권을 가지고 있는 사울 왕의 베냐민지파를 누를 수 있어야 한

---

[100] 히브리전승 사사기 '드보라의 노래'에서 보면, 유다지파는 나오지 않는 것을 볼 때 이들은 이집트에서 모세를 따라 이동한 이스라엘 민족이 아니라는 견해가 있다. 원래부터 야곱을 따라가지 않은 지파이거나, 오히려 이집트에서 먼저 들어와 가나안 남쪽에 자리 잡고 가나안화된 지파라고 주장한다.
[101] 이 창녀는 훗날 염탐꾼 살몬과 결혼하였는데, 제 나라를 배신하여 간첩행위를 했다. 자기 나라 체제에 대한 불만스러운 행위였는지, 적의 세력에 제압된 겁먹은 행위였는지, 아니면 살몬에 대한 연모였는지, 개종하여 야훼 신을 믿었는지 염탐꾼들을 숨겨 살려 준다.

다. 그러려면 남북에서 가장 큰 에브라임지파나 유다지파의 인물을 골라야 했다.

대 예언자가 왔다는 소문이 퍼지자, 인파가 이새의 집 울타리 밖을 에워싼다. 주운 쥐엄열매(가축의 사료로 쓰인 콩과 식물)를 치맛자락에 싸들고 들어오던 이새의 첩이 많은 무리가 모인 것을 보고 놀라 두리번거리다 말한다.

"그 아이처럼 착한 애가 없는데, 막내가 무슨 잘못이라도 지었나요?"

아낙은 소녀 시절 암몬 왕 나하스에게 유린당하고 고향 길르앗 야베스에서 쫓겨온 여인이다. 요단강에서 조각배를 타고 떠내려와 이새의 종에게 발견되어 이새의 두 번째 아내가 된 것이다. 여자는 그때 나하스의 씨를 잉태하여 아비가일이란 딸을 두고 있었다. 이새의 전 부인은 일곱 아들을 낳았는데 얼마 전 사망했다.[102]

"막내는 야훼께 하루 세 번 기도를 올리는 신앙심이 두터운 아이예요. 온종일 양떼 치는 일과 수금 타는 일이 전부인데 무슨 죄라도 지은 건가요?"

여인은 여전히 불안감을 느끼며 사무엘에게 의붓아들 얘기를 한다. 이새의 전처 딸인 스마야가 아들들과 함께 울타리 안으로 들어와 사무엘을 지켜본다. 이웃 동네로 시집가 세 명의 아들을 얻었는데 친정에 귀한 손님이 왔다는 말을 듣고 달려온 것이다. 조금 후에는 스마야와 같은 동네에 사는 이새의 의붓딸 아비가일도 남편 '예델'(풍부)과 함께

---

[102] 히브리전승 사무엘서에는 이새의 아들이 일곱 명이라고 기록된 곳도 있고, 여덟 명이라고 기록된 곳도 있다. 사무엘서가 여러 명이 쓴 합성문서든지, 필사본의 오기인지 모른다. 아니면 유아 시절 한 명이 사망했을지도 모를 일이다.

찾아왔다.

솔개가 큰 원을 그리며 떠돌다 산정 쪽으로 돌아갔다. 황량했던 들판은 우기인지라 들풀과 꽃들이 만발했고 벌새며, 나비와 벌들이 몰려든다. 멀리 '들망대'(베들레헴 남쪽 8㎞ 지점 고도)가 보이는 언덕. 어린 목동이 바위에 앉아 양떼를 바라본다. 풀을 실컷 뜯어 먹은 양떼는 뱃구레를 땅에 깔고 누워 있다.[103]

아이 곁 대잎으로 만든 도시락 속에는 소금에 절여 말린 물고기와 보리떡 몇 개가 들어있다. 아이는 오늘 아침도 지평선에 떠오르는 해를 보고 가축들을 몰고 나왔다. 도중에 독사를 만났을 때는 막대기로 쳐댔고, 어두운 골짜기를 지날 때는 이리떼가 언덕 위에서 노리고 있었으나 물맷돌(쇠차돌)[104]을 던져 쫓아냈다. 아이는 허리춤에 찼던 작은 '수금'[105]을 들어 가슴에 안고 줄을 고른다.

"야훼는 목자가 되시니 부족함이 없다. 나를 푸른 풀밭에 누이시며 잔잔히 흐르는 물가로 인도하신다…."

수금을 그친 아이는 양떼를 몰고 여울목으로 인도한다. 양들은 급

---

[103] 히브리인들에게 양은 제물로 매우 유용했고 고기, 젖과 함께 옷감을 짜는 데 필요한 양털, 장막 덮개를 만드는 데 쓰인 양피, 전투와 종교의식에서 사용된 나팔을 만드는 뿔, 화폐 대용 거래 수단 등으로 그 용도도 많았다. 염소 또한 다름없었고 염통을 말려 부대(負袋)로 사용하기도 했다. 짧은 풀을 잘 먹는 양과, 거친 풀도 잘 먹는 염소는 건조지대에서 사육하기에 적합했다.
[104] 산화철이 많이 포함된 무거운 차돌. 물맷돌로 적당했다.
[105] 이스라엘에서는 수금을 가죽부대라고 불렀다. 악기의 통 모양이 역삼각형인 그것을 닮았기에 붙여진 이름이다. 일곱 줄의 악기는 열두 개의 음계를 지니고 있으며 손가락으로 연주할 때 맑은 소리를 낸다.

히 흐르는 물줄기로 데려가면 그 물소리에 놀라 물을 먹지 않고, 고인 웅덩이로 인도하면 썩은 물을 먹고 배탈이 나므로, 천천히 흐르는 물가로 인도한 것이다. 아이는 양떼를 유심히 살피다가 양 콧속에 손을 집어넣는다. 물을 먹던 양의 콧속에는 거머리가 달라붙어 있다.

아이는 양떼를 몰고 에셀나무 그늘로 인도한다. 소금을 분비하는 작은 잎을 가지고 있는 이 나무를 양들이 무척 좋아했다. 양떼가 에셀나무 잎을 뜯고 있을 때, 친구 목동이 언덕 아래서 소리쳐 부른다.

"'다윗'106아, 어서 내려와라. 네 아버지가 급히 부르신다. 너희 집에 귀한 손님이 오신 모양이다!"

"이 베들레헴 촌구석에 사무엘 예언자가 웬일이야? 우리 딸년이 열병을 앓고 있는데 기도를 부탁드려야지."

"처음 익은 대추야자를 가지고 왔는데 둘째 손자를 점지해 달라고 기원해 봐야지."

마을 여인들이 복107을 빌러 모여든다. 사무엘은 말째를 기다리며 울타리 너머로 모가지가 길어진다. 사환이 들고 있는 기름 담긴 양뿔그릇을 바라보며 다시 재촉한다.

"막내아들이 오지 않았소?"

이새는 연신 고개를 굽신거린다.

---

106 '사랑스러움'을 뜻하는 이 이름은 아모리인이 메소포타미아 중부에 건설한 마리 왕국의 베냐민지파 추장 '다위둠'에서 본떴다고 주장되기도 한다.
107 히브리인들의 복은 내세적인 것이 아니라 이생의 문제였다. 장수, 다산, 재산, 현숙한 아내와 충실한 남편을 얻는 것, 존경과 신임을 받는 것 등을 최고의 가치로 알았다.

"이 근처에 먹일 만한 풀이 없는지라 양떼를 몰고 멀리 갔나 봅니다. 발 빠른 젊은이를 보냈으니 도착할 시간이 되었습니다."

황혼이 짙을 녘, 다윗이 석양을 등에 이고 집으로 돌아왔다. 아이가 사무엘 앞으로 불려 왔다. 머리칼이 검붉고 얼굴이 희며 볼이 연홍빛 소년이다. 양가죽 옷을 입고 있는데 막대기와 지팡이를 들고 있다. 사무엘이 한동안 뚫어지게 바라본다.

'사울처럼 장대하지 않지만, 눈빛이 총총하구나. 신앙으로 잘 닦고 다듬어서 길들이면 군주가 될 수 있을 것이다.'

사무엘의 굳었던 얼굴이 스르르 풀어지며 다정스러운 목소리로 묻는다.

"양떼를 잘 돌본다고?"

"야훼가 길러 놓은 풀밭과, 야훼가 물을 풀어 흐르게 한 여울목으로 야훼의 양떼를 인도했을 뿐입니다."

다윗의 언변에 사무엘의 입이 벌어진다.

"이 자가 바로 야훼께서 택한 자다. 내가 이 소년에게 기름을 부을 것이다!"

다윗이 무슨 영문인지 몰라 두리번거릴 때, 사무엘이 엄한 목소리로 말한다.

"무릎을 꿇고 야훼의 뜻을 받들라!"

그 말에 다윗은 깜짝 놀라 무릎뼈라도 부러진 듯 덜컥 무릎을 꿇는다. 사무엘이 뿔을 들어 그 속에 담아온 기름을 '나아르'[108] 다윗의 머리

---

[108] '소년.' 유년기는 지났으나 청년기에 이르지는 못한 아이.

위에 붓는다. 올리브기름이 머리칼을 타고 볼과 턱까지 흘러 땅바닥에 뚝뚝 떨어진다.

"얘야, 예언자가 내 아들에게 무슨 일을 한 것이냐?"

이새가 놀라 장자 엘리압에게 묻는다. 그도 고개를 갸우뚱거린다. 식구들은 사환으로 삼기 위해 기름을 부었다고 생각했다. 삼마와 시므아 등 다윗의 형들은 그저 부러운 눈으로 바라볼 뿐이다.

"야훼께서 널 택했다. 너는 매사에 조심하거라. 때가 올 것이니 기다리라!"

사무엘은 그 말을 남기고 도망자처럼 급히 베들레헴을 떠난다. 다윗은 머리칼에서 떨어지는 기름을 손으로 받으며 사무엘의 뒷모습을 바라본다.

사무엘은 예비 왕의 선택을 사울 왕을 임명할 때처럼 신탁의 이름으로 진행했다. 사울이 아직 막강한 왕좌에 올라와 있을 때 이스라엘에 두 왕을 만든 것이다. 이 사실은 상당 기간 비밀에 부쳐졌다. 그러나 이 소식은 사울의 귓전에 닿았다. 그가 신하들을 불러놓고 윽박지른다.

"사무엘이 다른 왕을 세우려 이스라엘 전국을 순회하고 있다는 말을 들었다. 사실이냐?"

"민망하옵게도 저도 그 소식을 들었습니다."

"그런데 왜 고하지 않았느냐? 너희들도 다른 사람이 왕위에 오르기를 원한 것이 아니냐? 사무엘의 고향 라마 성주를 불러다 머리를 베어 버려라. 그자는 사실을 알았을 것인데 고하지 않은 죄이니라."

"확실한 소문도 아닌데 피를 흘리는 것은 도량이 넓으신 왕의 성품이 아니십니다."

사울의 찢어졌던 눈꼬리가 힘없이 풀어진다.

"하긴 헛소문도 많은 것이 세상이니… 설마 예언자님께서 나를 버리고 다른 자를 왕으로 세웠겠느냐, 그렇지? 그래도 이 궁전예언자셨는데…."

'사무엘이 야훼의 뜻을 빙자하여 나를 폐하고 다른 누군가를 왕좌에 앉히려 하고 있다.'

사울은 잠자리에서도 번뇌가 계속된다. 베개를 베고 누웠다가도 벌떡벌떡 일어난다.

"내가 야훼의 법을 어기고 사무엘의 명령을 어겨 벌을 받게 될 것인가? 내가 과연 내 왕좌를 내어놓아야만 할 큰 죄를 지었단 말인가!"

사울은 낮에도 왕좌에 앉아 넋 잃은 사람처럼 먼 허공만 바라본다. 광대뼈가 불거져 나오도록 야위어갔다. 사람들은 악령이 들었다고 수군거렸다.[109]

"너는 낯짝이 잔나비 같지 않느냐? 잔나비 상은 간신이 많다고 하던데 네놈이 아니냐? 너는 얼굴이 세모진 것이 독사 상이다. 뱀 상인 놈은 반란자가 많다고 하던데, 네놈이 반란을 일으킬 놈이다!"

사울은 블레셋과의 전쟁터에 나가야 하는 몇몇 장군들을 잡아 괜한 트집을 잡아 볼기를 친다. 불안스러운 것은 측근 신하들이다.

"왕에게 예쁜 첩들을 간택해 줍시다. 마음이 부드러워질 것이오."

"사냥터도 마련해 줍시다. 그 재미에 빠져 우리를 못살게 굴지 않을

---

[109] 히브리전승 저자는 야훼가 보낸 악령에 사울이 시달리고 있다고 기록했다. 신의 사람 사무엘의 명령에 불순종한 결과라는 것이다.

거요."

 사울은 궁전 회의 때도 악령이 귓속에서 속삭인다며 헛소리를 하고 귀를 틀어막으며 고함을 질러댄다. 시달리던 신하가 진언한다.
 "악령은 악기 소리를 싫어하여 그 음률을 들으면 달아납니다. 수금 타는 자를 부르시어 마음을 번잡케 하는 악령을 쫓으소서!"
 베들레헴 출신 신하가 나선다.
 "제 고향에 수금을 매우 잘 타는 목동 신동이 있습니다. 그 소리로 새와 들짐승까지 울고 웃긴다고 합니다. 그 소년은 언변도 뛰어나고, 무용(武勇)도 갖췄습니다."
 며칠 동안 음식도 못 먹던 사울이 희망이라도 찾은 듯 소리친다.
 "어서 그 소년을 불러오라. 내가 번민하여 죽게 되었다!"

 "왜 왕이 막내를 찾는 것이오?"
 내관을 맞이하여, 이새는 다윗을 궁으로 불러올리라는 왕명을 듣고 섬뜩했다. 얼마 전에 사무엘이 찾아와 기름을 부은 일이 떠오른 것이다. 내관은 뜻밖의 얘기를 한다.
 "왕께서 악령에 시달리고 있소. 아들이 수금을 잘 탄다고 하니 그 소리로 악령 쫓아주기를 원하고 계시오."
 이새는 한숨을 내쉬며 아들을 내어놓으면서도, 따로 뒤뜰로 불러 엄히 말한다.
 "떡과 포도주 한 부대와 염소 새끼를 나귀에 싣고 왕을 찾아뵙거라. 그러나 궁에 들어가서는 예언자님을 만났다는 얘기는 절대 하지 마라!"

 기브아 궁. 다윗이 테라스 의자에 앉아 수금을 안고 줄을 고른다. 처음에는 손가락이 가늘게 떨렸으나 점점 놀림이 유연해진다. 음률이 공기를 타고 이어진다. 가느다란 선율 위에는 가나안의 초원이 펼쳐진다. 수정 빛 시냇물이 흐른다. 꽃이 피어나고, 그 꽃 사이를 꽃사슴, 노루들이 무리 지어 뛰어놀고, 등줄무늬 짙은 다람쥐가 나뭇가지 위에서 재롱을 부린다.

'저 아이가 내 마음을 손가락으로 가지고 노는구나. 그런데 저 손에 무용까지 갖추었다고 하지 않는가?'

왕좌에 턱을 괴고 앉아 있던 사울이 미소를 머금고 다윗을 바라본다.

"오, 네가 고르는 선율을 들으니 보리밭 둔치를 달리는 아이와 같이 평화로워지는구나. 수금 소리가 신의 영을 불러들이니 나를 불안하게 하는 악령이 멀리 떠나갔다!"

다윗은 뿔로 만든 장신구와 가죽샌들, 육포 등을 선물로 받고 고향 베들레헴으로 돌아갔다. 사울은 며칠이 지난 후 우울증이 발동하여 광기를 부린다.

"요리사들은 이리 맛없는 음식만을 만드느냐. 내가 네놈들의 살과 뼈를 발라 음식을 만들랴? 시녀들은 구석에서 무슨 얘기를 쑥덕거리느냐. 입술을 잘라 구워 먹으리라! 대신들은 왜 나만 보면 도망가느냐. 무슨 켕기는 짓이라도 한 것이 아니냐?"

사울이 광분하자 신하들은 서둘러 다윗을 찾는다.

"우리의 목이 달아날지도 모르오. 그 아이의 수금 소리만이 왕의 마음을 다스릴 수 있을 것 같소. 어서, 어서 소년을 부르시오!"

다시 불려 온 다윗이 기브아 궁에 한 달째 머물며 수금을 탄다. 베란다 구석 초롱에는 아라비아 상인이 선물로 보내온 앵무새가 횃대에 앉아 있다. 의자에 앉아 팔을 괴고 수금 소리를 듣던 사울이 묻는다.
"요사이 네 수금 소리가 슬프게 들리니 웬일이냐? 앵무새도 그 음률을 듣고 노래를 멈췄구나."
다윗이 수금을 안고 대답한다. 퀭한 눈이 젖어 있다.
"제 수금도 베들레헴 초원이 그리워 슬피 웁니다."

사울은 서신을 손에 쥐여주며 다윗을 다시 고향으로 돌려보낸다.

내가 네 아들을 궁에서 키워 궁중 전속악사로 삼고 싶다.

왕명을 받은 이새가 다윗을 데리고 온 내관에게 완곡히 말한다.
"아이가 너무 어려 왕에게 누가 될까 두렵습니다. 몇 년만 기다리시면 법도를 가르쳐 왕궁으로 보내겠습니다."
이새는 두려웠다.
'사무엘 예언자께서 막내아들에게 기름을 부은 일을 왕이 안다면 어떻게 될까? 그 자리에서 목을 잘라 죽일 것이다…. 우리 가문 모두를 참살할 것이다. 막내를 궁으로 가게 해서는 안 된다.'
이새의 본마음을 전혀 모른지라, 전해 들은 사울도 이새의 말을 옳게 여겼다.

중신아비가 이새의 집에 들락날락하며 먼저 묻는다.
"분명히 할례를 받았소?"
"그걸 말씀이라고 하시오? 우리는 분명히 아브라함의 후손이고, 명문 있는 유다지파요."
"요사이에 가나안 토민 중 우리 히브리인을 흉내 내는 자가 많아서 물어본 것이오."110

다윗이 열넷에 혼례를 치른다. 일 년 전에 정혼했던 신부는 베들레헴 근처에 사는 목동의 딸로 열세 살 '에글라'(어린 암소)다. 여자애가 먹성과 힘이 얼마나 좋은지 붙은 별명이 이름으로 불리고 있었다.111 이 새는 혼례를 며칠 앞두고 아들을 불러 은밀히 이른다.

"여자는 정액을 받는 용기요, 아기를 낳는 부화기다. 정액은 씨앗이요, 여자는 밭이다. 너는 정액을 함부로 사정해서는 안 된다. 우리 선조 오난도 자위로 그러했기에 야훼의 저주를 받아 죽었다. 반드시 여자의 자궁 속에 정액을 넣어야 한다."112

다윗은 아기를 낳아주고 필요한 노동을 해줄 아내를 얻는 대가로 처가에 빙물을 보냈다. 신부를 데려오려 나귀 등에 가득 선물을 싣고 찾

---

110 근동의 보편적 관습인 할례는 보통 아비가 아들에게 실행했는데, 성인의 징표가 되었다. 그러기에 시아버지를 뜻하는 아라비아어 '호탄'은 할례자를 뜻한다. 또 할례는 위생적인 배려도 곁들여져 성병과 종창을 막아준다고 믿었고, 생식능력을 강하게 해준다고 믿기도 했다. 또 문화인으로 보증되기도 했으며, 어느 낯선 자가 한 부족에 신입(新入)한 표징으로 행해지기도 했다. 할례는 낳은 지 8일째 했는데 유아 사망률이 높아 생존 가능성을 안 다음 실행했던 것이다. 이웃 이집트와 히타이트 족속도 7일 만에 행하는 신생아 의식이 있었다.
111 고대 근동의 신랑감은 아비가, 신붓감은 어미가 고르는 것이 일반적이었다. 마을에서 명성 있는 카타바(아라비아어. '중매쟁이')가 양가의 신분, 재산, 직업 등을 고려하여 다리를 놓았다. 본인들은 선택할 권리가 없었다.
112 히브리인들은 드러나지 않는 여성의 배란 작용에 대해서는 몰랐다. 오직 남자의 정액만이 아기를 만든다고 믿었다. 그러하기에 이새는 그 정액의 중요성을 말했던 것이다. 율법에는 성행위는 쾌락보다는 자손 번성에 있었다. 성교 중단은 금기로 여겼다. 히브리전승에도 자손 번성을 위해 사용하지 않고 쾌락을 위해 자위했던 야곱의 손자요, 유다의 아들인 오난이란 자가 신의 저주로 죽었다.

아가는 중이다.113 친구들과 처가가 있는 언덕을 넘어갈 때 북 닮은 둥 그런 달이 둥둥 떠오른다.

혼례식은 늦은 저녁부터 시작됐다. 신랑과 친구들이 노래를 부르며 신붓집에 당도했다. 신붓집에서 값을 주고 부른 악사들이 나팔, 소고, 저 등 각종 악기를 연주한다. 대문에는 결혼 적령기가 된 처녀의 집이라는 징표로 흰 깃발이 매달려 있다. 마당에서 신부 친구들이 나와 춤을 춘다. 처녀들이 총각들에게 얼굴을 보일 수 있는 유일한 기회다. 구경하는 총각들 역시 그러했기에 한들거리는 춤사위를 보며 넋을 잃는다.

"신부는 나와서 신랑을 맞이하시오. 궁전에까지 불려가 왕 앞에서 수금을 타 칭찬받은 자요."

"물맷돌 잘 던지기로 베들레헴 목동 중에서는 최고요. 신부는 어서 나와 신랑을 맞이하시오."

다윗 친구 목동들이 고함을 쳐댄다. 너울을 쓴 에글라가 집 앞으로 나와 신랑을 맞는다. 가난한 에글라의 아비는 이새로부터 염소와 양을 각각 열다섯 마리씩 받고 딸을 시집보낸다.114 혼례 잔치는 밤낮 사흘간 이어졌다.

다윗이 양떼를 몰고 초장 언덕으로 나왔다. 저편에서 이리가 구렁에 납작 엎드려 새끼 양을 노린다. 이리는 흰빛인 까닭에 양떼 사이로 들어오면 구별이 힘들다. 목자가 잠시 방심하면 양이 목덜미를 물리기

---

113 신랑을 의미하는 히브리어 '이가트'는 아카드어 '하누타'에서 나왔는데, 아내의 부모를 지킬 의무를 짊어진 자를 의미한다. 고대 근동의 결혼 형태를 짐작할 수 있다.
114 근동의 법이 되었던 누지법에 보면 일반적인 신붓값은 30-40세겔이다. 10세겔은 일반적인 목동의 일 년 임금이다.

십상이다.

'저놈의 흰빛 귀신, 오늘도 왔구나. 너를 그냥 보내지 않을 것이다!'

다윗이 자루에서 짱돌을 꺼내 물매를 휙 던진다. 돌은 날아가 이리의 대가리를 맞춘다.

"켕켕!"

이리가 꼬리를 접고 언덕을 넘어 줄행랑을 친다. 다윗은 아주 어린 시절에는 납작하고 반들반들한 밑돌로 물수제비를 뜨며 놀았다. 가나안에서는 레바논 산에서 곰들이 내려왔고, 심지어 사자도 들판에 나타나 양을 해코지하곤 했다. 다윗은 저번에는 새끼양을 물고 가던 곰을 쫓아가 물맷돌을 던져 멀리 쫓아낸 적이 있다.

"다음에는 사자가 오거라. 그 대가리를 이 물매로 부숴버릴 것이다! 그러나저러나 내 색시는 잘 있을까? 음식을 못 만든다고 의붓어머니에게 혼나지는 않았을까? 고향집이 그립다고 울타리 아래에서 쪼그리고 앉아 훌쩍대고 있지 않을까?"

혼례가 끝난 후에도 다윗의 목동 생활은 변함이 없다. 단지 귀가가 빨라졌을 뿐이다. 아내의 젖가슴 향기가 그리운 다윗은 해가 땅에 떨어지기도 전에 '색벗'(저음의 나팔)을 불어 양떼들을 모아 집으로 돌아간다.

다윗과 골리앗

"이스라엘 신 야훼는 시나이산에 사는 '엘 샤다이'(산 신령)다. 그들의 조상 모세도 그 산에서 야훼를 만났다고 하지 않더냐. 산에서 싸우면 농경의 신인 다곤을 섬기는 우리가 불리하다. 저들을 들판으로 유인하여 전차로 짓밟자."

블레셋 가드[115] 궁에서는 왕과 신하들이 이스라엘 침공을 숙의한다. 사울이 사무엘과의 반목이 있고, 착란증을 앓고 있다는 것을 알고 있었다.

"믿을만한 정보에 따르면, 요사이 이스라엘 국내가 혼란스럽다. 지금이 칠 기회다."

"세상은 헛된 이름을 전하는 법이 없습니다. 사울 왕은 만만하게 볼 자가 아닙니다. 우리도 몇 번이나 처참하게 당하지 않았습니까? 전략 전술에 능한 자이고 단창의 명수입니다. 아들 요나단은 활의 명수입니다. 아브넬 등 맹장들도 부지기수라고 들었습니다."

'아기스'(가드 왕명의 총칭)는 지난번 이스라엘과의 전투에서 선봉장군

---

[115] 블레셋 다섯 성읍 중 최 남방 도시국가. 블레셋 도시국가 중에서 가장 세력이 센 성읍이다.

이었던 사촌을 요나단의 활에 잃었다. 목소리에 독이 선다.

"이스라엘에 그 부자(父子)가 있다면 우리에게는 골리앗과 그의 형제들이 있지 않느냐? 그놈들이 아무리 용맹하다고 하나 골리앗의 모습을 본다면 사지가 오므라들 것이다."

기브아 궁. 사울도 블레셋군 침략에 맞서 작전회의를 주관한다. 그동안 병을 앓으며 파리하게 여위었고 단창은 갈고 닦지 않아 빛을 잃었다. 지팡이로 쓰는 장창을 잡고 심복들에게 소리친다.

"블레셋 놈들이 놀러 오는 것처럼 우리 영토를 자주 침범하고 있다. 이번에야말로 잔멸하리라!"

작전회의 도중, 몸종이 다가와 약탕기를 바친다. 탕기를 들이키는 손이 잔잔히 떨렸다. 장군들은 그의 시대가 지나가는 것을 느낀다.

이미 블레셋인들은 이스라엘 깊숙이 침투해 있었다. '소고'(베들레헴에서 27㎞ 지점 성읍)와 북서쪽으로 조금 떨어진 '아세가'('괭이질된 땅.' 유다 남서부 성읍) 사이 계곡 에베스담밈(피 어린 경계선)에 본진을 쳤다.

이스라엘군도 블레셋군과 맞서 맞은 편 '엘라'(상수리나무) 골짜기에 진을 치며 항오를 벌였다. 상수리나무, 밤나무, 굴참나무 등이 우거져 열매를 찾는 다람쥐, 청설모, 멧돼지들이 무리 지어 출몰하는 곳이지만 짐승들도 몰려온 병사들에 놀라 사라진 지 오래다.

양 진영 모두가 계곡을 사이에 두고 있었기에 한쪽에서 전차와 말들을 동원하여 대규모 공격을 하기 어려운 상황이다. 오직 백병전만이 그들을 기다리고 있었다. 살과 살이, 뼈와 뼈가 부딪히는 이 전투는 무수한 피를 흘리는 야만의 전술이다. 그러기에 큰 피 흘림을 면하고 먼저 상대방의 기세를 누르기 위해 일대일 전투가 벌어지곤 했다. 아기스의 전략 역시 다를 바가 없었다.

"우리에게는 적들이 바라만 보아도 주저앉아버릴 거인 장수 골리앗이 있다. 이스라엘 진영 앞 최전선으로 보내 선을 보이라. 적들은 전의를 상실한 것이다. 그때 총공격을 퍼부으리라!"

"이곳 아세가는 우리 조상 여호수아가 가나안 동맹군을 추격하여 멸망시킨 곳이다. 그 영광을 재현시켜야 한다."

사울이 군영 장막에서 장군들을 모아놓고 사기를 북돋운다. 이때 그들은 밖에서 들리는 소리에 놀라 뛰쳐나왔다. 병사들도 나와 그 소리를 듣고 있었다.

블레셋 진영에서 '골리앗'(유랑자)이 나와 고함을 친다. 우렁찬 목소리가 골짜기를 쩡쩡 울린다. 그는 '이쉬 하베님'(싸움을 돋우는 자)으로 시비를 걸고 있다. 수염은 없고, 콧부리가 곧은 골리앗은 조상이 블레셋 족속이 아니고 아낙 자손의 후예다.[116] 병사들을 놀라게 한 것은 무장(武裝)한 우람한 몸체였다.

"우와! 산이냐, 언덕이냐, 필경 저것이 사람이냐?"

---

[116] 가나안 해변가 가드 지방에 우거하던 가나안족속 중에서 키가 크고 힘이 센 아낙 자손(르바임 족속이라고도 불리었다)의 후예다. 이들은 덩치가 어찌나 큰지 신들과 사람의 딸들이 교접하여 생겨난 초인적인 힘을 가진 종족으로 알려져 있었다. 이들은 이같은 신화적 요소만 빼면 실제로 이스라엘 민족 이전에 거주했던 철기문화를 가진 가나안의 한 족속이다. 일찍이 여호수아 군대에 의하여 본토 가나안 헤브론에서 쫓겨났으나 일부가 가나안 해변가로 피신해 살아남았다. 그 후 이 지대로 해양족속 블레셋인들이 이주해 옴으로 동화된 것이다. 이들이 상상의 거인이라고 전승된 것은 요르단 동쪽 신석기 시대에 만들어진 거석을 보고 이스라엘 민간전승으로 전해져오는 이야기일 것이다.

골리앗은 놋투구를 쓰고, 놋쇠로 만든 고기비늘처럼 장식한 어린갑을 입었다. 다리에는 '놋경갑'(무릎 아래를 보호하기 위한 놋으로 만든 각반)을 쳤고 어깨 사이에는 놋단창을 맸다.[117] 그 앞에는 방패 든 시위병사가 먼저 나와 싸움을 건다.

"이분은 '아르바'(거인족속 아낙 자손의 조상으로 영웅이었다)의 후예이다. 이스라엘에서 맞설 장수가 있으면 나와라!"

그가 소리쳐도 이스라엘 진영은 골리앗만 바라보고도 모골이 송연하여 넋을 잃는다. 장수든 병사든 골리앗을 보고 질려 있다.

"저 자는 신과 인간 사이에 생겨난 괴물이 분명하다!"

"저자는 '놋 활'[118]을 쏠 만큼 힘이 센 장수라고 하더라!"

이스라엘 진영에서 웅성거릴 때, 골리앗이 고함을 쳐댄다.

"어서 한 자를 택하여 나와 겨루게 하라! 만일 너희 장수가 나를 죽이면 우리는 너희의 종이 되겠고, 내가 그를 죽이면 너희가 우리를 섬

---

[117] 특히 수를 과장하여 표현하는 히브리전승에 따르면 골리앗은 그 신장이 여섯 '아마'('규빗.' 바빌론과 이집트와 히브리사람들 사이에 사용된 길이의 단위. 팔꿈치에서 중지까지의 길이로 약 41cm에서 46cm이다)이니 약 3m다. 입은 갑옷의 무게만도 오천 세겔(57kg)이었다고 전한다. 그를 죽인 다윗의 영웅담을 미화시키기 위해 많이 과장된 것이다(기원전 13세기 이집트 파피루스 아나스타시 문서에서 보면 약 2m에 달하는 무시무시한 가나안의 전사들에 대한 묘사가 있다. 또 요단강 건너편 텔 에스사이데에서는 12세기 것으로 추정되는 신장 약 2m의 여자 해골 두 개가 발견되었다. 그러나 골리앗과 같은 3m의 모습은 아니었다). 골리앗의 신장 기록처럼 장수를 과장한 것은 고대 기록의 전형적 특징이다. 조선시대 문집에도 일본에서 귀화한 왜장 사가야를 이렇게 기록했다. '신장이 아홉 척이요, 힘은 능히 사오백 근을 들었다.'(1척은 30.3cm이니 2.7m가 넘는다는 얘기다).
[118] 일반 군인들이 사용하기에는 중량이 무거운 놋으로 만든 활. 단지 적을 위협하는 전시용으로 사용되었다.

겨라."

이스라엘군이 움직임이 없자 골리앗은 더 독한 말로 싸움을 건다.

"너희는 배알도 없느냐? 나와 싸울 자가 한 놈도 없단 말이냐! 그렇다면 무기를 버리고 발가벗고 투항하라!"

골리앗의 목소리가 커질수록 이스라엘 진영은 더 큰 공포에 휩싸여 숨소리조차 내는 자가 없다. 장군들까지 사울의 눈치만 본다. 키가 다른 사람보다 머리 하나는 더 큰 사울마저 골리앗의 풍채에 놀라 중얼거릴 뿐이다.

"아, 우리에게는 저자와 겨룰 '이쉬 하일'(직업적인 군대 장수)이 없느냐?"

그러나 어떤 장수도 나서는 자가 없었다. 또 골리앗의 고함이 들렸다. 그는 사나운 짐승처럼 부르짖다가 진영으로 돌아갔다. 사울이 깊은 한숨을 내쉰다.

'젊은 시절처럼 힘이 있었다면, 저놈과 한판 붙었을 것인데….'

그는 큰 상금을 건다.

"누구라도 저자를 이기면 '호프쉬'(자유)[119]를 주고 부마로 삼겠다."

연일 블레셋 진영에서 골리앗이 나와 고함을 쳐대며 욕을 퍼붓는다. 이스라엘 진영에서는 그 모독을 들으면서도 숨죽이며 바라보기만 하는 대치 상태가 사십 일이 지나고 있었다. 모사가 한탄한다.

"골리앗 고함에 우리 병사들이 넋이 나갔습니다. 항오에서 이탈하는 자도 생겨나고 있습니다. 놈들이 이 허점을 놓칠 리 없습니다. 곧 저

---

[119] '호프쉬'는 귀족계급으로 노예라면 그 신분에서 해방되고, 평민이라면 왕으로부터 봉토(封土)를 받는 계급이 된다는 얘기다. 호프쉬는 세습적이고 사회의 커다란 권력을 가진 계층이 된다는 의미였다.

들이 움직일 것입니다."

그러나 사울도 골리앗만 바라볼 뿐 대책이 없다. 그런 사울을 보자 골리앗이 발까지 굴려대며 센 고함을 질러댄다.

"단창의 명수란 얘기를 들었는데 헛소문이었구나. 비열한 놈, 어찌 제왕이 되어 쥐새끼처럼 숨어 있느냐? 고함만 쳤더니 내 목이 쉬었다. 어서 나와 승부를 겨루자!"

힘차게 떠올랐던 태양이 뉘엿뉘엿 서편으로 황금 꼬리를 달고 사라진다. 저녁 어스름이 되자 다윗이 양 치던 막대기를 들고 집으로 돌아온다. 허리가 누에처럼 굽은 이새가 대문을 열고 들어오는 다윗을 맞는다.

"내일 아침 일찍 일어나 이 '칼루이'(완두콩 구운 것으로 식량과 제사의 소 제물로 사용) 한 에바(7.2리터)와 떡 열 덩이리, 포도주 한 '힌'(항아리란 뜻의 이집트어로 3.6리터에 해당)을 가지고 엘라 골짜기로 가 블레셋 놈들과 싸우고 있는 형들에게 전해주거라. 치즈 열 덩이리는 천부장에게 주고 형들의 안부를 묻고 오너라. 천부장이 형들을 전쟁터에서 앞장세우지 않았으면 좋으련만…."

이새는 무기 잡을 나이가 되어 징집된 아들들을 염려한다. 장성한 엘리압, 아비나답, 삼마 세 아들이 차출되어 전쟁터에 나갔다. 원래 율법에 따르면 20세 이상은 병역으로 징집되었다. 이새에게는 다른 아들들도 그 나이에 해당되었으나 집안의 아들들이 전쟁터에서 몰살되면 대가 끊기기에 배려하여 윗 형제 세 사람만 징모해 간 것이다.

"소문에 따르면 무시무시한 적장이 싸움터에 나왔다고 하는데, 그 자의 칼에 네 형들이 상하지는 않았는지. 휴, 여덟 명의 자식 중 한 놈은 독사에게 물려 죽고 일곱 명이 남았는데, 이번 전쟁에서 그 셋을 잃으면 나는 어떻게 살꼬…."

이새는 눈시울을 붉힌다. 다윗은 아비의 안색을 살피며 이상하다는 듯 묻는다.

"아버지, 어찌 야훼의 군대가 이교도들에게 질 수가 있습니까? 우리 군대는 신의 군대이니 반드시 이길 것입니다."

이새는 전날 사무엘이 말했던 '당신의 아들은 이스라엘의 큰 자가 될 것이요'라는 예언을 떠올린다. 당시에는 믿어지지 않았던 예언이었다. 이새가 다윗에게 깊은 눈길을 준다.

"이 애비의 말을 잘 들거라. 내일 가는 곳은 지난번처럼 수금을 타는 궁궐이 아니다. 생사가 걸린 전쟁터이다. 형들에게 도시락을 건네주고, 형들을 살려주겠다는 천부장이 보증하는 징표만 받아 얼른 돌아오너라."

새벽 일찍 일어난 다윗이 치던 양떼를 옆집 삯꾼 목자에게 맡긴다.

"오늘 하루 볼일이 있으니 내 양을 쳐주시오. 마리당 청동 1'게르'(이스라엘 도량형. 가장 적은 질량이다)씩 주겠소."

"저물녘까지 돌아와야 한다. 만약 늦으면 양떼고 뭐고 들판에 두고 집으로 돌아가겠다. 나도 산기가 있는 마누라가 기다리고 있잖아."

"황혼이 비치기 전에 돌아와 약조한 것을 주겠소! 얼룩 염소가 출산기가 있으니 도와주시오. 만일 내 양 중에 이리에게 찢긴 것이 생기면 손해배상을 하시오."

싸움터에 있는 가족에게 도시락을 전달하고자 나선 친구들과 함께 다윗은 길을 떠난다. '도도'(사랑함)의 아들 '엘하난'('신은 은혜로우시다.' 엘르아살이라고도 불림) 등 그들도 손에 도시락을 들고 있다.

다윗은 보리밭에서 솟구쳐 오르는 종다리의 날갯짓과, 모기를 쫓는 개구리 널뛰기를 보며 엘라 골짜기에 도착했다. 이스라엘 진영과 블레셋 진영은 골짜기를 사이에 두고 대치 중이다.

"가까이 가보자. 쌍방 간에 고함이 들리는 것이 싸움이 시작될 모양이다."

"여기서 바라보는 것만으로도 무섭다. 도시락만 건네주고 돌아가자. 이번 싸움은 보나마나 우리의 패배래. 저쪽 블레셋 쪽에는 산 같이 큰 장수가 나와서 우리 군사의 혼을 빼놓고 있대."

"나 혼자라도 전쟁터 가까이 가 볼 거야. 너희 형들의 안부도 전해줄게, 기다려."

도시락을 든 다윗이 거친 바위를 넘고 이끼 긴 바위는 미끄럼을 타며 날쌔게 골짜기 밑으로 내려갔다.

바위 그늘에 병사들이 옹기종기 모여 서 있다. 골짜기 맞은편에는 골리앗이 또 나와 이스라엘 군영을 향해 모욕을 퍼붓는다.

"죽은 쥐에 낀 구더기 같은 야훼의 군대여, 어서 나와 겨루자!"

블레셋 진영은 알고 있었다. 이스라엘군이 모든 사기가 쑥 빠져있다는 것을. 이제 대규모 격전을 벌일 마지막 순간을 노린다.

"야훼의 졸개들아, 어서 나와라! 오늘도 안 나오면 쫓아가 발뒤꿈치로 짓이겨 버리리라!"

다윗이 연신 고함을 치는 골리앗을 넋을 잃고 바라본다. 산을 가로막고 있는 또 다른 산 같은 거대한 장수다. 이스라엘 병사들의 겁에 질린 소리가 들린다.

"저자가 또 이스라엘을 모독하는구나. 저놈을 죽이는 자는 왕이 딸을 주겠다고 상급을 걸었다지?[120] 또 그 아비의 집을 높여 왕의 버금가는 위치에 놓고, 백성이 치러야 될 모든 의무도 면해준다고 약속했다지."

"왕좌를 내준다고 해도 누가 나서겠는가? 저자가 질러대는 고함만 들어도 다리에 힘이 빠져 서 있을 힘도 없어진다."

다윗이 다가가 병사들을 바라보며 묻는다.

"저 할례 받지 못한 블레셋인이 누구기에 살아있는 신의 군대를 모독하는 것입니까? 저 블레셋 사람을 죽여 이스라엘의 치욕을 갚으면 왕께서 어떤 대우를 해준다고 했습니까?"

수군대던 병사들이 아직 뺨에 잔털이 박힌 다윗을 보며 대답한다.

"부마로 삼고 가문도 높여주신다고 약속하셨지. 그런데 넌 어린애가 아니냐, 이 싸움터에 웬일이냐?"

장형 엘리압이 뛰어온다. 신장이 장대하고 용모가 걸출해서 병사들 속에서도 쉽게 눈에 띄었다. 엘리압은 사울 군대에서 '십 부장'(열 명 군사의 수장)이 되어 있었다. 병사와 대화를 나누는 다윗을 보자 화를 벌컥 낸다.

"양은 어찌하고, 이 전쟁터까지 왜 왔느냐?"

"아버지의 명으로 도시락을 가지고 왔어요."

다윗이 도시락을 내밀자 엘리압이 채뜨리며 꾸짖는다.

"전쟁이 손장난인 줄 아느냐, 병사들에게 무엇을 묻느냐? 건방진 놈!"

엘리압은 다윗이 사무엘에게 기름 부음을 받은 후 처신이 교만해졌다고 믿으며 또 한마디 한다.

"네놈이 어느 때부터 마음을 높은데 두는 것 같은데 그 마음을 버리

---

120 고대 근동에서는 용병들에게 승리의 대가요, 최고의 상급으로 딸을 주기도 했다. 여호수아 때도 헤브론 지방 정복을 허락 받은 이스라엘 장군 갈렙은 그 땅을 정복하는 장수에게 딸 악사를 준다고 약속한 적이 있다. 딸을 준다는 것은 가족으로 삼는다는 의미다.

거라. 어찌 혼자 코도 못 풀 놈이 물을 수 없는 질문을 하고 다니느냐."

"형님, 이유 없이 물었겠습니까? 저자가 살아계신 신을 모독하기에…."

"쓸데없는 말 그치고 어서 내려가라. 아버지께 형들이 잘 있다고 안부나 전하거라."

다윗은 엘리압의 핀잔을 들으면서 골리앗을 쏘아본다. 작은 동공이 깨진 차돌처럼 빛난다.

"장군, 골리앗과 맞대매를 하겠다는 자가 나타났습니다."

"오, 우리 장수 중에서 그런 자가 있다니!"

"그런데 그게… 장수가 아니고… 너무 애송이라서."

"병기는 잡을 자더냐?"(율법에 기록된 전투에 나갈 수 있는 스무 살)

"그 나이도 안돼 보입니다. 괜한 말을 하고 돌아다니는 듯하니 볼기를 쳐서 내어 쫓을까요?"

군 진영에서 부관이 전한 말에 장수들끼리 웅성거린다.

"불러와라. 모두 잠잠하고 있는데, 싸우겠다는 마음이 가상하지 않느냐?"

왕세자 요나단의 명령에 다윗이 불려 왔다. 갑옷을 입은 장군들에에워싸여 눈만 두리번거린다. 전령장군이 다윗을 알아본다.

"너는 지난해 궁에 들어와 수금을 타던 아이가 아니냐? 이 싸움터에 웬일이냐?"

다윗은 오래된 지인이라도 만난 듯 얼굴이 밝아진다.

"궁에서 우리 집까지 데려다준 장군님이시군요. 형들의 안부를 묻고 도시락을 건네주기 위해서 왔어요."

사울 왕의 사촌동생 아브넬이 노기 띤 말로 다윗을 내쫓는다.

"네 이놈, 어서 돌아가거라! 여기가 친구들과 막대기나 휘두르며 노는 장난터인 줄 아느냐?"

다윗을 유심히 살피던 요나단이 말한다.

"수금을 타던 '바후르'(소년기를 보낸 젊은이)가 아니냐? 나이는 어려 보이지만 손바닥에 뚝살이 오른 것이 막대기도, 물맷돌도 많이 잡아본 듯하다. 왕께서 판단하시도록 총 본진영으로 보내거라."

"너는 전에 수금을 타던 아이가 아니냐?"
"오늘은 원수 블레셋 장수의 목을 베러 왔습니다."

사울 앞에 무릎이 꿇린 다윗은 눈빛을 세우고 답변한다. 사울은 혀끝을 차며 눈길을 다윗에게서 돌려 허공을 본다.

"쯧쯧, 장수 중에서 싸울 자가 없으니, 어린아이가 나서는구나. 이 아이를 누가 데리고 왔느냐? 아이고, 이 싸움에 승패를 보는 듯하군."

그러나 다윗의 말에 사울이 놀라 눈길을 돌린다.

"블레셋 장수로 인하여 낙담하지 마십시오. 저 오만한 장수의 목을 댕강, 끊어오겠습니다."

다윗은 허리를 꼿꼿이 세우고 금방이라도 싸움터에 쫓아 나갈 태세다. 사울이 눈빛이 바뀌며 그를 본다. 그러나 다윗은 껍질 벗긴 포도나무를 불로 구부려 만든 지팡이를 손에 들고 있다. 사울이 이내 안쓰러운 표정을 짓는다.

"애야, 양을 치다 왔느냐, 참새를 쫓다 왔느냐, 너는 소년이 아니냐? 저 블레셋 장군을 보았느냐?"

다윗은 눈빛에 더욱 힘을 세운다.

"제가 아비의 양을 지킬 때, 사자나 곰이 와서 양떼 속에서 새끼를 움켜쥐고 달아난 적이 있었습니다. 저는 따라가 그 아가리에서 새끼를 건져냈습니다. 사자가 나를 해하려 하면 수염을 잡고 쳐 죽였습니다. 주의 종이 사자와 곰도 쳤은즉, 살아계시는 신의 군대를 모욕한 저 할례 받지 않은 블레셋 놈쯤 그 짐승의 하나와 같이 될 것입니다."

다윗의 목소리가 군영 천막을 쩡쩡 울린다. 종군제사장들과 장군들이 눈길을 모아 다윗을 바라본다.

"저 아이가 삼손처럼 맨손으로 사자의 아가리를 찢었단 말이냐?"

"저놈의 헛말이 너무 심하지 않느냐?"

사자를 죽인다는 것은 신화 속 영웅들의 행위다. 장군들은 수군거렸으나 다윗을 바라보는 사울의 눈빛은 변해 있다. 자세히 보니 어깨가 방패처럼 튼튼하고, 손목도 굵은 것이 힘이 올라와 있다. 그가 또 다윗의 허리에 찬 물매를 본다. 목동들의 무기였을뿐더러, 전쟁에서도 사용하던 큰 물매다.[121] 사자를 내쫓았다는 말이 과장만은 아닌 듯싶다. 같이 지켜보던 요나단이 먼저 입을 연다.

"눈에 열기가 당찬 것이 예사 아이는 아닌 것 같습니다. 한번 겨뤄나 보게 하지요."

아브넬이 손사래를 치며 나선다.

"이런 애송이를 보내면 필경 그 즉시 살해될 것인데, 그걸 보면 블레셋군은 더욱 기고만장할 것입니다."

---

[121] 기원전 710년경 아시리아 왕 산헤립이 이스라엘 주요 성읍 라기스를 공격할 때 물맷돌을 사용한 기록을 종군기자가 니느웨 성 벽판에 남겼다. 노련한 전사의 실력은 시속 160㎞, 유효사거리는 90m 정도다(물맷돌은 영어로 미사일 스톤이라고 부른다). 물매 형태는 가죽 주머니와 염소털로 짠 두 개의 끈이 연결되어 있다. 돌리다가 최고점에 이르렀을 때 한 개의 끈을 놓으면 그 주머니 속의 돌이 최고의 속력으로 날아가는 병기다. 사냥꾼이나 목동들이 이용했으나 후에는 전쟁에서도 사용되었다.

사울은 곰곰이 다윗을 살펴본다. 여전히 다윗은 눈에 불을 지피고 있다. 그가 왕좌에서 일어나 명령한다.

"내 갑옷과 '흉갑'(가슴과 등 쪽에 붙여 창칼을 막는 갑옷)을 이 아이에게 입히고 투구를 머리에 씌워 주어라. 내 칼도 들려주어라."

다윗이 병사들의 도움을 받으며 사울의 병기로 무장한다. 그런데 장신이었던 사울의 투구를 쓰니 그 크기가 눈을 가렸다. 더군다나 방패까지 손에 쥐여주니 무기들의 무게로 눌려 주저앉을 것 같은 꼴이다. 장군이 한숨을 내뱉으며 말한다.

"휴, 한번 걸어나 보아라."

다윗이 시험 삼아 몇 걸음 걷는다. 걸음새가 뒤뚱뒤뚱한다. 장군들이 껄껄 웃는다.

"제가 벗어놓은 가죽옷을 입고 나가겠습니다."

다윗이 갑옷을 벗어 던지고 염소가죽 옷으로 바꿔 입었다. 칼 대신 막대기를 든다.

"왕이시여, 기다리소서. 블레셋 원수의 목을 갖다 바치겠습니다!"

"소년아, 야훼께서 너와 함께하기를 원하노라!"

사울의 격려를 받으며 다윗이 군영을 나간다. 모든 눈길이 그를 따른다. 뒤에서는 한숨 소리만 커졌다.

"휴, 저 아이가 전쟁터에 나가면 블레셋 놈들이 얼마나 우리를 조롱할꼬!"

또 블레셋 진영에서 골리앗의 고함이 들린다.

"히브리 개들아, 어서 나와 대면하자. 내가 입김을 혹 불어 날려 보내리라!"

대치하고 있던 이스라엘 병사들이 '쉘레트'(보병이 쓰던 방패) 뒤에 얼른 얼굴을 숨긴다. 사병이 그 방패 뒤에서 빼꼼히 눈길을 돌려 바라보다가 소리친다.

"야, 정말 저 애송이가 골리앗을 향해 가고 있다. 아이고, 불쌍해라!"

다윗이 막대기를 들고 걸어가다가 골짜기를 사이에 두고 블레셋 진영과 그 앞에 서 있는 골리앗을 본다. 또 몇 걸음 걸어가다가 시냇가에서 두리번거리며 무언가를 찾는다. 엘라 골짜기에는 시냇물이 흐르고 돌들이 흩어져 있다. 몽우리 돌 다섯 개를 골라 허리춤에 찬 목동의 제구 자루에 집어넣는다.

'골리앗 형제들이 다섯이라고 했지? 모조리 주살하리라!'

다윗이 또 몇 걸음 걸어가다가 잠시 주춤한 후, 그중 한 개를 물매로 만들어 휘휘 돌리며 나아간다. 블레셋 쪽에서도 골리앗이 다윗을 보고 성큼성큼 걸어온다. 양손에 칼과 창이 쥐어져 있고 양어깨에 두 자루의 단창을 메고 있다. 골리앗 앞에 수행병사가 '친나'[122]를 들고 같이 나온다.

"나와 싸울 이스라엘 장수가 어디 있느냐?"

골리앗은 다윗이 적수가 아닌 줄 알고 장군을 찾아 눈을 휘두번거렸다.

"저 어린놈이 홀로 장군과 겨루러 나온 것 같습니다."

"아니, 이스라엘에서는 그렇게 인물이 없다더냐? 내가 저 아이와 싸우란 말이냐?"

골리앗은 주변을 두리번거리며 혹시 있을지도 모를 매복군을 찾다가 다윗을 바라보며 크게 웃는다. 왼손으로 햇빛을 가리고 쳐다보아도 작은 풍채고 전사의 모습은 아니다.

"네가 나를 개로 여기고 막대기를 가지고 나왔느냐? 오, 다곤 신이

---

[122] 커다랗고 직사각형 모형인데 주로 창을 막는데 쓰인 방패. 큰 용사가 싸움터에 나올 땐 이 방패만을 운반하는 자가 동행하던 관례였다.

여, 저런 어린아이를 싸움터로 보낸 이스라엘을 저주하소서!"

골리앗이 거친 숨을 내뿜으며 다가간다.

"장군님이 나설 일이 아닙니다. 어찌 소 잡는 칼로 닭을 잡으려 하십니까? 제가 가서 놈의 목줄을 딸까요?"

"물러서라, 그래도 첫 싸움이 아니냐? 내가 어서 가서 저 어린놈의 모가지를 잡아끌고 올 것이다. 바지를 벗기고 볼기나 쳐주어야겠다."

골리앗이 방패든 수행병사를 밀치고 나가자, 블레셋 진영에서 와! 하고 고함을 질러댄다. 그는 거대한 덩치로 걸으면서 쿵! 쿵! 발로 땅을 찬다. 다윗이 파리라도 되는 양 쫓으려는 태세다.

"너 같은 애송이가 나를 상대하려고 나섰다니 푸줏간의 소 대가리도 웃을 일이다. 내가 네 고기를 공중의 새와 들짐승에게 주리라!"

다윗은 다가오는 골리앗의 이마를 뚫어져라 바라보며 물매를 돌려댄다. 물매끈은 허공에 원을 그리며 씽씽 당차게 돌아간다.

"너는 썩은 시체다! 너는 칼과 창과 단창으로 내게 오거니와 나는 만군의 야훼의 이름, 곧 네가 모욕하는 이스라엘 군대와 신의 이름으로 네게 나아가노라."

골리앗에게로 다가가는 다윗의 걸음이 빨라진다. 물매 회전도 빨라진다. 웅변도 확신에 차 있다.

"오늘 야훼께서 너를 내 손에 붙이시리니, 내가 너를 쳐서 네 머리를 베고 블레셋 군대의 시체를 공중의 새와 땅의 들짐승에게 주어 온 땅으로 이스라엘 신만이 참 신인 줄 알게 하겠다. 또 야훼의 구원하심이 칼과 창에 있지 아니함을 온 무리로 알게 하겠다!"

다윗은 달려가다가 물매로 한 번 더 큰 원을 그리더니 힘차게 던졌다.

"쉥!"

"악!"

물맷돌은 힘차게 날아가 다가오는 골리앗의 이마를 명중시켰다. 투구가 벗겨져 떨어지며 그가 그대로 땅바닥에 벌렁 넘어진다. 다윗이 그 모습을 보고 달려간다. 잠시 멍하니 서 있던 수행병사가 방패를 내버리고 뒤돌아 도망친다.

쓰러져 발발대는 골리앗 앞에 선 다윗은 그의 장칼을 빼앗아 가슴팍에 힘껏 박는다. 다시 그 칼로 골리앗의 머리를 베기 시작한다. 어찌나 두툼하게 살이 올랐는지 칼질이 쉽지 않다. 그 모습을 멀리서 지켜보던 사울이 자리를 박차고 일어나 아브넬에게 묻는다.

"너도 보았느냐, 내가 본 것이 헛것이 아니겠지? 저 소년의 가문을 말해보아라?"[123]

"왕이시여, 왕의 사심으로 맹세 하옵나니 내가 알지 못하나이다."

"어서 저 젊은이의 가문에 대하여 알아보고 내게 보고하라."

다윗이 피가 뚝뚝 떨어지는 골리앗의 머리를 들고 본 군영을 향해 걸어온다. 이스라엘 진영 쪽에서 고함이 터진다.

"와, 골리앗의 목이 떨어졌다!"[124]

---

[123] 히브리전승에서는 이 장면에서 사울이 궁에서 수금을 탔던 다윗을 알아보지 못한 것으로 나와 있다. 그는 '저 소년이 누구냐'고 물었다(사무엘상 17장 55절 참고). 진보주의 시각은 그 까닭이 사무엘서가 한 작가가 아니고 여러 명의 저자가 쓴 여러 야사들이 합해진 작품이기 때문에 그럴 것으로 추정한다.

[124] 히브리전승 '열왕기서'에는 훗날 다윗의 신하가 된 엘하난이 골리앗을 죽인 것으로 기록되어 있다(참조 사무엘하 21장 19절). 그런데 현대 의역주의자들은 골리앗이란 말 뒤에 원문에 없는 골리앗의 아우 라흐미라는 말을 첨가시켰다. 다른 히브리전승과 모순되기 때문에 부득불 그 이름을 첨가시킨 것이다. 열왕기를 참고해 다윗 왕조를 칭송하는 시각으로 기술한 또 다른 히브리전승 '역대기'는 엘하난이 죽

사울이 영문 밖에까지 나가 기다리다 다윗을 맞는다.

"소년아, 누구의 아들이뇨? 네 가문을 말하거라. 너와 네 가솔들에게 큰 상금을 주리라!"

"저는 베들레헴 사람 유다지파 이새의 아들입니다. 종의 형들 세 명도 이 전투에 참여하고 있습니다."

"호, 베들레헴 작은 촌락에서 너 같은 영웅이 있었더냐?"

사울이 다윗을 와락 품에 안는다.

요나단과 아브넬, 장군들이 군사들을 몰고 블레셋 진영으로 달려 나간다. 이스라엘 군대의 힘찬 고함에 메아리도 맞고함을 치며 산들이 울부짖는다. 엘라 계곡은 순식간에 도망치는 블레셋군의 핏물이 강물이 되어 흐른다. 피 냄새를 맡은 맹금류들이 떼 지어 몰려온다.

"오늘 야훼께서 목동 소년을 높이 들어 역사하셨다. 블레셋 놈들을 한 놈이라도 살려주면 신이 노할 것이다!"

요나단이 블레셋군을 추적하여 주살한다. 이스라엘군은 선봉에 섰던 적들을 척살한 후, 그들의 주요 성읍인 가드와 에그론 근처까지 몰려갔다.

본 군영에 남아있던 이스라엘군은 도망간 블레셋 진영 속에 있던 무기며 식량 등을 챙겼다. 사울이 전리품 처리를 명령한다.

"다윗이 빼앗은 골리앗의 칼은 놉 성읍(아론 후손들이 모여 사는 제사장

인 자는 골리앗이 아니라 그의 아우 라흐미라고 기록하고 있다(참조 역대상 20장 5절). 이것은 다윗의 골리앗 전승이 미화되었을 가능성을 시사하는 것이기도 하다.

집성촌) 성소에 보관하도록 하라. 그리하여 야훼 군대가 다곤 군대를 쳐부순 기념으로 삼아라. 골리앗의 갑옷은 다윗에게 주어 고향 집에 보관하도록 하라."

군 진영에서 개선가가 울려 퍼지고 잔치가 벌어진다. 왕과 장군들, 병사들 또 소식을 듣고 달려온 백성들까지 엉클어져 잔치를 즐긴다. 만찬 자리에서 사울이 다윗을 옆에 앉히고 손을 잡는다.

"오늘부터 궁에 있으라. 너를 병기 든 자로 삼고, 내 '머리의 보호자'(생명과 왕권을 지켜주는 호위 수장)로 삼으리라! 네가 칼을 들고 내 왕궁과 왕좌를 향해 달려들지만 않는다면, 앞으로 너의 모든 죄를 묻지 않을 것이다."

곁에 앉아 있던 요나단이 자기의 칼과 활을 건네주며 웃는다.

"너는 지금부터 내 친구다!"

다윗이 손잡이에 옥이 박힌 칼과 물소뿔을 휘어 만든 활을 쓰다듬으며 미소를 짓는다.

"그렇게 좋으냐, 이것도 가져가거라."

요나단이 가슴막이 갑옷과 하복부를 가리는 비늘갑옷과 허리띠까지 벗어준다.

"왕자님에 대한 소문은 많이 들었습니다. 우리나라에서 활을 가장 잘 쏘는 분이라고."

"오늘 보니 네가 던지는 물맷돌이 내 활보다 정확하더구나. 어찌 베냐민지파도 아닌데 그렇게 물매질을 잘하느냐?"[125]

---

[125] 히브리전승에서부터 물맷돌은 베냐민지파가 잘 던지기로 익히 알려져 있었다. 베냐민지파는 양손으로 이 무기 사용하는 법을 가르쳤다고 한다.

"벧호글라'('자고새의 집.' 베냐민지파와 유다지파 경계 성읍)에 사는 친구 목동이 있습니다. 그에게서 물맷돌 던지는 법을 배웠습니다. 제 솜씨를 어찌 왕자님의 활 솜씨에 비교할 수 있겠습니까."

"하하, 장수의 용맹뿐만 아니라 겸손함마저 갖추었구나!"

요나단은 다윗을 왕자궁에 데려가 태자비를 소개시켜 주는 등 친구처럼 대우한다.

그날 사울은 베들레헴에 있는 다윗의 식구들에게 상을 내렸고, 요나단은 다윗의 아내 에글라에게도 흑요석(용암에서 나온 천연 유리)으로 만든 귀걸이와 코걸이, 발찌, 팔찌 등을 보냈다. 이새 가문은 세금과 노역과 징집이 면제되었다.

골리앗의 머리는 소금 망태기에 담겨 이스라엘 이곳저곳을 순회하며 백성들의 사기를 돋운다.126 백성들 마음에 영원히 잊히지 않을 다윗의 이름이 새겨지는 순간이다.

"와, 이게 사람 머리냐, 사자머리지! 이 사나운 자를 어린 다윗이 죽였단 말이냐?"

"신장(神將)이 난 것이다, 물맷돌로 이런 자를 쓰러뜨리다니. 보아라, 이자의 이마빡이 물맷돌을 맞아 부서지지 않았느냐?"

---

126 히브리전승은 이 장면에서 다윗이 골리앗의 머리를 예루살렘으로 가져갔다고 기록했다. 당시 예루살렘은 이스라엘이 아니라 가나안 여부스족속이 지배하던 땅이었다. 다윗이 훗날 왕이 된 후 그들에게 빼앗아 도성으로 삼았다. 사무엘서의 이 기록은 후대의 기록이었기에 이런 오류를 범한 것이다.

사울은 천천, 다윗은 만만

"소년 다윗 때문에 블레셋 놈들이 꽁지에 불붙은 개 마냥 제 나라로 도망갔다고 하더라. 다윗이야말로 이 이스라엘의 구원자가 아니냐?"
"사사들 이후 명장이 나타나지 않았는데 비로소 용장이 나타났다. 하늘이 아니면 낼 수가 없는 인물이지."
사내들은 길을 가면서, 아낙들은 우물가에서 빨랫방망이를 두드리면서 다윗 얘기를 꺼냈다. 떠돌아다니는 음유시인들도 시로 지어 부른다.

아, 적장의 머리 가져오기를, 호주머니 속 밤톨을 꺼내듯 한 소년 다윗이여!

다른 소문도 백성들 사이에서 퍼진다.
"사울 왕은 골리앗을 보고 오금이 저려 군영에서 나오지 않았다고 하던데, 소년 목동 다윗이 그 거인을 물리쳤다는 거야!"

"너에게 아들이 생겼으니 우리 왕조는 삼대로 이어지는 것이 아니냐? 네 아내가 '부정한 기간'[127]이 지나면 아기를 안고 같이 궁으로 오너라."
사울과 요나단은 산책로를 걸어 궁 뒤뜰로 갔다. 멀리 과녁을 보며,

요나단이 활시위를 당긴다. 화살이 날아가 과녁에 박힌다. 사울도 과녁을 향해 뛰어가며 단창을 던진다. 창에 맞은 과녁이 쓰러진다.

"아버님 같은 단창의 명수는 이 가나안에 없습니다. 그 솜씨는 열방에 알려져 적장들의 가슴을 서늘하게 하고 있습니다."

"나는 늙었다. 내 단창에 힘이 없어지는구나. 너를 어서 왕좌에 앉히고 손자나 봐야 할 것 같다. 하하하!"

사울의 웃음소리가 커질 때, 요나단이 말을 흘린다.

"다윗이 대견스럽지 않습니까? 병법과 싸움 기술을 알려주어 선봉장군으로 삼으십시오."

사울의 얼굴이 밝지 않다.

"나도 그 아이가 탐스럽지만, 너무 어리지 않느냐? 그리고 권력을 주면 더 큰 권력을 바라는 것이 인간의 속성이 아니냐? 독한 술은 때가 되면 깨어나지만, 권력이란 술에 취하면 절대 깨어날 수 없다."

"제가 보기에는 사심이 없어 보였습니다. 빨리 등용하시어 이 나라를 굳건히 하는 것이 좋을 듯싶습니다."

"그 아이가 골리앗을 죽이고 영웅적인 행동을 한 것은 사실이지만 너무 신임하는 것이 아니냐? 너는 왕이 될 왕세자다. 너 외에 이인자가 있으면 나라는 반드시 분열된다."

사울은 다시 단창을 들어 더 멀리 던진다. 요나단은 까닭 모를 불안감을 가지고 아비를 바라본다.

---

127 율법에서 정한 산모의 핏기가 마르는 기간을 가리킨다. 남아는 7일이고, 여아는 14일이었다.

'다윗, 다윗, 다윗… 어린 녀석이 왜 이렇게 나를 편치 않게 하는가. 다윗, 어쩌면 이 이름을 평생 기억해야 할지도 모르겠다.'

그날 밤, 사울은 요나단과 헤어져 침실로 돌아와서도 다윗을 떠올린다. 얼굴이 희고 갸름한 것이 계집애처럼도 생겼는데 정체를 알 수 없는 후광을 느꼈던 것이다.

라마 신학교로 신학생이 달려와 낭보를 전한다.
"다윗이라는 젊은이가 블레셋 거인 장수 머리를 베었다고 합니다. 그래서 이스라엘군이 대승을 거두었습니다."
"다윗이라고 하였더냐? 오, 야훼께서는 역시 살아계시는구나. 그분이 역사하시기 시작하셨구나! 오, 야훼여! 다윗의 방패가 되어 주소서."
그런데 사무엘의 얼굴이 금세 굳어진다.
"아직은 다윗이 움직일 때가 아니다. 악령에 사로잡힌 사울이 제 눈에 거슬리면 누구라도 살려두지 않을 것이다!"

"다윗 십부장이 블레셋군과 싸우는 모습을 보았나? 창을 던져 적장의 가슴에 박지 않겠어? 그리고 단신으로 적진에 뛰어들어 철 방패를 휘둘러 적군 여러 명을 척살하더라고!"
"나도 들었는데 광야 시찰 중에 블레셋군과 만났는데 일당 열과 싸워 이겼다는 거야."
물맷돌 대신 창과 칼을 잡은 다윗은 이스라엘의 요청을 실망시키지 않았다. 골리앗을 죽인 그날의 승리 이후 병사들 간에 화젯거리였다.

가드 외곽 들판. 다윗은 블레셋군의 계략에 말려 부하들과 겹겹이 포위되었지만, 칼을 크게 휘두르면서 독려한다. 그의 외침은 곧 그의 기도였다.

"병사들은 두려워 말라. 신은 우리의 피난처요, 힘이니, 환난 중에 만날 큰 도움이시다. 생선 비린내 나는 다곤 귀신의 족속을 두려워 말라!"

힘차게 말을 모는 다윗의 힘은 신에 대한 확신이다. 믿음의 힘으로 칼을 휘둘러 댄다.

"야훼여, 나와 다투는 자와 다투시고 싸우는 자와 싸우소서!"

다윗은 계속 승리하고, 계급도 승진된다. 십부장에서 백부장으로 또 천부장으로…. 사울은 다윗을 중용하여 선봉장군으로 삼는다. 군대 장관 아브넬 바로 밑 지위다.

골리앗을 잃은 블레셋군은 복수심에 더욱 난폭하게 이스라엘을 침공했다. 국경지대 이스라엘 마을은 움집이 불타 연기가 피어나고 곡소리에 묻힌다.

잿더미가 된 마을 근처에서 침략군을 만난 이스라엘 군사들이 돌진한다. 다윗이 보병 앞 선봉에 선다. 그가 칼을 들고 마병이 탄 말 위에까지 번쩍 뛰어올라 목을 친다. 다윗이 빼앗은 흑마를 타고 적진으로 뛰어든다. 칼이 허공에서 바람을 일으킨다. 다윗이 외친다.

"야훼가 내 우편에서 방패가 되시나니 내가 누구를 두려워하리오!"[128]

다윗은 얼마 안 있어 뜨거운 피가 흐르는 적장의 목을 허리춤에 차고 군영으로 돌아온다.[129]

---

[128] 완전 무장한 전사는 오른손에 무기를 왼손에 방패를 잡는다. 이때 야훼가 오른편에 있으면 자신의 방패로 보호해 줄 것이라는 뜻이다.

사울이 블레셋과의 전투에서 승리하여 다윗과 함께 포로들과 전리품들을 가지고 돌아온다. 이스라엘 병사 중에도 몸이 잘리고 뼈가 부서진 부상자가 많다. 독주와 기름을 바른 세마포로 상처를 싸맨 채 절룩이며 입성한다.

그러나 승리한 병사들은 얼굴이 해처럼 광채가 난다. 군사들이 전승되어 내려오는 개선 군가를 부른다. 바다를 가르고 바닷속에 이집트 군대를 수장시켰을 때 불렀다는 전승가다.

"야훼는 나의 힘이요, 노래시며 나의 구원이시로다. 그가 파라오의 전차와 그 군대를 바다에 던지시니…."

언제나처럼 백성들이 나와서 이스라엘 병사들을 환호한다. 승리는 백성들에게도 영광일뿐더러 또 전리품들이 나뉘기 때문이다. 길거리까지 나온 여인들이 트라이앵글을 흔든다. 어여쁜 여인이 앞으로 나와 손에 소고를 잡고 춤을 춘다. 다른 여인들도 소고를 잡고 따라 춤을 추며 노래 부른다.

"야훼를 찬송하라! 높고 영화로우심이요, 말과 그 탄 자를 바다에 던지셨음이로다!"

사울의 딸 메랍(증가하다) 공주와 미갈(미카엘. 신 같은 자 누구인가) 공주도 나와 병사들에게 꽃다발을 흔들어댄다. 미갈은 다윗을 보자 폴짝폴

---

129 일생동안 전쟁터에서 살았기에 다윗의 시편 시에는 전쟁 시가 많다. 그는 활, 철퇴를 잡고 적군과 싸울 때도 신을 의지했다고 한다. "내가 쏘는 것이 아니라 신이 그들을 쏘거니, 그들이 갑자기 화살에 상하리로다."(다윗의 시 중 시편 64편 7절 인용) "그 원수들의 머리, 곧 죄를 짓고 다니는 자의 정수리는 신이 쳐서 깨뜨리시리로다!"(다윗의 시 중 시편 68편 21절 인용)

짝 뛰며 손목이 아프도록 꽃다발을 흔든다. 병사들은 다리를 무릎까지 높이 올려 뻣정걸음으로 걸으며 환호하는 여인들 곁을 행진한다.

"사울이 죽인 자는 천천이요, 다윗은 만만이로다!"

병사들을 웃음으로 바라보던 사울이 여인들이 부르는 노랫소리를 듣고 귀를 바짝 곤두세운다. 꽃다발을 받고 행진하고 있는 젊은 군관 다윗을 보며 얼굴이 일그러진다. 귓전에 다시 한쪽 패가 적을 죽인 사울의 전공을 노래하면, 다른 패가 다윗의 전공으로 화답하며 번갈아 불러대는 군가가 들려온다.

"사울은 천천이요!"

"다윗은 만만이로다!"

'다윗에게는 만만을 돌리고, 내게는 천천만 돌리니 그가 이제 얻을 것이 이 이스라엘 왕좌 말고는 무엇이 있겠느냐?'

사울은 전날 다윗이 골리앗을 죽일 때 했던 말을 떠올린다.

'그때 내가 다윗에게 말했지. 내 왕궁과 왕좌를 향해 칼을 들고 쳐들어오는 반역죄 외에는 다 용서해 주겠다고… 그런데 저놈은 그 반역의 냄새를 풍기고 있지 않은가?'

사울은 다윗의 궁 생활을 유심히 바라보기 시작한다. 모든 모습이 예사롭지 않다. 사울이 요나단을 불러 은밀히 묻는다.

"요사이 다윗이 궁에서 장군들과 자주 얘기를 나누는 것 같은데 무슨 일이냐?"

"다윗은 아버지께서 임명하신 선봉장군이 아닙니까? 수하 장군들과 얘기를 나누는 것이 무엇이 이상한 일입니까?"

"내가 바라보면 대화를 멈추고 내 눈치를 살피는 것 같았다. 너는 다윗과 친하니 동태를 유심히 보고 나에게 알려다오."

어느 날, 사울에게 '하니차빔'('상전 앞에 늘 서있는 사람들'이란 뜻으로 심복을 가리킴)인 친위장군 '가말리엘'(신이 보상함)이 한 소문을 전한다. 역린을 건드리는 말이다.

"희한한 소문을 들었습니다. 베들레헴 성주가 '벤가델'('돌담을 두른 곳.' 베들레헴 남서쪽 15㎞ 지점) 산지에서 여행객들을 등쳐먹는 산적들을 잡아 두목을 문초했답니다."

"그런데?"

"그런데 그게…."

"무슨 말을 하려는 것이냐, 직고하지 못할까?"

"야훼의 사심을 가리켜 들은 대로 말씀드리겠습니다. 산적 두목이 말하기를 자기가 다윗 장군의 어린 시절 친구라며 선처를 호소하더랍니다."

"그 악한 놈이 살려고 옛 친구 이름을 팔아먹었구나!"

"그런데 그자의 말이 그것으로 끝난 것이 아니라… 말인즉슨 베들레헴에 찾아온 사무엘이 다윗의 머리에 기름을 부었기 때문에 언젠가는 그가 왕이 될 것이라고 말하더랍니다."

"무엇이, 소문에만 떠돌던 사무엘이 기름 부었다던 그자가 다윗이란 말이냐?"

"글쎄, 확신할 수는… 없습니다. 그러나 사무엘이 왕 말고… 기름 부은 자가 또 있어 그자가… 곧 이스라엘 왕이 될 것이라는… 풍문이… 이 기브아까지 떠돌고 있는 것은… 분명한 사실입니다."

'다윗이 그자일 수 있단 말이지, 다윗이…?'

사울은 온몸에 냉기를 느끼며 다윗의 얼굴을 떠올린다.

'놈의 얼굴이 곱상한 것이 간신배의 얼굴상이 아니더냐? 놈은 사무엘에게서 기름 부음을 받고 왕권을 약속받은 후 내 궁으로 침투하여 기회를 노리고 있는 것이 아니냐. 간교한 놈, 사악한 놈… 어찌 내가 지금까지 그놈의 심보를 몰랐을까?'

다윗이 사무엘에게 기름 부음을 받았다는 풍문을 호위병사가 요나단에게 전한다.

"다윗을 속히 없애서야 합니다. 그래야만 왕자님께서 평탄하게 왕위를 이어받을 수 있을 것입니다."

"너는 그 소식을 지금에야 들었느냐? 나는 이미 오래전에 들었다."

요나단은 담담한 얼굴빛이다. 호위병사가 제 귀라도 의심하는 듯 묻는다.

"사무엘의 기름 부음 받은 다윗이 왕이 될 것이라는 소문이 이 기브아 도성 안 시녀들 간에도 퍼지고 있습니다. 그자가 왕이 되면 왕위 계승자인 왕자님은 어떻게 되는 것입니까?"

"나는 누가 뭐라고 해도 사무엘 예언자님을 믿는다. 만일 그분이 다윗에게 기름 부음을 했다면 옳을 것이다. 나는 왕위를 차지함보다 야훼의 뜻을 따르겠다. 풍문을 절대로 왕에게 알리지 말거라."

호위병사가 한심하다는 듯 내뱉는다.

"이미 왕의 심복들이 다윗을 노리고 있습니다. 태평한 것은 왕자님뿐입니다."

다윗이 사무엘로부터 기름 부음 받았으니 곧 왕이 될 것이라는 소문은 유다지파에서 급속히 퍼진다. 유다지파 성지 헤브론('동맹.' 예루살렘 남방 26km 지점 산악지대)에서는 촌장들이 모일 때마다 다윗 소문이 언제나 화제다.

"전승에도 우리 유다지파에서 귀인이 난다고 전해지지 아니한가, 다윗이 그자가 아닐까?"

"드디어 우리 지파에서 왕이 나오게 됐어. 그동안 북쪽 제일 작은 베냐민지파에서 왕을 배출했으니, 남부 지파의 수장 격인 우리가 왕을 내는 것은 당연한 일이지."

유다지파의 분위기가 전해지자 베냐민지파에서 가만히 있지 않았다. 이들은 기브아 궁에서 중요 직책을 맡고 기득권을 가지고 있었다. 지파장이 사울 왕을 알현하며 뜻을 전한다.

"유다지파에서 돌고 있는 또 다른 왕이 나온다는 해괴한 소문이 웬일입니까? 그들은 지금 그 소문을 믿고 퍼뜨리며 기고만장하고 있습니다. 소문의 진원지가 되는 자를 사사하소서. 어찌 하늘에 해가 둘이며, 땅에 아비가 둘일 수 있겠습니까? 유다지파에서 반란을 일으키면 수가 적은 우리 베냐민지파가 감당할 수 없을까 두렵습니다."

며칠 후, 길르앗 야베스에서 족장이 그 지방 특산물인 유향(유향나무에서 추출하는 유백색 수지)을 예물로 가지고 찾아와 정보를 흘리고 간다. 야베스는 전날 암몬 왕 나하스가 쳐들어왔을 때 구해준 은혜가 있어 사울 왕조를 적극 지지하고 있었다.

"우리 요단 동편까지 다윗 장군 소문이 퍼지고 있습니다. 곧 수하 장수들과 반역하여 왕이 될 것이라는 얘기들입니다."

사울은 질투를 넘어 공포감마저 느낀다.

'그 변방에도 다윗의 명성이 나를 능가하고 있구나!'

사울의 귓가에는 여전히 심복과 족장이 전해준 말들과 함께 '사울은 천천이요, 다윗은 만만이로다'란 노래 소절이 이명이 되어 떠나지 않았다.

'사무엘, 당신이 아무리 나를 저주해도 내 왕국은 대대로 영원할 것이다. 당신만 신탁을 받는 것이 아니라 나도 매일 시시때때로 신과 교통하고 있다. 신은 나에게 이 근동을 다 주고, 내 후손이 왕좌에서 천대까지 영광을 누릴 것이라는 신탁을 주셨다. 신뿐만 아니라 귀신도 내 편이다. 귀신도 나에게 소식을 알려준다. 으하하하!'

침상에 누운 사울은 나름대로 예언하며 잠을 이루지 못한다. 그가 한밤중에 벌떡 일어나 내관에게 고함을 지른다.

"어서 선봉대장을 부르라!"

야밤에 궁으로 급히 다윗이 불려왔다. 피라도 고인듯 붉어 오른 사울의 눈빛을 보며 그 발 앞에 엎드려 벌벌 떨어댄다.

"…."

"…."

사울과 다윗 사이에 한동안 침묵이 흐른다. 한참을 지켜보던 사울이 침상 벽에 걸려 있는 수금을 거칠게 던져주며 소리친다.

"오랜만에 네 수금 소리를 들으며 잠들고 싶다!"

다윗이 가슴에 수금을 안고 줄을 고르기 시작한다. 그런데 사울의 귀에 부드러운 수금 소리가 여인들의 노랫소리로 들려온다.

사울은 천천이요, 다윗은 만만이로다!

사울이 두 귀를 틀어막고 있을 때, 번득 침대 곁에 놓인 단창 두 자루가 눈에 띤다. 누군가 침입하여 암살할까 염려하여 비치해 놓은 비상 무기다. 수금 줄을 고르는 다윗을 보다가 스르르 손을 뻗어 단창을 잡는다. 손아귀에 불끈 힘이 들어간다.

"너를 벽에 박으리라!"

사울의 고함에 놀란 다윗이 눈을 들었다. 단창이 날아온다. 그가 몸을 돌려 창을 피한다. 단창이 '쿵' 하고 힘 있게 벽에 박힌다. 다시 또 한 자루의 단창이 날아온다. 다윗이 몸을 궁굴려 피하자 단창이 바닥을 울리며 박힌다.

사울이 노려본다. 다윗도 바닥에 엎어져 그를 바라본다. 사울이 침대 곁에 놓인 칼집에 손을 갖다 대고 칼자루를 잡는다. 그러나 한동안 다윗의 얼굴과 바닥에 내동댕이쳐진 수금을 바라보더니 칼을 뽑지 않는다. 그사이 다윗이 재빨리 궁을 빠져나간다. 사울이 멍한 눈빛으로 바라본다.

'아, 저놈이 내 단창을 피했다. 이십 보 멀리 있는 모기의 눈도 맞춘다는 내 단창 아니었던가? 두 번이나 던져도 다섯 보 앞에 있던 놈을 맞추지 못하다니… 저놈이 날쌘 것일까? 아니면 야훼가 저놈을 보호하고 있는 것은 아닐까?'

친위대장이 급히 들어와 쫓겨 나간 다윗과 바닥에 내동댕이쳐진 수금, 박힌 단창을 보며 이유를 묻지만, 사울은 손을 저어 그를 내보낸다.

'아, 하마터면 다윗을 죽일 뻔했다. 다윗은 충신 중의 충신인데 내가 왜 이러는가? 내가 악령의 지배를 받고 있는 것인가? 다윗을 궁에서 보내자. 그것이 살리는 길이 아닌가?'

사울이 침궁 바닥에 놓인 단창 자루를 꺾어 창밖으로 내던진다.

다윗은 사울에게 쫓겨와 며칠을 야전군 막사에서 보낸다. 두려움이 목을 졸라 잠을 이루지 못한다. 몇 번이나 깨어나서 기도로 밤을 태운다.

"왕은 왜 나를 미워하는가? 신이여, 제가 어떤 죄를 지었나이까?"

다윗이 막사 찢어진 천 사이로 보이는 유난히 빛나는 별을 본다. 따스한 빛의 별이다. 그가 울먹인다.
"오, 주님, 저를 지켜보고 계시군요!"

다윗이 칩거하는 장소를 알고, 시종이 사울의 서신을 들고 찾아온다.

내 아들 다윗아, 이 늙은이가 눈이 멀고 귀가 먹어 충신을 해할 뻔했다. 야훼의 이름으로 맹세하니 그런 일은 다시 없을 것이다.

다윗이 서신을 앞에 놓고 세 번 절을 올린다. 그는 며칠을 망설이다가 발길을 궁으로 돌린다. 신이 세운 왕은 실수하지 않을 것이라는, 또 설령 잘못했을지라도 복종해야 한다는 신앙 때문이다.

사울이 다윗을 죽이려 했다는 사실이 궁 안에 퍼졌다. 심복들이 궁으로 몰려온다.
"다윗을 죽이기를 원하십니까? 곧 가서 머리를 잘라 은쟁반에 바쳐 올리겠습니다. 잡초는 찾아서 뿌리를 뽑아야 합니다. 그 씨가 번지면 감당할 길이 없습니다."
"저도 같이 가겠습니다. 왕에게 근심을 주는 자는 그 누구라도 불충한 자입니다. 사지를 잘라 오겠습니다."
사울이 뇌성 같은 고함을 쳐댄다.
"이놈들, 다윗 같은 충신이 어디 있느냐? 네놈들 백 명의 목숨과 바꾸지 않을 것이다."

"백성들이 사울은 천천이요, 다윗은 만만이라고 노래 부르는 뜻이 무엇이겠소? 민심이 왕권을 다윗에게 이양하라는 노래가 아니겠소?"

"그런 소리가 왕가(王家)에 들리면 자네는 입술은 찢어지고 입에 칼이 박혀 죽게 될 걸세."

신하들은 쉬쉬했지만, 다윗이 왕의 재목이라는 소문은 차츰 궁과 백성들 사이에 퍼져 나갔다. 사울이 두렵게 여겨 죽이려 한다는 소문도 퍼지므로 오히려 다윗은 왕과 겨룰 수 있는 큰 인물로 부각된다. 사울의 질투가 심해질수록 다윗은 핍박받는 자로 비춰지고, 백성들 사이에 더 큰 인물로 인기를 얻어간다.

"왕의 단창 솜씨가 신료하다고 하더니, 그 솜씨로 적을 안 죽이고 충신을 해코지하려고 했다더냐? 그러나저러나 다윗이 피했다고 하니 신이 보호하는 자다!"

토방에서 아낙들이 모여 양털로 실을 잣는다. 물레를 돌리던 아낙이 어제처럼 다윗 얘기를 한다.

"다윗 장군은 얼굴도 곱고 수금도 잘 탄다고 하더구만."[130]

'사울은 천천이요, 다윗은 만만이로다!' 이 노래는 골목길 막대기놀이를 하던 아이들의 입에서도, 기브아 궁 궁녀들의 입에서도 불렸다.

군부에서 다윗을 추종하는 세력이 부지기수로 생겨난다. 시문에 능하였기에 문관들도 따른다. 미래가 환하고 젊은 그를 시녀들도 사모한다. 기브아 거리의 개들도 다윗이 지나가면 따라간다는 풍문까지 돌았다.

---

[130] 고대 근동에서는 군인, 정치가, 시인, 음악가를 높이 평가했다. 특히 수금은 어떤 악기보다 타는 방법이 어렵고 음률이 오묘하여 인기가 좋았다. 다윗은 그 모든 것을 갖추고 있었다.

부마 다윗

사울은 질투에 휘어잡혀 있었으나, 한편으로는 다윗을 살리고도 싶었다. 다윗을 경호대장 격인 선봉장군에서 파직하고, 천부장으로 삼아 궁 밖에 나가게 했다. 자신과의 마찰을 피하려 눈에서 멀리 보낸 것이다.

"왕이 이렇게 홀대할 수가 있습니까? 이번 강등은 장군님을 버리신 것이 아닙니까?"

"왕의 뜻은 신의 뜻이다. 왕의 명령은 곧 신의 명령이다."

심복들은 사울을 욕했으나 다윗은 드러내놓고 불평하지 않았다. 인내의 시간을 보내는데 유능한 자였다. 다윗은 한가할 때는 칼을 놓고 수금줄을 고르며 심사를 달랜다.

"나의 영혼이 야훼를 바람이여, 나의 구원이 그에게서 나오는도다. 오직 그분만이 나의 큰 바위요, 나의 구원이요, 나의 요새이니 내가 크게 흔들리지 아니하리로다!"

다윗은 궁 밖 도성 치안을 담당하는 장군으로 근무한다. 순찰하다 웅성대는 노동자 무리를 보며 걸음을 멈춘다. 그들은 연회장을 짓고 있었는데, 그 집 앞에서 농성하다 다윗을 보고 달려와 엎드린다.

"용마루까지 올렸는데 임금을 주지 않습니다. 한 '게라'(히브리 도량형 중에서 가장 작은 단위로 이십분의 일 세겔)도 주지 않으면서 매일 저 집안에서는 양고기 굽는 냄새가 진동합니다. 일꾼들은 연명할 보리죽도 없습니다."

다윗이 노동자들의 울음 섞인 소리를 들으며 주인을 부른다.

"또 누구냐? 나를 부르는 자가. 아니, 다윗 천부장이 아니십니까? 어서 들어오시오. 마침, 만찬 중이니 고기 안주에 술이나 나눕시다."

주인은 이를 쑤시며 나오다가 반긴다. 다윗의 눈꼬리가 올라간다.

"야훼도 들어가지 않는 네 집에 왜 들어가겠느냐? 율법에 이르기를 해가 지기 전에 노동자의 임금을 주라고 하지 않았느냐? 어서 체불금을 지불하여라. 네 볼기를 너덜나게 치리라!"

다윗의 명성이 백성들에게 퍼진다. 특히 유다지파 사람들에게 그의 이름은 높았다.

"우리 지파 출신 다윗이라는 명장이 있지 않은가? 용맹할 뿐 아니라 인정이 많아 백성의 문제를 야훼처럼 판결한다고 들었네."

"나도 들었네. 다윗이야말로 우리 이스라엘의 왕으로 적합한 자야."

"양피지 사시오! 염소새끼 가죽으로 만든 부드러운 것이니 연애편지 쓰는 데는 최고요."

옥돌로 문질러 털을 제거하여 만든 가죽종이를 펴는 장사꾼이 손님들 발길을 끈다.

"무화과는 하루 안에 팔지 않으면 내내 썩어버리는 과일이라 떨이로 파는 것이오. 어서 사가시오."

기브아 궁 앞에 펼쳐진 시장. 양피지 장수, 과일 상인 옆에는 흰독말풀(자궁을 이완시켜 출산 과정을 촉진시키는 효과를 지닌 약재), 운향 등 약초 파는 약장수가 아침 일찍 찾아온 환자의 어깨 종양에 박하와 기름을 섞은 연고를 발라준다. 올리브기름 장수 옆에는 아비와 아들이 활을 만들어

팔고 있다. 아비는 멧돼지 이빨을 갈아 화살촉을 만드는 법을 아들에게 가르쳐준다.

"애야, 나이팅게일은 잡지 마라. 그 새는 밤에도 우니 잡아먹으면 밤에 잠이 오지 않는다. 그리고 피를 묻히지 않고 새를 잡으려면 활촉에 자라껍데기를 붙여 쏘아라!"[131]

시장을 순찰하던 다윗이 그 곁을 지나가자, 아비가 아들에게 속삭인다.

"블레셋군을 물리치신 다윗 장군이시다. 머지않아 이 나라의 왕이 되실 분이다!"

사울은 질투가 병이 되어 침상에 누워버렸다. 마음을 가장 가까운 데서 읽고 있던 모사가 반지빠르게 말한다.

"맏딸 메랍 공주를 다윗에게 준다고 하시옵소서. 지참금으로 블레셋 왕의 머리를 요구하시면 블레셋군과 싸우다가 죽게 될 것입니다."

"블레셋인의 손에 죽게 하라고?"

"왕께서 직접 처단하시면, 그를 따르는 백성들이 소란을 일으켜 왕의 높으신 명성에 누가 될까 조심스럽습니다."

"그렇다고 귀한 딸을… 그놈에게…."

"다윗은 골리앗을 죽일 때부터 부마가 될 자격이 있는 자가 아닙니까? 왕께서 딸을 주시겠다고 약속하시고 언약을 어기셨다는 소리가 많았습니다. 이번 기회에 그 약속을 지키시고 또 다윗도 처단하소서."

사울이 고개를 끄덕인다.

---

[131] 히브리인들은 피를 생명의 근원으로 여겼기에 될 수 있으면 피 만지는 것을 원치 않았다.

'그래, 다윗을 내 손으로 죽이려고 할 때마다 내 마음에 찔림을 받지 않았던가?'

요나단이 사울과 모사의 대화를 듣고 측근을 다윗에게 급히 보내 정보를 알려준다.

"그동안 도성을 경비하느라고 노고가 많았다. 약속한 대로 내 장녀를 네게 주리라. 오직 너는 나를 위하여 용맹을 내어 적들과 싸워라."

사울이 다윗을 궁으로 불러 말한다. 다윗은 뜻밖의 대답을 한다. 요나단으로부터 들은 얘기도 있었지만, 겸손한 마음에서 한 말이다.

"내가 누구며, 이스라엘 중에 내 아비의 집이 무엇이관데 감히 왕의 사위가 되리이까?"

사울은 자신의 계획이 어긋나는 바람에 오히려 그 사양을 불쾌하게 받아들인다.

'네 놈이 공주를 마다해? 내 맏사위가 되기 싫다면 내 딸을 다른 곳으로 시집보내리라. 너는 나한테 복종하지 않고 왕권만 노리는 자가 아니냐.'

사울은 급히 장녀 메랍을 '므홀랏'(길르앗에 있는 성읍) 사람 아드리엘에게 시집보내고자 한다. 길르앗은 암몬 왕 나하스 침공 때 혈맹을 맺은 요단 동편 성읍이다. 통치 강화를 위해 그 지역과 결혼 동맹을 맺는다.

메랍 공주의 혼례 잔치가 끝나고 몇 달 후, 궁내시종이 사울에게 다가와 넌지시 말을 건넨다.

"미갈 공주님이 다윗을 연모하는 듯합니다. 지난번에는 손수 금실로 수놓은 채색옷을 만들어 다윗에게 선물하는 것을 제 눈으로 보았나이다. 다윗 역시 공주님을 사모하는 것 같았습니다."

"무엇이…?"

사울의 미간이 찌푸려진다. 그러나 잠시 후 말 잘하는 늙은 시종을 급히 부른다.

산나리꽃이 만발한 궁정 뒤뜰. 다윗이 가슴에 수금을 안고 '야훼의 전쟁기'[132]를 노래로 부른다.

"태양아, 너는 기브온 위로 머무르라. 달아, 너도 아글론 골짜기에서 그리 할지니라. 네 빛들로 하루 더 밝혀 적들을 섬멸하리라…."(여호수아가 아모리 족속과 싸워 이겼을 때 지었다는 전승 시가)

산나리꽃 옆에 쪼그리고 앉아 있는 미갈이 수금 타는 다윗을 보며 그를 눈 속 깊이 담는다. 깊이 패인 가슴골 사이로 사하로님[133]이 빛났다.

"요나단 오빠께서 다윗 장군은 영웅이라 하셨어요. 수금 타는 솜씨는 궁중 악사보다도 더 뛰어나군요!"

다윗 역시 수금을 안고 미갈을 바라보며 눈 속 깊이 새긴다.

'아, 신께서 진흙을 빚어 인간을 만들었다고 하셨는데, 야훼께서는 참 솜씨도 좋으시다. 이 여자 턱은 자고새알 같지 않으냐? 고향 베들레헴 내 아내 에글라는 소처럼 생겼는데….'

다윗이 미갈과 속삭일 때, 저쪽에서 시종이 비비 웃음을 지으며 다가온다. 미갈이 얼굴이 붉어져 얼른 일어나 궁 벽 모퉁이를 돌아 모습을 감춘다.

"두 분의 모습이 산나리 꽃봉오리 속에 숨은 암술과 수술입니다."

---

[132] 히브리전승에 제목만 전해져 내려오는 책. 아마도 모세, 여호수아, 사사들의 영웅담이 기록되어 있었을 것이다.
[133] 작은 달이란 뜻으로, 금은으로 만든 초승달 모양의 장식. 월신 숭배사상에 나온 부적.

다윗의 얼굴빛이 산나리꽃보다 더 붉어진다.

"장수와 미인의 어울림이 무슨 흉이겠소? 왕께서도 장군을 둘째 부마로 삼기를 원하고 계시오. 우리 신하들도 당신이 부마가 되는 것을 원하고 있소. 사울 왕과 다윗 장군 두 영웅이 연을 맺으시면 나라는 화평해질 것입니다."

다윗이 귓불까지 붉어진다.

"내가 어찌 부마가 될 수 있소? 나는 가난하고 천한 사람이오. 나에게는 베들레헴 시골집에 아내가 있소."

말은 그렇게 했어도 다윗은 싫은 눈치가 아니다. 다윗의 입가에 보일 듯 말 듯한 미소를 보고 시종이 바짝 다가와 속삭인다.

"장군은 이미 세상에 알려진 영웅이오. 아내를 또 하나 둔다는 것은 이상한 일이 아니오. 조상 아브라함도 모세도 첩을 두지 않았소?"

시종이 다윗의 귓가를 간지럽힌다.

"그렇지만 지참금 없는 결혼이 어디 있소? 더군다나 어여쁜 공주를 얻고 부마가 되는 혼례인데. 선조 야곱도 외삼촌의 두 딸을 얻기 위해 그 집에서 14년 동안 머슴살이를 하지 않았소? 또 모세도 아내를 얻고 장인 이드로의 양을 40년 동안 치지 않았소? 삼손도 블레셋 여인을 얻고 지참금을 냈소. 그렇지만 자비하신 왕께서는 다른 것을 원하지 않고 다만 왕의 원수인 블레셋인의 양피 일백을 원하고 계시오."

시종이 한 말은 사울이 지시한 지참금이다. 다윗은 전날 요나단이 한 말을 떠올렸다. '너는 아버지의 요청을 거부하여라. 부마로 삼는다는 핑계로 블레셋 싸움터에 보내 죽음의 방패로 삼으려 하고 있다.'

"왕의 음모가 뻔한데 왜 그 궤계에 말려드십니까? 덫과 창해가 놓인 것을 알고 다가가는 들짐승이 어디 있겠습니까?"

다윗의 심복들이 찾아와 혼례를 만류한다. 다윗이 천연덕스럽게 대답한다.

"블레셋은 우리 원수가 아니오? 왕이 명령하지 않아도 쳐부숴야 하지 않소?"

심복들이 다윗의 얼굴을 살핀다. 그랬다. 다윗은 미갈을 사랑하고 있었다. 스스로 그 덫과 창해 속으로 날아 들어가는 눈먼 새가 되어버린 것이다. 심복이 속으로 혀끝을 찬다.

'사랑이 뭐길래, 불을 안고 화톳불 속으로 들어가는 불나방이 되는구나!'

"다윗 장군에게 빗물로 블레셋 병사 백 명의 양피를 베어오라고 시켰다는 것이 사실이에요?"

미갈이 궁으로 뛰어와 아비 사울을 쏘아본다.

"그는 충신인데 왜 그런 올무를 놓아 죽이려 하세요!"

미갈이 바닥에 주저앉아 울음을 터뜨리자, 사울이 눈물 젖은 딸의 뺨을 어루만지며 달랜다.

"얘야, 다윗이 죽어야 이 애비의 왕조가 튼튼해진다. 좋은 신랑감을 마련해서 시집보낼 테니 울음을 그쳐라."

미갈이 아비의 손을 뿌리치며 소리친다.

"몰라요, 아버지는 나쁜 왕이세요!"

사울이 아무리 달래도 미갈은 울음을 그치지 않는다. 그 밤 공주의 궁은 울음소리로 들썩였다.

그동안 블레셋군은 이스라엘 영토에 들어와 성읍들을 유린하여 많은 요충지를 가지고 있었다. 그러나 사울이 대부분의 영토를 찾아왔다.

다윗은 내륙에 남은 초소에서 격투를 벌인다.

"너희는 들어봤느냐, 다윗이라는 이름을! 골리앗의 목을 베었고 만만의 너희 병사들을 척살한 영웅이시다."

장수들이 호령하며 급습하자, 블레셋군은 다윗이라는 이름만 듣고도 달아난다.

"야훼의 무적 군대여, 다곤 귀신 군대를 쳐부숴라!"

다윗이 그들을 쫓는다. 가시덤불에 엎어지는 자, 수렁에 빠지는 자, 칼을 맞아 나자빠지는 자, 조금 멀리 도피했으나 활을 맞아 쓰러지는 자 등 이곳저곳에서 블레셋 군사의 신음이 들려온다.

"놈들의 바지를 벗겨 양피를 베어라. 그것이 있어야 주군께서 장가갈 수 있다."

다윗의 장수와 군사들은 블레셋군 시체의 바지를 내리고 우멍거지를 잘라내 바구니에 모은다.

"양피가 몇 개 부족하다. 또 어디서 블레셋 군사와 전투를 벌여야 하느냐?"

"그러게 말이다. 어서 마련하여야 주군께서 부마가 되시는데."

장군들이 말하고 있을 때, 블레셋 상인이 곡물 실은 나귀를 몰고 걸어온다. 그들의 얼굴이 환해진다.

"'야훼 이레'(야훼가 준비해 놓았다)입니다. 저자를 죽이소서!"

"민간인이 아니냐, 살려 보내라!"

다윗의 만류에도 심복이 달려가 먹살을 잡고 끌고 온다.

"이 자를 죽이진 않고 양물 끝 표피만 베면 될 것이 아닙니까, 으하하하하!"

엎어진 블레셋인이 엎어져 발발 떤다.

"나는 병사가 아니오. 귀리나 밀을 싣고 산동네를 다니며 상업을 하고 있소. 한 번도 양민들을 괴롭힌 적이 없소, 살려주시오!"
"그래, 살려주마. 그 대신 이 삭도를 받아 네 양물의 표피를 베어라."
장수가 단도를 던졌다. 블레셋인이 받아 쥐고 한참 망설이다가 자기의 목에 줄을 긋는다.[134]

다윗은 블레셋 영토 근처 초소를 급습하여 전투를 벌인다. 닥치는 대로 블레셋군을 살해하고 양피를 베었다. 다윗은 목을 칠 때마다 피가 얼굴과 눈에 튀었으나 그 붉은 시야에서 미갈의 모습을 그린다.
'공주, 조금만 기다려 주시오. 그대를 떳떳하게 데리고 오겠소!'
그가 양피를 얻어 철수할 즈음, 한 무리의 블레셋군이 추적해 온다.
"다윗은 다곤 신이 다스리는 이 성지까지 왔으니 목을 내놓고 가거라!"
금방 벌판에서 이스라엘군과 블레셋군 사이에 전투가 벌어졌다. 다윗은 전투에서 이겨 다시 백여 구의 시체에서 양피를 얻을 수 있었다.
궁으로 돌아오는 다윗은 옆구리에 칼을 맞아 피가 안장에 흘렀지만 미소를 빚는다.
'궁으로 돌아가면 미갈 공주가 하얀 손으로 상처를 싸매 줄 것이다. 그 앙증맞은 열 손가락으로….'

"다윗이 블레셋인 이백 명의 양피를 가져왔나이다!"
수행장관이 궁으로 뛰어 들어와 전하자, 사울의 얼굴이 나귀의 뒷발에라도 차인 듯 일그러진다. 곁에서는 미갈이 하얀 치은이 다 드러나도

---

[134] 이스라엘 백성에게 있어서 할례가 신의 백성이 되는 표증이라면 이교도들에게는 그 할례가 모욕이었다. 그리스는 에게 문명권으로 할례를 받지 않는 민족이다. 블레셋 조상 역시 에게해권 해상민족이다.

록 웃는다.

'큰일이다. 딸년까지 놈의 편이 되었으니 이 일을 어찌할꼬!'

요나단이 세자비와 젖먹이 아들과 함께 궁을 찾아와 사울과 담소를 나눈다. 아비의 마음이 부드러워질 즈음 본심을 슬쩍 꺼낸다.

"다윗은 충신이오, 용장입니다. 아버지 밑에 있다는 것은 아버지 품에 보석이 안겨있는 것입니다. 부마로 삼아 식구로 맞이하소서. 그리하면 더욱더 충성을 다할 것입니다."

사울이 요나단을 한참 동안 바라보다가 의전 시종을 불러 명령한다.

"다윗의 전승을 기념하라. 단 몇십 명의 병사로 이백 명의 블레셋인을 친 공을 온 백성에서 알리라. 베어온 양피를 말려 병에 넣어 궁에 보관하라.[135] 다윗과 내 딸 미갈을 위한 부마궁을 궁궐 근처에 지으라!"

사울은 왕후와 왕족들과 만조백관이 모인 자리에서 혼례를 거행할 것을 발표한다. 다윗은 얼굴에 열꽃을 피우고, 미갈은 수줍은 웃음이 가득하다. 요나단도 얼굴이 활짝 핀다.

"다윗이 매제가 되었어. 식구가 된 거야, 하하하!"

메랍 공주와 부마 아드리엘은 묘한 미소를 짓는다.

"당신도 다윗처럼 공을 세워봐요. 아버지께서도 저자라면 꼼짝 못하잖아요."

"나도 다윗만한 용기도 있고 지혜도 있어. 그런데 당신 오빠 요나단은 왜 다윗을 저렇게 아끼는 거야? 기브아에서는 왕세자가 다윗에게 왕

---

[135] 모세와 동 시대 인물인 이집트 파라오 람세스 2세는 적들의 성기를 말려 전승물로 보관한 적이 있다. 고대 근동의 관례였는지 모른다.

위를 양보했다는 소문까지 퍼지고 있다고."

"다윗은 충성을 다할 거예요. 사위가 되었으니 사랑해 주세요."
"그럼, 그럼. 이제 내 자식이나 다름이 없지!"
미갈이 사울의 침궁을 찾아와 준비해 온 포도주를 대접한다. 사울이 술에 잠겨 있을 때 간청한다.
"사사시대 때 조상님 갈렙이 시집가는 딸 악사에게 샘이 있는 밭을 혼수품으로 준 것처럼, 저에게도 좋은 땅을 주세요. 그리고… 우리 가문의 드라빔136을 주세요. 그 신상을 꼭 갖고 싶어요."
"땅은 네가 원하는 만큼 주겠다. 그러나 네 오라비들도 있고 언니도 있다. 하나뿐인 가문의 가보를 어찌 작은 딸에게 줄 수 있겠느냐?"
미갈은 아비의 옷자락을 잡는다.
"어린 시절 궁에서 목말을 태워주실 때, 시집갈 때 뭐든지 원하는 대로 해주신다고 하셨잖아요! 나라의 전부라도 주시겠다고 하시더니…?"
"드라빔만은 안 된다. 내 뒤를 이을 오라비에게 물려주어야 한다."
"흑흑흑, 흑흑흑!"
"알았다. 알았어! 혼례를 치를 신부가 울면 되겠니?"
미갈이 드라빔을 달라고 한 것은 다윗을 통해 사울 가문의 영광을 잇고 싶은 열망 때문이다.

---

136 '편안하게 살다'란 뜻의 '타라프'에서 파생된 말로 복을 빌고 신탁 행위를 묻던 가정 수호신. 이 '드라빔'('낡다, 시들다'라는 어근에서 파생된 것을 보면 천으로 된 것 같다)은 상속자가 물려받는 가문의 보배 중의 보배다. 드라빔은 여러 형상을 하고 있었다. 이스라엘에서는 우상숭배와 사술과 관련되었기 때문에 직접, 간접으로 금하였으나, 재산권을 상징하고 가문의 권위를 인정받는 징표로 생각하고 서로 갖고자 했다.

다윗과 미갈 공주가 혼례를 치를 것이라는 칙령이 발표되자 백성들 사이에서는 또 풍문이 퍼진다.

"왕께서 드디어 요나단 왕세자를 제쳐놓고 다윗 장군을 후계자로 삼으셨대. 그렇지 않고서야 어떻게 정적을 부마로 삼으시겠어?"

"다윗 장군은 소년 시절에 사무엘 예언자께서 기름을 부어 왕으로 삼았다고 하더구만. 그분의 예언이 서서히 이루어지고 있는 것이지."

"베들레헴에서 부마가 나왔다. 내 친구가 공주의 남편이 되다니!"

기브아에서 전해진 소식은 이새의 집 마당을 금방 잔치 터로 만들었다. 다윗 가족들, 친구들, 마을 사람들이 어우러져 만찬이 벌어진다.

동구 밖에서 물을 이고 오던 에글라가 대문 앞에 모인 마을 사람들을 보고 놀라 뛰어오느라고 물이 넘쳐 얼굴로 흐른다. 마당에 들어섰을 때, 취한 이새가 다가와 말한다.

"네 남편이 부마가 되었는데 네 꼴이 무엇이냐? 어서 큰 잔치 치를 준비를 해라!"

에글라의 얼굴이 어두워진다. 기브아 궁에서 생활하는 남편 다윗과 만날 수 있는 날들이 적었던 까닭에 혼례 후 5년이 지나 지난해 딸을 출산했다. 에글라는 시댁에서 딸을 낳은 죄인이 되어버렸다.[137]

혼례가 있던 그날, 다윗 가솔들과 베들레헴 고향 사람들은 기브아 궁으로 초청되어 갔다. 에글라는 들마루에 앉아 마늘을 까며 집을 지킨다.

---

[137] 고대 근동에서 딸의 출생은 신의 저주로 보았다. 극한 가뭄 때 출생했을 경우에 죽이는 일도 다반사였다. 특히 이스라엘에서는 여성 비하가 심했는데, 에덴에서 신의 뜻을 거역하고 선악과를 따서 남자에게 주었다는 죄 때문이다.

왕세자 요나단과 도망자 다윗

"… 총각과 처녀와 노인들아, 아이들아! 야훼의 이름을 찬양할지어다…."

부마궁 정원. 하늘에는 꽃구름이 엉클어져 떠다니고, 땅에는 암호랑나비가 숫호랑나비를 업고 꽃밭을 날아다닌다. 비자나무 그늘에서 다윗이 수금줄을 고르고 미갈이 무릎을 베고 누워 있다. 심복 백부장이 다가와 급보를 전한다.

"블레셋 하비루들이 또 우리 영토에 난입해 소란을 피우고 있습니다. 제압하고 오라는 왕명이 있으셨습니다."

다윗이 수금을 놓고 곁에 놓인 칼집을 잡자, 미갈이 옷자락을 잡는다.

"아버지께 말씀드릴 테니 오늘만큼은 제 곁에 있어 주세요."

"비싼 녹 받는 장군인 내가 나서야 하지 않겠소?"

다윗이 손을 가만히 떼어 놓으며 백부장을 따라나선다. 미갈이 뒤에서 훌쩍인다.

블레셋인의 양피를 베어온 후, 다윗의 부하들까지도 찬란한 무훈이 빛났다. 모두는 이스라엘에서 영웅이 되어 있었다. 다윗은 그 군대를 데리고 선두에 서서 블레셋군과 여러 번 전투를 치렀다. 연전연승하는 다윗군은 백성들에게도 칭송을 듣는다.

"다윗 장군이 거느리고 있는 병사들은 이스라엘에서 최고의 정예군이다. 영웅 밑에 졸장이 있을 수가 없지."

성루에서 사울과 신하들이 바라보고 있는데, 성문으로 다윗과 이스라엘군이 승전가를 부르며 돌아온다. 전리품을 실은 수레가 뒤를 따른다. 이때 환영인파 속에 백성이 질러대는 소리가 사울의 귀에 꽂혔다.

"다윗 왕 만세!"

사울이 개선 환영회가 끝나기도 전에 몸을 휙 돌려 궁으로 돌아간다. 보좌에 앉은 그가 매 날개로 만든 부채를 부쳐대다 내팽개친다.

"너희도 들었느냐? 내 백성 중에 다윗을 왕이라고 부르는 자가 생겨났다."

"다윗 지파인 유다지파 놈으로 갓바치였습니다. 그놈의 입술과 혀를 잘랐나이다. 노여움을 푸소서!"

"유다지파 외에도 그놈을 왕이라고 생각하는 자가 많을 것이다. 다윗을 죽이는 일밖에 없다."

사울이 진노할 때, 신하들과 함께 시립해 있던 요나단이 자리를 슬쩍 벗어난다.

개선식을 끝낸 다윗이 갑옷을 벗고 궁 한편에서 병사들과 함께 쉬고 있다. 요나단이 급히 불러 수비대 뒤편에서 따로 만난다.

"어서 궁에서 벗어나 숨어라. 왕이 보낸 병사들이 네 생명을 찾을지도 모른다."

다급한 요나단의 목소리를 들으며 다윗의 얼굴이 파랗게 질린다.

"왕의 속뜻을 분명히 알면 전해주겠다. 어서어서 몸을 숨겨라. 궁에서 친위대가 쫓아올까 두렵다."

다윗이 벗어놓았던 갑옷을 들고 궁을 빠져나가 들로 도망친다. 궁전 근처의 들판은 왕족만이 들어갈 수 있는 사냥터다.

요나단이 궁으로 돌아와 사울과 마주한다. 사울은 신하를 물리치고 홀로 침궁 의자에 앉아 두 손으로 머리를 괴고 있다. 탁자 위 독주 잔이 비어 있다.

"다윗은 왕에게 어떤 죄도 범하지 않았습니다. 이번에도 자기 생명을 아끼지 않고 블레셋군을 물리치지 않았습니까? 야훼께서 그를 도와 이스라엘을 구원하신 것을 아버지께서도 보고 기뻐하셨거늘, 어찌 죽여 무죄한 피를 흘리려 하십니까?"

사울이 고개를 들어 요나단을 바라본다. 아들의 눈에 눈물이 솟고 있다. 사울은 그 눈빛에 부끄러움마저 느낀다.

"맹세한다. 야훼께서 사시거니와 다윗이 죽임을 당치 아니하리라. 내가 결단코 해치지 아니하리라. 그에게 안심하라고 일러라."

요나단은 사울의 그 말 또한 진실인 것을 알아차린다. 얼른 몸을 돌이켜 다윗에게로 뛰어간다.

"다윗아, 아버지의 진정을 보았다. 결단코 너를 죽이지 않겠다고 야훼의 이름으로 맹세하셨다. 어서 가서 아버지를 뵙자."

"?"

"정말이다. 난 아버지의 눈 속에서 진심을 보았다. 너는 사위이기도 하지 않느냐, 어서 궁으로 가자."

요나단은 망설이는 다윗을 데리고 궁으로 돌아온다. 사울이 왕궁 뜰에 나와 다윗을 맞는다.

"내가 노망이 들었노라. 너 같은 충신을 하마터면 상하게 할 뻔했다."

다윗이 엎드려 부복한다.

"제 충성을 믿어주셨으니 백 번이라도 왕을 위해 죽겠나이다!"

다윗은 그 후에도 블레셋군과 싸워 크게 도륙한다. 전투에서 여러 번 패한 블레셋군은 이스라엘 영토 내에서 수비대를 철수하였다. 오히려 이스라엘군이 그들의 국경 근처에 다가가 촌락들을 급습하기도 했다.

"야훼는 목자가 되시니 나는 부족함이 없다. 나를 푸른 풀밭에 뉘이시며 잔잔한 물가로 인도하신다…."

그날도 다윗은 사울의 침궁으로 불려와 수금을 안고 줄을 고른다.

"네 수금소리를 들으면 내가 푸른 풀밭에 누운 양떼와 같구나. 그리고 잔잔한 물가가 보이는 듯하다."

사울이 의자에 앉아 두 눈을 감고 명상에 잠겨있을 때다. 깜박 잠이 든다. 그런데 선잠 속에 다윗이 심복들을 데리고 궁으로 몰려오는 꿈을 꾼다. 자신은 잡혀 오랏줄에 꽁꽁 묶여 있는 형상이다.

사울이 번뜩 눈을 떴다. 두리번거리더니 침궁 구석에 있는 단창을 집어 든다. 놀란 다윗이 수금을 내던지며 바닥을 차고 도망친다. 단창은 그의 그림자가 비치는 벽에 꽝 소리를 내며 박힌다.

"반역자야, 게 섰거라! 수비대는 무엇 하느냐, 어서 저놈을 잡아라!"

사울의 목소리가 따라오고 뒤이어 그가 쫓아온다.

"공주, 장인이 또 나를 쫓고 있소. 나는 이제 죽은 몸이요!"

부마궁에 피신한 다윗이 미갈을 보자 와락 품에 안는다.

"지금 이곳에 있을 때가 아니에요!"

미갈이 그를 밀치고 창으로 가 밖을 내다본다. 마당 울타리 너머에는 모여드는 병사들의 그림자가 얼씬거린다.

"아버지께서 보낸 병사들이 포위하고 있어요. 여기 있으면 당신은 죽게 될 거예요."

"나는 당신밖에 없소. 지금 헤어지면 다시는 만나지 못할지 모르오!"

"살아 있으면 만날 거예요, 어서 피신하세요!"

미갈은 커튼 자락을 밧줄 삼아 뒤 창문 밖으로 탈출시킨다. 그녀는 다윗이 어둠 속으로 사라지는 것을 보고 침실로 간다. 미갈이 드라빔을 가져다가 침대 위에 눕히고, 염소털 엮은 털이개를 머리에 씌우고 의복으로 덮어 사람처럼 위장시킨다.

"어찌 다윗을 잡아 오지 않는 것이냐?"

"왕께서 아침에 잡아 오라고 하시기에 기다리고 있습니다. 이미 부마의 집안은 철통같이 병사들이 지키고 있습니다."

"새벽이 오지 않았느냐? 어서 칼 잘 쓰는 병사를 선출하여 잡아 오거라!"

밤을 꼬박 지새운 사울은 침실에 앉아 친위대 장군에게 다윗의 목을 재촉한다.

"공주님, 어서 부마를 불러주소서. 추포하여 오라는 왕의 엄명입니다."

병사들이 부마궁 문을 거세게 두드린다. 귀신을 쫓고 장식으로 달아놓은 문 위 은방울들이 떨어졌지만, 빗장은 열리지 않는다.

"부마께서는 왕궁에서 쫓겨 오시어 병에 걸리셨다. 침대에서 몸을 일으킬 수도 없으시다."

"…."

"물러가지 못하겠느냐? 내가 나가서 네놈들의 볼기를 치리라!"

병사들은 미갈의 사나운 목소리를 듣고 서로들 얼굴을 마주 보다가 왕궁으로 돌아갔다.

"다윗이 병이 들어서 그냥 돌아왔다고? 네놈들이 얼마나 어리보기더냐! 병들어 움직일 수 없다면 침상 채 묶어 데려와라!"
사울의 불호령을 들으며 친위대 병사들이 다시 부마궁으로 몰려간다.

"다윗은 이미 도망갔고, 침상에는 다윗처럼 위장시킨 염소털을 엮어 씌운 드라빔뿐이었습니다."
친위대 장군의 보고를 들으며 사울의 이마에 뿔따구니가 치솟는다.
"제년의 혼수품으로 그 귀한 드라빔을 주었거늘, 그것으로 장난을 쳐? 내가 가서 그년까지 죽이리라!"
사울이 침상 벽에 걸린 단창을 들고 부마궁으로 뛰어간다. 도중에 가죽신 한쪽이 벗겨졌으나 그대로 내달린다.

숨이 막혀 가슴을 쳐대며 달려간 사울은 딸을 보자 단창을 겨누며 소리친다.
"어찌하여 애비를 속여 내 대적을 피하게 하였느냐?"
미갈이 엎어지며 온몸이 녹아나도록 운다.
"그놈이 순순히 보내주지 않으면 죽인다고 하여 보낼 수밖에 없었나이다. 흑흑!"
사울이 들었던 단창을 바닥에 내던진다.
"다윗 이놈, 반드시 창으로 너를 벽에 박으리라! 여봐라, 어서 쫓으라! 그놈은 분명 사무엘이 있는 라마로 도주했을 것이다."
사울은 미갈 침실에서 드라빔을 왕궁으로 옮긴다.

'추적대가 곧 나를 따라올 것이다. 어디로 가야 하나, 그래도 왕은 사무엘 예언자를 두려워하니 그에게 피신해 있자.'

채찍으로 말 뱃구레를 치는 다윗은 자꾸 눈물이 솟는다. 눈물의 기도를 올린다.

나의 신이여, 원수에게서 나를 건지시고, 일어나 치려는 자에게서 나를 높이 드소서. 사악을 행하는 자에게서 나를 건지시고, 피 흘리기를 즐기는 자에게서 나를 구원하소서…. (사울이 사람을 보내어 다윗을 죽이려고 그 집을 지킨 때 지은 시)[138]

다윗의 흔적을 따라 사울의 군대가 뒤쫓는다. 말 등에 오른 친위대 장군이 부하들을 독촉한다.

"어서 라마로 가자. 이번에도 다윗을 잡아 오지 못한다면 왕은 우리의 목을 칠 것이다!"

---

[138] 히브리전승 시편 대부분이 다윗의 시로 알려져 있다. 다윗이 수금에 능했고 시가에 능했던 것은 사실이었던 것 같다. 그러나 형식상, 내용상 살펴보면 그의 시가 아닌 것도 많다. 그 시대 궁중 시인들의 시가도, 후대의 시가도 많이 포함됐을 것이다. 고대에는 다른 사람의 이름을 도용하여 기록했던 작품들이 많다. 히브리전승의 모세의 시, 솔로몬의 시라고 알려진 시편의 다른 시가들도 이와 다름이 없다.

라마에서 사무엘과 다윗과 사울의 만남

신학교에서 급히 달려 나온 사무엘이 라마 초입 민가에서 다윗을 만났다. 머리에 기름 부은 후 십여 년만의 만남이다.

"웬일이요?"

사무엘은 눈이 터질 듯 놀란 표정으로 행색이 남루한 다윗을 바라본다. 금세 다윗의 처지를 읽고 눈시울이 뜨거워진다.

"왕을 피해 왔습니다. 내가 죄가 있다면 사울 왕조에 충성한 것뿐이라는 것을 야훼께서도 아실 것입니다!"

다윗은 사무엘을 보자 앞에 엎드린다. 얼굴에 눈물이 주르르 흐른다. 피를 토하듯 그동안 사울과 있었던 일들을 얘기한다. 사무엘이 한참 동안 말없이 듣다가 손을 꼭 잡는다.

"백전백승의 장군이 왜 이렇게 나약하시오! 야훼는 큰일을 맡기기 전에 반드시 뼈가 아픈 큰 시련을 주시는 것이오."

"예언자는 백성들을 위해 끊임없이 중보기도를 해야 할 것이며, 선하고 의롭게 살아갈 수 있도록 율법을 가르칠 것이며…."

교실에서는 사무엘의 후계요, 예언자가 된 갓이 신학생들을 가르치고 있다. 교실 문이 열리고 신학생이 소리친다.

"이스라엘의 영웅인 다윗 장군이 오셨다!"

신학생들이 교실을 뛰어나와 교정에서 다윗을 만난다.

"장군께서 사울에게 쫓기고 있다는 얘기는 들었습니다. 우리 신학생들의 수도 꽤 됩니다. 목숨을 다해 지켜드리겠습니다."

신학생들이 다윗을 둘러싸고 항쟁을 다짐한다.

"우리의 무기는 기도뿐이다. 다 같이 기도하자. 대신 야훼께서 싸워 주실 것이다. 이 신학교 운동장이, 온 이스라엘 땅이 기도로 가득 차면 세상이 바뀔 것이다."

사무엘은 다윗을 껴안고 신학교 운동장 한가운데에서 신학생들과 함께 기도를 올린다.

"야훼여, 히브리민족을 버리지 마소서. 이스라엘을 구원하소서! 다윗 장군을 지켜주소서!"

신학교와 운동장이 기도 소리로 진동한다. 얼마 후 기도 소리를 듣고 라마 성읍 백성들도 몰려와 같이 기도를 올린다.

라마는 역시 사무엘의 지지 기반이다. 나중에는 근처 성읍 사람들까지 신학교 운동장에 모여들어 집회가 벌어졌다. 지난날 사무엘의 명령으로 백성들이 모여 기도한 후 블레셋을 쳤던 미스바 성회와 같은 운집이다.

다윗을 쫓던 사울의 병사들이 기도 소리가 들리는 신학교 운동장으로 몰려온다.

"저기 사무엘 예언자 곁에 다윗이 있다! 어서 사로잡자."

백발이 머리를 덮고 턱수염을 가슴까지 늘어뜨린 사무엘은 양손을 펼치고 큰 소리로 야훼를 부른다. 그가 올리는 기도는 누구도 들을 수 없는 방언이다. 그 곁에 기도하는 다윗이 있고, 주위에는 신학생들과 여러 성읍 백성이 에워싸고 있다.

"어찌할까요?"

병사가 칼을 들고 친위대 장군을 보며 머뭇거린다. 칼을 휘두르기에는 그 광경이 너무 성스럽게 보였던 것이다.

"모여든 백성들의 기도하는 모습을 보아라. 함부로 칼을 뺀다면 야훼께서 노하실 것이다!"

친위대 장군이 다가가 무릎을 꿇고 같이 기도를 올린다. 그를 따라 부하 병사들도 땅에 엎드린다. 운동장 연단에서 사무엘의 설교가 시작된다.

"귀 있는 자는 들으라! 이집트 노예였을 때 야훼께서는 우리를 안아 바다를 건너오게 하셨다. 젖과 꿀이 흐르는 이 가나안으로 인도하셨고, 수많은 적들로부터 보호해 주셨다. 그런데 이스라엘은 야훼의 왕 됨을 부인하고 인간 왕을 세웠다. 어찌 야훼께서 진노하시지 않겠느냐."

이곳저곳에서 백성들이 '아멘[139], 아멘'으로 화답한다. 평소에 사무엘을 사모했던 친위대 장군과 병사들의 눈에서 뜨거운 눈물이 땅바닥에 뚝뚝 떨어진다.

"어찌 다윗의 모가지를 가지고 오지 않는 것이냐? 내가 보낸 군사들은 어찌 되었느냐?"

사울이 두 번이나 더 병사들을 보내 다윗을 잡아 오라고 명령했지만, 돌아오지 않았다. 시종이 고개를 조아리고 죽어가는 소리로 대답한다.

---

[139] 히브리어 동사 '아만'인 '의지하다'라는 말에서 파생된 말. 진실로, 참으로의 뜻으로 쓰였다(진보주의 신학자들은 아멘이 이집트 태양신 '아멘'에서 유래되었다고 보기도 한다).

"사무엘이… 성회를 벌여 신령한 힘으로… 그들의 발을 묶고 있다고 합니다."

사울이 보좌에서 벌떡 일어서며 소리친다.

"아이고, 믿을 놈 한 놈 없구나. 내가 친히 그놈들부터 모가지를 자르리라!"

얼굴에 불이 붙은 사울이 단기필마로 라마로 달려간다. 그가 '세구'('전망대.' 라마 근처에 있는 성읍) 우물가에 이르러 물을 긷는 처녀들에게 묻는다.

"다윗이 어디 있느냐?"

왕복을 입은 사울을 보고 처녀들이 놀라 어눌거린다.

"다윗이 왔다는 소식을 들었습니다만… 지금 사무엘님과 신학생들과 함께… 신학교 운동장에서… 성회를 벌이고 있는 것으로 알고 있습니다."

사울은 우물에서 말에게 물을 먹인 후 말 등에 올라 채찍을 세게 휘둘렀다. 말의 옆구리에 핏물이 물든다.

사울은 마을에 도착하여 사방을 둘러보며 말을 천천히 몬다. 말에서 내려 땅을 밟자마자 눈가가 젖는다. 낯익은 길이다. 전날 젊은 시절 시종과 함께 잃어버린 암나귀를 찾아 헤맸던 기억이 떠오른다. 사무엘과 처음 만나 뒷다리 고기를 대접받았던 산당도 보인다.

'그때 사무엘은 내 머리에 기름을 부어 왕으로 삼아 주었지. 그런데 어찌 그와 나 사이가 이렇게 되었는가. 그날 별빛 아래서 이슬에 젖도록 얘기를 나누었는데….'

사울이 신학교에 도착했을 때까지 기도회는 며칠째 진행되고 있다. 그가 말에서 내려 칼을 빼 들고 신학교 운동장으로 들어선다. 많은 백성이 엎드려 '아도나이'(*'주님.'* 야훼의 이름이 성스러워 대체해서 부르는 이름)를 부르며 기도를 올리고 있다. 그들 중에 다윗을 체포하라고 보냈던 병사들도 섞여 있다.

'아, 이 많은 백성은 어디서 모인 것일까? 이들이 뜻을 합하여 왕국으로 몰려오면 왕좌라도 내줘야 할 것 같구나!'

사울은 인파를 보며 팔뼈라도 부러진 듯 들고 섰던 칼을 내려놓는다. 사무엘의 모습이 보인다. 교정에서 백발과 수염을 날리며 양손을 들어 기도를 올리고 있다. 사무엘의 눈과 사울의 눈이 세게 마주친다.

"!"

"오, '아부'(아비 또는 대부)여!"

사울은 아직도 야훼 신도였다. 사무엘을 보며 신앙이 가슴까지 차올라 무릎을 꿇는다. 사울이 왕복을 벗어놓고 방언으로 기도한다.[140]

"사울이 아닙니까? 저자가 어떻게 여기 홀로 왔을까? 다윗 장군, 어서 피신하소서."

신학생들이 일러주자, 사무엘 곁에서 기도하고 있던 다윗은 운동장 구석에 매어놓은 말을 타고 줄행랑을 친다. 신학생들이 갓에게 다가가 속삭인다.

"사형(師兄), 사울 왕이 홀로 이곳에 왔습니다. 이번 기회에 수급을 벨까요?"

---

[140] 히브리전승에 따르면 그날 사울은 종일종야 발가벗고 기도를 올리며 예언을 했다고 한다.

"마음을 가라앉히고 기다려라. 예언자님을 뵙고 허락을 구하마."

갓이 기도에 열중하고 있는 사무엘에게 다가가 신학생들의 뜻을 귓전에 전한다. 그는 여전히 하늘을 우러러 기도만 올린다. 갓은 살려주라는 뜻으로 알고 돌아간다.

"나는 야훼로부터 예언의 능력을 받았다. 세속의 피를 흘리지 않을 것이다. 다윗을 사면한다. 그는 여전히 내 사위이다. 다시 선봉장군으로 임명한다."

사울은 라마에서 돌아오자마자 다윗 사면을 선포한다. 열정적으로 신앙 체험을 하고 와서, 산당 성막을 들락날락하며 제의에 참석하는 등 신앙생활에 몰두하는 듯했다.

다윗은 사면 소식을 듣고 몰래 기브아 왕궁에 되돌아와 요나단을 만난다. 그러나 사울의 마음이 변했다는 것을 믿지 않았다.

"왕자님, 내 죄가 무엇이관데 왕께서 내 생명을 찾고 있습니까?"

"아니다. 왕께서도 너를 죽이지 않겠다고 나한테 맹세했다. 나는 왕세자이다. 왕궁의 모든 일을 내가 처리하고 있다. 내 부친도 대소사를 나하고 상의한다. 너를 죽일 것이면 그 사실을 나에게 숨기지 않을 것이다."

다윗의 목소리는 서럽게 젖어 든다.

"왕자님께서 괴로워할까 봐 왕이 알리지 않고 나를 죽일 것입니다. 왕자님께서도 마음이 변하시어 왕명을 받고 절 죽일 것입니다. 사망과 나는 한 걸음뿐입니다!"

"그렇지 않다. 나는 너를 죽이지 않을 것이다. 믿지 못하면 보증물로 내 아들이라도 주마. 그래도 믿지 못하겠느냐? 네 마음의 소원이 무엇이든지 내가 너를 위하여 들어주리라."

"내일은 월삭입니다. 선봉대장인 제가 마땅히 왕을 모시고 식사를 해야 할 것이나, 삼일 저녁까지 들에 숨어 있겠습니다. 왕께서 나에 관해 묻거든 고향 베들레헴에 급히 가야 할 일이 있다고 간청하기에 보냈다 해주십시오. 온 가족을 위하여 거기서 매년제를 드릴 때가 되었다 하소서. 만일 그렇게 말할 때 왕께서 그냥 넘어가시면 저를 죽이려는 의도가 없는 것이고, 화내시면 나를 해하려고 하는 뜻인 줄 알겠습니다."

다음날 7월 1일은 '호데쉬'('월삭.' 음력 매달 초하룻날의 달)[141]였고, 궁중에서는 왕과 함께 신하들이 식사를 하며 며칠간 만찬을 즐기는 관례가 있다. 다윗은 혈기 등등한 사울과 함께할 이 위험한 자리를 피하고 싶었다. 또 매년제는 매년 한 날을 정해 온 가족이 함께 모여 제사 드리는 날이다. 그러므로 궁전을 떠나는 구실이 될 수 있었다. 다윗은 제 허리춤에 칼을 빼 요나단에게 건네며 울음을 터뜨린다.

"만일 제가 죄가 있거든 왕께 데려갈 것이 아니라 이 자리에서 나를 죽이소서!"

요나단이 같이 울먹인다.

"그런 일은 결코 있지 아니하리라. 내 부친이 너를 해하려 결심한 줄 알면 내가 네게 이르지 아니하겠느냐?"

"그렇지 않소. 부친께서 엄히 명하시면 왕자님께서도 그 일을 나에게 알려주지 못할 것이오!"

다윗이 고개를 흔들며 울음을 그치지 않자, 요나단이 손을 잡고 말

---

[141] 월 첫날은 가나안인들이 섬기던 초승달이 뜨는 날이다. 히브리족속은 가나안에 정착하여 이 월삭을 받아들여 자신들의 종교 제의의 날로 삼았다.

한다.

"우리가 들로 가자. 거기서 '쉐부아'¹⁴²를 하자."

왕궁 사냥터 표지판에는 '왕족이 아닌 자가 이곳에 나타나면 주살되리라'란 글귀가 쓰여 있다. 들판에는 고요만이 깔려있다. 잠시 굴에서 나왔던 토끼가 기척을 느끼고 금세 굴속으로 숨는다. 요나단과 다윗이 마주 서서 양손을 잡는다.

"나는 너의 대적들을 야훼께서 다 치시기를 원한다. 너는 네 '헤세드'¹⁴³를 내 집에서 영영히 끊어 버리지 말라."

요나단의 말은 자기의 아비라 할지라도 다윗을 해하는 적이라면 신의 이름으로 멸망하기를 원한다는 말이다. 또 훗날 다윗이 왕위에 오르면 자신의 집을 보존해달라는 부탁이었다.

"삼 일 동안, 이 근처 에셀¹⁴⁴바위 곁에 숨어있어라. 그동안 너에 대한 왕의 마음을 살펴보리라. 내가 다시 와 사환을 데리고 네가 숨은 바위 곁으로 갈 것이다. 그리고 활을 쏠 것이다. 사환에게 화살을 주워 오라고 하고 '화살이 이편에 있다' 하면 너는 궁으로 돌아오라. 그 신호 음성은 왕께서 너를 죽일 의사가 없다는 암호이다. 그러나 사환에게 '활이 저편에 있다'고 하면 왕께서 너를 죽일 의사가 있다는 암호이니 네 길로 가라."

---

142 '맹세.' '일곱'이라는 뜻으로 완전한 맹세를 의미한다. 히브리인들에게 7은 완전 수이기 때문이다. 이것은 이집트인들에게 영향을 받은 것이다. 이집트인은 7을 숭상하여 죽은 자가 저승으로 내려갈 때 7마리의 암소 마중을 받고, 7명의 신과 7마리의 뱀을 만나게 된다고 믿었다.
143 '사랑', '은혜.' 이 말은 히브리전승에 야훼 신이 이스라엘 백성과 맺은 사랑의 언약 의미로도 쓰였다.
144 '출발'을 뜻하며 지계석(地界石)으로 여행자에게 길을 알려주는 표지판으로 사용됨.

요나단이 다윗을 깊이 껴안는다. 다윗의 등 뒤를 안은 그의 열 손가락에 힘이 서린다.

"너와 내가 언약한 일에 대해서는 야훼께서 너와 나 사이에 영원토록 계실 것이야."[145]

사람과 사람 사이에 한 약속은 변할 수 있으므로 그 가운데 야훼가 있어 양편 사람을 붙잡아 주어 그 사이가 떨어지지 않도록 해달라는 말이다.

상에는 꿀을 입힌 떡과 견과를 흩뿌려 구운 과자, 포도주, 독주와 '해쉬'(잘게 썬 고기로 만든 요리)가 담긴 접시들이 놓였다.

사울은 벽에 기대 자리에 앉고, 오른쪽에 요나단이, 왼편에는 '카친'('장관.' 전쟁시의 지휘관)인 아브넬이 호위하며 앉아있다. 이들 모두는 이스라엘을 통치하는 핵심 수뇌부다.

'다윗이 궁에 돌아왔다고 들었는데 어찌 이 자리에 오지 않았을까?'

사울은 의문을 가지면서도 다윗이 부정하여 참석 못 했는가 하여 묻지도 않았다.[146] 그러나 사면하여 복권시켜 주었는데, 마땅히 선봉장군으로 참석해야 될 그가 참석지 않은 것을 못마땅하게 여긴다. 요나단은

---

[145] 고대 근동에서도 약속을 할 때 그 사이에 신을 세워서 보증해주는 관례가 있었다. 기원전 8, 9세기경 유물인 바빌로니아 도장에는 두 사람 사이에 서 있는 큰 물고기가 있다. 이 물고기는 바빌론 여신 에아를 상징하며, 도장을 찍을 때 그 여신이 보증해준다는 의미일 것이다.

[146] 월삭 축제는 종교적인 행사이기 때문에 정결케 하고 식탁에 앉아야 했다. 율법에 사람을 부정하게 하는 것에는 부정한 동물을 만지거나 먹는 것, 자연사한 주검과 접촉하는 것, 몽설(夢泄)을 하거나, 금지된 성행위를 하는 것 등이 있다. 이와 같은 것으로 인해 부정하게 되면 제사나 축제에 참석을 못 하게 된다.

가슴이 조여든다.

'다윗이 무사히 숨어있을까? 왕족들에게 들키지 않았을까? 왕자들이 그곳 근처로 꿩 사냥을 나갔는데 눈에 띄진 않았을까?'

그날 저녁, 사울의 궁 침실에 최측근 심복인 수석모사가 방문하여 말한다. 베냐민지파 족장 아들이다.

"충성스런 심복들이 내일 반역자를 처단하고자 합니다. 윤허를 기다리고 있습니다."

다윗을 도모하겠다는 말뜻을 모를 리 없는 사울이 흠칫 놀란다. 다른 말로 직답을 피한다.

"나는 요사이 성막을 출입 중이다. 내 손으로 피를 흘리기 싫다!"

사울을 만나고 궁에서 돌아 나오며 수석모사가 웃음을 흘린다.

'왕 말의 속뜻은 허락이 아니더냐. 다윗의 생명은 오늘 하루뿐이다! 우리 베냐민지파의 영광은 사울 왕조와 함께 지속될 것이다!'

이튿날 아침. 축제는 계속되었고 만찬도 이어진다. 야채수프에 '소회향'(미나리과 식물로 씨는 갈아 향료로 사용)씨 가루를 뿌리는 사울의 손이 떨린다. 국물 위에 다윗의 얼굴이 떠오른다.

'내가 그놈을 사랑했던 모양이다!'

그런데 정작 만찬장에서 다윗은 보이지 않았다. 사울이 밖을 본다. 왕당파 베냐민지파 자객들이 정원 수풀 뒤에 납작 엎드려 있다. 그가 빈 오른쪽 자리를 보고 요나단에게 묻는다.

"이새의 아들이 어찌하여 어제와 오늘 식사에 나오지 않았느냐?"

사울은 다윗의 이름도 입에 담기 싫어 아비 이름을 빌어 찾는다.

"매년제 행사로 형으로부터 오라는 전갈을 받고 고향으로 내려가고

자 하므로 허락하였나이다. '월망'(月望. '보름')까지는 고향에 머물 듯합니다."

사울의 얼굴이 화로처럼 달아오른다. 들고 있던 술잔을 벽 쪽으로 내던지며 고함을 질러댄다.

"이 패역무도 계집의 소생아, 네가 이새의 아들을 택한 것이 네 수치와 네 어미가 벌거벗은 것 같은 수치가 될 것을 어찌 알지 못하느냐. 이새의 아들이 땅에 사는 동안은 너와 네 나라가 든든히 서지 못하리라. 냉큼 다윗을 내게로 끌어오라. 죽여야 할 자니라."

사울은 자신의 처요, 요나단의 어미인 아히노암까지 들먹이며 꾸짖는다. 왕좌를 노린다고 생각되는 다윗을 피신시킨 것을 알자, 화가 극렬해진 것이다.

"네 이놈, 네가 다윗과 연합하여 내가 죽기도 전에 내 왕좌를 빼앗으려는 것이 아니냐? 그렇지 않고서야 어찌 그놈을 이렇게까지 옹호할 수 있단 말이냐?"

사울은 맏아들마저 반역자로 몬다. 요나단이 아비의 얼굴빛을 보면서도 다윗을 변호한다.

"그가 어떤 죽을 일을 행하였나이까?"

사울이 온몸을 부르르 떨며 곁에 놓인 단창을 아들에게 던지려 하다가 바닥에 내던진다.

"배알도 없는 어리석은 놈아, 설령 다윗이 내 왕좌를 노리지 않는다고 할지라도 따르는 놈들이 가만히 두지 않을 것이다. 다윗은 추종 세력들 때문이라도 힘을 얻는 날에 반드시 내 왕좌를 향해 칼을 들고 올 것이다. 이런 아둔패기야, 내가 네놈을 천장에 매달아 채찍을 치리라!"

요나단이 만찬장을 박차고 나간다.[147] 사울의 얼굴에 불길이 솟는다.

"저, 저, 저놈이, 지금까지 한 번도 내 명을 어겨본 일이 없는 저놈이!"

"궁을 벗어나지 말라는 왕의 엄명이 계신 것을 모르십니까? 왕께서는 왕자님께서 다윗을 만나 어떤 도움을 주지 않을까 염려하고 계십니다."

요나단은 왕자궁에 갇혀있는 신세가 되었다. 궁을 나서려 하자 수문장이 막는다.

"뒤뜰에서 바람만 쐬다가 바로 돌아올 것이다. 사환을 데리고 갈 것이니 그런 일은 없을 것이다. 돌아오면 사환에게 물어보거라."

수문장이 양손까지 벌리고 막는다. 여차하면 칼까지 뽑아 막을 자세다.

"내가 내일이면 왕의 자리에 앉을 왕세자라는 것을 알지 못하느냐? 어서 길을 터라!"

요나단은 수문장을 뿌리치고 사환 중 어리고 어리숙한 자를 데리고 궁 뒤뜰로 나갔다

짐승을 일부러 풀어놓아 사냥하게 하는 왕궁 사냥터 들판이다. 둘레로 아카시아, 삼목, 무화과, 참나무, 감람나무, 대추야자, 로뎀나무 등이 울타리를 이루고 있다. 요나단의 눈에 다윗이 숨어있는 에셀 바위가 보였다.

"활을 쏘아 내 팔의 완력을 시험하고 싶다. 달려가서 내가 쏜 화살을 찾아오너라."

요나단이 활시위를 크게 당겨 화살을 날린다. 화살은 달려가는 사환 머리 너머로 날아갔다. 사환이 쏜 화살이 있는 곳에 이를 즈음 요나

---

147 근동에서는 음식을 함께 먹길 거절하는 것은 분노와 친교 결별의 상징이다.

단이 뒤에서 외친다.

"화살이 저편에 있지 아니하냐? 지체 말고 빨리 달음질을 하라!"

사환이 화살을 주워 가지고 돌아왔지만, 그는 '화살이 저편에 있지 아니하냐'가 의미하는 '아버지가 너를 죽이려고 한다'는 요나단과 다윗만이 알고 있는 암호를 알지 못했다.

"이것을 가지고 성으로 돌아가라!"

요나단이 사환에게 활과 허리춤의 칼집까지 풀어 주며 말한다. 혹시나 자신이 다윗과 만나 병기를 주었다는 의심을 품지 못하게 하기 위해서다.

이제 계획대로라면 아비의 살의(殺意)만 알려주고 사환과 함께 돌아갔어야 옳지만, 마지막 다윗의 모습을 보고 싶어 머문다.

사환의 모습이 사라지자 에셀바위 뒤에서 다윗이 천천히 모습을 나타낸다. 삼 일 동안 굶고 숨어 있느라 초췌한 모습이다. 요나단 앞에 다가와 땅에 엎드려 세 번 절한다. 신하가 왕에게 표하는 절의 관습이다. 다윗이 일어나자, 요나단이 다가가 입 맞추며 같이 운다. 더 서럽게 우는 쪽은 다윗이다. 요나단이 어깨를 도다리며 달랜다.

"편안히 가라. 야훼께서 영원히 나와 너 사이에 계시고, 내 자손과 네 자손 사이에 계시리라. 너와 나는 자손 대대로 화평할 것의 '베리트'('계약.' 함께 먹다라는 의미의 히브리어 '바라'에서 파생)를 맺자."

그들은 서로를 마주 보며 손바닥을 마주치다가 손을 잡는다. 그 손들을 잡고 위로 올린다.[148] 둘은 한없이 운다.

"흑흑, 왕자님께서 왕위에 오르실 그날이 오면 제 자손과 충성을 다

---

[148] 손을 마주치는 것은 이스라엘에서는 매매를 보증하는 동작이다. 또 손을 높이 든 것은 신실한 맹세를 표현하는 방법이다.

하겠습니다."

펄럭이는 노을 아래 다윗은 다시 세 번의 절을 올리고 뒤돌아서서 떠난다. 요나단은 그의 그림자가 지평선 너머로 사라지고도 흘러가는 노을을 한동안 바라보다가 왕자궁으로 돌아간다.

다윗은 몰랐다. 이날이 다시는 기브아 왕궁으로 돌아오지 못하는 날이라는 것을.

요나단은 왕후궁에 불려 갔다. 사울 왕은 요나단이 다윗을 극렬하게 옹호했던 까닭에 아내 아히노암에게 자식 교육을 잘못시킨다고 몇 번이나 고함을 친 적이 있었다.

"아비가 너를 미쁘게 여겨 왕으로 삼으려 하는데, 어찌하여 다윗을 편든단 말이냐?"

"저는 다윗과 경쟁할 마음이 없습니다. 그는 이미 백성들의 마음을 다 얻었습니다. 다윗은 이 나라의 왕이 될 것입니다."

"이 어리석은 놈아, 어찌 태생에 근본도 없는 놈에게 이 나라를 넘겨준단 말이냐?"

아히노암이 역정을 낼 때 요나단의 형제인 리스위, 말기수아가 한마디씩 한다.

"왕위가 싫으시면 우리한테 넘기시오. 형님은 지금 제정신이 아니오. 다윗에게 홀렸단 말이오. 어서 아버지 말대로 그놈을 죽이시오. 다윗은 겉으로는 충성을 다하는 체하면서도 속으로는 왕위를 넘보고 있소. 왕보다 더 칭송받는 자가 있다면 그자가 누구더라도 죽여야 되는 것이 왕권 국가에서의 관례가 아니오?"

"형님, 다윗이 그렇게 좋으시오? 도성 안에 형님이 다윗과 동성연애 한다는 얘기가 퍼진 지 오래요."

아히노암이 다가와 요나단의 겉옷을 붙잡고 하소연한다.

"너는 용맹하면서도 어찌 그리 마음이 연약하냐? 다윗과 너는 친구가 될 수 없다. 권력은 아비와 형제와도 나누지 못하는 것이 아니냐. 지금 네가 아버지와 사이가 벌어진 것을 알고 리스바(사울의 후첩) 그 첩년이 왕에게 아부하며 자기 아들 '알모니'(궁전에 속한 자)에게 왕권을 잇게 해 달라고 여우짓 하는 것을 어찌 모르느냐?"

아야의 딸 리스바는 이족의 후예였기에 배경이 없어 왕권에 도전할 처지가 아니었으나, 아히노암은 빗대 요나단을 핀잔한다.

다윗이 궁에서 쫓겨나자, 기브아 궁내에서도 동정하는 무리가 생겨났다.

"왕과 베냐민 족속이 우리 민족을 블레셋군로부터 구원한 다윗 장군을 쫓아냈다. 억울하게 쫓겨난 다윗을 다시 궁으로 불러들여야 한다."

이때 변방 세력이었던 요단 동편 갓지파 토호 '에셀'(구원하다)이 목소리를 낸다. 언젠가부터 여러 가지 문제로 중앙 정권과 반목하던 그는 수하 병사들을 데리고 제 지방 성읍에서 사울에게 반란을 일으킨다.

"의인을 까닭 없이 핍박하는 사울과 중앙 세력들을 믿을 수 없다. 내 수하 군대를 이끌고 쫓기는 다윗 장군을 돕겠다."

이 소식은 사울에게 즉각 보고되었다. 왕좌에서 벌떡 일어나 명령을 내린다.

"보아라, 다윗은 내 신하들을 충동질하여 항명을 일으키게 했다. 어서 그 반란자들과 다윗을 도륙하라!"

다윗, 놉으로 피신

"라마로 가서 사무엘 예언자님에게 도움을 받으시죠?"

"그곳에 가면 사울 왕은 군사를 보내 예언자님과 신학생들까지 괴롭힐 것이다."

"그러면 고향으로 가시죠?"

"내가 그곳에 있다는 소식이 들리면 왕은 나뿐 아니라 내 가족까지 사사할 것이다."

정처를 잃은 다윗은 심복 몇 명을 데리고 기브아 주변 이 땅 저 땅을 유리하며 사울 군대를 피해 다녔다. 밤에는 굴을 찾아 이슬을 피하고, 아침에는 시냇가에서 '아즈람'(광야에서 흔히 나는 침엽수로 잎은 비누로 사용했다)으로 세수를 하고, 낮에는 '바살베리'[149]를 찾아 먹으며 걷는다. 인적이 없는 곳을 골라 걷던 다윗은 심복의 말에 몸을 움츠린다.

"이 광야에도 나무꾼과 목동들이 흩어져 있습니다. 눈에 띄면 장군의 소재가 왕궁에 알려질 것입니다."

---

[149] 광야에서 나는 식물로 뿌리가 양파를 닮아 사막 양파라고도 불린다. 약간의 독성이 있다.

다윗 무리는 기브아를 벗어나 광야를 헤맨다. 이슬에 젖어 날지 못하는 메뚜기 몇 마리와 풀씨 몇 톨 외에 아무것도 먹지 못했다.

"야생딸기를 먹고 설사만 쏟았어요. 풀무치를 잡을 힘도 없습니다. 우리는 이대로 죽을 모양입니다."

"여기서 얼마만 걸으면 제사장 촌 놉이 아니냐. 성막으로 가자. 그곳에서 도움을 얻자."

"안 됩니다. 그곳 제사장 아히둡 역시 이스라엘 땅에 사는 백성이고 사울의 백성입니다. 더군다나 사울의 총애를 받고 한 때 궁중제사장을 맡은 자였습니다. 장군이 가면 행적이 금방 기브아에 알려질 것입니다."

"아히둡은 병들어 궁중제사장에서 은퇴하지 않았느냐? 아들 아히멜렉이 제사를 집전하고 있다고 들었다. 그도 야훼를 섬기는 자가 아니냐. 다른 자와는 다를 것이다. 내가 혼자 들어갈 테니 너희들은 멀리서 기다리고 있거라."

다윗과 부하들은 얘기를 나누며 놉에 당도했다. 가파른 벼랑 위에 있는 성읍으로 멀리 가나안 여부스족이 지배하는 예루살렘 성이 내려다보이는 곳이다. 놉은 기브아 근처 베냐민지파에 속한 성읍이다. 이곳은 성막이 있던 실로가 블레셋인들에게 파괴된 이후 장막이 새로 지어지고 성소가 된 곳으로 엘리 제사장의 후손들이 집단으로 모여 살고 있었다. 야훼의 언약궤는 블레셋에게 뺏긴 후 돌려받았으나 기럇여아림에 있었고, 놉은 지성소가 빈 성막이다.

'아히멜렉'(왕의 형제)이 성막 뜰로 들어오는 다윗의 행색을 보고 놀란다.

'다윗이 왜 홀로 왔을까? 쫓기는 자 같이 거지 행색이지 않은가? 왕과 사이가 나쁘다고 들었는데 분명한 것 같다.'

그가 불청객을 맞아 당황한다. 눈을 들어보니 멀리 들판 쪽에 두리번거리는 다윗의 심복들이 보인다.

"부마께서 홀로 웬일이오?"

아히멜렉과 다윗의 만남은 이번이 처음이 아니다. 아히멜렉은 아비 아히둡과 함께 궁중 제사 행사 때 다윗과 자주 만났었다. 아비가 은퇴 후, 종군제사장으로 따라나섰을 때는 작전회의도 같이 했다.

"왕께서 나에게 은밀한 명령을 내리신 일이 있어 수행하려고 비밀리에 출정 중이오. 부하들도 이 근처에 대기하고 있소. 그러니 내가 온 것을 아무에게도 발설하지 마시오. 그러나저러나 음식은 없소? 나와 부하들이 오다가 어려운 일을 만나 양식을 잃고 며칠을 굶었소. 거친 보리떡이라도 좋으니 좀 주시오."

아히멜렉이 한참을 생각하다 입을 연다.

"장군을 도우라는 감동이 내 맘에서 일어나니 신의 뜻인 모양이오. 일반인이 먹을 수 있는 떡은 내 수중에 없으나 '물려낸 떡'(제사 때 번제단 떡상에서 내려 보관한 떡)은 있소. 만일 부하들이 부정한 성행위를 하지 않았다면 이것이라도 주워 먹게 하시오."

번제단에 새 떡이 차려지고 물린 떡은 제사장만이 먹게 되어 있다. 다윗에게 준다는 것은 율법의 관례에서 벗어난 파격적인 것이다.

"내 부하들은 중요한 임무를 가지고 나선 길인데 어찌 그들의 그릇이 성결치 않겠소?"[150]

"정말 부하 중에 '유출병자'(성병을 앓는 자)나 시체를 만진 병사는 없소? 만일 그런 자가 있다고 하면 율법에 이른 대로 이 떡을 먹으면 죽을 것이오."

아히멜렉이 다시 한 번 다짐을 받고 성소 골방 안으로 들어간다. 뒤

---

[150] 전쟁은 신이 함께하는 것임으로 군사들이 전쟁터에 나갈 때는 몸을 정결하게 해야 하는 율법의 규례를 말한다.

를 따라 어린 아들 아비아달이 같이 들어간다. 조수로 쓰고 있는 성막 봉사자다.

금잔에 담긴 유향에서 냄새가 풍기고 단에는 떡이 놓여 있다. 고운 가루로 만든 매우 큰 떡이다. 누룩을 넣지 않은 것으로 매주 안식일마다 새로 바꾸며 바쳐진 것이다. 떡의 수는 열두 개로 이스라엘 열두 지파를 상징했는데, 두 줄로 진열되어 있다. 그 옆 접시에 물린 떡도 쌓여 있다.

"자, 드시오. 거룩한 떡이오. 단에서 물러내어 딱딱해진 떡이지만 야훼께 드렸던 성스러운 것이오."

아히멜렉이 접시를 내밀자, 다윗이 받아 들고 울먹인다.

"그대는 나와 내 부하들의 은인이오."

다윗이 입 아구가 터지도록 씹다가 바라보고 있는 아히멜렉에게 묻는다.

"무기는 없소? 칼이나 창이나 있는 대로 주시오. 사정이 있어서 내 병기를 가져오지 못하였소."

"성소에 무슨 무기가 있겠소? 아니, 있긴 있소. 아시는 바와 같이 부마께서 골리앗에게 빼앗은 칼이 이곳에 있소. 그대가 거인 장수를 물맷돌 한 개로 쳐부순 것을 기념하기 위해 보관하고 있던 것이오. 우리 성소의 보물 중에 보물이지요."

"오, 그렇지? 그 칼을 내게 주시오."

"…?"

아히멜렉이 한참을 망설이자, 다윗이 재촉한다.

"나는 지금 왕명을 따르고 있소. 급하고 중요한 일이오. 어서 그 무기를 주시오."

아히멜렉은 성소 깊숙이 보관하고 있던 보물들을 뒤져 에봇 옆에 놓였던 보자기에 싼 칼을 다윗에게 가져왔다. 거인 장수가 쓰던 것이라 장대하다. 다윗이 받아 들고 한번 허공에 휘둘러본다. 아직도 피떡이 붙어있는 듯 칼날에 붉은 기가 서려 있다.

'그때는 어린 까닭에 이 칼을 들기도 어려웠는데….'

다윗이 다시 한번 골리앗의 칼을 찬찬히 살펴보며 칼날에 비치는 추억을 떠올린다. 이 모든 광경을 지켜보는 자가 있다.

'다윗이 아닌가. 어찌 저자가 여기에 와 거룩한 떡을 얻어먹고 골리앗의 칼까지 되찾아간단 말인가?'

신전 밖에는 제사를 드리러 온 자들이 여러 명 어정거린다. 어떤 자는 갑자기 손등에 부스러기가 생기는 등 피부병 증세가 있어, 또 어떤 자는 실수로 나그네 시체를 만져서 제사를 못 드리고 부정한 기간을 보내기 위해 며칠간 성소 밖에서 머물고 있다.[151]

그들 가운데 '도엑'(겁쟁이, 염려함)이 지켜보며 고개를 갸우뚱거린다. 에돔 귀화인이던 그는 관직인 목양도감으로 양을 키워 궁에 바치는 일을 도맡고 있다. 오늘은 제사에 쓸 양을 공급하기 위해 성소를 찾았다. 도엑은 성막 안을 힐끔거리다가 다윗의 행적을 본 것이다.

다윗도 아까부터 도엑을 보고 있다. 떡을 먹을 때도, 칼을 찾았을 때도 주시하고 있는 도엑을 보며 왠지 마음이 편치 않다. 다윗은 얼른 성막을 떠난다. 도엑 때문에 아히멜렉에게 자신의 처지를 말하고 신탁을 부탁할 수 없다.

---

[151] 율법이 금한 시체를 만지는 등 부정한 일을 했을 경우나, 문둥병 증세가 있으면 정결해지는 기간 동안 출입을 제한하는 권한을 성막 제사장들이 가지고 있었다.

다윗이 떠난 후 아히멜렉의 동생이요, 제사장인 이가봇이 급히 성소에 들어와 소리친다.

"다윗이 심복들을 데리고 성소에 왔다는 것이 사실이오?"

"왕명을 받들다가 잠시 들렸다고 하더라."

"형님은 왜 이렇게 어둡소. 다윗은 왕에게 버림받고 반역자로 낙인 찍혀 쫓기고 있소. 사울 왕이 알면 우리는 무슨 화를 당할지 모르오."

이가봇은 떨고, 아히멜렉 역시 몸을 움츠린다. 다윗이 놉 성막에 왔었다는 소식은 다른 제사장들에게 금방 퍼진다. 그들은 다윗이 궁중제사장 아히멜렉을 만나 비밀스러운 약속을 했다는 헛 풍문을 퍼뜨린다.

다윗, 블레셋으로 망명

"장군 화상이 이스라엘 성마다 붙고, 엄청난 현상금까지 붙었습니다."
"염려하지 말아라. 내 몰골이 이러하니 알아볼 자가 있겠느냐, 휴!"
다윗은 몇 달을 광야에서 헤매며 사울의 칼날을 피한다. 그와 부하들의 모습은 흙바람을 맞으며 거렁뱅이와 다름없다. 사울이 성주들에게 다윗 무리를 영접하면 삼대를 멸한다는 칙령을 내렸기에, 어떤 성읍도 들어갈 수가 없다. 다윗이 큰 결단을 내린다.

"이 이스라엘 안에서는 왕의 칼을 피할 곳이 없다. 체포조 병사들이 그물처럼 포위하며 다가오고 있다. 나는 블레셋 가드로 망명할 것이니 너희들은 궁이든 고향이든 어디든지 돌아가라. 왕이 노리는 것은 나이니, 돌아가 충성을 맹세하면 해치지 않을 것이다."

"요단 동편 암몬, 모압, 에돔 땅도 있지 않습니까? 그곳은 그래도 아브라함의 피가 흐르는 곳입니다. 왜 하필 피가 다른 블레셋으로 간단 말입니까?"

"그들 나라는 이미 사울에게 침공당해 이스라엘의 종속국이나 다름없다. 망명하면 나를 이스라엘로 송환할 것이다. 블레셋만이 이스라엘을 압도하는 국력을 가졌다. 또 사울 왕과 원수지간이니 나를 홀대하지 않을 것이다. 가드는 이 놉에서 가장 가까운 블레셋 도성이다."

"가드는 장군께서 죽인 골리앗의 고향이 아닙니까? 가시더라도 다른 블레셋 도시국가로 망명하시죠."

"그것은 오래전 일이니 이미 잊어버렸을 것이다."

"가나안인 누가 그 사건을 모르고 있단 말입니까? 더군다나 가드 사람들이 어찌 그 치욕을 잊었다고 생각하십니까?"

"내가 다른 블레셋 도시국가로 망명한다고 할지라도 가드 왕 아기스는 그들 도시국가 중 가장 세력 있는 자이므로 내 생명을 원한다면 나의 송환을 요구할 것이다. 차라리 가드로 가 그와 담판을 짓고 얼마간 용병생활을 하겠다."

심복들은 더 이상 만류하지 못하고 눈물만 글썽인다.

'아, 마지막 피 한 방울까지 내 조국을 위해서 다 흘리려 했건만 망명객 신세가 되었구나!'

다윗이 블레셋 땅으로 첫발을 내디디며 한탄한다. '가드'(술 짜는 틀)는 그 이름처럼 성읍 초입부터 포도주 밭이 펼쳐졌다. 지중해 바람이 불어오는 이곳은 가나안에서도 포도 농사의 적지다.[152] 블레셋 농민들은 포도를 따느라 그들 곁을 지나가는 다윗을 바라볼 틈도 없다.

"넌 누구냐?"

"이스라엘 선봉장군 다윗이다. 너희 왕에게 인도해다오."

"으헤헤헤! 네놈이 다윗이면 나는 사울이다. 어디 되지 못할 거짓말을 하느냐?"

다윗은 국경 초소 앞에서 블레셋 군사들에게 결박당한다. 병사가

---

[152] 히브리전승에 따르면 홍수가 끝난 후 노아가 처음 지었던 농사도 포도 농사였다. 특히 가나안 남서부 지중해 연안에서 이 농사가 발달했다.

무릎이 꿇려져 엎드린 다윗의 머리를 창으로 쳐대며 소리친다.

"진짜 이름을 말하거라. 방언을 들으니 히브리인이 분명한데 왜 국경을 넘었느냐? 사울의 첩자가 분명하다."

가드는 '마옥'('압제하는 자.' 마아가라고도 불렸음)의 아들 '아기스'[153]가 왕좌에 앉아 있다. 궁 안에서는 왕의 절대 주권보다는 신하들과의 회의를 거쳐 정책이 정해지곤 했다. 아기스는 망명한 다윗을 가두고 신하들과 상의한다.

회의장 안은 만찬이 벌어졌다. 한때 가장 위협적이었던 다윗이 스스로 그들 품으로 왔다는 것은 분명 경사다. 만찬장 상에는 동물, 여인 및 신화적인 형상이 새겨진 술병들이 놓여있다.[154]

"이스라엘은 우리에게 조공을 바치던 부족국가가 아니냐? 왕을 세우고 힘을 좀 얻더니 그들의 왕 사울이 우리 영토까지 침입하고 있다. 그런데 사울의 부마요, 선봉대장이었던 다윗이 투항해 왔다. 다곤 신이 역사하신 것이 아니냐!"

아기스와 달리 신하들은 경계한다.

"다윗은 이스라엘 왕과 다름없는 자입니다. 이미 민심은 사울에게서 떠나서 그에게 가 있습니다. 더 위험한 자입니다."

---

[153] 뱀을 부리는 자. 아비멜렉이라고도 불렀다. 블레셋 왕들을 말할 때 총칭으로 사용된다.

[154] 블레셋인들은 조상 때부터 본 고향 지중해 크레타 섬에서 그리스문명을 이어받아 발달된 도자기 제작 기술을 가지고 있었다. 가나안 해변가에 정착한 후에도 그들과 교류하며 도자기를 수입하고 있었다. 그릇으로 '케르노이'(그리스어. 항아리 가장자리에 잔이 달린 형태의 그릇), '크라테르'(그리스어. 잔이 딸린 사발), '니타'(그리스어. 주둥이가 달린 물병) 등을 사용했을 것이다.

친위대장군은 다윗을 더 경계한다.

"'쎄렌'(블레셋 사람이 부르는 왕의 호칭)이여, 다윗이 누구입니까? 전날 우리 장군 골리앗을 무참히 죽인 자가 아닙니까? 오래전 일이라고 하나 그 일은 지금도 우리 기억 속에 생생합니다. 제 발로 왔다면 모가지를 부러뜨려야 합니다."

아기스가 표정이 바뀌며 말한다.

"흠…, 그자를 보고 판단하겠다!"

다윗은 가드의 곡물 창고에 갇혔다. 구석에 주저앉아 사방을 두리번거리며 눈알을 굴린다. 심문관에게 문초를 받았고 얻어맞아 눈덩이가 핏빛으로 부어있다. 거짓 망명이 아니냐고 몽둥이로 두들겨 팼고, 쇠꼬챙이로 배를 찌르기도 했다. 삼 일 동안 소 쓸개와 식초만 주었다.

'블레셋인들이 날 살려줄 것인가, 죽일 것인가? 아, 내가 풀무 앞 지푸라기 신세구나.'

다윗은 창고 안에서는 바깥쪽을 들여다볼 수 없게 만든 덧문 실창에서 자기를 엿보고 있는 그림자들을 발견한다. 밖에서 아기스가 심복들과 함께 지켜보고 있다.

'놈들이 감시하고 있구나. 어쩌면 저쪽에서 활시위를 먹이고 나를 겨냥하고 있을지도 모르지.'

다윗이 창고 안에서 뒹굴기도 하며, 벽에 대고 손톱으로 끄적대기도 하며 미친 흉내를 낸다. 또 바닥을 기어다니는 귀뚜라미를 집어먹기도 한다.[155]

---

[155] 율법에는 곤충 중 메뚜기와 귀뚜라미, 팟종이 등은 식용으로 허락하고 있다.

"저자가 정녕 골리앗을 물맷돌 한 개로 주저앉힌 다윗이더냐? 꼴이 촌부보다 못하지 않느냐. 끌어내어 내 앞에 데리고 와라."

아기스는 어떤 결정도 내리지 못하고 문초하고자 한다. 다윗은 아기스의 눈빛을 느끼며 속으로 기도를 올린다.

'내가 신을 의지하였은즉 두려워 아니 하리니 혈육 있는 사람이 내게 어찌 하리요. 저희가 내 생명을 엿보던 것과 같이 또 모여 숨어 내 종적을 살피나이다….'(다윗이 가드에서 블레셋인에게 잡힌 때에 지은 시)

다윗이 블레셋 군사들에게 양 어깻죽지가 붙잡혀 아기스 앞에 무릎이 꿇린다. 사방을 둘러보며 눈치를 살피나, 아기스나 신하들의 눈빛이 망명을 받아주고 살려줄 것 같지 않다.

"네놈이 이스라엘군 선봉대장 다윗이 맞더냐?"

"흥흥흥!"

아기스의 물음에도 다윗은 묶인 몸을 용트림하며 허공을 보고 헛소리만 지껄인다.

"저놈의 포승줄을 풀어주라!"

풀려난 다윗이 벌떡 일어나더니 침을 줄줄 흘리며 왕궁 문 앞으로 가 문짝에다 손가락으로 끄적이며 횡설수설한다. 오줌까지 지려 바지단으로 줄줄 흘러내려 궁 바닥에 흐른다. 여기저기서 신하들의 웃음이 터진다. 한참을 주의 깊게 지켜보던 아기스가 얼굴을 찡그린다. 수행병사에게 꾸짖듯 말한다.

"미치광이가 부족하여서 이 자를 데려다가 내 앞에서 미친 짓을 보게 하느냐? 이제야 다윗이 망명한 이유를 알겠다. 다윗이 더럽게 미치자, 사울이 나를 조롱하려 내 영토로 내어 쫓은 것이다. 이스라엘 백성들에게 인기가 많다는 저자를 제 손으로 죽이지 않고 대신 내 손에 피를 묻히려 하고 있다. 저놈을 죽일 이유가 없다. 우리 영토 밖으로 내어 쫓으라!"

다윗은 양어깨가 잡히어 질질 끌려 궁 밖으로 내팽개쳐진다. 다윗이 뒤뚱거리며 성을 빠져나간다. 뒤에서 파수병들의 조롱소리가 들려온다.

"사울이 미친놈을 사위로 두었구나!"

"저자는 선봉장군까지 한 놈인데 저렇게 미쳤으니, 이스라엘이 한심스럽다!"

가드 궁. 수석모사가 아기스에게 넌지시 말한다.

"다윗을 속속히 시험해 보시고 죽일지, 살릴지, 쫓아낼지 판단했어야 옳았을 듯합니다."

아기스는 빙그레 웃을 뿐이다. 다윗을 살려 보낸 것은 미쳤기 때문만이 아니다. 다윗이 사울의 대적자로 남기 원했던 뜻이 있다.

다윗이 비틀거리며 황야로 나간다. 눈물이 자꾸만 뺨으로 흘러내린다.

'이 곤고한 자가 부르짖으매 야훼께서 들으시고 모든 환난에서 구원하셨도다!'(다윗이 아기스 앞에서 미친 체하다가 쫓겨나서 지은 시)

다윗이 블레셋 땅을 떠나 이스라엘 쪽으로 발길을 돌린다. 국경을 넘자마자 긴 한숨을 내쉰다. 황무지였지만 제 땅에서 가질 수 있는 평안함이다. 야훼의 땅이기 때문이다.[156]

"야훼의 땅이라서 바람도 달구나! 아, 야훼의 숨결이여!"

---

[156] 고대 근동인들은 자기 신은 자기 영토에만 머문다고 생각했다.

다윗은 숨을 들이쉬며 한참을 걷다가 자갈밭에 둥지를 튼 자고새를 본다. 하늘에 솔개가 뜨자 어미새는 눈이 동그래지며 새끼를 날개 아래 급히 감춘다. 지켜보던 그가 엎드려 기도를 한다.

'야훼여, 나를 눈동자같이 지켜주시고,[157] 날개 그늘 아래 감춰주소서!'[158]

---

[157] 눈동자의 문자적인 뜻은 '눈 속의 작은 딸'이다. 그렇게 때문에 가장 세심한 보호가 필요한 부분이다.
[158] 고대 근동에서는 신이 날개를 가졌다고 믿었다. 다윗 시도 그런 식의 표현이다.

모압 망명

 멀리 유다 성읍 민가들이 띄엄띄엄 보인다. 블레셋 경계 부근에 위치한 '아둘람'('격리된 장소.' 유다 남부에 있던 가나안 31 성읍 중 하나)이다. 히브리전승에 따르면 아둘람은 다윗의 조상인 유다가 이곳 가나안 사람 수하라는 자의 딸과 결혼하여 아들들을 낳은 곳이다. 다윗은 제 지파 땅에 당도하자 엎드려 풀포기에 입맞춤하며 기도를 올린다.
 '내가 두려워하는 날에는 주를 의지하리다!'
 아둘람은 광야이고 쓸모없는 땅이 많은 지역이라 인구가 많지 않았다. 다윗이 소를 몰고 오는 촌장 노인을 만났을 때 그가 말한다.
 "다윗 장군이라면 우리 유다지파 아들이 아니요? 이곳은 작은 촌락이지만 유다의 셋째 아드님 '셀라'(벼랑)의 후손들이 살고 있소. 나도 그들 중 하나요. 늙은 촌부의 귀에도 장군께서 사울에게 쫓기고 있다는 얘기가 들렸소. 이곳은 굴이 많은 곳이오. 한 몸 숨기에는 이보다 더 좋은 곳도 없을 것이오."
 촌장은 시종을 시켜 바구니에 독주와 고기 등을 담아 보내준다. 아둘람 주민들도 다윗이 왔다는 소문을 듣고 음식 등을 보내준다. 다윗을 지파의 자랑으로 여겼다.
 "그럼 그렇지, 유다지파 영웅이 가장 작은 지파 베냐민 출신 왕 밑에 있을 수 있느냐. 사자가 개 밑으로 들어갈 수 있나!"

다윗이 돌아왔다는 소식이 전해지자 흩어졌던 심복들이 모여들었다. 선봉장군, 천부장 시절에 따르던 부하들이다. 서로들 얼싸안는다.

"사울 왕은 장군을 따르는 우리들까지 잡으려 군사들을 풀어놓았습니다. 그동안 이곳저곳을 떠돌다가 겨우 살아남아 장군님께 올 수 있었습니다."

다윗이 아둘람 근처에 군영을 설치했다는 소식을 듣고 여기저기서 사울과 반대되는 세력들도 모여든다. 먼저 찾아온 자들은 갓지파 군사들이다. 요단강 동쪽 갓지파 군사들은 눈이 녹아 강이 범람하는 '정월'(태양력으로 3, 4월)에 건너왔다.[159] 강가 초소에서 귀순을 막는 사울 군대가 있었으나 물리치고 달려왔다.

"갓지파 수장 에셀이요. 사울이 야훼의 종 사무엘의 명령을 무시하고 제멋대로 나라를 이끌고 있소. 더구나 의인인 다윗 장군을 죽이려 한다는 소문을 듣고 분기가 일어났소. 부하들과 나를 받아주시오."[160]

근동의 화적패인 하비루들도 달려왔다. 수장은 아히멜렉이란 자다. 객상을 갈취하던 심복들을 데리고 온다. 이들도 가나안에 퍼져있는 다윗의 명성을 듣고 있었다. 그러나 대가를 요구한다.

"용사당 한 달에 염소 한 마리를 주시면 우리 모가지를 장군에게 맡

---

[159] 요단강은 폭이 24~30m지만 홍수로 넘칠 때는 그 폭이 1.6km까지 된다.
[160] 히브리전승에 따르면 갓지파는 이스라엘 열두 지파 중에서도 전통적으로 용맹한 자들이 많았다고 한다. 조상들이 특별히 무장(武將)으로 축복했기 때문에 그렇게 태어났다는 것이다. 히브리전승에 전해 내려오는 갓지파에 대한 모세의 축복은 이러했다. "갓이 암사자같이 엎드리고 팔과 정수리를 찢는도다." 또한 선조 야곱도 축복한 적이 있다. "갓은 군대의 추적을 받으나 도리어 그 뒤를 추적하리로다."

기겠소."

다윗은 용맹스러운 모습이 탐스러웠으나 녹을 줄 형편은 아니다. 심복이 아히멜렉을 한적한 곳으로 불러 회유한다.

"우리 주군은 급료를 줄 형편은 못되오. 그러나 곧 왕좌에 오르실 것이오. 그대들에게 녹뿐만 아니라 관직도 내리고, 특히 수장은 경호대장으로 삼으실지도 모를 일이오."

아둘람에서 가장 큰 동굴 안에 군사진영이 차려졌다. 어찌 보면 산적의 소굴이요, 임시정부처럼 보이는 본부가 세워진다.

다윗의 친족들도 수소문하여 찾아온다. 아비 이새가 늙은 몸을 끌고 와 연신 다윗의 뺨을 어루만지며 흐느낀다.

"막내야, 사울의 칼이 두려워 도망 왔다. 일찍 피하지 않았더라면 베들레헴으로 군사를 보내 우리 가족들을 몰살시켰을 것이다. 네가 부마가 되고 대장이 되었단 말을 들었을 때는 우리 가문에 서광이 비치는 듯했는데, 네가 죽음 앞에 놓이고 우리까지 쫓겨나는 신세가 되다니!"

맏형 엘리압도 울먹인다.

"아우야, 요사이 사울과 심복들은 너를 쫓는다고 나랏일은 팽개친 모양이다. 블레셋 수비대가 우리 베들레헴에 초소를 두어 세금을 늑탈하는 등 극성을 부린다. 고향에서는 이래저래 살 수가 없었다."

식구들 곁에는 아내 에글라도 얼굴을 면박으로 가리고 서 있다. 곁에는 아비를 처음 보는 딸이 낯선 다윗을 보고 어미 품을 찾으며 울음을 터뜨린다. 그러나 셋째 형 삼마의 목소리는 힘이 넘친다.

"너는 이미 우리 유다지파뿐만 아니라 전 이스라엘의 영웅이 되어 있다. 어디를 가나 네가 다음 왕이 될 것이라고 말한다. 자, 보아라. 내 아들이고, 네 조카들이다. 이 큰 놈은 요나답이고 작은 놈은 요나단이다. 큰 놈은 지혜와 무용(武勇)이 뛰어나니 네 군사 모사로 삼고, 작은 놈은 용맹이 뛰어나니 네 수하 장수로 삼아다오."

몰려온 친족 중에 누나 스루야의 아들들인 아비새와 요압과 '아사헬'(신이 만드심)도 있다. 이미 장성하여 무기를 잡을 수 있는 나이들이다. 그런데 삼 형제 중에 유독 둘째 요압의 장대함이 예사롭지 않았다. 칼을 많이 잡았는지 손아귀에 붉은 쇳물이 올라와 있다. 다윗은 나이 서열이 아니고 눈여겨 본대로 임명한다.

"너희들은 내 측근이 되어라. 요압은 장군으로 임명한다. 아비새는 호위병사, 아사헬은 선봉병사로 임명한다."

의붓누나 아비가일이 제 자식을 추천한다.

"내 아들 아마사를 보거라. 언니의 아들보다 저울에 달아도 전혀 기울어진 것이 없다. 관직을 주어 곁에 두기를 바란다."

그녀가 등을 떠미는 아마사를 보니 아직 어린 소년이다. 다윗이 웃으며 완곡히 사양한다.

"이 조카는 너무 어리지 않소? 나중에 키가 자라고 팔목에 힘이 오르면 반드시 중용하겠소."

그러나 그 말을 아비가일은 곧이곧대로 듣지 않는다. 자기 아들이 이새의 외손자가 아니요, 암몬 왕 나하스가 외조부인 까닭에 중용하지 않는다고 서운한 감정을 갖는다.[161] 의붓언니 스마야가 삿대질까지 하며 퍼붓는 말이 그녀를 더 서운케 한다.

"네가 언니와 조카들 앞에 나서는 것이냐. 정실의 아들이 아니면 큰

---

[161] 아비가일이 나하스의 딸이라고 히브리전승은 전하고 있다. 그런데 그 인물이 암몬 왕 나하스인가 하는데 이견도 있다. 그러나 훗날 나하스와 그의 아들 소비 등이 다윗을 돕는 것을 보면 어쩌면 동일인물일 수도 있다.

자리에 등용될 수 없는 전례를 알지 못하느냐?"[162]

그 자리에는 이새와 함께 온 베들레헴 목동 출신도 있다. 전날 골리앗을 죽이던 날, 같이 도시락을 싸서 전쟁터로 갔던 자로 고향 후배인 엘하난이다. 청년이 되어 출세한 선배를 찾아온 것이다. 다윗 앞에 엎드려 충성을 맹세한다.

"저도 형님이 세력을 일으키는 일에 불쏘시개가 되겠습니다."

다윗이 아둘람에 있다는 소식을 듣고 사무엘을 추종했던 예언자들과 제사장들이 찾아온다. 그들 중에 예언자 갓과 혈기 왕성한 신학생들도 몰려온다.

"그대들은 라마 신학교 신학생이 아닌가?"

"교장선생님께서 장군을 도우라고 보내주셨습니다."

"예언자님은 라마에 계시면서도 날 돕는구려. 야훼와 그분이 나와 함께한다는 것을 항상 느끼고 있소."

다윗은 수장 격인 갓의 손을 뜨겁게 잡는다.

그 후 다윗을 찾아온 사람들은 여러 전쟁으로 가족들과 난민이 된 자들이다. 이들 중 어떤 자들은 남자들만 모여 용병 생활을 하고 있었다. 대부분, 사울 왕조에서 핍박을 받던 신하와 귀족들과 그 정권 아래서 나름대로 억울함을 가지고 있던 백성들이다. 사울 궁과 관계는 없으나 노예가 될 것 같은 채무자들도, 범죄자들도 모여들었다. 그들 간에

---

[162] 아브라함은 맏아들 이스마엘을 낳았으나 후첩 하갈의 아들인고로 장자로 인정하지 않고, 본처 사라가 낳은 둘째 아들 이삭을 장자로 인정했던 전례가 있다.

벌써 소요가 일어난다.

"너는 기브아에서 알려진 사기꾼이 아니냐? 수배되어 쫓겨 다니더니 여기 웬일이냐?"

"너는 실로에서 알려진 도둑놈이면서 그런 얘기를 하느냐? 너야말로 여기 웬일이냐?"

또 새로 전개될 정권을 기대하는 여러 부류의 사람들이 모여든다. 그때까지 모여든 수는 사백 명가량이다.

"장군님, 예언자도 있고 장수들과 병사들, 백성들도 있으니, 이곳에다가 왕궁을 짓고 왕조를 세우지요! 장군에게는 사울에게 없는 하비루 용병들까지 있지 않습니까? 왕위에 오르소서."

"나는 쫓기는 도망자에 불과하오. 그런 소문 때문에 왕이 나를 죽이려 하는 것이 아니오? 그런 소리는 입에도 꺼내지 마시오."

다윗은 만류했지만 추종하는 자들은 이미 그의 왕국이 다가오고 있음을 느끼고 있었다. 다윗은 자신도 모르는 사이에 하비루 수장과 다름없는 존재가 되어 자기 지파 땅 아둘람에서 병사를 모은다.

"다윗이 블레셋 망명에 실패하고 아둘람에 있다는 정보입니다. 동굴이 많아 숨을 곳이 많은 지역입니다. 은신처로 삼아 세력을 키우고 있는 듯합니다."

"그곳은 유다지파 31개 성 중 하나입니다. 만일 다윗이 나라라도 세운다면 다른 30개 성도 지지할지 모릅니다. 어서 찾아 도모하소서."

"그곳 아둘람은 여부스족이 지배하고 있는 예루살렘 근처입니다. 우리가 아둘람에서 다윗을 친다면 여부스족과 충돌이 일어날지도 모릅니다. 다윗 무리를 잡되 신중해야 할 것입니다."

사울의 베냐민지파 심복들은 다윗의 일거수일투족을 보고한다. 다윗에게 왕권이 넘어가면 그들의 운명 또한 불운하기에 왕조를 지키고 싶었다. 사울이 담즙이라도 올라오는 듯 양미간을 구기고 소리친다.

"한시도 눈을 떼지 말고 반란자들의 동향을 살펴 보고하라. 곧 다윗과 작당을 한꺼번에 추포하리라!"

아둘람에 인구가 많아지자 양식이 필요했다. 전날에는 풀씨나 털어 먹고 아둘람 사람들에게 빌어먹으며 버틸 수 있었지만, 많은 식구의 입을 그런 것으론 채울 수 없었다. 금방 민심이 사나워졌다.

"다윗이 제 수하 사람들을 굶겨 죽일지 몰랐다. 항간에 떠도는 다윗이 거지들의 왕이라는 말은 틀린 말이 아니구나."

무리 중 일부는 아둘람에서 도적질도 하고, 마을 처녀를 겁간하기도 했다. 차츰 마을 사람들에게 비적의 무리처럼 비친다.

그런데 뜻밖에 암몬 군사들이 말 등에 무기며 식량을 싣고 아둘람을 찾아온다.

"저는 암몬 왕 나하스의 둘째 아들 소비 왕자입니다. 그대들이 사울 왕과 싸우고 있다고 하니 우리 왕께서 보내신 것이오."

나하스는 지난날 길르앗 야베스 성읍을 침략했다가 사울이 이스라엘 지파 군대를 몰고 오는 바람에 큰 패배를 당했고 원한을 가지고 있었다. 그 패배 후 오히려 암몬 일부 성읍은 사울 왕조에 조공을 바치고 있었다. 나하스는 다윗을 지원하여 사울의 반대파가 강해지기를 원했다. '적의 적은 친구'라는 생각에 두 사람은 초면에 친해진다. 암몬 왕이 다윗을 도와준 것은 사사로운 다른 이유도 있었다.

"암몬 왕께서 왕자님까지 친히 보내주시어 이 산짐승 같은 자를 도와주시니 고맙기 그지없소."

다윗은 연신 고개를 숙인다. 소비가 가만히 다가와 다정스럽게 묻는다.

"내 누이 아비가일은 잘 계시오?"

그 물음에 다윗이 예상했다는 듯 더 친절하게 대답한다.

"며칠 전 사울의 위협을 피해 여기와 계시오. 만나보고 가시오."

아비가일은 굳이 인연을 말하자면 소비에게 의붓남매가 되는 셈이다. 다윗의 주선으로, 아비가일과 소비는 단둘이서 만나 정담을 나눈다.

"과거 어떤 사건이 벌어져서 맺어진 인연이든 누님의 핏속에는 암몬의 피가 흐르고 있습니다. 전에도 몇 번 사람을 보내 말씀을 드렸지만, 이번 기회에 우리 암몬으로 돌아오세요. 암몬 공주 대우를 해 드리겠습니다."

아비가일이 운다. 나름대로 지금까지 서러움이 많았다.

"어머니는 암몬과의 인연 때문에 의붓아버지 이새에게 설움을 받고 사시다가 얼마 전에 돌아가셨소. 나는 지금까지 암몬 왕이 겁탈하여 낳은 딸이라고 사생아 취급을 받으며 살아왔소. 더러운 피가 흐른다고 하여 이스라엘 사람과는 혼례도 하지 못했소. 결국 우리 마을 베들레헴을 지나가던 객상 이스마엘 후손과 연을 맺어 자식을 낳을 수밖에 없었소, 흑흑!"

"알고 있습니다. 이제 저와 같이 암몬 땅으로 가시지요. 아버님께서도 무척 기다리고 계십니다."

아비가일이 고개를 흔든다.

"아니요, 나는 이스라엘의 신 야훼를 믿고 있소. 내 신을 버리고 암몬 신 몰렉을 섬길 수 없소. 나는 또 여기서 남편과 살며 아들을 기르고 있소."

장막 뒤편에서 의붓남매들의 대화 소리가 간간이 흘러나왔다. 지금까지 비밀로 지켜지던 사실이 다윗 심복들에게 알려지고, 이곳저곳에서 수군거리기 시작한다.

'주군의 누이가 암몬 왕 나하스의 딸이라니 기괴하다.'

예언자 갓은 화난 표정이다. 암몬의 피가 주군의 가문에 흐른다는 사실이 불쾌하다. 또 아무리 어려워도 몰렉 귀신을 섬기는 나라에서 보내온 예물을 받는 것은 용납할 수 없는 일이다.

"더 필요한 것이 있으면 보내주겠다고 우리 왕께서 말씀하셨소. 만일 사울의 기브아 궁으로 출격하게 되면 군사를 지원해 주겠다고 하셨소."

소비는 장래의 협조를 약속하며 돌아갔다. 다윗의 무리는 그가 놓고 간 병기로 무장하고 또 식량으로 배를 채웠다. 갓과 일부 신학생들은 다른 한쪽에서 쓴 풀씨만 털어먹는다.

"이 얼마 만에 먹어보는 고기더냐? 또 이 건포도는 본지도 오래됐다. 그렇지만…."

주린 배를 채우던 자가 입에 떡을 가득 물고 울먹인다.

"암몬 왕 나하스까지도 우리가 여기 숨어있는 것을 알고 있는데, 사울 왕이 어찌 모를까? 이리로 군사를 몰고 다가오고 있을 거야. 우리는 죽은 목숨이라고."

만찬을 즐기던 모든 사람이 숙연해지며 입에 넣었던 음식물을 뱉어댄다.

"그래, 오늘 먹은 음식이 꺼지기도 전에 죽을지도 몰라."

사울 군대가 출동했다는 소식에 아둘람 굴은 발칵 뒤집어졌다. 그러나 오보였다. 다음 날도 그 소식은 들려왔고 소동이 있었다. 사울은 오지 않았지만, 공포심은 그물처럼 무리를 덮친다. 다윗이 한참을 고심하다 사람들 앞에 나선다.

"지금껏 나 혼자는 이 골짜기 저 광야 다람쥐처럼 피해 다닐 수 있었소. 그러나 이 많은 수가 이 동굴 속에 숨어 있을 수 없소. 사울 왕은 벌써 우리가 여기에 모여 있다는 것을 알고 있을 것이고, 당장이라도 군사를 보내 칠 것이오. 우리는 흩어져 제 갈 길로 가야 될 것 같소."

모사 역할을 하는 작은 형 삼마의 아들 요나답이 입을 연다.

"암몬으로 잠시 피하는 것이 어떻습니까? 이미 나하스에게 양식과 무기까지 얻었지 않았습니까?"

그 소리를 들은 다윗의 의붓누나 아비가일은 반가운 표정이다. 그런데 이번에는 이새가 지팡이를 의지하고 앉아 있다가 역정을 낸다.

"나하스하고 우리 가문하고 무슨 상관이 있단 말이냐? 그는 우리 이스라엘 땅을 침공하여 순진한 처자를 유린한 파렴치한일 뿐이다. 어찌 그런 자를 믿고 의지한단 말인가."

시집오기 전 처녀 시절 일이지만 첩을 성폭행한 나하스와 큰 감정이 있었던 그였기에 암몬 망명을 반대하며 모압 망명을 추천한다.

"차라리 잠시 모압으로 피신하자. 모압은 내 직계 조상 룻 할머니의 고향이다. 나와 내 식구들을 박대하지 않을 것이다."

전승에 따르면 모압과 암몬의 조상은 아브라함의 조카 룻과 딸들이 근친상간하여 낳은 자손들이다. 부정한 족속이라 하여 반대하는 자들도 있었지만, 다윗으로서는 다른 선택이 없었다. 이스라엘 영토 안에서 많은 식구들을 거느리고 사울의 칼날을 피할 수 없다.

다윗이 아둘람에서 모은 백성들을 데리고 모압과의 국경지대 사해 근처 땅을 걷는다. 해변에는 가죽부대를 등에 이고 사내들이 소금을 채

취한다.[163] 모사 요나답이 다윗에게 말한다.

"우리는 망명객 신세가 되었지만 그래도 수백 명을 데리고 모압 백성이 되겠다고 가는 것이 아닙니까? 먼저 이 사실을 알려 모압 왕이 예를 갖추어 우리를 맞으라고 하시지요."[164]

다윗이 옳게 여겨 모압 도성 미스베로 장수를 먼저 보낸다. 자신의 혈통 속에 모압의 피가 흐르는 것을 강조한다.

"그대는 필마로 먼저 가서 모압 여인 룻의 손자 이새와 아들들이 모압 왕을 섬기러 간다고 전하라!"

"다윗의 망명을 받아들이지 마소서. 그 또한 히브리인입니다. 그들은 이집트에서 이 가나안으로 올라오면서 우리 영토를 짓밟은 족속의 후예입니다. 그 후에도 가나안 시절 그들 조상인 족장 사랍과 야수비네헴은 우리 성읍들을 지배했습니다. 또 그들 사사 에훗은 어떠한 자였습니까? 한쪽 팔이 없었던 그는 오른쪽 다리에 칼을 숨겨 와서 우리 모압 왕 에글론을 암살했습니다. 그가 왼손밖에 없었기에 술수를 전혀 예상 못 하고 당했습니다. 다윗도 그의 후예입니다. 또 무슨 간계를 부려 우리 모압에게 해를 입힐지 모릅니다."[165]

---

[163] 가나안에서는 암염도 생산했지만, 바닷물에 염분 농도가 높은 이곳에서 천일염이 채취되었다. 근동에서 소금은 음식뿐만 아니라, 제사 드릴 때 향에 뿌렸고, 전쟁 시 정복한 땅을 황폐하게 하기 위해 상징물로 뿌리기도 했으며, 신생아를 물로 씻은 후 문지르는 데 사용하기도 했다. 히브리 제사에서 소금은 정화의 의미로 쓰였다.
[164] 고대 근동은 땅에 비해 인구 비례가 적었다. 그러기에 개인이나 무리가 다른 나라 왕 밑에서 백성이 된다고 하면 환대하는 것이 관례였다.
[165] 히브리전승에 따르면 모압은 사사시대 때 이스라엘을 침공하여 여호수아 때 점령했던 여리고 성읍을 빼앗아 십팔 년간 이스라엘을 다스렸다. 그때 사사 '에훗'(나는

미스베 궁. 박쥐 모형을 닮은 '그모스'[166] 형상이 새겨진 휘장 아래 모압 왕 아리엘이 신하들이 다윗의 망명 의사를 전해 듣고 숙의한다.

"그 에훗이란 자도 암살하러 올 때, 마치 공물을 바치러 온 것처럼 위장하고 왔다가 우리 왕을 살해했습니다. 히브리인들은 간교한 자들입니다."

"에훗은 우리 왕을 찌를 때 어찌나 세게 찔렀던지 칼자루도 날을 따라 들어가서 그 끝이 등 뒤까지 나왔다고 합니다. 히브리인들은 잔인하기가 이를 데 없습니다. 우리는 태평성대를 누리고 있습니다. 다윗을 불러들이는 것은 아이 요람 속에 독사를 불러들이는 것과 같습니다. 국경 근처에 오면 다윗을 죽이소서."

모사와 장군들까지 강청한다. 아리엘의 판단은 달랐다.

"수년 전에도 우리는 사울에게 크게 패하지 않았느냐. 그와 반대되는 세력을 키워서 대항하게 해야 한다. 지금은 다윗을 죽일 때가 아니다. 전날 미친 체하는 다윗을 블레셋 왕 아기스가 살려준 것도 다 이와 같은 뜻이 있었을 것이다."

"차라리 다윗의 목을 쳐 머리를 사울의 궁에 갖다 바치고 화해하십시오. 다윗은 사울보다 더 무서운 자입니다."

신하들이 들고 일어섰지만, 아리엘은 자신의 판단을 믿고 망명을 받아들인다.

찬미한다)이 모압 왕이었던 에글론을 암살함으로써 모압의 지배에서 벗어날 수 있었다.
166 가나안 최고 신 엘의 아들 바알을 모압인들은 이 이름으로 불렀다. 모압의 국가 신이며, 메소포타미아 네르갈과 같이 지하세계의 신이다.

모압 왕 아리엘이 국경 근처까지 나와 기다린다. 장군들이 호위하고 있다. 곁에는 왕비와 후궁들과 공주, 왕자까지 대동하고 있다.

"위대하신 모압 왕이여, 신이 길을 가르쳐 줄 때까지 나와 내 부모와 수하 백성들이 모압 땅에서 체류할까 합니다. 받아주소서."

다윗이 아비와 또 형제들과 함께 엎드려 경배하자 '바핫모압'(모압의 통치자)인 아리엘이 다가와 하나하나 일으킨다.

"어서 오시오, 이새와 아들들이여! 그대들은 우리 모압과 근친이라고 들었소. 이곳에서 둥지를 트시고 편히 지내시오."

사울 세력에게 제압당하고 있는 모압의 형편을 알았기에 다윗은 환대를 받으면서도 의심의 눈초리를 풀지 않는다.

'저들이 우리를 포박하여 사울에게 넘길지도 모른다. 그리하여 큰 대가를 받아내려고 하지 않을까?'

"우리 사관들에게 물어보니 그대의 증조모 되시는 룻이라는 분이 나와도 먼 친척 간이 됩디다. 그러면 다윗 장군도 내 친척이 아니오? 수금도 잘 타신다고 들었소. 악기 연주 솜씨를 듣고 싶소. 내일은 왕후를 데리고 나올 테니 만찬에 어울립시다."

아리엘은 미스베 궁으로 다윗을 자주 불러들여 왕족처럼 예우했다. 다윗은 궁에서 왕의 친구로 대우를 받는다.

다윗 무리의 모압 망명 생활 몇 달이 지나고 있었다. 모압인들은 요단강 동편의 고원지대를 중심으로 동은 아라비아 사막, 서는 사해, 남은 에돔, 북은 요단 평야로 둘러싸인 비옥한 초원에 나라를 세웠다. 땅이 풍요로웠을 뿐만 아니라 지형학적으로 적들의 침입을 막기에 적합했다. 다윗은 그 평화를 나눠 누린다.

다윗은 모압 왕과 제의에 참석했다. 모압 땅에 사는 자들은 그모스 신을 경배했다. 번제단에 짐승이 놓이고 그모스 사제가 양팔을 벌려 신을 불러댄다. 농경 신이었던 그모스를 향한 염원이다.

"그모스여, 비와 이슬과 순한 바람을 주시어 곡식과 열매가 주렁주렁 맺히게 하소서."

다윗을 따라갔던 예언자 갓은 제의를 보는 것만으로도 불경스러워 고개를 돌린다. 다른 장군들도 한 마디씩 내뱉는다.

"그모스의 제사 때는 산 사람도 번제단에 바쳐 태워 죽인다는데, 오늘은 그 의식은 하지 않는구만."

그러나 다신(多神)을 섬겼던 다윗 수하인 떠돌이 하비루들은 그모스 앞에서 절을 올린다. 호주머니에 주워 모았던 알밤까지 바치며 절을 올리는 자도 있다.

제의가 끝나고 돌아오는 길가에서 갓이 다윗에게 심중의 말을 털어 놓는다.

"이스라엘로 되돌아가시죠. 이 땅에서는 귀신의 냄새가 진동하여 견딜 수가 없습니다. 장군의 심복들이 이곳 모압 여인과 연애하여 모세 때처럼 야훼의 저주를 받을지도 모릅니다."[167]

"오늘 본 그모스 제사 때문에 그러는 모양이구려. 그러나 사울 왕이 죽이려고 쫓아다니는데 어찌 그 사자 굴로 되돌아간단 말이오? 나는 그곳에 가면 단창에 맞아 벽에 박히게 될 것이오. 늙은 사울 왕이 죽을 때

---

[167] 모세 광야 시절 히브리인들이 싯딤에 머물렀을 때다. 사내들이 그 근처 미디안 촌락들을 돌아다니며 그곳 모압 여자들과 음행을 했다. 그때 그 사건 당사자들은 야훼의 진노 가운데 제사장에게 살해당했다.

까지만 머무릅시다. 내일은 이 모압 비옥한 초지 바산[168]에서 키운 암소 고기를 대접한다고 하니 궁 잔치에 참석합시다."

"지금은 비록 망명객 신세지만, 야훼의 이름으로 기름 부음을 받았고 장군은 왕좌에 오를 분이십니다. 이 모압 땅의 안락에 젖지 마시고 심복들을 영솔하시어 이스라엘로 되돌아가소서."

다윗은 갑자기 부끄러움이 밀려온다. 그러나 결단을 내리지 못하고 망설인다. 갓이 다시 말한다.

"사무엘 예언자께서 인편을 보내 다윗 장군께서 이스라엘로 돌아오는 것이 신의 뜻이라고 말씀하셨습니다."

"야훼의 뜻이라면… 예언자님의 뜻이라면… 내가 오늘 저녁이라도 모압 왕을 만날 것이오."

그러나 다윗은 모압 왕을 만나 귀향 의사를 밝히지 않았다. 또 한 달이 흘렀다. 다윗이 모압을 떠나지 않을 수 없는 상황이 생긴다. 사울이 사신을 보내 다윗 송환을 요구했던 것이다.

이미 모압은 사울 세력에 눌려 조공까지 바치는 처지다. 모압 왕도 난감한 표정이다. 다윗은 언제라도 포승 되어 이송될지도 모르는 처지가 되었다. 다시 갓이 다윗을 압박한다.

"만일 모압 망명 생활을 끝내지 않는다면 나는 라마 신학교 율법선생으로 돌아갈 것이오."

---

[168] 이 지역에서 나는 비육우는 유명했다. 훗날 왕정시대 아모스 등 예언자들은 살찐 부자 부인들을 바산의 암소라고 비유하기도 했다.

그날 다윗은 모압 왕 아리엘을 알현한다.

"지금까지 선대해주신 것을 잊을 수가 없습니다. 그러나 사울 왕에게 억압받는 이스라엘 백성을 보고만 있을 수 없습니다. 다시 돌아가 내가 할 역할을 하고자 합니다."

아리엘은 그 말이 싫게 들리지 않았다. 다윗이 본국으로 돌아가 사울 왕조에 반역하겠다는 얘기처럼 들렸다. 속심을 확인하려 슬며시 묻는다.

"옹주를 주어 부마로 삼고 이 땅에 정착시키려 했는데 섭섭한 말을 하는구려."

"베풀어주신 은혜는 뼛속에 새기겠습니다. 우리 나라로 돌아가 큰 일을 도모한 후 다시 찾아뵙겠습니다."

아리엘은 다윗의 말을 듣고 고개를 끄덕이며 미소 짓는다.

아리엘은 많은 무기와 식량을 주며 국경까지 따라와 다윗 무리를 극진히 전송한다. 이미 사울 쪽으로는 다윗을 추방했다고 서신을 띄운 후였다.

"우리는 당신이 사울 왕을 누르고 이스라엘 왕이 될 것을 확신하고 있소. 그때가 되면 우리 모압과 이스라엘은 화평하게 지냅시다."

다윗이 모압 망명 생활을 청산하고 이스라엘 쪽으로 발길을 돌릴 때는 식솔이 더 늘어나고 꽤 많은 군사와 무기를 갖게 되었다.

"다시 모압으로 돌아가면 안 되겠니? 모압 왕이 선대하는데 굳이 사울의 칼이 춤추고 있는 이스라엘로 돌아갈 것이 무엇이냐?"

이새가 입술을 새물거리며 말했지만, 다윗은 부모형제와 측근들을 데리고 이스라엘로 향한다. 그는 사울과 대결하려는 마음을 굳힌다. 다윗이 찾아간 곳은 아둘람 근처 '헤렛'[169]이다.

다윗은 이 광야에서 근처 목동들을 이민족에게서 지켜주며 삯을 받고, 부유한 성읍민들부터 후원을 강요하는 '산적'(일종의 하비루) 생활을 한다.

---

169 '덤불.' 유다 광야에서 수목이 우거진 곳으로 아둘람에서 동쪽으로 수 ㎞ 지점에 위치.

놉 성읍 제사장들 살해

사울이 단창을 들고 기브아 궁 뒷산 언덕 에셀나무 그늘에 서 있다. 곁에는 시종들과 장군들이 불안스럽게 앉아 있다. 그가 단창을 허공에 휘두르며 고함을 지른다. 사슴 사냥을 하고 돌아왔다가 내관의 보고를 받고 화가 치민 것이다.

"다윗이 블레셋, 모압 등을 떠돌며 나라 망신을 시키더니, 내 땅에 돌아와 드러내놓고 도적놈들을 모아 반란을 획책하고 있다."

사울이 붉은 기운이 가득한 눈빛으로 신하들을 노려본다. 그들 중 대부분을 차지하고 있는 베냐민지파 사람들에게 그 눈빛을 겨눈다.

"너의 베냐민 사람들아, 들으라! 너희들은 지금까지 내 후광으로 부귀영화를 누리고 있다. 유다지파 이새의 아들 다윗이 왕이 되었으면 너희에게 밭과 포도원을 주며 천부장 백부장을 삼았을 것 같으냐?"

사울은 기브아에 왕궁을 짓고 왕국을 세울 때부터 이 지역 베냐민지파 사람들을 자연스럽게 등용했다. 그 후 왕권이 유다지파 다윗에 의해서 흔들리는 듯하자, 더욱 지파를 의지하여 중용시켰다. 봉토도 하사하며 충성심을 유도했다.

"너희는 내 아들 요나단이 몰래 이새의 아들과 만나 맹약하였으되 나에게 고발하는 자가 없었다. 내 아들이 내 신하를 선동하여 오늘이라도 매복하였다가 나를 치려 한다고 해도 고발하는 자가 없을 것이다."

사울은 번번이 다윗을 피신시킨 요나단이 반역을 저지를지도 모른다는 의심까지 하며 화를 낸다.

"다윗 지파인 유다 쪽에서는 그곳 장로들이 다윗을 도와주며 피신을 돕고 있지 않느냐? 내 지파인 너희들은 '가시나무'170 같다."

그 자리에서 눈치를 보며 서 있던 목양도감 도엑이 앞으로 나선다.

"이새의 아들이 놉에 가서 아히둡의 아들 아히멜렉을 만난 것을 내가 직접 보았나이다."

사울의 눈빛은 단창보다 더 날카로워진다. 그는 사무엘과 소원해진 후 사제 세력을 끌어안으려 놉 성소로 가 제사를 드리고 제물도 바쳤다. 다윗이 그 세력과도 공모하여 반역을 시도한다고 생각하니 눈에 불이 붙는다.

"아히멜렉이 다윗에게 거룩한 떡을 주었습니다. 성막에 보관하고 있던 골리앗의 칼까지도 주었습니다."

사울이 온몸을 떨다가 들고 있던 단창을 에셀나무 둥치에 던진다. 잎사귀가 우수수 떨어진다.

"지금 곧 군사들을 보내어 아히멜렉과 그 아비의 온 집, 아니 놉에 있는 제사장들을 다 포승해 오너라."

시종장이 깜짝 놀라 나선다.

"귀화인 도엑의 말만 믿고 놉의 제사장들을 징벌한다는 것은 어리석은 일입니다. 놉은 엘리 대제사장 후예들이 모여 살며 성막(聖幕)이

---

170 가나안에서 농사에 큰 장애가 되어 쟁기질 전에 태워버리는 무가치한 나무(가시나무는 에덴 동산에서 죄를 지은 인간에게 신이 내린 저주의 나무다).

있는 성지입니다. 그들을 해코지하면 백성들은 왕에게서 마음을 돌릴 것입니다. 레위인과 제사장들은 야훼의 것이라고 율법에 전승되어 오지 않습니까. 그곳 사람을 죽이는 것은 야훼를 죽이는 것입니다."

"나보고 어리석다 했느냐? 도엑이야 말로 충신 중의 충신이다. 이처럼 중요한 정보를 알려주는 사람은 에돔인 도엑밖에 없지 않았느냐."

"다시 한번 생각하시어 성은을 베푸소서. 율법에 이르기를 중인을 세울 때도 두 사람 이상이 되었을 때 효력을 발휘한다고 했습니다. 어찌 도엑의 혀만 믿고 놉 제사장들을 징계하려고 하십니까?"

"그만두거라. 한 번만 더 말하면 네놈의 관복도, 껍데기도 벗겨버리리라."

어떤 시종도 사울의 진노를 막지 못했다. 이미 친위대 마병은 안장을 얹고 말에 올라 놉 땅으로 떠나고 있었다.

기브아 궁 뒤뜰에 아히멜렉과 동생 이가봇, 그리고 엘리의 자손인 놉 제사장들이 줄줄이 끌려와 무릎이 꿇려진다. 아히멜렉이 사울 앞에 고개를 조아리며 온몸을 떤다. 영문도 모르고 끌려온 자들이 부지기수다.

"너 아히둡의 아들 아히멜렉아, 들으라! 너는 궁중제사장으로 내 총애를 받았다. 또 놉 성막에는 내가 바친 제물도 많을 것이다. 어찌하여 이새의 아들과 부하들에게 떡을 주었느뇨. 그 진설병은 율법에 따르면 제사장만이 먹는 떡이 아니더냐?"

"…."

아히멜렉이 우물쭈물하자 같이 끌려온 이가봇이 말한다.

"다윗 장군이 공무수행 중에 너무 허기지고 지쳐있어 금방이라도 죽을 것 같아 그 떡을 주었다고 합니다. 죄가 아니니 부디 용서하여 주소서."

"죄가 아니라고? 제왕인 나는 전날 적들이 쳐들어오는 급한 지경에 제사를 드렸다가 그 한 가지 사실로, 사무엘로부터 버림을 받았다."

이가봇의 변명을 들으며 사울은 오히려 지난날이 떠올라 진노한다.

"너 아히멜렉아, 율법까지 어기며 진설병을 먹이고 골리앗의 칼까지 주었느냐? 다윗이 오늘이라도 매복하였다가 그 칼로 나를 치게 하려 하였느냐?"

"저는 단지 부마께서 왕의 명령을 준행하는 중이라고 하기에 도와줬을 뿐입니다. 왕의 모든 신하 중에 다윗같이 충실한 자가 누구인지요. 왕의 부마이시고, 왕의 허락을 받지 않고도 왕 앞에 나갈 수 있는 선봉대장이요, 고문관이지 않습니까? 원컨대 왕은 종과 종의 아비의 온 집에 아무것도 돌리지 마옵소서. 왕께서는 다윗이 반란을 일으켰다고 하시나, 왕의 종은 이 모든 일의 대소 간에 아는 것이 없나이다."

"아히멜렉아, 그 혀를 자르기 전에 말을 그치라! 무슨 말을 하여도 너는 반드시 죽을 것이고, 네 아비의 온 집도 그러하리라."

사울은 그가 입을 열 때마다 더 화를 내며 좌우에 서 있는 장군들에게 소리친다.

"제사장들을 처형해라! 저들은 나라의 녹을 먹으면서 다윗과 반역하였고 도망자인 것을 알고도 고발치 아니하였다."

그러나 형을 집행해야 할 장군들은 서로 눈치만 살필 뿐 움직이지 않는다. 신의 제사를 맡은 제사장들 죽이기를 꺼린다. 사울이 눈에 활활 불을 켜고 신하들을 노려본다. 한쪽에서 지켜보던 도엑이 나선다.

"역적 다윗을 도운 제사장들을 제가 처형하겠습니다!"

모든 신하가 화들짝 놀라며 그와 사울을 번갈아 바라본다. 시종장이 도엑을 보며 삿대질한다.

"네 이놈, 이방인 주제에 어찌 성스러운 놉 성막을 왔다 갔다 하며 참소하고, 제사장들을 살해한다고 하느냐? 네가 모함한 다윗도, 제사장들도 죄가 없느니라."

더욱 화가 난 사울이 소리친다.

"다윗이 죄가 없다면 내가 죄가 있단 말이냐? 도엑아, 저놈들은 내 신하들이 아니다. 네가 충신이니 저 제사장들 한 놈도 남기지 말고 도륙하거라!"

도엑이 기다리기라도 했다는 듯 옆에 서 있던 장군의 허리춤에서 칼을 빼 제사장들에게 다가간다. 에돔에서 귀화한 자였기에 야훼 신앙이 미미한 자다. 왕의 절대 신임을 얻기 위해서는 제사장 죽이는 것도 망설이지 않았다.

"으악!"

도엑이 칼을 휘둘러댄다. 묶여 있던 제사장들은 목에 칼자국이 나며 쓰러진다. 이가봇이 묶인 채로 무릎으로 기어가 사울 앞에 애원한다.

"자비하신 왕이시여, 전날 왕께서는 인정이 많으셔서 아말렉 왕 아각까지도 살려주지 않았습니까?"

그 말은 사울을 더 격동시켰다.

"그날 내가 아각을 살려준 그 일 때문에 야훼와 사무엘이 나를 버리지 않았느냐? 오늘은 그 자비를 베풀지 않겠다. 도엑은 무엇하느냐? 한 놈도 남기지 말고 다 척살하라!"

이날 세마포 에봇을 입고 죽은 자가 팔십오 인이다. 사울은 피를 보자 더욱 피가 그리워진 야수처럼 소리친다.

"아브넬은 군사들을 끌고 가 놉에 있는 모든 자를 사사하라. 남은 제사장이 있으면 죽일 것이요, 남녀노소, 소와 나귀와 양까지도 다 죽여 성읍에서 움직이는 것이 없게 하라!"

어둠 속에서 비명이 터진다. 이곳저곳에서 울부짖는 소리가 밤공기를 찢는다. 놉 마을은 사람들만 살해된 것이 아니라 성막과 전각들도 불살라졌다. 이 작전 수행은 국방장관 아브넬이 앞장선다. 그 역시 편한 마음이 아니었지만, 사울의 강령에 살인, 방화를 저지른다. 놉 땅에서는 다음 날 아침까지 사람과 가축들의 울부짖는 소리가 들렸다.

전날 사무엘에게 몰려가 왕을 세우라고 소리쳤던 에브라임지파 장로가 소식을 듣고 한탄한다.

"사무엘은 왕정제도의 피해를 말하며 이렇게 말한 적이 있었지. '그 날에 너희가 택한 왕으로 인하여 부르짖어도 야훼께서 응답하시지 않으리라.' 아, 두렵다. 그 예언이 이루어지는 것인가."

"율법에 이르기를 왕은 백성들을 형제처럼 대하라 했는데, 사울은 무죄한 생명들을 무참히 살해했다. 더군다나 야훼가 택하신 제사장들이 아니더냐? 그는 신도 두려워하지 않고 무서운 일을 저질렀다."

백성들은 놉 사건을 놓고 또 한 사건을 떠올렸다.

"전날 엘리 제사장에게 임했던 예언이 이루어졌다. 그때 어렸던 사무엘에게 야훼께서 계시하기를 '자식들을 잘못 교육한 그 죄를 들어 엘리 제사장의 모든 후손을 멸망시킨다'고 하지 않았던가. 놉 땅은 엘리 제사장의 후예들이 모인 땅이 아니던가…."

놉 제사장들의 살해는 사실상 사울의 야훼 종교와 결별이었다. 그즈음 사울은 첩 리스바의 배에서 막내아들을 낳았는데, 그 이름을 '이스바알'(바알의 사람)이라고 지었다. 전날 장자를 '요나단'(야훼께서 주신 자)이라고 지었을 때와 전혀 다른 신앙관이다.

"기브아에서 군대가 몰려왔어요. 아히둡 어른은 끌려가시다가 도중에 돌아가셨고, 아히멜렉 제사장님도 궁으로 끌려가시어 변을 당하셨고, 다른 제사장들도 살해당했답니다. 병사들이 이 놉 땅을 돌아다니며 움직이는 것이라면 다 칼질하고 있어요. 저는 지금껏 뒷산에 숨어 있다가 도련님이 오시는 것을 보고 내려오는 길입니다."

"아아아, 이것이 무슨 변란이냐? 하늘이 무너지고 땅이 꺼졌도다!"

놉 성소 앞뜰에서는 사환의 말을 듣고 아히멜렉의 장남 아비아달이 울음을 쏟는다. 제사에 쓸 관유(향유를 섞은 올리브 기름)를 구하러 출타 중이었다가 돌아와 화를 면했다.

"어서 다윗 장군을 찾아가세요. 도련님을 보호해 줄 것입니다."

사환의 말에 아비아달이 에봇을 챙겨 어둠 속으로 달아난다. 그 옷 윗주머니에는 신탁을 물어보는 우림과 둠밈이 들어 있다.

사울의 군사들은 놉 땅 주민을 살해하고 주변에 살고 있는 기브온 족속 촌락 '브에롯'(우물들)으로 몰려간다. 놉 사람들이 그리로 도망쳤기에 잡으러 간 것이다.

기브온 사람들은 그들의 종교도 아니면서 야훼 제사를 시중들며 근근이 살아가고 있었다. 이스라엘 사람들은 이들을 '느디님'(신전 노예)[171]이라 부르며 멸시했다. 또 이들이 이스라엘인들에게 반감을 갖고 블레셋과 결탁하고 있다고 믿는 자들도 많았다.

---

[171] 바빌론에서도 신전 별채에 기거하며 일하는 신전 노예인 '시르쿠'가 있었다. 그들의 제도를 모방한 것이다.

사울 병사들은 기브온 사람들까지 만나는 족족 칼로 살해했다. 사울에 대한 과잉 충성이었다. 살해와 약탈을 허락받은 그들인지라 상관없는 족속까지 유린한다.

"우리를 해하지 마라! 우리는 그대들과 원한이 있는 놉 사람들이 아니다."

브에롯 촌장이 마을 앞에 나와 통곡한다. 그러나 이미 놉 사람들의 피를 칼에 묻힌 군사들은 그의 목을 치며 마을 깊숙이 들어선다. 이번에는 기브온 제사장이 나서며 양손을 벌려 진입을 막는다.

"너희 조상 여호수아와 우리 기브온 사람들이 너희의 신 야훼의 이름으로 맺은 전날의 언약을 알지 못하느냐? 야훼의 이름으로 화친의 조약을 맺지 않았느냐?. 그런 까닭에 여호수아도 우리를 해하지 않았거늘 어찌하여 이러느냐? 이것은 너희들의 신 야훼의 이름을 망령되게 하는 것이다. 그의 진노를 받게 될 것이다."

"이놈들아, 너희들은 간교한 술책으로 여호수아를 속인 족속들이다.[172] 그때 죽어야 했는데 오늘 죽는 것을 서러워하지 말아라. 이 땅과 포도원들은 야훼가 우리에게 허락한 땅이다. 너희들이 없어지는 것은 야훼의 뜻이다!"

이스라엘군은 기브온 족속 촌락을 덮쳐 문을 부수고 들어가 칼을 휘

---

[172] 전승에 따르면 히브리인들의 가나안 침공 때, 가나안 족속이라면 다 전멸시킨다는 전략을 알고 있던 기브온 족속은 살아남기 위해 술수를 부렸다고 한다. 먼 데서 온 유랑민들로 위장하고 자신들이 가나안 사람이 아니라고 말하며 야훼의 이름으로 히브리인들과 평화협정을 맺었다는 것이다. 여호수아는 나중에 그 사실을 알았지만, 야훼의 이름으로 맹세했기 때문에 번복할 수 없어 기브온 족속과 화해했다.

둘러댄다. 사울의 군대는 피가 단 야수처럼 주민들을 끌어내어 살해했다. 한 사내가 도망치며 고함을 질러댄다.

"아, 우리는 여호수아 때 정복당해 지금까지 야훼의 성소에서 변소나 치며 힘겹게 살았다. 이런 우리를 너희들은 또 무참하게 죽이는구나. 개 같은 히브리인 놈들!"

기브온 족속이 살고 있던 이웃 성읍인 그비라와 브에롯과 기럇여아림 사람들도 혹시나 사울의 군대가 침범하지 않는가 하여 공포에 빠져버린다. 브에롯 마을 사람들은 아예 블레셋 도시 깃다임으로 도피한다.

브에롯이 텅 비자 그곳으로 땅이 없던 베냐민지파 사람들이 몰려온다. 그리고 림몬이라는 자가 그곳 촌장이 되어 다스리며 사울의 절대 추종자가 된다.

"왕이여, 만수무강하소서. 우리 가문은 사울 왕조에 대대로 목숨 바쳐 충성하겠습니다."

"제사장 놈들은 신의 사제라는 명명을 내세워 반란을 꾀하기 쉬운 무리다. 내 궁 근처에 성막을 두어 내 감시하에 두리라!"

성소였던 놉이 파괴되고, 사울의 명령에 놉 성막의 성스러운 기물들이 '기브온'('기브아 언덕.' 베냐민지파 영역에 있는 기브아 안의 촌락)으로 옮겨진다. 모세 때부터 성막이 있던 곳이기도 했다.

다윗은 헤렛 광야에서 부하들의 합동 혼례식을 올려준다. 하비루 생활로 얻은 재화로 처녀들을 사서 노총각과 홀아비들에게 선물을 해준 것이다. 만찬장으로 뛰어온 심복들이 다윗 앞에 엎드려 흐느낀다.

"지금 놉은 어린아이까지도 주살되어 시체가 산을 이루고 있습니다. 이 모든 것이 우리가 놉을 찾았을 때 아히멜렉 제사장이 도와주었다는 죄목으로 벌어진 사울의 살생입니다!"

"도엑이란 자가 그때 그 장소에 있다가 사울에게 고자질을 했다 합니다. 그 에돔 놈의 혀 때문에 제사장만 팔십오 인이 주살을 당했다는 소식입니다."

"아, 왕은 야훼가 두렵지 않고, 내가 그렇게 밉단 말인가? 가자, 내가 여기서 안락에 젖어있는 것은 이스라엘 백성들에게 큰 죄를 짓는 것이 아니더냐? 도엑이여, 네놈은 만대에 이르기까지 신의 저주가 있을 것이다!"

다윗의 눈에 눈물이 솟는다.

"야훼여, 사울 왕을 용서하지 마소서. 절대 용서하지 마소서!"

다윗은 놉 사건으로 사울의 정권을 무너뜨릴 명분을 갖게 되고, 그의 분노는 그의 힘이 된다. 다윗은 시를 지어 분노를 토했다.

강포한 자여 네가 어찌하여 악한 계획을 스스로 자랑하는고. 네 혀가 심한 악을 꾀하여 날카로운 삭도같이 간사를 행하는도다. 그런즉 신이 영영히 너를 멸하심이여…. (다윗의 '마스길'[173]. 에돔인 도엑이 사울에게 이르러 다윗이 아히멜렉의 처소에 왔더라 말하던 때에 지었다고 함)

---

[173] '생각하다, 깨닫다'라는 뜻으로 교훈적인 시를 가리킴.

다윗과 요나단의 재회

다윗은 사울과의 본격 항쟁을 준비한다. 하비루 생활로 얻은 재화로 무기를 사들였고, 더 많은 떠돌이 하비루들을 용병으로 고용했다. 그리고 그동안 모인 군사들을 훈련시켰다.

"블레셋인이 '그일라'('요새.' 예루살렘 남서쪽 35km 지점. 블레셋 경계에 가까운 지역)를 침공하여 곡물들을 강탈한다고 합니다. 이곳까지 피난민들이 몰려왔습니다."

헤렛 성읍에 머무는 다윗에게 심복이 소식을 전했다. 그일라는 곡창지대였는데 블레셋인들은 식량을 구하기 위해 추수 무렵이면 번번이 타작마당을 침범했다. 블레셋 상비군이 아니라 강도와 깡패짓으로 먹고사는 블레셋 하비루들이다.

"그일라는 이 근처 성읍이 아니냐. 내가 기도하여 신의 뜻을 알아보리라!"

다윗이 오랜 기도를 올린 후 부하들에게 말한다.

"그일라로 가자! 야훼께서 블레셋 군대를 쳐서 주민들을 구원하라는 응답을 주셨다."

심복이 반발한다.

"지금은 이방족속과 싸우기 위해 군사를 일으킬 때가 아닙니다. 사울의 군대도 피해 다니기 어려운데 어찌 블레셋군과 부딪힌다는 말입니까?"

"이 싸움은 야훼께서 원하시는 거룩한 전쟁이다. 야훼께서 블레셋인을 우리 손에 붙이리라 약속하셨다."

다윗은 뜻을 굽히지 않고 군대를 모아 그일라로 향한다. 고통받는 백성들에 대한 애정이 솟아났던 것이다. 자신이 지금까지 키워온 무력을 시험해 보고도 싶다.

블레셋인들이 가축들을 탈취해 끌고 가고 있다. 군대라기보다는 노인과 여자와 아이들을 동반한 민간 행렬이다. 전날 패배하여 물러갔던 블레셋인들은 사울이 다윗과 갈등을 일으키는 등 이스라엘 군대가 틈을 보이자 다시 가족들까지 이끌고 이스라엘 영토로 기어들어 오고 있었다.

"외삼촌, 우리 형제들을 이번 싸움에 앞장세워 주십시오!"

누나 스루야의 아들들인 요압과 아비새와 아사헬 형제가 다윗 앞에 나와 공을 세우게 해달라고 부탁한다. 다윗이 삼 형제를 선두로 삼고 블레셋 토벌대를 보낸다.

"다윗 왕 만세! 다윗 왕 만세!"

빼앗겼던 가축들을 끌고 성읍으로 돌아온 토벌대를 환영하며 그일라 백성들이 다윗을 왕으로 받들어 호칭한다. 그일라 초입 초소를 지키던 십여 명의 이스라엘 병사들까지 나와 다윗을 환영한다. 사울의 군대였으나 다윗 무리의 기세에 눌려 환영 인파에 끼어든 것이다.

개선한 병사들을 위해 그일라 성에서는 잔치가 벌어진다. 그 자리에서도 다윗은 왕 대우를 받는다. 장로가 다윗을 부추긴다.

"이곳에 왕궁을 짓고 왕좌에 오르소서. 우리들은 용맹하고 인자한 당신을 왕으로 받들겠습니다."

잔치가 끝날 무렵, 아히멜렉의 아들 아비아달이 찾아와 흐느낀다. 도망 다니다가 다윗이 그일라에서 블레셋 강도들을 쳐부쉈다는 소문을 듣고 온 것이다.

"놉 땅에서 살아남은 제사장은 저뿐입니다. 모두가 주살되고 들판은 시체의 산과 피의 강이 흐르고 있습니다!"

다윗이 얼싸안고 따라 운다.

"잘 왔다. 그날에 에돔인 도엑이 거기 있기로 사울에게 고자질할 줄 알았다. 네 아비 집의 모든 사람이 죽은 것은 나 때문이다. 두려워 말고 나와 함께 있으라. 내 생명을 찾는 자가 네 생명도 찾는 자니, 나와 함께 있으면 보전하리라. 넌 제사장이니 내 수하에 와 그 역할을 맡아라."

다윗은 아비아달이 에봇과 우림과 둠밈을 가지고 온 것을 크게 기뻐했다. 야훼의 성물까지 갖추게 된 것이다. 그리고 엘리의 후예로 대제사장 법통을 이어받은 자를 얻음으로 종교 제의를 치를 수 있었다. 사울로서는 정통성이 있는 제사장의 후예를 최대의 적에게 넘겨준 셈이다.

그날 다윗은 갓을 예언자로 삼고 아비아달을 제사장으로 삼아 측근에 둔다. 다윗은 종교 체계를 갖추게 되었다. 원하든 원치 않든 다윗은 사울을 반대하는 세력들이 모여듦으로 서서히 국가와 행정의 기틀을 잡아간다.

"다윗이 블레셋 군대의 침략을 막아내고 그일라 백성들을 구해줬다고 합니다. 또 목동들과 농부들을 하비루 산적들로부터도 보호하고 있다고 들었습니다. 다윗이 우리가 해야 할 일을 해주고 있습니다."

기브아 궁. 요나단이 다윗의 행적을 포장하여 보고한다. 사울이 아들을 노려보며 내뱉는다.

"다윗은 시체나 다름없다. 시체 얘기는 꺼내지도 마라!"

다음 날 똑같은 소식을 심복이 사울에게 다르게 전한다.

"그일라 백성들이 다윗을 왕이라고 호칭한다고 합니다. 그곳은 반역의 거점입니다."

"그 소식을 어떻게 알았느냐?"

"그일라 장로가 비밀리에 전령을 보내왔습니다. 다윗 무리가 아직도 그곳에 진을 치고 있는 모양입니다."

"그래… 신이 반역자를 내 손에 붙이셨도다. 그놈이 문과 문빗장이 있는 성에 들어갔으니 갇혔도다!"

사울이 왕좌에서 일어나 손뼉을 쳐댄다. 지금껏 다윗은 아둘람 등 광야에 있었기에 광대한 지역에서 체포할 수 없었다. 또 블레셋과 모압 망명 중이라 그리할 수 없었지만 그일라 성에 있다 하니 성을 포위하면 잡을 수 있다고 생각한다.

"어서 날랜 병사들을 모아라. 이번에는 반드시 다윗의 목을 가지고 올 것이다."

모사가 사울에게 다가와 넌지시 말한다.

"다윗은 그일라 백성을 구한 영웅으로 알려져 있습니다. 지금 다윗을 잡는다고 하면 따라올 상비군이 없을 것입니다. 블레셋 군대를 쫓아내기 위해 모병한다고 명분을 삼아야 할 것입니다."

사울은 칙령을 바꿔 내린다.

"나 사울 왕은 그일라로 가 내 백성을 괴롭힌 블레셋 잔당들을 추격하리라. 용맹한 야훼의 군대는 기브아 성문 앞에 모여라!"

그는 블레셋인을 막던 정력을 다윗을 추적하는데 쏟는다. 이것은 이스라엘의 국력이 급속하게 쇠약해지는 결과를 낳았다.

"사울이 유격대를 조직하여 블레셋인들을 치러 이곳으로 몰려온다는 정보입니다. 분명 그것을 명분 삼아 장군을 잡으려는 획책입니다."
"벌써 사울이 온다는 소문이 그일라 성읍에 퍼졌습니다. 그런데 장로들과 성민들의 눈치가 이상해졌습니다. 우리를 잡아서 사울에게 넘길 태세입니다."
심복 장군들은 수상스러운 소식을 다윗에게 전한다.
"구해준 것이 엊그제인데, 어찌 이 성읍은 은혜를 잊고 나를 잡아 넘기려 한다더냐?"
다윗의 판단에 심복이 반대하고 나선다.
"그일라 백성들은 장군을 배반하지 않을 겁니다. 이곳도 장군을 쫓는 자들이 많으니 협력하여 요새를 쌓고 사울 군과 대항하는 것이 좋을 듯합니다."
"아닙니다. 이곳 성읍 사람들은 이미 장군을 배신했습니다. 성 안 공기가 험악합니다. 며칠 전까지만 해도 많은 자가 군량으로 쓸 양식과 고기를 보내왔는데, 지금은 그런 자가 한 명도 없습니다."
심복들의 의견이 분분했다. 다윗이 어쩔 줄 몰라 아비아달을 부른다.
"야훼께 물어보거라. 어떤 말씀을 하시는지?"
그가 에봇을 가져오고 양 주머니에서 우림과 둠밈을 꺼낸다.
"이스라엘의 신 야훼시여, 그일라 사람들이 우리를 사울의 손에 넘겨주겠나이까?"
아비아달이 외치며 우림과 둠밈을 던졌다. 흰돌과 검은돌, 두 돌이 허공을 빙그르르 돌아 바닥에 떨어진다. 그가 신의 이름으로 말한다.

"야훼께서 말씀하셨습니다. 사울은 올 것이고, 그일라 사람들은 그에게 장군의 생명을 넘길 것입니다."

다윗이 급히 도망치듯 떠난다. 그런데 그 뒤를 따라 같이 도망가는 군사들이 있다. 그일라 주변에 주둔하던 사울 병사 중 일부다. 지금까지 다윗 무리와도 친하게 지냈던 이들은 사울의 문책이 두려웠던 것이다.

다윗 무리가 떠나는 모습을 보고 그일라 몇몇 장로들이 급히 사울에게로 전령을 보낸다. 그일라 장로들은 놉 땅에서 제사장 아히멜렉이 다윗을 도와주었다는 이유로 그의 가문과 성읍 사람들이 주살된 것을 기억한다. 보복이 두려웠던 그들은 다윗을 팔아 사울 군대를 막고자 했다.

다윗을 잡아 놓았었으나 눈치채고 도주하였습니다. 황야 쪽으로 갔사오니 추적하소서.

사울이 유격대를 조직하여 그일라로 막 출발하려는 찰나다. 그일라에서 필마로 다급하게 당도한 전령의 서신을 보며 입술을 질겅 씹는다.

"제기랄! 다윗이 눈치채고 황야로 도망갔다. 뛰는 가젤영양 같은 놈, 어디로 튀었을까?"

그가 발을 동동 구른다. 모사가 말한다.

"마병을 급파하소서. 다윗의 추종 세력을 따라잡을 수 있을 것입니다. 다윗 가솔 중에는 노인과 아이들도 많이 있다고 하니 함께 도망치려면 느려질 수밖에 없을 것입니다."

요나단이 다급하게 나선다.

"다윗을 잡아 오겠습니다. 저를 보내주소서!"

"만인이 알고 있는 다윗의 친구인 너를 보내라고? 칩거하며 반성하고 있으라고 하지 않았느냐? 어서 왕자궁으로 돌아가라."

"역도를 잡아 아버지의 신임을 회복하고 싶습니다. 한 번만 기회를 주십시오."

사울이 눈에 불을 지피며 요나단을 한동안 노려본다. 그가 장수들에게 명령한다.

"너희들은 왕자님을 모시고 황야로 가라. 반드시 다윗의 목을 베어 와라!"

그일라를 떠난 다윗 무리는 광야를 지나간다. '십 광야'(헤브론 남동쪽 6.4km 지점의 불모지)로 바위와 가시나무들이 어우러져 야생 동물도 접근하지 않는 지대다. 날카로운 차돌들이 지표에 덮여 있고 구렁텅이가 많은 까닭에 누구를 추적한다는 것이 거의 불가능한 곳이다. 누가 군대를 몰고 오더라도 높은 언덕 꼭대기에서 보면 몰래 습격해 오는 것이나 포위하는 것을 쉽게 관측할 수도 있다. 그러기에 어떤 연유든 쫓기는 자들이 피신해 있기 좋은 장소다. 다윗이 지형을 보고 탄성을 흘린다.

"아, 이곳이 정처 없는 도망자를 부르는 것 같구나. 이보다 더 좋은 도피처는 없다."

다윗이 십광야에 도착하자마자 이곳에 도피해 있던 자들이 몰려온다. 피신자들은 대부분 현 정권의 피해자들이고, 수배자들이다. 하비루 생활을 하던 이들은 다투어 다윗에게 투항하며 충성을 맹세한다.

"저를 받아주시오. 사울의 베냐민지파에게 토지를 빼앗기고 홧김에 그 촌장의 다리를 꺾어 병신을 만든 후 이곳에 피신해 살고 있습니다."

"저도 받아주시오. 놉 땅에서 제사장님들을 섬기던 레위인입니다. 사울 병사들은 우리 가족까지 살해했습니다. 저만 살아남아 이렇게 원수 갚을 날만 기다리고 있습니다."

십 광야는 사울 정권의 반란자들을 모아 결집하기에 좋은 장소다. 다윗은 육백 명의 측근과 병사를 거느린 장수가 된다.

사울의 군대는 요나단의 지휘 아래 다윗을 쫓아와 있었다. 장군들이 바위산을 바라보며 말한다.
"왕자님, 목동을 붙잡고 물어보니 다윗의 무리를 보았다고 합니다. 저 바위산에 숨어있다고 합니다. 바위 민둥산에는 피할 곳이 없으니 뒤편 수풀 속에 은거하고 있을 것입니다. 산을 포위하면 잡을 것입니다."
"다윗 무리가 우리를 유인하기 위해 흘린 정보일지도 모른다. 너희들은 여기 있거라. 내가 홀로 바위산 가까이 가 동태를 살피고 올 것이다."
"위험합니다. 저희 장군들이 수행하게 하시지요. 궁에서 떠날 때 왕께서 왕자님 곁을 떠나지 말라고 엄명을 내리셨습니다."
"이 지대는 너무 험준하여 누가 누구를 추적할 수 없다. 오직 유인하는 길밖에 없다. 저들은 홀로 온 것을 보고 나를 덮칠 것이 아니냐? 재빨리 피해 달아나는 척할 것이니 너희들은 여기 숨어 있다가 나를 추적하는 자들을 주살하라. 만일 너희들과 동행하면 다윗 무리는 더 깊은 산속으로 숨어버릴 것이다."

"한 필마가 오는데 치장된 말머리와 안장을 보니 귀족인 것 같습니다."
높은 산언덕에서 망을 보고 있던 전령이 뛰어와 전하자, 다윗의 동공이 커진다.
"사울 왕이 이곳까지 추격대를 보냈다는 소문이 사실이 아니냐? 이를 어쩔꼬!"
"그런데 그가 이쪽 허공을 향해 활을 쏴대고 있습니다. 화살에는 띠가 매달려 있습니다. 무슨 신호를 보내는 것 같습니다."

"띠 매단 화살을…? 오, 요나단 왕자님이 오신 것이다. 나를 찾아오신 것이야. 마중 나가리라."

다윗 얼굴에 먹구름이 걷힌다. 얼른 수풀에서 나와 산 아래로 뛰어간다. 심복들이 급히 길을 막는다.

"요나단 왕자님이 지금까지 변함없이 장군님의 생명을 아끼고 계시다는 보장이 없지 않습니까? 유인하여 장군님과 우리 모두를 척살하려는 계책일지도 모릅니다."

"왕자님은 곧 나다. 그가 죽이면 나는 기쁘게 죽을 것이다!"

다윗이 부하들의 만류도 뿌리치고 바위산을 내려간다. 멀리서 요나단도 다윗을 보고 말에서 내려 한걸음에 달려온다.

"왕자님!"

"오, 다윗아!"

둘은 가시나무 수풀 근처에서 얼싸안는다. 요나단이 다윗의 드러난 광대뼈와 낡은 가죽옷을 보고 눈물을 글썽인다.

"너는 신을 굳세게 의지하라. 너를 도와주실 것이다. 그리고 내 부친 사울 왕을 두려워하지 말라. 네가 이스라엘 왕이 되고, 나는 네 다음이 될 것을 왕께서도 알고 계시다."

요나단은 다윗이 왕이 되고 그 자신은 신하가 되는 것이 신의 뜻이며 민심이라고 믿고 있었다. 사울도 예견하고 있다는 말이다.

"왕자님!"

다윗이 목이 메어 요나단을 껴안으며 흐느낀다. 먼 데서 다윗의 심복들이 두 사람의 만남을 지켜본다. 조카 요압이 요나단에게 겨누었던 활을 스르르 내려놓는다.

"내가 준비한 포도주다. 너와 같이 마시려 가지고 왔다."

요나단이 품 안에서 호리병을 꺼내 건넨다. 다윗이 받아 크게 들이

킨 후에 건넨다.

'독을 탄 술이 아닌지 의심하여 망설일 수도 있으련만….'

요나단의 눈시울이 뜨거워진다. 그가 호리병을 입에 대고 남은 술을 마신 후 멀리 내던진다.

"다윗아, 너와 내가 맺은 언약은 영원한 것이지, 그렇지?"

"그렇다마다요. 살아계신 신 앞에서 맹세한 우리의 약속입니다."

둘은 옛 맹세를 다시 한번 확인한다. 요나단이 다윗의 눈빛을 깊이 들여다보며 말한다.

"다윗아, 나는 네 목숨을 살려주었다."

"제가 목숨이 붙어있는 것은 왕자님의 은혜입니다."

"내 원을 들어다오. 너는 이 자리에서 내 아버지를 해하지 않겠다고 맹세해다오."

"…."

"왜 말이 없느냐, 안 되겠느냐?"

"…."

다윗이 대답이 없자, 요나단이 슬픈 표정으로 말을 흘린다.

"역시 너는 우리 왕조와 싸울 것이고, 내 아버지를 죽일 작정이구나!"

"아닙니다. 사울 왕께서는 야훼의 기름 부음 받은 왕이요, 이 이스라엘을 건국한 국부이신데, 어찌 그분의 생명을 해하리이까. 내가 만일 그분의 생명을 해코지한다면 야훼께서 용서하지 않을 것입니다."

요나단이 그렁그렁한 눈물을 보이며 다윗을 깊이 껴안는다.

십 광야에서 사울과 다윗의 만남

"왕자님께서 돌아오셨지만, 반란자 다윗을 찾지 못한 모양입니다."
"아, 내가 또 속아 그놈을 체포조 수장으로 보냈구나! 그놈이 나의 출정을 막고 다윗에게 도망갈 시간을 벌어준 것이다."
사울이 군관의 보고를 들으며 부아가 치밀어 가슴을 들썩인다. 이때 십 광야에서 주민들 대표가 찾아와 알현하기를 청한다.
"다윗 무리가 아직 십 광야 구릉지대 '하길라'(건조한 언덕) 수풀 요새에 숨어있습니다. 속히 군사를 보내시어 잡아가소서. 백성된 의무로서 이 사실을 보고합니다. 우리는 전날 왕께서 아말렉족속을 제압해 주시어 우리 지역 유다평야에 평화를 주신 것을 잊지 않고 있습니다."
십 주민 대표를 만난 사울의 얼굴이 등불처럼 환해진다. 다윗은 이미 십 광야에서 하비루가 되어 토호들로부터 세금을 받아들이고 있었다. 범죄자까지 부하로 받아들인지라 그들의 횡포도 있었다. 다윗 무리는 십 광야 사람들에게 성가신 존재였다.
"너희는 충신 중의 충신이다. 나를 긍휼히 여겼으니, 야훼께 복 받기를 원하노라."
사울은 눈물마저 고인다.
"너희는 가서 놈이 어디로 잠적하였으며 또 얼마의 무리가 무엇을 하고 있는지 보고하라. 즉각 친정(親征)하리라. 다윗이 십 광야에 있으면 반드시 찾아 죽이리라!"

십 광야 사람들이 먼저 돌아가고, 사울은 들뜬 마음에 유격대를 소집한다.

"다윗을 추적하겠다. 국방장관 아브넬은 전 병력이 소집되는 대로 뒤따라오라."

사울은 먼저 선발대 삼천 명을 거느리고 십 광야 쪽 '여시몬'(헤브론 동남쪽 황무지. 기브아에서 십 광야로 가는 길목)으로 몰려간다.

다윗은 추종 세력들과 함께 십 광야 남쪽 마온(십 광야로부터 남쪽으로 8㎞ 지점에 있는 산악지대)에 있었다. 사해를 중심으로, 남북으로 뻗친 저지대다. 곳곳에는 당아욱, 가시나무, 금잔화, 쐐기풀 등 사막 식물들이 곳곳 뿌리를 내리고 있다. 남단에는 에돔의 무역 항구 도시 에시온게벨이 있었고, 또 가나안 남과 북을 연결하는 주요 도로인 왕의 대로가 있어 아라비아와 심지어 인도와 아프리카로부터 상거래를 하는 객상들이 지나는 곳이다.

"장군님, 이곳에 상주하며 객상들로부터 통행세를 뜯지요. 그것만 받아도 우리는 큰 부를 누릴 것입니다. 오늘 하루 거둬들인 세금도 적지 않습니다."

심복이 말을 마치자마자 전령이 다급히 달려와 소리친다.

"십 광야 장로들이 고자질한 것 같습니다. 사울 왕의 깃발이 이곳까지 추적해 왔습니다."

"그들은 나의 유다지파 사람들이 아닌가? 나에게 무슨 원한이 있어 고자질을 했다더냐. 사울 왕의 군사 수가 얼마나 된다고 하더냐?"

"사울 왕이 친정하는 것이니, 정예병사 수천 명은 될 것입니다. 우리 민간군대 육백 명으로 대항하기 어렵습니다."

다윗은 서둘러 더 깊은 바위산으로 피신한다. 그러나 사울의 군대는 이미 십 광야에 도착해 있었다. 원주민 장로들의 정보를 통해 다윗이 있는 곳을 정확히 알고 있었다.

사울의 군대가 다윗 무리가 숨은 바위산을 재빨리 포위한다. 다윗이 몰려오는 군대를 보며 긴급히 바위산을 벗어나 다른 바위산으로 진영을 옮긴다. 그러나 사울의 군대는 더 크게 포위망을 넓히며 그 일대를 포위한다.

"장군, 이미 이 산도 사울의 군대가 포위하고 있습니다. 이제는 갈 곳이 없습니다."

선봉에 섰던 심복들이 바위산 아래로 모여드는 사울의 군대를 보고 사색이 된다. 다윗이 신음을 흘린다.

"아, 신이 나를 버리신 모양이다!"

다윗은 그 절망을 시로 지어 남겼다.

신이여, 주의 이름으로 나를 구원하시고 주의 힘으로 나를 판단하소서. 신이여 내 기도를 들으시며, 내 입의 말에 귀를 기울이소서. 외인이 일어나 나를 치며, 강포한 자가 내 생명을 수색하며…. (다윗의 마스길. 십 사람들이 사울에게 이르러 말하기를, 다윗이 우리 지역에 숨지 아니하였나이까 하던 때에 지었다는 시)

사울이 거느린 삼천 명의 유격대와 아브넬이 거느리고 뒤쫓아 온 육천여 명의 병력이 십 광야에 자갈처럼 깔렸다. 사실상 이스라엘 상비군과 예비군의 전 병력이다.

"다윗이 저곳에 있는 것이 분명합니다. 그들이 남긴 음식 찌꺼기를 먹기 위해 까마귀들도 모여들고 있지 않습니까?"

"이놈 다윗! 내가 네 목과 피를 얼마나 그리워했는지 아느냐? 교활한 놈, 오늘이 네놈의 시체를 찢어 날짐승과 들짐승에게 던져주는 날이다."

십 광야 장로들을 앞장세워 사울이 장수들과 함께 바위산을 포위하고 옥죄어 올라가고 있을 때다. 전령이 필마로 달려와 엎드린다.

"블레셋인들이 몰려오고 있습니다. 벌써 내륙으로 들어와 기브아 궁까지 위협하고 있습니다. 왕께서 궁을 비우시고 출정 중인 것을 알고 침범한 것 같습니다."

"오호라, 이 일을 어쩔 것인가? 이번 출정에 궁 수비대까지 소집하여 오지 않았느냐?"

사울이 기브아 쪽과 바위산 쪽을 번갈아 바라보며 한탄한다. 장군들이 나선다.

"어서 도성으로 돌아가소서. 왕후와 왕족들이 염려됩니다."

"철군하소서, 블레셋인들에게 기브아 성을 빼앗기면 다시 찾지 못할 것입니다. 다윗은 언제라도 찾아 죽일 수 있습니다."

사울은 대군을 철수시키며 몇 번이나 바위산을 바라본다. 눈 속이 펄펄 끓는다.

"곧 오리라, 너는 며칠 동안 생명이 연장된 것을 신 앞에 감사해야 할 것이다!"[174]

---

[174] 훗날 마온 바위산 한 절벽 이름을 셀라하마느곳(나눠지는 바위)이라고 불렀다. 사울이 다윗을 잡으러 왔으나 블레셋 사람을 치러 물러갔으므로 분리되었다는 의미로 호칭된 것이다.

"사울의 군대가 물러가고 있습니다. 웬일일까요?"

"무슨 일인지는 모르지만, 어서 이 자리를 피하자. 필경 야훼 신이 나를 구원해 주신 것이다."

다윗은 포위가 풀리자, 측근들을 데리고 마온 광야 바위산에서 '엔게디'(예루살렘 남동쪽 약 56km 떨어진 오아시스)로 도주한다. 이 일대는 석회석 동굴들이 많았다. 또한 우물을 중심으로 비록 좁기는 하나 비옥한 오아시스가 형성되어 있었다. 다윗이 그 샘에서 물을 떠먹으며 안도의 한숨을 쉰다.

"아, 생명수로다."

기브아 쪽으로 몰려왔던 블레셋군은 블레셋 토호의 사병들이다. 궁이 빈 것을 알고 노략질하려 급습한 것이다. 그들은 다윗 체포를 포기하고 달려온 사울의 군대와 맞서게 됐다.

"마온 광야에서 다윗 군과 대치하고 있다고 들었는데, 사울이 언제 온 것이냐? 날개 달린 천마라도 타고 온 것이냐. 어서 도망가자. 사울은 맹장이요, 단창의 명수가 아니냐?"

블레셋인들은 사울의 군대를 보자 줄행랑을 친다. 사울이 블레셋군을 추적한다. 뒤처진 블레셋 마병들이 이스라엘 마병들이 쏴 대는 화살을 맞고 고꾸라진다. 말을 타고 쫓던 아브넬이 블레셋 마병 장군의 머리를 낚아채어 말에서 떨어뜨린다. 그 뒤를 쫓아온 장군이 땅바닥에 뒹구는 그의 목에 창을 박는다.

"추적은 여기서 멈춘다. 다시 마온 광야로 돌아가자!"

사울의 갑작스러운 말에, 말머리를 나란히 하며 블레셋군을 추적하던 장군이 소스라치게 놀라 소리친다.

"지금 블레셋군을 쫓고 있지 않습니까? 저들을 우리 영토에서 몰아내고 이번 기회에 본부를 파괴해야 합니다."

"나는 다윗 놈을 죽이는 일이 더 급하다. 어서 대군의 방향을 바꿔라."

장군들은 사울 눈속이 이글거리는 것을 본다. 그들은 블레셋인을 계속 치기 위해 말한다.

"다윗은 이미 그곳을 떠나 멀리 엔게디 쪽으로 도망쳤다고 합니다. 블레셋 놈들을 멸절시킨 후에 그리로 몰려가면 될 것입니다."

"그렇습니다. 왕께서는 며칠 간을 밤낮 적들과 싸우고 있습니다. 지금 움직이시는 것은 큰 무리십니다."

"엔게디로 가자! 가다가 피곤하여 쓰러질지라도 놈의 죽음을 보고 나도 죽으리라. 병사들에게 잠이 오지 않는 약초를 먹여 다윗을 추적하게 하라!"

사울의 분노의 불길을 끌 자는 아무도 없다. 장군들은 사울을 겨우 설득해 주력 부대는 계속 블레셋을 쫓고, 유격대 삼천 명을 가려 엔게디로 보내기로 한다.

"변고입니다. 사울 군대가 다시 돌아왔습니다. 이 엔게디를 포위하고 있습니다."

한숨 돌리고 있던 다윗 무리는 갑자기 몰려온 사울 군대에 몰리는 신세가 된다. 십 광야와는 다르게 엔게디는 많은 사람들이 숨을 장소로 마땅치 않은 곳이다. 협소하여 포위당하면 자멸할 수밖에 없는 오아시스 지대다.

"사울 군대가 옥죄어 오고 있습니다. 우리는 죽을 일만 남았습니다!"

십부장의 말에 모든 무리가 무기를 잡은 손마저 벌벌 떤다. 선봉장 수요압이 한 가지 묘책을 낸다.

"제가 군사들을 이끌고 좌편 왕의 대로 쪽으로 탈출을 시도하겠습니다. 그러면 사울의 군대도 우리를 쫓을 것입니다. 왕께서는 이곳에 숨어 있다가 잠잠해지면 움직이소서."

병사들의 희생이 따를 수밖에 없는 위험한 작전이다. 다윗을 지켜줄 심복 세 명만을 남겨두고, 요압이 모든 무리를 모아 탈출을 시도한다. 시선을 끌고 유인하기 위해 고함까지 쳐대며 도망친다.

"사울의 똥개들아, 우리 똥냄새를 맡았느냐. 어서 따라오너라!"

"다윗 졸개들이 포위망을 뚫고 도망치고 있다. 어서 쫓아라."

사울의 군대가 요압 무리를 쫓기 시작한다. 마병들이 말 위에서 활을 쏴대자, 병사들이 고꾸라진다. 말 탄 요압도 몸을 돌려 활을 쏴대며 도주한다. 양측이 쫓고 쫓기며 흥분한 가운데, 모사가 급박한 중에도 사울에게 뜻이 있는 조언을 한다.

"저들의 도주는 술수인지 모릅니다. 우리의 눈길을 돌리게 하고, 다윗은 이곳 어느 곳에 숨어있을지 모릅니다. 군사들을 쫓는 대로 다 보내지 마시고, 이 근처를 속속히 뒤지소서!"

사울은 추격대를 보내고도 수색대를 조직하여 엔게디 광야를 뒤지기 시작한다. 병사들은 의심되는 곳이라면 덤불 속이나 바위틈이나 땅속까지 창으로 마구 찔렀다.

사울은 밤낮 쉬지 않고 삼 일 동안 전투장 속에 있었다. 밀려오는 피로감에 몸체를 흔들흔들 거리며 '들염소 바위'라고 이름 지어진 바위산을 오른다. 작은 길이 나 있는 바위산 모퉁이를 돌아설 때다. 사울이 동굴을 바라보며 방패든 수행병사에게 말한다.

"잠시 저 굴속에 들어가 한잠 자야겠다."

오래전에 양의 우리로 사용했거나 암장(巖禮)을 위해 예비해 놓은 장소 같다. 입구에 거미줄이 쳐진 것을 보니 누구의 출입도 없었을 오래된 동굴이라 생각하고 굴속으로 들어간다.

"누군가가 굴속으로 들어오고 있습니다. 사울 왕 같습니다."

굴속 끝에서 납작 엎드려 심복의 말을 들은 다윗의 심장이 쿵쿵댄다. 그는 제 심장 소리에 굴이 무너질지 모른다고 생각한다. 다윗이 속으로 기도를 올린다.

'야훼여, 내 생명을 내 대적에게 맡기지 마소서! 신이여, 내게 은혜를 베푸소서. 내 영혼이 주께 피하되 주의 날개 그늘 아래서 이 재앙들이 지나가기까지 피하리이다!'(다윗이 사울을 피하여 굴에 있을 때에 지었다는 시)

동굴 속은 어둠이 두꺼운 검은 천처럼 내려 있다. 사울이 조심조심 발걸음을 옮긴다. 동굴 안쪽에서 부석거리는 소리가 들렸으나 박쥐 소리로 알고 귀에 담지 않는다. 그는 용변을 보고, 더 깊이 들어가 짚단이 깔린 한적한 곳에 드러눕는다.[175] 사흘 만에 누리는 잠자리다. 금방 깊은 잠에 빠져든다.

굴 막다른 곳에는 박쥐 떼가 천장에 매달려 있다. 박쥐들의 오줌똥이 쌓인 그곳에서 심복이 다윗에게 속삭인다.

"웬일인지 사울이 혼자서 들어왔습니다. 어서 죽이소서!"

다윗이 삭도를 빼 들고 조심조심 다가간다. 사울은 마치 졸도한 자처럼 깊은 잠에 빠져 있다. 몸 위에는 긴 왕 옷이 덮여 있다. 다윗이 삭도로 겉옷의 늘어진 끈을 가만히 베어버린다. 사울은 코를 골아댄다. 그가 벤 옷자락 조각을 들고 동굴 깊숙이 들어온다. 심복이 다윗에게 속삭인다.

---

[175] 고대 근동에서 군왕은 신과 같은 존재다. 그러기에 인간처럼 용변 보는 것을 비밀로 했다. 사울도 친위병을 물리치고 방패든 수행병사에게만 알린 채 홀로 동굴 속으로 들어왔다.

"어찌 원수를 죽이지 않았습니까? 우리가 가서 목을 따겠습니다."

"그래도 기름 부음 받은 왕이다. 왕은 신이 세우신다. 겉옷을 벤 것만으로도 마음이 아프다. 왕복은 왕의 권위를 상징하는 것인데 그것을 베었으니, 얼마나 수치스러워하겠느냐? 그에게 손을 대지 말라."[176]

다윗이 사울을 살려준 것은 단지 신앙심 때문만은 아니다. 사울은 정식 절차를 밟고 왕이 되었으며, 여러 주위 열국을 쳐부수고 나라를 세운 자다. 살해할 경우, 다른 지파로부터 받을 반발을 생각했다. 어쩌면 요나단과의 언약 때문에 죽이지 않았는지도 모른다.

한참 후, 단잠에서 깨어난 사울이 기지개를 켜며 동굴에서 걸어 나간다. 밖에 기다리던 방패든 병사가 수행한다. 사울이 다시 군사들을 이끌고 다윗을 찾고 있을 때다. 저편 언덕에서 수풀이 움직이더니 다윗이 불쑥 모습을 드러내어 사울을 보더니 엎드려 절을 올린다.

"다윗이 언덕 위에 있다!"

병사들이 우왕좌왕하고 궁수들이 그를 향해 화살을 겨눌 때다. 다윗이 목소리를 높인다.

"왕은 어찌하여 다윗이 왕을 해하려 한다는 거짓 보고를 들으시나이까? 오늘 야훼께서 굴속에 누운 왕을 내 손에 붙이신 것을 아셨을 것입니다. 심복이 왕을 죽이라 하였으나 내가 왕을 아껴 말하기를 '나는 내 손을 들어 내 주를 해치지 아니하리니, 그는 야훼의 기름 부음을 받

---

[176] 에돔과 암몬인들이 믿는 신 밀곰이나 몰렉 등은 왕이라는 뜻을 가지고 있다. 바꾸어 말하면 왕은 신과 같이 두려운 경배 대상이었다. 율법에도 왕을 저주한 사람은 사형에 처할 수 있었다. 왕의 지위는 신의 사자(使者)와 같았다. 이렇듯 왕은 신적 권위를 가졌기에 해하는 것에 누구나 거리낌을 가지고 있었다.

은 자가 됨이니라 하였나이다' 나의 아버지여, 내 손에 있는 왕의 옷자락을 보소서. 내가 왕을 죽이지 않고 겉옷 자락만 베었은즉 나의 손에 악이나 죄가 없는 줄을 아실 것입니다."

다윗이 옷자락을 들고 흔든다. 사울이 자신의 잘린 왕 옷을 보고 소스라치게 놀라며 급히 소리친다.

"궁수는 뒤로 십 보 물러가라!"

다윗이 사울을 보고 젖은 목소리를 높인다.

"나의 아버지여, 국부(國父)이시며 장인이시여! 왕은 내 생명을 찾아 해하려 하시나 나는 왕에게 범죄한 일이 없나이다. 야훼께서는 나와 왕 사이를 판단하사 나를 위하여 왕에게 보복하시려니와 내 손으로는 왕을 해치지 않겠나이다. 옛 속담에 말하기를 악은 악인에게서 난다고 하였으니, 내 손이 왕을 해하지 않겠습니다."

억울하지만 선악의 모든 판단은 신에게 맡긴다는 말이다. 절규는 이어진다.

"이스라엘 왕이 누구를 따라 나왔으며 누구를 쫓아다니이까? 죽은 개나 벼룩을 쫓음이 아닙니까."

"내 아들 다윗아, 네 목소리냐?"

사울이 울먹인다. 다윗을 향해 다시 소리친다.

"내 아들아, 나는 너를 학대하되 너는 나를 선대하니 너는 나보다 의롭도다. 사람이 그 원수를 만나면 평안히 가게 하겠느냐? 네가 오늘날 내게 행한 일을 인하여 야훼께서 선으로 갚으시기를 원한다. 보라, 나는 네가 반드시 왕이 될 것을 알고, 이스라엘 나라가 네 손에 견고히 설 것을 아노니, 너는 내 후손을 끊지 말고 내 아비의 집에서 내 이름을 멸하지 아니할 것을 야훼 이름으로 맹세하라."

"맹세하겠습니다. 어서 사람을 보내 추적대를 멈추게 하소서. 내 부하늘도 왕을 해하지 않을 것입니다."

"알았다. 너와 네 가솔들을 해치지 않겠다. 너도 오늘 나와 한 약속을 지키길 바란다."

사울은 군사를 물려 돌아갔다. 다윗 또한 심복들과 함께 도피처로 급히 돌아가며 생각한다.

'아, 내가 숨은 그 바위굴 입구에 왕거미가 줄을 치지 않았다면 어찌 살아날 수 있었으랴. 아, 야훼가 왕거미 배 속에 나를 숨겨주셨구나!'

요압은 병사들과 도주하고 있었다. 추적을 받으며 많은 병사를 잃었다.

"외삼촌은 무사할까?"

쫓기면서도 엔게디 동굴에 숨겨 놓은 다윗 걱정뿐이다. 이때 나팔소리가 나고, 신호를 들은 사울 병사들이 회군한다. 한참을 도망가다 말머리를 돌린 요압과 장군들과 병사들의 눈이 커진다.

"사울 병사들이 돌아간다. 주군께서 잡히시거나 서거하신 것이 아니냐?"

"다윗이 동굴 속에서 사울 왕을 만났지만 살려주었대. 다윗이야말로 성군이 될 사람이 아니던가."

"사울 왕도 다윗이 왕이 될 것을 인정했다더구만. 언약까지 맺었다는 거야. 쌍방 간에 전쟁을 하지 않고 후손들을 멸절시키지 말자고."

엔게디 사건 소식을 들은 백성들은 다윗을 더욱 칭송한다. 그만치 사울의 위치는 쇠퇴한다.

나발 사건

그 후 다윗은 '바란'[177]에서 부하들과 거주했다. 하비루요, 세력을 가진 용병 생활이다. 활동 영역을 먼 곳으로 넓히고 있었다. 사울로부터 위협을 느끼고 더 멀리 도망 온 것이기도 했다.

다윗은 여전히 토호 세력들의 재산을 떠돌이 유목민들과 도적, 강도들에게 지켜주고 대가를 얻으며 살아간다. 이스라엘 족속뿐만 아니라 유다 남방에 있는 가나안 소부족인 갈멜 족속, 여라므엘 족속 또 겐 족속, 홀마 족속 등의 가축들을 지켜주고 대가를 받아내곤 했다.[178]

"나발이 양털을 깎는다고 하니, 너희는 가서 내 이름으로 평강의 인사를 하고 전하거라. '지금까지 그대의 목자들을 우리가 보살펴주지 않았소? 그래서 양 한 마리도 잃지 않고 지금까지 지냈을 것이오. 오늘은 양털 깎는 좋은 날이니 무엇이든지 좀 되는대로 내 부하들과 그대의 아

---

[177] '아라비아 반도의 남부.' 이곳은 다윗이 방랑했던 유다 지방의 광야로부터 많이 떨어진 곳에 위치한다.
[178] 아라비아 유목족속인 베두원족들은 이동하며 목축을 하면서도 기회가 주어지면 약탈을 일삼았다. 그들의 말 중에는 '약탈을 안 하는 것보다 형제 것이라도 약탈하는 것이 좋다'는 속담이 있을 정도로. 가나안 내륙으로 들어와 약탈을 할 때가 많았다.

들, 이 다윗에게 나누어 주시오'라고."
 다윗은 지주 나발에게 보수를 받아오라고 부하들을 보낸다. 자신을 그의 아들이라고 낮추고 있지만, 그 내용을 보면 듣기에 따라서 칼 가진 자의 협박일 수도 있다.[179]

 유다 광야에는 갈멜 족속 중 목장주 나발(어리석은 자)이 가축을 키우며 재산을 늘리고 있었다. 원래 다른 이름이었으나 주위 사람들에게 수전노라는 지탄을 받고 붙여진 별명이다. 집은 '마온'(헤브론 남쪽 14㎞ 떨어진 유다 산지 성읍)이지만 양떼는 초원이 많은 갈멜(마온 북쪽에 위치한 평원)에서 키우고 있었다. 심히 부자여서 양이 삼천이요, 염소가 일천이었는데 때가 되어 양털을 깎는 날이 되었다.
 부하 십여 명이 몰려가 다윗이 전하는 요구를 했을 때다. 나발은 독주에 무척 취해 양털 깎는 목자들을 감독하고 있다가 비웃음을 흘린다.
 '다윗은 부마였고 사울의 수석장군이었던 자가 아니냐? 내 양털 깎는 날을 어떻게 알고 거지 떼를 보낸 것이냐?'
 이미 다윗에게 신세를 졌고 명성을 알고 있었지만 모르는 체하며 소리친다.
 "다윗은 누구며 이새의 아들은 누구냐? 근일에 주인에게서 억지로 떠난 노예가 있다고 하는데 그자가 아니냐."
 다윗은 나발에게 '그대의 아들 다윗'이라고 존칭했으나, 나발은 오히려 다윗을 사울에게서 도망친 노예 취급을 한다. 다윗 심부름꾼들도

---

[179] 기원전 2000년경 메소포타미아 라르사 성읍 문서에는 목자와 주인 간에 계약이 명시되어 있다. 털을 깎는 날 양과 염소를 넘겨주고 보수를 받는다는 내용이다.

행패를 부리러 온 부랑아처럼 대한다. 다윗 진영이 마온과 갈멜에서 멀리 떨어진 바란에 있는 것을 알고 기세등등하다.

"내 떡과 술과 고기를 어디서 왔는지 알지도 못하는 자들에게 주겠느냐? 언제 내가 가축을 보호해달라고 부탁했단 말이냐? 그자가 제 마음대로 해놓고 대가를 바라고 있지 않느냐."

나발이 술 냄새를 풍기며 지껄이자, 일꾼들이 나서며 말린다.

"주인님, 오늘같이 양털 깎는 좋은 날에는 나그네도 초대하여 베푸는 것이 관례가 아닙니까? 저들에게 양 몇 마리에 몇 근의 양털과 떡을 주어 보내지요."

"율법에도 나그네를 대접하라고 기록되지 않았습니까. 부디 자비를 베푸시지요."

"무슨 소리를 하는 것이냐? 너희들도 배가 불러 내가 주는 임금이 남아도는 모양이구나!"

나발이 노발대발한다. 다른 일꾼이 바른말을 한다.

"이렇게 부하를 박대하여 보낸다면 다윗이 가만있지 않을 것입니다."

그는 여전히 취기를 힘 삼아 고함을 질러댄다.

"이놈아, 내가 갈렙의 후예가 아니냐? 갈렙[180]이 어떤 분이었느냐? 여호수아와 함께 최고의 명장이 아니었느냐? 팔십오 세에 가나안 족속을 물리치고 이 헤브론 산지를 상급으로 받은 용장이었느니라. 그분의 피가 내 속에 흐르는데, 어찌 다윗 같은 생쥐를 두려워하랴!"

가나안 유목민들은 적은 수로 떠돌아다녔기에 서로 인적 동맹을 맺

---

[180] 갈렙은 에돔 출신 그나스족이다. 여호수아의 가나안 침공 때 함께하며 유다 헤브론 지역을 보상으로 받았기에 유다지파로 불린다.

는 것을 힘으로 여겼다. 그래서 손님 접대도 관대하고 융숭했다.[181] 그러나 나발이 다윗에게 반감을 품은 것은 나름대로 이유가 있다. 그는 기브아 사울 궁에 양과 소와 곡물들을 납품하며 교류를 하고 있었다. 사울 정권의 혜택을 받고 있는데, 다윗이 역성혁명을 일으키고 있다는 풍문을 일찍이 들은 까닭에 화가 난 것이다.

다윗의 부하들은 양털 깎는 나발의 일터에서 물 한 모금 얻어먹지 못했다. 떡과 고기 먹는 것을 마른침을 삼키며 지켜보다 발길을 돌렸다. 무리가 바란으로 돌아와 이 모든 말을 전하자, 다윗이 콧김을 뿜어댄다.

"그놈 목장의 담이 되어 뒷배를 돌봐주었다. 지난번에는 아말렉 약탈자로부터 재산을 지켜주기 위해 내 부하의 팔 한 짝을 잃기까지 했다. 나는 지금까지 식량이 필요했음에도 양털 깎는 날까지 기다렸다. 제 놈을 한 번도 겁박하여 갈취한 일도 없었다. 그런데 너희를 박대하여 비루먹은 개처럼 내어 쫓다니. 너희가 부랑아면 나는 부랑아의 왕초가 아니냐? 은혜를 모르는 놈은 죽어야 마땅하다. 너희는 각각 칼을 차라!"

다윗은 장검을 차고 측근 사백 명 가량을 데리고 마온 성읍 나발의 집으로 올라간다. 말과 나귀와 노새에 병기를 싣고 가는 큰 싸움이라도 벌이려는 단단한 각오다.

"나발의 목을 가져오리라. 그에게 속한 모든 것 중 '마쉐틴 베키르'('벽에 오줌 누는 사람.' 남자를 비하한 말) 하나라도 아침까지 남겨두면 신

---

[181] 히브리전승에는 아브라함도 찾아온 손님들을 최고의 음식으로 대접했고, 또 그의 조카 롯도 찾아온 손님들이 몰려온 동네 폭도들로부터 비역질 당할 위험에 처하자 자기의 딸들의 순결까지 내어놓으며 보호했다.

이 이 다윗에게 벌을 내리시고 또 내리시기를 원하노라! 그놈의 배때기에는 기름이 잔뜩 붙어있을 것이니 잘라 와 산채로 밝히리라."

"여주인님, 큰일 났습니다!"
몸종이 안채로 뛰어 들어온다. 아비가일이 툇마루에 앉아 베갯잇에 수를 놓고 있다가 고개를 든다.
"가축 치는 곳에서 무슨 일이라도 있는 것이냐?"
"다윗이 가축을 지켜준 보수를 받으려 부하들을 보내었거늘 주인님이 수욕게 하였나이다. 그들이 광야에서 담이 되어 주어 우리는 한 마리의 양도 강도들에게 잃지 않았습니다. 이제 여주인님은 어떻게 할 것을 알아서 생각하십시오. 다윗은 우리 주인과 온 집사람들을 살해하기로 결정했을 것입니다."
"주인님에게 이 사실을 알렸느냐?"
"워낙 성질이 그러한 사람이라 제가 더불어 말할 수 없었나이다."
"음… 다윗이라고 했더냐? 사울 왕의 뒤를 이어 이스라엘의 왕이 될 자라고 알려진 자가 아니냐? 그런 자를 주인님께서 건드렸다고? 차라리 사자 불알을 건드리지…."
다윗은 마온에서도 이미 잘 알려진 인물이다. 소년 시절 골리앗을 죽이고 또 여러 번 적을 물리친 전설 같은 영웅이 아닌가! 그녀의 얼굴에 호기심과 걱정이 가득하다.
"벌써 다윗은 군대를 이끌고 이곳으로 오고 있을 것입니다. 여주인님과 이 집안 모든 사람을 살려두지 않을 것입니다. 숙곳의 참화가 벌어지지 않을까 두렵습니다."[182]
"잘 알려주었다. 넌 어서 나귀를 끌고 오너라. 그리고 쓸 만한 것으로 양을 서둘러 잡아라."

아비가일은 급히 떡 이백 덩이, 포도주 두 가죽부대, 잡은 양 다섯, 곡식 다섯 세아, 건포도 백 송이, 무화과 이백 뭉치를 준비한다. 그리고 일꾼들에게 명령한다.

"나귀에 싣고 내 앞서가라, 너희들을 뒤따라가리라. 이 일은 주인님에게 절대로 이르지 말라!"

"저곳이 바로 마온이다. 너희 200명은 이곳 이정표 근처에서 매복해 있거라. 무슨 일이 있으면 전령을 보낼 테니 그때 나를 도우라. 나머지 병력은 나를 따르라. 속히 나발과 가솔들의 목을 쳐 바구니에 담아 오리라."

다윗은 더운 콧김까지 뿜으며 마온 초입까지 달려왔다. 아비가일이 나귀를 타고 산모롱이 외진 곳으로 오다가 다윗 무리와 마주친다. 종들에게 급히 명령한다.

"어서 가서 다윗 장군 앞에 절을 올리고 예물을 바치거라."

앞서가던 일꾼들은 다윗 앞에 엎드렸고, 음식물 등 예물을 실은 나귀들도 그 앞에 멈춘다. 아비가일도 나귀에서 내려 엎드려 얼굴을 땅에 댄다. 다윗의 부하가 아비가일을 알아보고 칼집에 손을 대며 소리친다.

"나발의 아내입니다. 어찌할까요?"

그녀가 여전히 땅에 얼굴을 묻고 읍소한다.

"내 주여, 이 여종의 말을 한 번 들어주소서!"

다윗이 아비가일의 넙죽 엎드린 자태를 보며 망설이고 있을 때, 그

---

182 히브리전승이 전하는 사사 때 이스라엘 지파 간에 벌어진 일이다. 미디안 족속을 쫓던 사사 기드온은 병사들이 피곤하자 스쳐가던 숙곳이란 촌에서 떡을 요구한 적이 있다. 그곳 사람들이 요청을 거부하였다가 참수당한 사건이다.

녀가 고개를 든다. 다윗의 눈이 동그래질 정도로 얼굴빛이 눈부시다. 아비가일이 낭랑한 목소리로 말한다.

"원하옵나니 내 주는 불량한 사람 나발을 개의치 마옵소서. 그 이름이 그에게 적당하니 미련한 자입니다."

아비가일은 남편을 욕하며 말을 잇는다.

"야훼께서 나를 보내시어 내 주의 손으로 피를 흘려 친히 복수하시는 일을 막으셨습니다. 내 주의 원수들과 내 주를 해하려 하는 자들은 나발과 같이 되기를 원하나이다."

그녀는 야훼가 자신을 시켜 막았다고 하며 피를 흘리지 말 것을 부탁한다. 또 다윗을 아돈('주님.' 신이나 왕, 웃어른을 높여 부르는 존경 칭호)이라고 부르며, 그의 원수들이 남편 나발과 함께 야훼의 복수를 받기를 원한다는 것이다.

"여종이 내 주에게 가져온 이 예물로 내 주를 따르는 부하들에게 주게 하시고 주의 여종의 허물을 사하여 주옵소서."

아비가일은 가지고 온 예물이 하찮아서 다윗에게는 밝히지 못하고 부하들에게 주겠다고 하며 그것들을 내려놓는다. 다윗이 그녀의 얼굴을 세세히 본다. 눈빛이 다듬은 사파이어처럼 빛이 나는 여인이다. 찬찬히 살펴봐도 자태가 흐트러짐이 없다. 아비가일은 다윗이 바라보고 있는 것을 느끼며 얼굴을 붉히면서도 목소리는 또렷하다.

"야훼께서 반드시 내 주를 위하여 든든한 집을 세워주실 것입니다. 악인들이 내 주를 쫓을지라도 내 주의 생명은 야훼께서 생명 싸개 속에 보호해 주실 것입니다. 야훼께서 내 주를 후대하실 때 원컨대 내 주의 여종을 생각하소서."

야훼 신이 다윗의 생명을 보호해 주고, 또 집(왕조를 의미)을 세워주고 왕이 되게 할 것이니 자기를 기억해달라는 꽤 맹랑한 얘기다.

'나발에게 이런 부인이 있을 줄이야, 돼지의 '아타라'('둥글게 휘어 감는다'라는 뜻으로, 면류관을 뜻함)구나!'

다윗의 얼굴에 미소가 피어난다.

"내가 피를 흘릴 것과 친히 복수하는 것을 네가 막았다. 네가 급히 와서 나를 영접지 아니하였더라면, 밝는 아침에는 나발 집안에서 한 남자도 남겨 두지 않았을 것이다."

아비가일이 나귀의 짐을 풀어 바치는 음식 예물을 받으며 다윗은 함박꽃 같은 미소가 피어난다.

"여인이여, 네 집으로 편안히 돌아가라. 내가 네 말을 듣고 네 요청을 허락하겠다!"

다윗은 그녀를 보낸 후 바란으로 돌아오면서 미소가 지워지지 않았다.

'아비가일이라고 했지? 여인은 통찰력이 있지 않느냐? 그 여자의 말을 들으니, 온몸에 용기가 솟는구나….'

아비가일이 집에 도착했을 때, 나발이 며칠간의 양털 깎는 일을 마치고 돌아와 친구들과 호화로운 잔치를 벌이고 있었다. 타구(침을 뱉는 그릇)에 음식물을 토해내며 계속 먹다가 소리친다.

"이 여편네가 어디 갔다가 지금 오는 것이야? 친구들이여, 보시오. 내 아내처럼 예쁜 여자가 이 마온 땅에 또 있소, 으하하하!"

아비가일이 술에 취한 남편을 뒤로하고 집 안으로 들어간다. 뒤에서 나발의 술 냄새 짙은 목소리가 들려온다.

"이 여편네야, 잔칫집을 들어오며 표정이 왜 그런가? 안사람의 얼굴은 잔칫상에 나오는 또 하나의 그릇인데, 어찌 그대의 얼굴이 휘휘 저은 죽 상이더냐? 어서 나와 내 친구들과 함께 즐기자고, 으하하하!"

그다음 날 정오가 되어서야 나발은 독주에서 깨었다.

"어제는 많이 취한 모양이야, 전혀 기억이 없어. 그런데 그대는 어제 온종일 어디를 갔다 왔는가?"

"다윗 장군을… 만나고 왔어요."

"산적이요, 거렁뱅이 놈을 내 허락도 받지 않고…?"

"그가 말했어요. 은혜도 모르는 자는 한 자도 남기지 않고 다 죽이겠다고…."

"다윗이 그런 말을 했어? 이 일을 어쩐다? 사실 내 아껴 모은 재물을 근본도 모르는 자에게 주기도 싫었지만, 그를 도와주면 사울 왕에게 해를 받을까 두려워했던 것인데…."

"다윗은 사울 왕과 겨룰 수 있는 영웅이에요. 척지면 이로운 것이 없어요. 그런데 왜 원수를 맺었나요?"

'어찌할꼬, 어찌할꼬. 독사를 밟은 꼴이요, 막다른 낭떠러지 앞에서 늑대를 만난 꼴이다.'

나발은 아내의 말을 듣고 안절부절못하다가 드러눕는다. 끙끙대며 뒤척이다가 뇌내출혈이 일어나 열흘 후에 죽었다.

바란 광야로 돌아온 다윗은 하비루 생활로 하루를 보낸다. 허락도 없이 민가를 수탈하여 처녀를 납치해 온 부하에게 회초리를 칠 때다. 심복이 급히 달려와 귓속에 속삭인다.

"나발이 급사했습니다. 아침에 혓바닥을 한 자나 빼고 죽어있더랍니다."

다윗이 회초리를 집어던지며 소리친다.

"정말 그 돼지가 죽었느냐?"

그는 속으로 생각한다.

'그러면 아비가일은 누구라도 구혼할 수 있는 미망인이 된 것이 아니냐?'

다윗은 자신이 피 흘리는 것을 피하게 하려 야훼가 대신 나발을 죽였다고 믿으며 찬송한다.

"야훼께서 나발의 악행을 그 머리에 돌리셨도다. 아, 야훼가 내 가슴에 맺힌 원한을 풀어버리고 치욕을 씻어버리셨도다!"

가족들과 지인들이 상가에 모여 열흘 동안 죽은 자를 위해 울어주는 기간이다. 베옷을 입은 아비가일이 마루에 앉아 울면서도 자주 문밖 쪽을 쳐다본다.

'다윗은 분명히 이스라엘 왕이 될 것이다. 그의 눈빛은 이미 나를 좋아하고 있었어. 나를 불러 아내로 삼아줄 것이다. 그런데 어찌 이리 사환이 몰고 올 말 울음소리가 들리지 않는 것이냐?'

그녀의 얼굴이 해를 본양 밝아왔다. 매파들이 나귀를 타고 언덕을 넘어오고 있다.

"미래의 왕 다윗이 당신을 아내로 삼고자 하여 우리를 보내더이다."

아비가일은 마당에 들어서는 사환들을 맞으며 일어나 몸을 굽혀 얼굴을 땅에 대고 절을 올린다.

"여종은 내 주의 사환들의 발 씻길 종이니이다!"

자기를 낮춘 아비가일은 급히 일어나 따라갈 채비를 차린다. 베옷을 벗고 화장대에 앉은 아비가일은 석회석가루를 얼굴에 발라 흰빛을 띄우고 꽃가루를 발라 발그레한 뺨을 만들고 있다. 검댕으로는 눈꼬리를 초승달처럼 그린다.

'다윗에게는 아내가 수없이 많아질 텐데 가장 예쁜 여자로 보여야지!'

아비가일은 그동안 부리던 다섯 명의 여종과 다윗의 사환들을 따라간다. 그녀를 태운 나귀가 마온 광야로 질러간다. 들판에서 호밀을 베던 농군들이 허리를 펴며 한마디씩 한다.

"산 개가 죽은 개보다 낫지!"[183]

"그래도 제 남편이고, 그 남편이 다윗의 협박에 놀라 죽었는데 그런 자에게 시집을 간다니, 당돌한 계집이 아닌가!"

이스라엘 관례는 남편이 죽었을 경우 다른 근친과 결혼하여 아들을 낳아 대를 계승하는 '수혼'[184] 제도를 율법에 명기하여 따르게 했다. 그렇지 않을 경우도 남편의 집 가족 일원으로 남아 정조를 지키는 것을 미덕으로 여겼다. 아비가일은 이 모든 관례를 깨고 다윗의 품으로 간다.

사람들은 갑작스러운 나발의 죽음을 보고 아비가일이 다윗에게 말했던 예언이 이루어졌다고 믿으며 그녀의 신통력을 칭송하기도 했다. 그러나 다윗과 아비가일과의 혼례는 소문을 낳는다.

"아비가일이 다윗에게 시집가고 싶어 제 남편의 술에다가 독을 타 죽게 했다지 뭐야."

"그걸 혼자서 했겠어, 다윗이 뒤에서 사주한 것이겠지."

다윗은 아비가일을 아내로 취하고 나발의 가축, 종, 토지 등 재산도 차지했다. 율법을 어긴 행위다. 후사 없이 남편이 죽으면 그 토지와 재산은 남자 가문에 남겨야 했다.

---

[183] 과부 재혼의 정당성을 말하는 히브리 속담.
[184] 동생의 남편이라는 뜻을 가진 히브리어 '리비르'에서 파생. 아시리아, 히타이트, 가나안인들의 관습이기도 했다.

십 광야에서 사울과 다윗의 재회

다윗은 식구들과 심복들을 데리고 황야를 떠돌고 있었다. '이스르엘'('신이 파종 하신다.' 갈멜산 북쪽에서 요단을 향해 내려간 깊은 골짜기) 지방에 이르렀을 때다. 그 지역 토호인 '아하사할'(새벽의 형제)이 딸을 데리고 다윗을 맞는다. 뒤에는 예물을 실은 나귀와 종들이 서 있다.

"이 지역에 사는 이름도 얻지 못한 천민이요. 부를 조금 얻어서 사병과 노예들을 거느리고 있소. 다윗 장군은 이스라엘 백성 모두가 왕이 될 것임을 알고 있소. 미천한 내 딸이 있어 바치려 하오. 부디 훗날의 후비로 받아주시오."

다윗이 딸을 보니 얼굴이 하현달처럼 갸름하다. 그가 멈칫거릴 때 장수들이 거든다.

"어서 승낙하세요. 그 순간 우리는 사병을 얻게 되는 것이 아니겠습니까? 이 이스르엘은 물이 흔하고 비옥한 땅입니다. 양식도 풍부하니 군량미도 얻을 수 있을 것입니다."

다윗은 '아히노암'(내 형제는 아름답다)을 아내로 삼는다. 아하사할은 '벧스안'('쉬는 집.' 이스르엘 평원과 요단 계곡 갈림길에 있는 성읍)에서 시리아, 미디안, 이집트 사이를 오가는 대상들을 상대로 가축을 팔아 재물을 늘인 자다. 다윗은 장인이 된 그에게 딸 뿐 아니라 무기류 등 많은 폐물을 받았다. 이스르엘은 북쪽지파 영토다. 남쪽 유다지파였던 다윗으로서는 북쪽 세력까지 얻은 손해 없는 전략적인 결혼이다.

"다윗이 아내를 몇이나 취했다고? 어찌 부마가 공주의 허락도 없이 마음대로 첩들을 들인단 말이냐? 제 놈을 위하여 목숨을 걸고 아버지의 손에서 탈출시켜 주었건만, 분탕질만 일삼고 있다니!"

"이스르엘 토호의 딸 아히노암이라는 계집년에게서 암논이라는 아들을 얻었다고 합니다."

"내가 이곳에 있다고, 별별 곳에다 씨를 뿌리고 있구나. 가슴속에 불덩이가 치솟아 오른다!"

다윗의 혼례 소식이 전해지자, 기브아 공주궁의 미갈이 시녀 앞에서 울음을 터뜨린다.

"너는 왕에게 보고하기를 딸 미갈이 재혼하고 싶다고 전하거라. 이미 다윗은 반역자가 되었고 나를 잊었으니 어찌 기다리며 늙어간단 말이냐. 아이구, 내 팔자야, 내 팔자야!"

미갈은 요단강변 길림에 사는 '발디엘'(신께서 자유롭게 하셨다)과 연애에 빠져 있었다. 그 강변에 지천으로 피어있는 살구꽃 구경을 갔다가 만난 자다. 아비는 라이스란 자로 기브아 궁전에서 사무관으로 있었다.

다윗의 일거수일투족은 베냐민지파 심복들에 의해 사울에게 보고된다.

"다윗이 여전히 반역을 꾀하고 있습니다. 마온 광야에서 군사를 모으고 있습니다. 그 군대를 어디다 사용하겠습니까? 얼마 안 있어 이 기브아 궁으로 쳐들어올 것입니다."

"다윗은 부마가 된 은총을 저버리고 첩들을 얻고 있습니다. 부자들과 세력가들과 결혼하여 장인들의 사병까지 얻어 세력을 자꾸 키우고 있습니다."

역시 베냐민지파 사람들은 사울과 다윗을 이간시킨다. 유다지파 다윗의 복권은 그들에게는 기득권의 상실이었다.

사울의 마음이 손바닥 뒤집듯 변한다.

"지난번 십 광야에서 나하고 화평하자고 맹세하더니 그새 마음이 바뀌었단 말이냐? 다윗은 내 부마가 아니다. 내 딸 미갈을 충성스러운 신하에게 시집보낼 것이다."

"사울 왕이 미갈 공주를 길림에 사는 자에게 시집보냈다고 합니다."
"그래… 사울 왕이 겁박하여 재혼시킨 것이 아니겠느냐? 미갈이 순순히 그자를 따라갔다고 하더냐?"

이스르엘 장인 집에 다윗과 측근들이 모여 기브아 궁의 소식을 듣는다. 소식을 전하던 장군이 난처한 표정으로 말을 잇는다.

"전해지는… 말로는 다른 여인들과 혼례를 치른 다윗 장군을… 저주하고… 재혼했다고 합니다."

"쯧쯧, 여자의 투기는 끓는 용암보다도 더 뜨겁다고 했는데 미갈 공주 역시 다름이 없구나. 난 그래도 사랑했는데… 그러나저러나 사울 왕이 딸마저 다른 신하에게 시집보냈다면 나를 부마로 인정하지 않는 것이고, 나를 죽인다는 것이 아니냐? 지난번 엔게디 광야에서 신의 이름으로 평화조약을 맺었는데…."

"변덕이 죽 끓는 듯한 사울 왕의 마음이 아닙니까? 언제라도 장군의 목숨을 찾아 이곳에 올 것입니다."

"다윗의 군대가 우리 촌락 근처 십 광야 하길라 산으로 되돌아왔습니다. 그들은 전날 왕께 보고한 것을 알고 있으므로 우리를 죽일 것입니다."

"그렇지 않아도 광야에서 토끼몰이하듯 다윗을 찾고 있었다. 이번에는 반드시 잡아 먹을 따리라. 여봐라, 지난번 차출했던 유격대 삼천 명을 다시 소집하라!"

기브아 궁으로 십 광야 장로들이 다시 와 밀고한다. 사울은 다윗을 찾아 또 출병을 준비한다. 모사가 막는다.

"지난번 엔게디에서 다윗은 왕을 살려주었습니다. 왕께서도 야훼의 이름으로 그를 죽이지 않겠다고 약조하셨습니다. 출병하시어 쫓는다면 세상의 비웃음거리가 될 것입니다."

사울이 쓴 웃음을 흘린다.

"그땐, 날 구해준 것이 아니라 모독한 것이다. 그날 방심하여 허점을 보였지만, 이번에는 목을 베어 돌아올 것이다. 내 칼에 그놈의 피가 흥건히 묻지 아니하면 돌아오지 않으리라!"

"염탐꾼의 정보에 따르면 사울이 우리를 잡으려고 기브아에서 또 출병하여 벌써 이곳 십 광야 남쪽에 진영을 만들었다고 합니다."

"그러면 어서 피해야 되지 않느냐, 어서 서둘러라!"

십 광야 하길라 언덕 산채. 하비루 생활로 모은 보석, 모피 등을 아내들과 헤아리던 다윗이 심복의 보고를 받고 얼굴이 창백해진다.

"이곳보다 더 좋은 도피처는 이 이스라엘에서는 없습니다. 더 많은 통행세를 뜯을 곳도 없습니다. 어떻게 도망만 다닐 수가 있겠습니까? 부딪혀서 전투를 벌여 사울을 죽이지요."

"사울 왕이 죽지 않으면 필경 우리가 죽을 것입니다. 지난번에 살려주었지만, 오히려 은혜를 원수로 갚지 않습니까? 장군, 사울과 우리 중에 한쪽을 택하십시오."

다윗도 장군들의 요청을 거부할 수 없는 지경에 빠진다. 칼을 차고 나선다.

"일단 왕이 어느 규모의 병사들과 왔는지 알아보자."

다윗은 심복들을 거느리고 사울 진영 쪽으로 다가간다. 어두움이 짙어지는데 산 아래쪽에 사울의 추적대가 보인다. 깃발을 세운 왕 천막을 중심으로 군사들이 주위에 천막을 쳤고, 군대장관의 천막은 왕의 천막 옆에 쳐져 있다.

"벌써 내 목 앞까지 왕의 군대가 왔구나. 군영 천막 수로 보아 상비군 주력부대를 몰고 온 것 같다."

"군대장관 아브넬이 왕을 지키고 있다. 누가 나와 함께 가겠느냐?"

적진을 순찰하고 온 다윗이 비장한 목소리로 말하자 히타이트인이며 용병인 아히멜렉이 나선다. 큰 코를 가진 생김새와 함께 용맹성과 민첩성도 개코원숭이 같은 자였다.

"제가 목을 베어 바치겠습니다!"

다윗이 데리고 가려다가 잠시 생각을 한다.

'아히멜렉은 이방인이라 야훼를 두려워하지 않고 기름 부음 받은 왕을 무작정 죽일지도 모른다.'

그 마음을 알기라도 한 듯 외조카 아비새가 나선다.

"제가 수행하겠습니다."

다윗은 그를 데리고 사울의 진영으로 내려간다. 어둠이 검은 안개처럼 그들을 가려준다.

사울 진영엔 화톳불이 꺼져가고 쭈그려 앉아 불을 지키던 파수병도 잠이 들었다. 왕의 장막을 지키는 보초병마저 창을 의지한 채 노루잠에 빠져 있다. 모두가 며칠간의 진군으로 피곤하여 쓰러진 것이다. 아니, 다윗 군대가 스스로 가까이 오리라고는 전혀 생각하지 못한 방심이다. 다윗은 언덕 위 수풀 속에 몸을 가리고, 아비새가 더 짙어진 어둠의 옷을 입고 슬금슬금 사울의 진영으로 기어간다.

"장막 안에 사울이 퍼질러 누워 있었습니다. 단창은 곁에 꽂혀 있었습니다."

아비새가 사울의 장막 뒤편으로 가 칼로 찢어 속을 엿보고 와 보고한다. 다윗이 혀끝을 찬다.

"왕에게는 용사가 없다더냐? 심복들은 주군의 생명도 지켜주지 못하고 다 무엇한다더냐?"

아비새가 다급하게 말한다.

"신이 오늘 원수를 외삼촌의 손에 붙이셨습니다. 내가 창으로 그를 찔러 단번에 생명을 빼앗겠습니다. 두 번 찌를 것도 없나이다. 그냥 다가가 콱 찌르면 됩니다."

"…."

다윗이 잠시 생각에 젖다가 입술을 연다.

"죽이지 말라. 누구든지 손을 들어 야훼의 기름 부음 받은 자를 치면 죄가 없겠느냐? 왕은 살아계신 야훼께서 심판하실 것이다. 혹 죽을 날이 이르거나 혹 전장에 나가서 망하리라!"

"외삼촌, 만일 이번에도 사울의 목을 가져가지 않는다면 장수들이 무척이나 서운해할 것입니다."

"기름 부음 받은 자를 죽이는 것을 야훼께서 금하셨다. 너는 그의 머리 곁에 있는 소지품만을 들키지 않고 가지고 와라!"

"그렇게 못 하겠습니다. 차라리 저를 죽이소서!"

아비새가 볼멘소리를 내자 다윗이 목울대를 세운다.

"왕을 죽이지 말라, 명령이다!"

달빛이 스며들어 장막 안이 부연했다. 침대 위에 사울이 깊은 잠에 들어있다. 머리칼도 콧수염, 턱수염도 백발이다. 아비새가 다가가 제품에서 삭도를 꺼낸다.

"!"

입맛을 다시며 삭도를 치켜든다. 퍼뜩 머릿속으로 '왕을 죽이지 말라!'는 다윗의 목소리가 들려온다. 아비새가 입술을 빨다가 삭도를 품 안에 넣는다. 사울 곁에 있는 단창과 흑요석 물병만 몰래 들고나온다.

다윗이 아비새가 가지고 온 사울의 물품들을 가지고 건너편 언덕으로 간다. 여전히 어둠은 야훼의 검은 옷자락처럼 그를 가려주고 있다. 언덕에 오른 다윗이 소리쳤다.

"이스라엘군과 아브넬아, 들으라! 왜 대답이 없느냐?"

깨어난 군사들이 장막을 빠져나오고 혼비백산하여 들려오는 고함에 귀를 기울인다.

"너는 누구냐?"

아브넬이 고함이 들려오는 쪽으로 소리칠 때다. 다윗이 다시 목소리를 높인다.

"아브넬아, 너는 용사가 아니냐? 군대장관인 너같이 책임이 막중한 자가 누가 있느냐? 어찌하여 네 주 왕을 보호하지 못하느냐? 백성 중 한 사람이 네 주 왕을 죽이려고 들어갔었다."

아브넬의 얼굴이 사색이 된다. 부관 장수도 다윗의 목소리를 듣고 칼을 빼 들고 그의 명령을 기다린다. 그러나 아브넬은 산언덕 위에 있는 다윗을 붙잡을 수 있는 거리가 아닌 것을 알고 추적하지 말라는 손짓을 한다. 다윗이 또 고함을 질러댄다.

"야훼의 기름 부음 받은 왕을 보호하지 못했으니, 너희는 마땅히 군법으로 죽을 자다. 왕의 창과 왕의 머리 곁에 있던 물병이 어디 있나 보라!"

뒤늦게 깨어난 사울이 잠옷 차림으로 달려 나온다. 두리번거리며 경황을 파악하고 다윗의 목소리가 들려오는 쪽을 향해 외친다.

"아들 다윗아, 이것이 네 음성이냐?"

"내 주 왕이여, 내 음성입니다!"

사울과 다윗이 어둠 속에서 목소리로 만난다. 다윗이 사울을 향해 목멘 소리를 질러댄다.

"내 주는 어찌하여 주의 종을 쫓으시나이까? 내가 무엇을 하였으며, 내 손에 무슨 악이 있나이까? 내 주 왕은 종의 말을 들으소서. 만일 왕을 격동시켜 나를 해하려 하는 이가 야훼시면 그분께서 나를 제물로 받으시기를 원하나이다마는, 사람들이면 그들이 야훼 앞에 저주를 받을 것입니다."

다윗의 목소리는 어둠 속에서 절절히 흐느낀다.

"왕의 측근들이 무죄한 나를 죽이려 하는 까닭은, '너는 가서 다른 신들을 섬기라' 하고 나를 야훼의 땅인 이 가나안 땅에서 쫓아내려는 음모입니다. 원하건대 이곳에서 나의 피가 땅에 흐르지 말게 하옵소서. 산에서 메추라기를 사냥하는 자와 같고, 이스라엘 왕이 벼룩을 수색하러 나오신 것과 같습니다."

이스라엘인에게 있어서 다른 신을 섬기라는 것처럼 절망된 말은 없었다. 다윗은 사울의 간신배들이 자기를 몰아 이스라엘 땅에서 추방하려 하고 있다고 말한다. 자신을 쫓는 사울이 메추라기 사냥꾼 모습을 닮았는데, 그 새는 광야에서 사는 새인데 산에서 잡으려는 것은 어리석은 짓이라는 것이다. 사울이 눈물까지 글썽이며 소리친다.

"내가 범죄하였도다. 내 아들 다윗아, 돌아오라! 네가 오늘 내 생명을 귀중히 여겼은즉 내가 다시는 너를 해치지 않겠다."

다윗이 눈물을 훔치며 대답한다.

"왕은 단창이 없음을 보소서. 제가 가지고 있습니다. 수행병사를 내게로 보내소서, 돌려드리겠습니다."

다윗이 사울이 보낸 수행병사에게 무기를 줘 보내고 또 소리친다.

"야훼께서 왕을 내 손에 붙이셨으되 나는 손을 들어 야훼의 기름 부음 받은 자 치기를 원치 아니하였습니다. 왕의 생명을 내가 중히 여긴 것 같이 내 생명을 야훼께서 중히 여기셔서 모든 환란에서 구하여 내시기를 바라나이다."

적에게 주력 무기를 빼앗긴다는 것은 곧 목숨을 준 것이나 다름이 없는 수치였다. 다윗에게 받아온 단창을 받아 든 사울이 얼굴을 붉힌다. 그가 소리친다.

"내 아들 다윗아, 너는 복을 받을 것이다. 네가 큰일을 행하였고 반드시 승리를 얻으리라!"

다윗과 사울은 각기 제 길로 간다. 다윗은 또 한 번 그를 살려주었다. 높은 신앙심과 함께 제왕을 죽인 누명을 쓰지 않기 위한 고도의 처세술이다.

왕을 호위하며 아브넬이 기브아로 돌아간다. 사울은 여덟 명의 노예가 들고 있는 어가에 올라 그 속에서 잠이 든다. 어젯밤 다윗 소동 때문에 잠을 설쳐 코까지 곤다. 아브넬이 말머리를 뒤로 빼더니 작심했다는 듯 심복에게 말한다.

"왕을 보필하여 왕도로 돌아가라. 유격대 몇을 데리고 다윗을 쫓겠다!"

아브넬은 국방장관이요, 경호대장이면서도 왕을 보호하지 못했다고 다윗으로부터 받은 모욕을 잊지 않았다. 또 궁에 돌아가면 그 책임을 지고 호된 책망을 받을 것을 두려워했다. 그가 최측근 군대를 거느리고 십 광야로 되돌아간다.

'다윗은 나를 무참히 모독했다. 자신을 모함하여 이 땅에서 내보내려고 하는 간신 무리가 왕 곁에 있다고 했는데, 나를 말하는 것이 아니냐. 이놈 다윗, 내가 네놈의 목을 잘라 왕에게 바치겠다.'

아브넬이 말 등에 채찍질을 하며 다윗을 쫓는다.

아브넬이 다윗을 추적하고 있는 것을 사울이 안 때는 선잠에서 깬 조금 지난 후다.

"누가 다윗을 잡아 오라고 하였더냐. 어서 사람을 보내 아브넬과 그 군대를 돌이키게 하라."

사울은 자기가 타던 빠른 백마 한 필을 내주며 말을 잘 부리는 장군을 택해 전령으로 보낸다. 두 번씩이나 자기를 살려준 다윗을 다시 쫓기를 원치 않았다. 정말 다윗을 신이 보호하고 있다고 느꼈는지도 모른다.

다윗과 아비새는 잰걸음으로 본 군대와 합류하러 돌아가고 있다. 갑자기 아브넬이 군사들과 앞을 막는다.

"다윗은 목은 내려놓고 몸뚱이만 가거라!"

다윗과 아비새는 아브넬 병사들이 창끝으로 길을 막자 어쩔 줄 몰라 한다. 지금껏 아브넬과 맞짱을 떠 이긴 장수는 없었다.

"비겁한 사울 왕 놈, 마지막까지 주군의 은혜도 모르고 쫓는구나."

아비새가 칼을 빼 들고 저항하려다가 아브넬이 내리친 창대에 어깨를 맞고 거꾸러진다. 포위한 부하들이 창을 들어 던지려는 찰나, 말 한 마리가 먼지를 일으키며 달려온다.

"왕명이요, 아브넬 장군은 군대를 거두고 돌아오시오!"

전령장군이 말 위에 소리친다.

"올무에 걸린 먹이를 풀어주는 사냥꾼이 어디 있단 말이오? 이 순간만큼은 눈감아 주시오."

"거역하면 누구라도 수급을 벤다고 왕께서 말씀하셨소. 어서 창을 내려놓으시오."

"…."

아브넬은 여전히 다윗을 향해 창을 겨눈다. 이때 언덕 너머로 요압이 군대를 몰고 주군을 찾아온다. 그 무리를 보면서도 아브넬은 여전히 창을 내려놓지 않고 다윗을 노려본다.

"아브넬 장군, 돌아갑시다. 왕께서 이미 다윗에게 사면을 베푸셨소!"

아브넬은 전령장군의 거듭되는 말을 듣고서야 들었던 창을 땅에 꽂는다.

"왕은 어찌 이리 어리석은가. 으으으으… 왕명이다. 돌아가자!"

그는 제 분노에 눈물까지 끓여대면서 군대를 물린다.

"아브넬아, 왜 내가 명령하지도 않았는데 다윗을 죽이려 했느냐? 너는 사사로이는 내 사촌동생이지만 군법을 어긴 죄로 궁에 가면 처단할 것이다."

사울은 되돌아온 아브넬에게 화를 내며 기브아로 향한다. 그런데 궁에 도착하기도 전에 시종으로부터 급보를 받는다.

"왕이 도성을 비운 사이에 반란 모의가 있었습니다. 사무엘을 따르고 다윗을 추종하는 세력들이 왕위를 찬탈하려는 모의를 적발했습니다."

"도대체 누구더냐?"

"일부 장군들이 주도했는데, 주로 베냐민지파였습니다."

"내 지파에서 반란이 일어났다고?"

"그 두목은 아히에셀이고, 부두목은 요아스니였습니다."

"그들은 이곳 기브아 출신 장수들이 아니더냐? 그놈들의 참수한 목이 어디 있느냐?"

"몇 명은 목을 쳤으나 정작 수장 놈들은 도망쳤습니다. 아마도 다윗에게 갔을 것입니다."

사울은 반란이 제 지파 고향 출신자 중에서 일어났다는 소식에 매우 놀란다. 옆에 있던 아브넬이 기회라는 듯 소리친다.

"이 반란 사건은 라마의 사무엘과 또 다윗이 부추겨 일으킨 것이 분명합니다. 그들을 죽이지 않는다면 이런 일은 수없이 있을 것입니다."

사울은 어떤 대꾸도 할 수 없었다. 독 오른 목소리로 명령을 내린다.

"이스라엘 곳곳을 다 뒤져서라도 반역자들을 찾아 참수하거라. 식구들도 모조리 잡아 남자는 목을 자르고 여자는 노예로 부리거라. 어서 어서 반란자들이 다윗에게 가는 것을 막거라!"

다윗, 두 번째 블레셋 망명

"가자! 내 고향 베들레헴으로. 풀밭에서 양을 치고, 자운영 핀 언덕에서 수금을 타던 때가 그립구나. 아브넬의 추적을 막아준 것을 보니 왕도 날 쫓기를 그친 것 같다. 한동안 그곳에 머무르면서 내일을 생각해 보자."

다윗은 가솔과 측근들과 함께 구름 따라 고향을 향해 간다. 베들레헴 언덕이 보일 즈음 심복 장군이 다윗에게 다가와 급보를 전한다.

"제가 기브아에 심어 놓은 염탐꾼에 따르면 며칠 전에 궁에서 거사가 있었다고 합니다."

"거사… 궁에서?"

"당연한 일 아닙니까? 신의 사람 사무엘의 명령을 듣지 않고, 무고한 다윗 장군을 시기하여 죽이려 하는 왕을 응징하고자 하는 충신들이 왜 없겠습니까? 안타깝게도 거사 직전에 발각이나 도피했다고 합니다. 충신들의 가족들은 참수당했을 것입니다."

다윗의 얼굴에 짙은 그늘이 드리운다.

"돌아가자, 이제는 정말 왕이 우리를 이대로 두지 않을 것이다. 그가 아니더라도 왕의 측근들이 나를 잡아 공이로 찧어 죽이려 할 것이다."

며칠 후 다른 첩보병으로부터 들은 소식을 요압이 전한다.

"사울이 전군에게 명령하여 우리를 쫓고 있다는 정보입니다. 남부 유다 전 지역을 풀 속에 숨은 개구리잡이 하듯 뒤지고 있다고 합니다."

다윗이 급히 말을 몰아 이스라엘 최남단 마온 광야 쪽으로 도망친다. 여차하면 남쪽 어느 나라라도 망명할 의도를 가진 피신이다.

사울은 궁내에서 반란 사건이 있자, 총동원령을 내려 다윗을 쫓는다. 아브넬이 선두에 선 군대는 정보를 입수하여 마온 광야를 포위하고 수색한다. 다윗은 장수들과 미래에 대한 결정을 내려야 한다.

"나를 쫓는 왕의 적토마 콧김 소리가 들리는 것 같다. 이스라엘에서는 왕의 대군으로부터 피할 수 없다."

"이집트 쪽으로 내려가죠. 그 국경에서 하비루 생활하다가 만일 그곳까지 왕의 군대가 쫓아오면 나일강 쪽으로 월경하면 됩니다."

심복들의 얘기를 듣던 다윗이 무겁게 입술을 연다.

"난 야훼께서 주신 이 가나안 땅을 떠나고 싶지 않다. 그러나 이 이스라엘 땅에 있으면 우리는 분명히 사울의 손에 죽을 것이다. 블레셋 땅으로 가는 것이 상책이다. 그 땅만이 사울의 손에서 벗어나게 할 것이다."

모든 심복이 놀라 다윗을 바라본다. 참모가 조심스럽게 말한다.

"지난번 망명하셔서 고초를 당하신 곳이 아닙니까?"

"그래, 아기스는 미친 체하는 나를 살려주었다. 그것은 내가 필요하였기 때문이다. 다시 가면 분명히 아기스는 받아줄 것이다."

"블레셋으로 가는 것이 토끼가 오소리의 굴속으로 들어가는 것과 무엇이 다르겠습니까?"

심복들은 반대하고 나섰다. 모사 요나답이 입을 연다.

"정 그러시다면 블레셋 왕에게 서신을 띄워 우리 망명을 받아줄 것을 맹약 받으시지요."

블레셋 가드 조정에서는 다윗의 서신을 받고 아기스 왕과 모사들이 쟁론을 벌인다.

"놈은 미친 척하며 술수를 부려 우리 손에서 벗어난 교활한 자입니다. 절대 속지 마시고 유인하여 죽이소서!"

"이번에는 제 아비, 형제, 처, 자녀, 가솔들까지 데리고 망명하길 원하고 있습니다. 거짓이 아닌 듯합니다."

"죽이소서, 반드시 화근이 있는 자입니다. 이 기회는 다시 오지 않을 것입니다."

"그만두어라. 망명자를 죽이면 또 누가 나에게 망명을 하겠느냐? 개들이 진흙창에서 고깃점을 놓고 다퉈도 명분이 있어야 한다. 만약에 다윗에게 조그만 허점이라도 보이면 그때 죽이면 되는 것이 아니냐? 사울이 전 병력을 동원하여 다윗을 쫓기에 우리 블레셋도 그동안 전쟁을 피하고 평안할 수 있었다. 이미 우리는 다윗의 덕을 보고 있는 것이다."

반대하는 신하들이 많았으나 아기스는 뿌리친다.

"일단 다윗의 식구와 가솔들을 인질로 잡아놓고 이용하자. 우리는 이미 막강해진 사울의 군과 대치하고 있지 않느냐? 지난번에도 우리는 사울 군대에 참패를 당했다. 만일 다윗이 진정 우리를 도와준다면 그것은 천군만마를 얻은 것이다. 데리고 온다는 용사만도 육백 명이다. 쓸 만한 장수들도 있을 것이다."

다곤의 이름으로 환영하오. 다윗 장군과 수하의 영웅들을 형제처럼 대해줄 것이오.

"아기스가 그들의 신 이름으로 약속을 했다. 거짓은 아닐 것이다."

다윗은 나름대로 계산을 하며 블레셋 망명을 마음에 굳힌다.

"왜 또 블레셋 이방 땅으로 가는 것이오? 그곳은 미혹하는 우상들이 들끓는 곳이오. 반드시 무서운 화근이 뒤따라올 것이오."

예언자 갓은 서신을 보고 다윗의 블레셋 망명을 막는다.

'블레셋 왕은 내가 가치가 있다고 생각되면 나와 내 가솔들에게 안락한 삶을 보장해 줄 것이다.'

다윗은 사울의 칼을 피할 겸, 또 토호들의 가축이나 지켜주고 구전이나 뜯는 구차한 하비루 생활에서, 풍부한 블레셋 도시 국가에서 많은 급료를 받을 수 있는 용병 생활로 전환하고자 했다. 보수 때문에 하비루들이 용병 일터를 바꾸는 일은 흔한 일이다. 그들에게는 적과 아군이 없고 오직 높은 보수만 있을 뿐이다. 다윗 뒤에 가족들과 장군, 병사들이 따른다. 제사장 아비아달, 예언자 갓과 신학생들도 툴툴거리며 뒤따라온다.

다윗이 다시 블레셋으로 망명한다는 급보를 접한 사울은 막고자 했다. 급파한 마병들이 블레셋 국경 근처에서 다윗 병사들과 대면한다.

"왕께서 그대를 부르시오. 순복하지 않으면 목을 댕강 잘라 가져 오라고 하셨소."

마병 장군의 말을 듣고 잠시 망설이던 다윗이 소리친다.

"내 목을 가져가려면 먼저 너희들 목이 떨어져야 할 것이다!"

마병들 간에 전투가 벌어졌다. 사울 궁에서 급파된 마병들은 파발마에 불과했고, 소수였다. 다윗 군대에게 전멸당했다. 이 충돌은 아기스에게 알려졌고, 다윗을 신임하기 시작한다.

"다윗 장군, 미친 흉내를 내어 떠나더니 어쩐 일로 다시 찾으셨소?"
"사울의 칼을 피하자니 블레셋 땅 외에는 갈 곳이 없었습니다. 받아주시면 충성을 다하겠습니다. 제 목숨과 가솔들의 목숨 또한 왕께 맡깁니다."
다윗이 세 번을 엎드려 절을 하자 아기스가 다가와 일으킨다.
"그대는 이미 가나안에 알려진 영웅이 아니오? 지난 일은 잊어버립시다. 일어서시오, 나와 미래를 얘기하며 천하를 지배합시다."
아기스는 잔치를 베풀어 다윗과 식솔들을 대접했다. 잔칫상 앞에서 블레셋 여인들이 조상 에게인들로부터 이어받은 온갖 무희를 뽐낸다. 머리를 산발한 여인들이 드러낸 젖가슴을 출렁거리고 발찌와 팔찌를 철렁대며 춤을 춘다.
'사무엘 예언자께서 아시면 혼날 일을 저지르고 있는 거야.'
예언자 갓은 잔치에 참여했지만 구겨진 얼굴을 펴지 않았다. 블레셋 여인들이 겉옷까지 벗어젖히고 춤을 추자 눈을 감아버린다.

아기스는 다윗 군대가 머물 수 있는 장막을 세워주었고 양식과 필수품들을 보내주었다. 또 그들의 영토인 가나안 해변에서 잡은 온갖 해물들을 보내준다.
패류와 갑각류, 비늘 없는 생선 요리가 잔칫상에 놓였다. 사막과 황무지에서만 떠돌던 히브리인들에게는 신기한 음식들이다. 율법으로 금지된 음식이기도 했다.
"저 흉한 음식들을 먹는다니, 역시 블레셋인들은 야만족들이다!"
바닷가재와 새우들을 먹고 있는 블레셋 장수들을 보며 다윗 심복들이 얼굴을 찌푸린다. 다윗은 융숭한 대접을 받으면서도 불안했다. 잔칫상에 앉아 조개를 까먹는 블레셋 신하들의 눈빛이 예사롭지 않았기 때문이다.

'나를 죽이고 내 식솔들을 노예로 팔아먹는 것은 아닌가?'

가드에 온 날부터 초조한 마음으로 지내고 있는 다윗에게 모사가 말한다.

"우리가 할 수 없이 사울을 피해 왔지만, 이곳 역시 위험한 곳이기는 다를 바 없습니다. 아기스보다 신하들이 우리를 더 미워하는 것 같습니다. 아기스가 막고 있으나 압력에 굴복하여 언제 우리를 죽일지 모릅니다. 블레셋은 중대 결정을 왕 혼자 내리는 것이 아니라 신하들이 의견을 모아 결론을 낸다고 들었습니다."

"무슨 묘책이라도 있소? 나도 호사스러운 음식을 먹고 침궁에 누워도 이 가드에 온 후로 하루도 편한 날이 없었소."

모사가 방책을 말한다.

"아기스에게 후첩의 소생이라도 딸을 달라고 하소서. 장군께서도 딸을 주시어 복합 결혼동맹을 맺으소서. 혈족이 되어 함부로 죽이지 못할 것입니다."

제사장 아비아달이 눈을 흘기며 화를 낸다.

"어찌 할례받지 못한 블레셋 족속과 피를 섞는단 말이오? 야훼께서 금지한 일이니 절대 불가하오."

그가 크게 반대하자 어떤 자도 더 이상 입을 열지 못한다. 다른 모사가 묘책을 말한다.

"분명히 아기스는 장군을 이 가드 도성에 인질처럼 잡아놓으려고 할 것입니다. 완곡히 거절하시고 지방으로 내려보내달라고 부탁하소서. 그러면 이곳 블레셋 고관들과 별 마찰 없이 지내며, 우리는 그곳에서 힘을 기를 수 있을 것입니다."

"이 가드에 둥지를 틀고 사시오. 이곳은 메덱암마(어머니의 품)로 불리는 블레셋 영토 중에서도 가장 풍요로운 곳이오. 아래로는 이집트가 있고 위로는 페니키아와 시리아가 있으며 지중해와도 통해 있어 멀리 그리스와 스페인까지 무역이 성행하는 부한 도시요."

아기스는 오늘도 그들의 지중해 항구 욥바에서 가져온 해산물들을 보내주며, 다윗을 가드에 묶어놓으려 한다.

다윗은 가드 성읍에 군사를 풀고 머문다. 장군들에게는 단단히 일러둔다.

"여기는 감시의 눈길이 따라다니는 이방인의 땅이니, 경거망동하지 마라. 군사들에게 일러두어 절대로 주민들을 해롭게 하는 일이 없게 하라!"

다윗의 군사들은 블레셋 주민들을 존대한다. 지금까지 병사들은 하비루들처럼 착취하는 자들에 불과했으나 가축우리를 지어주고 집을 고쳐주는 등 도와주자, 블레셋 백성들도 다윗을 칭송한다. 이 모습을 지켜보는 블레셋 장군들이 있었다. 그중 한 명이 백부장 잇대였다.

'용장이요, 지장이라고 알려진 다윗은 현자이기도 하구나. 저 같은 자를 주군으로 섬기면 얼마나 좋을까?'

다른 장군들은 의심스러운 눈초리로 다윗을 본다.

"다윗은 백성들의 마음을 끄는 마력이 있다. 그런 까닭에 이스라엘 왕 사울도 두려워하여 죽이려 하고 있지 않은가. 우리 왕은 저자의 숨은 마음도 파악하지 못하고 가까이 두려 하니 한심하다."

"그렇소, 누구라도 앞장서서 다윗을 암살이라도 해야 할 것이오."

블레셋 병사와 다윗 병사들이 가드 주막에서 어울려 술판을 벌이다가 술안주로 나온 물고기를 놓고 싸움이 벌어졌다.

"다곤 신은 머리가 물고기 모양이라고 하던데 이렇게 생겼니?"

"이놈이 우리 신을 모독하고 있지 않느냐?"

서로의 수장들로부터 충돌하지 말라고 경고를 받고 있던 터였지만 주정은 그치지 않았다. 블레셋 병사가 얼마 전 장수들끼리 나눈 대화를 엿듣고 취중에 내뱉는다.

"네 이놈, 우리 장군께서 너의 주군 다윗을 기회를 보아 척살한다고 말씀하셨다. 그때 너도 그 아가리에 칼이 박히리라!"

블레셋 공기의 낌새를 다윗도 맡는다. 자객이 장막 속으로 몰래 들어와 가슴에 칼을 꽂지 않을까, 잠을 설치기 일쑤다. 다윗이 아기스를 찾아가 완곡히 말한다.

"그동안 성은으로 이 가드에 머물 수 있었습니다. 그러나 어찌 당신의 용병인 제가 이 성스러운 왕도에 거할 수 있겠습니까? 이 종에게 은혜를 베푸실 것이면 변방 한 곳 조그만 빈촌을 주어 나와 내 식솔이 살게 하소서. 그곳에서 왕에게 충성을 다하겠습니다."

"어찌 내 곁을 떠나려고 하시오? 내 호의가 소홀함이 있어 서운해 하는 것이오?"

"어찌 성은을 잊으오리까? 단지 왕의 심복들과 제 부하들이 이 가드 성에서 서로 부딪히는 일이 많아 왕과 나 사이에도 어떤 오해가 생길까 두렵기 때문입니다."

다윗을 암살해야 한다는 블레셋 장군들의 말이 아기스 귀에도 여러 번 들렸다. 그는 얼마 동안 망설이다가 다윗에게 성읍을 하사한다.

"'시글락'[185]을 봉토로 내리겠소. 그곳에 주둔하는 내 주력군대를 철수시켜 장군의 군대와 마찰을 피하게 하겠소. 그대는 그곳을 다스리시오."

아기스의 말은 봉신(封臣)으로 삼는다는 제의이기도 했다. 다윗은 쉽게 판단을 내리지 못하고 측근 모사의 얼굴을 바라본다.

"시글락이 마음에 들지 않소?"

아기스가 망설이고 있는 다윗에게 묻자, 모사 요나답이 대신 대답한다.

"우리 장군께서는 블레셋 왕의 은총에 너무 감사하여 답변을 못 하는 것뿐입니다."

만일 어떤 성읍이라도 얻지 못한다면 이미 많은 부하를 거느린 다윗이 가드에서 난처한 처지에 놓일 수밖에 없다는 것을 먼저 알아차린 것이다. 다윗도 서둘러 아기스에게 절을 올린다.

"전쟁에서 공을 세운 것도 아닌데, 이 개 같은 종에게 성읍을 주시고 백성을 주셔서 감사합니다."

다윗은 식솔과 부하들을 데리고 시글락으로 떠난다. 누가 뒤에서 쫓아오는 것처럼 서둘러 길을 간다.

"다윗은 위험한 자입니다. 왜 인질로 잡아두지 않고 시글락으로 보낸 것입니까? 그곳은 이스라엘 성지 브엘세바(아브라함이 판 우물이 있고, 이삭과 야곱도 살았던 남방 성읍) 근처가 아닙니까? 다윗이 언제 우리 영토에

---

[185] 이스라엘 최남단 브엘세바 근처 북쪽 17km 지점에 있는 성읍. 유다 남방 네게브 사막으로 들어가는 길목이다. 여호수아가 가나안을 침공하여 시므온 자손에서 분배한 땅이다. 그 후 기원전 12세기 초에 블레셋 침공을 받은 후 아직까지 그들의 영토로 남아있었다.

해를 입히고 제 나라로 도망갈지 모르지 않습니까?"

신하들은 아기스의 처분에 반발하고 나섰다. 그의 생각은 달랐다.

"시글락은 이집트와 호전적인 아말렉과도 접하고 있는 성읍이 아니냐? 싸움 잘하는 다윗에게 그곳을 맡기는 것은 내게 손해되는 장사는 아닐 것이다. 무엇보다도 사울과 다윗의 사이가 나쁘다는 것은 가나안이 다 알고 있는 사실이다. 시글락은 그대들 말대로 이스라엘 브엘세바와 마주보는 성읍이기도 하다. 반드시 둘 사이에 전쟁이 일어날 것이다. 그들은 더 원수가 되고, 다윗은 그때 분명한 내 부하가 될 것이 아니냐?"

그렇게 대답하면서도 아기스는 쓴 탄식을 흘린다.

'내가 너무 다윗을 믿은 것 아닌가. 놈의 처자식이라도 인질로 잡아두어 반역하지 못하게 했어야 했는데…!'

다윗 무리가 시글락에 도착할 때 즈음, 아기스가 급히 보낸 전령이 서신을 갖고 왔다.

그대의 아비 이새를 내 아비처럼 가드 궁에서 모시고자 하오.

심복들이 뻔한 아기스의 속셈을 알고 말한다.

"아기스가 어른을 인질로 삼으려 하고 있습니다. 거절하면 이리로 대군을 이끌고 올지도 모릅니다."

"그에게 빌미를 주어서는 안 됩니다. 어떻게든 우리를 치는 것을 막아야 합니다. 어른께서 노환으로 심히 위독하다는 답신을 띄우소서."

답신을 받은 아기스에게서 또 추신이 왔다. 이번에는 다윗 형제들을 보내라는 내용이다. 다윗이 답신을 띄운다.

아버지의 임종을 지켜보고 그 즉시 형제들을 보내겠습니다….

아기스가 발만 동동댄다. 심복들도 다시 한번 다윗의 영민함을 깨닫고 분해했다.
"다윗은 바람 같은 놈이다. 어느 그물로도 잡기 힘든 자다. 우리는 바람 잡을 절호의 기회를 놓친 것이다."
"다윗이 미꾸라지처럼 빠져나갔다. 놈이 뱀장어가 되어 우리를 물면 어찌할꼬!"
"다윗은 지난번 미친 체할 때, 우리 앞에서 바닥에 흘린 제 오줌도 혀로 핥아댄 자다. 생존력이 강한 놈은 또 살아서 우리 앞에 나타날 것이다. 두렵다, 어찌할꼬,"

시글락 성주 다윗

"신이여, 사슴이 시냇물을 찾기에 갈급함 같이 내 영혼이 주를 찾기에 갈급하나이다. 내 영혼이 살아계신 신을 갈망하나니 어느 때에 나아가서 신의 얼굴을 뵈올꼬."

다윗은 산언덕에 올라 이스라엘 성소로 돌아가 제사 드릴 날을 소망하며 기도를 드린다. 저 멀리 마른 골짜기에 어린 사슴이 물 냄새를 찾아다니고 있다. 땅을 파헤치느라 주둥이가 핏빛이다.

'이 시글락은 여호수아 때부터 우리 시므온지파의 땅이었다. 나라가 약하니 블레셋한테 빼앗기고 남의 영토가 되었구나. 나도 이곳에서 블레셋의 신하가 되어버리고….'

다윗은 이러저러한 생각으로 넉 달 동안 시글락 성읍에서 머문다. 지난번 궁에서 반란을 일으켰다가 실패한 베냐민지파 군사들이 찾아왔다. 완전무장하고 항오를 지어 오자, 모사 요나답이 의심한다.

"사울이 보낸 유격대일지도 모릅니다. 확인하고 확인해야 할 것 같습니다."

그 말을 듣고 나니 더욱 의심이 들어 다윗이 베냐민지파 수장에게 문초하듯 묻는다.

"너희가 평화로이 와서 나를 돕고자 하면 연합하겠다. 만일 나를 속여 대적에 넘기려 하면, 내 손에 불의함이 없으니 우리 조상의 신이 감찰하시고 책망하시기를 원하노라."

베냐민지파 병사들이 다 엎드린다. 수장 아히에셀이 고개를 들어 말한다.

"이새의 아들이여, 다윗이여, 당신도 평강하고 당신을 돕는 자에게도 평강이 있을 것입니다. 신이 당신을 도와주시기 때문입니다."

그는 화답으로 평강이란 말을 여러 번 사용하며 귀순 의사를 밝힌다. 곁에 엎드린 부두목 요아스니도 고개를 끄덕인다.

"베냐민지파 용장들을 내 수하에 두게 되다니, 나 다윗은 황송할 뿐이오."

다윗은 한 명 한 명 일으키며 가슴에 안고 입을 맞춘다. 사울의 지파마저 수하에 거느리게 된 다윗은 입꼬리가 찢어진다.

다윗은 베냐민지파 수장 아히에셀을 조카 요압처럼 선봉장군으로 삼았다. 또 베냐민지파를 따라온 기브온 사람 '이스마야'(야훼께서 응답하신다)를 친위대 부장으로 삼는다. 전날 기브온 사람들은 놉 땅을 침범해 온 사울의 군대에 큰 살육을 당했다. 그들은 사울 정권에 가장 불만이 많은 세력이 되었다. 그러기에 그에게 친위대 행동대장 역할을 맡긴 것이다. 신전 노예계급이었던 기브온 족속을 파격적으로 인사시킨 것이기도 했다. 베냐민지파의 귀순은 사울 정권을 급속하게 약화시키고, 다윗 정권을 강화시켰다.

다윗이 블레셋에 망명한 지 일 년 사 개월이 지났다. 시글락은 원래 이스라엘 영토였던 까닭에 주민들은 히브리인들이 많았다. 다윗 심복들을 고향 군인처럼 대우하며 반겼다. 그동안 점령하고 있는 블레셋 군인들의 학정으로 고통을 당하고 있었기에 반가움이 더욱 컸다. 다윗은 이곳에서 군사를 모으고 평온한 날들을 보낸다.

시글락 성읍에 주둔하는 블레셋 시종이 다윗에게 다가와 속삭인다. 아기스가 다윗에게 붙여준 자다. 다윗 군대의 일거수일투족을 본국에 보고하는 첩자다.

"지금 우리 블레셋 가드 성에서는 다윗 장군을 주시하고 있습니다. 장군 곁으로 이스라엘 병사들이 모여드는 것을 예사로 보지 않고 의심하고 있습니다. 어서 이 근처에 있는 이스라엘 남부도시 '브엘세바'[186]를 치소서. 그리하여 장군께서 블레셋에게 충성을 다한다는 것을 보여주어야 할 것입니다."

"우리 조상 아브라함께서 제사를 드린 단이 있는 브엘세바를 침공하라고?"

"이스라엘 성지인 그곳을 치시면 우리 왕은 장군을 믿으실 것입니다. 사령관으로도 삼으실 것입니다."

블레셋 시종이 아기스의 뜻을 전한다. 다윗은 어떤 답변도 하지 못한다.

며칠 후, 그 블레셋 시종이 또 다윗을 찾아온다.

---

[186] 맹세의 우물. 연안 평야 동편 끝부분에 위치하여 고대 대상로를 끼고 있던 성읍. 히브리전승에 따르면 아브라함이 가나안 제사장 아비멜렉과 화친할 것을 맹세했고, 그 언약징표로 일곱 개의 우물을 팠다하여 지명되어진 것이다. 또한 이곳은 아브라함이 에셀 나무를 심고 야훼의 이름을 불렀으며, 이삭과 야곱이 희생 제물을 드린 곳으로 이스라엘 백성의 성소이다.

"'가사'(시글락에서 서쪽으로 20㎞ 떨어져있는 블레셋 도시국가)에서는 이곳에 군대를 보내 장군과 심복들을 주살할 계획까지 가지고 있소. 서둘러 브엘세바를 쳐서 우리 블레셋인들의 의심을 풀어주시오."

다윗은 온몸이 얼어붙는 것 같았다. 자신이 결코 시글락에 태평하게 있을 수 없음을 안다.

"다윗 군대가 이스라엘군을 치러 간다! 우리 왕에게 얻어먹은 떡값을 할 모양이다."

시글락 블레셋 백성들이 나와 이스라엘 쪽으로 출병하는 다윗 군대를 환송한다. 이스라엘 원주민들은 모두가 어두운 표정이다.

"역시 다윗은 아기스 신하이고, 용병이다. 제 나라를 치러 가는구나!"

그런데 다윗이 침공한 곳은 브엘세바 쪽 이스라엘 성읍들이 아니다. 군대를 돌려 블레셋 남쪽에 살고 있는 '기르스'(블레셋과 이집트 사이에 살던 작은 족속) 쪽으로 진군시킨다.

이마에 터번을 두른 외봉낙타를 탄 사람들이 블레셋에서 나는 소금, 마른 해산물 등 토산물을 싣고 남쪽으로 내려간다. 기르스족 유목민들로 아녀자들을 낙타에 태우고 사내들은 고삐를 잡고 사막을 걷는다. 노인이 고삐를 쥐고 손자에게 낙타 모는 법을 가르쳐준다.

"'사막의 배'(낙타를 가리킴)는 낳은 지 삼 년이 되면 등에 탈 수 있다. 처음 탔을 때는 동네 어른을 만나도 인사만 할 뿐 멈추지 마라. 그 기간 중, 오직 네 지시만 받게 해야 주인인지 알게 된다."

이때, 함성이 터지며 다윗 군병들이 몰려든다. 기르스족 사내들이 낙타 옆구리에 채워 놓았던 칼을 빼 들고 대항한다.

"모두 죽여라!"

선두에 선 다윗이 고함을 질러댄다. 여자가 아이를 안고 쓰러져 울부짖는다.

"살려주시오, 이 아이만이라도…."

여자가 쪼그라드는 눈빛으로 애원하자, 칼을 치켜들었던 병사가 측은함을 느껴 죽이지 못하고 다윗을 바라본다.

"…."

다윗은 침묵하며 바라보고 있었지만, 병사는 그 눈빛이 무엇을 말하는지 알고 있었다. 병사가 여인을 베고 그 품 안에 잠들어 있는 아이의 가슴에 칼을 박는다.

"어미의 젖만 찾는 아기가 무슨 죄가 있다고, 쯔쯔!"

곁에서 자닝스럽게 지켜보던 병사가 살해한 병사에게 말했다. 고향 자식이 생각났던 것이다.

"야훼도 말씀하셨고, 사무엘 예언자도 명령하지 않았나? 가나안 족속은 모두 잔멸시키라고. 이것은 성전이고 좋은 살인이야."

"좋은 살인이 어디 있고, 나쁜 살인이 어디 있겠나? 내가 묻어주고 가겠네."

기르스 족속은 아말렉과 같은 혈족의 유파로 몇백 명 되지 않는 소수 부족이다. 다윗 군대의 침범으로 가나안에서 완전히 사라져 버린다.

다윗은 방향을 돌려 아말렉 한 부족을 침공하여 부족인 모두를 살해했다. 다윗이 잔멸시킨 족속들은 '술'('성벽.' 이집트와 가나안 국경 사이에 있는 성읍)을 오가며 상거래를 하는 객상과 유목민들이다.

다윗이 그들 부족을 침공해 포로도 남기지 않고 모두 살해한 것은 아기스에게 알려질까 두려워했기 때문이다. 모두 블레셋인들과 무역을 하는 등 아주 가까운 사이를 유지하는 족속들이기 때문이다. 빼앗은 노략물을 먼저 유다지파에게 보낸다.

그동안 억울하게 사울 왕에게 쫓기다가 이스라엘에 숨을 곳이 없어 블레셋에 망명할 수밖에 없었습니다. 그러나 한 번도 내 고향 유다지파를 잊어본 적이 없습니다. 야훼의 원수들에게 털어온 전리품입니다.

다윗은 망명 생활 중에도 유다지파 장로들과 깊은 유대관계를 이어간다. 그 지파가 미래 자신이 세울 왕조의 기초가 될 수밖에 없기 때문이다. 그는 이때쯤 이스라엘 왕좌를 꿈꾸고 있었다. 블레셋에 망명했기에 받았던 유다지파의 의심을 풀어주는 사건이 되기도 했다.

그러나 다윗의 전리품 처리는 율법을 어긴 것이다. 전리품의 반은 싸움에 나갔던 군사들에게, 또 반은 백성들에게 분배하게 되어 있다. 그 군인들은 1/500을 제사장에게, 백성들은 1/50을 레위인들에게 주게 되어 있다.

다윗은 나머지 전리품들을 가지고 가드 궁을 찾아간다. 아기스의 입이 벌어지며 성읍 앞까지 달려와 다윗을 맞는다.

"이 많은 예물을 다 나에게 주는 것이오?"

"내 지파 유다 남방과 '여라무엘'[187] 지파와 겐 사람을 쳤습니다."

아기스의 입이 목젖이 보이도록 벌어진다.

"그러셨소? 유다와 여라무엘을 칠 때는 같은 종족인데 얼마나 마음

---

[187] 이스라엘 남부 유다지파에 속한 부족 명칭. 히브리전승에 보면 여라무엘은 다윗 선조 유다의 손자 헤브론의 아들이다. 그만큼 다윗과는 혈연관계가 있는 족속이다.

이 아프셨소? 겐[188] 사람도 동족과 다름없는 족속인데 마음이 아렸을 것이오."

아기스는 다윗이 이스라엘 부족과 또 친한 족속을 치자 완전히 자기의 사람이 된 것으로 알고 감격에 젖는다.

"지난날 내 신하가 의심한 것을 용서해 주시오. 이제 장군을 내가 마음대로 높여 관직도 수여하고 싸움터에도 앞장세우겠소!"

블레셋 수석모사가 날카로운 눈빛으로 다윗을 지켜보다가 입을 연다. 궁 밖에는 다윗을 체포하려고 데려온 그의 사병들이 매복하고 있다.

"우리 왕께서 주신 성읍은 시글락이 아니오. 왜 다른 지역까지 침공하여 영토를 넓히는 것이오? 우리가 침공하기 원했던 곳은 브엘세바였소."

다윗이 서둘러 변명한다.

"내게는 적지 않은 식솔들이 있소. 먹일 식량이 필요했소. 내가 시글락에 성주로 있다고는 하나 나는 히브리인입니다. 블레셋인 성민들이 내게 세금을 바치겠습니까? 우리 식솔의 생활을 위한 어쩔 수 없는 침공이었소. 그리고 만일 지금 힘도 없는 내가 브엘세바를 쳤다면 사울의 군대가 시글락으로 몰려와 나와 내 심복들을 금방 주살했을 것이오. 시글락에 사는 블레셋인들도 큰 화를 당했을 것이오."

모사와 다윗 사이가 더 세게 부딪칠 것 같아지자, 아기스가 나선다.

"자자, 이 좋은 날 왜들 목소리를 높이는 거요? 다윗 장군의 승리를 축하하는 만찬을 베풀겠소. 독주를 들면서 좋은 얘기를 더 나눕시다."

---

188 겐 족속은 가나안 미디안 족속 한 분파이나 모세가 광야로 쫓겨 갔을 때 그곳 제사장 이드로의 딸 십보라와 결혼함으로 그들 족속은 자연스럽게 히브리민족으로 동화되었다.

아기스는 침궁에 돌아와서도 후첩에게 다윗 자랑을 하며 흡족해했다.
"다윗이 드디어 내 종이 되었어. 자기 종족과 다름없는 자들을 살해했으니 다시는 본국으로 돌아가지 못할 거야. 나는 최고의 용장을 얻은 것이야."

그날 밤 수석모사가 찾아와 아기스에게 간언한다.
"다곤 신이 도와서 다윗이 제 발로 왕궁을 찾아왔습니다. 어서 그자를 사사하시던지 인질로 잡으소서. 분명 다윗은 우리 블레셋에게 화가 될 것입니다."
아기스는 다윗에게 귀한 예물까지 받은 터라 귀를 틀어막는다.
"다윗과 의형제를 맺었다. 동생과 형 사이를 이간시키지 마라."
수석모사가 돌아가며 고개를 흔든다.
'아, 정말 다윗은 그의 신이 보호하는 모양이다.'

망명객 다윗은 유다지파 장로들과 아기스에게 선물을 보냈어도 많은 전리품을 가질 수 있었다. 그 후도 다윗은 소소한 전쟁을 통해 전리품을 모으게 된다. 용병을 거느렸던 그였기에 필요한 재물 축적이었지만 젊은 시절 검소했던 사울과는 다른 모습이다.
이제 다윗은 적군의 영토 시글락에서 작은 나라를 세운 것이나 다름없었다. 곁에는 예언자, 제사장, 모사, 장군들과 병사들, 또 유랑민들이 계속 모여들고 있었다. 그리고 무기와 재물도 많아졌다.

"이번 기회에 사울 왕국을 멸절시켜 버리자. 다윗이 없는 사울은 이빨이 없는 사자와 다를 것이 무엇이냐?"
아기스는 다윗을 얻자 다른 꿈을 꾸게 된다. 모사와 장군들을 모아

놓고 뜻을 밝히자, 그들도 환영한다.

"이번에야말로 히브리족속을 이 가나안에서 몰아내야 할 것입니다. 그러기 위해서는 블레셋 다른 도시국가들도 이 성전(聖戰)에 참여시켜야 할 것입니다."

이스라엘 침공을 위해 출정하라는 아기스의 명령이 시글락에 있는 다윗 군영에 떨어졌다. 장막 안에 참모들이 모였다. 요압이 다윗에게 낮은 소리로 속삭인다.

"우리 백성들을 죽이러 가는 이 싸움에 동참할 수밖에 없다니 슬픕니다."

곁에 앉아 있던 아사헬이 반발한다.

"형님은 그런 소리 마시오. 어떻게 우리 힘으로 사울 왕을 대적할 수 있겠소? 이번 기회야말로 그를 죽일 수 있는 하늘이 준 기회요. 블레셋인들을 앞장세우는 것이 꺼림칙하지만, 사울 왕궁을 정복한 후 적당한 때 정략을 써서 외삼촌을 왕으로 앉히면 되지 않겠소?"

다윗은 두 눈을 감고 아무 소리 없이 앉아 있다. 이미 아기스에게 큰 신세를 지고 그의 신하가 되어 있었다.

이때 한 무리가 다윗의 군영 앞에 찾아와 무릎을 꿇는다. 므낫세지파 중 몇몇 부장급 장군들이 찾아온 것이다.

"저희는 사울에게 원한을 가지고 있습니다. 장군 밑에서 충성을 다하겠습니다. 이번에 장군께서 아기스와 사울을 치러 간다는 얘기를 들었습니다. 저희를 앞장세워 주소서."

다윗은 망명자들을 받아들이며 사울 왕조를 떠올린다.

'이제 곧 블레셋 연합대군과 싸워야 할 나라가 이렇게 장군들까지 망명을 하니 이길 수 있을까. 사울 왕조가 허물어지는 날이 점점 다가

오는구나!'

블레셋군 출정 날이다. 다윗은 가드 군대 행렬 맨 뒤에 쳐져 군사를 몰고 가면서 여러 가지 생각으로 착잡했다.

'전날에는 블레셋군을 철천지원수라 생각하고 싸웠지 않았던가? 그런데 블레셋 군대의 힘을 빌려 조국 이스라엘을 치러 가고 있다니… 과연 야훼께서 어떻게 생각하실까? 내 힘으로는 사울 왕조를 붕괴시킬 수 없고 왕이 될 수 없다. 블레셋군의 힘을 빌리는 것이 야훼의 뜻인지 모른다. 드디어 내가 사울을 몰아내고 왕이 되는 것인가?'

그를 따라오는 심복들의 신명난 발걸음에 가락이 붙었다.

"드디어 이스라엘로 돌아갈 수 있다. 사울 군대를 쳐부수고 왕국을 세울 수 있다. 내가 영웅이 되어 고향에 돌아가면 가족들이 얼마나 반겨 맞을까? 돌아갈 때 사울 군대를 쳐부순 전리품을 가져가서 가족들에 안겨 주리라!"

"그럼, 그럼. 코라도 베어와 거꾸로 놓고 젓가락 꽂이로 사용해야지!"

블레셋은 다섯 도시국가 가사, 에스글론, 아스돗, 에그론, 가드가 동맹을 맺었다. 한 도시국가가 침공한 예는 빈번했으나 이번 연합 침공은 이스라엘을 멸망시키기 위한 대공세였다.

블레셋 연합군은 출병하여 이스라엘 촌락들을 유린하고 아벡에 총연합 군영을 차린다. 전날 대제사장 엘리의 아들들이 언약궤를 들고 출정했던 이스라엘군을 격파했던 곳이다.

아기스도 수천의 병사를 거느리고 와 있었다. 장군 중에는 수백 명의 심복을 거느린 다윗도 있다. 가드 장군들 맨 뒤에 천막을 치고 군영을 설치하고 있다.

블레셋 연합군 선봉에는 이번 침공을 계획하고 도시국가 중 최고의 세력을 가지고 있는 가드가 앞장선다. 작전 회의도 가드 진영의 군 장막에서 벌어졌다. 아기스가 사령관으로 앉아 있고, 다른 블레셋 국가에서 보내온 장군들이 시립해 있다. 군사작전 회의 도중 소란이 일어난다.

"괴기한 얘기를 들었소. 가드 진영에 이스라엘 장군 다윗이 있다고 하던데 사실이오?"

"우리 진영에 용병장군으로 와 있소."

"그것이 무슨 괴담이오, 다윗은 사울의 부마가 아니오?"

"지금은 우리 왕의 신하가 됐소. 우리 왕께서 그자의 목에 목걸이를 걸었고 그 끈을 단단히 쥐고 계시오."

다윗 때문에 다른 도시국가와 가드 장군들 사이에 설전이 벌어지며 소란해진다. 묵묵히 듣고 있던 아기스가 나선다.

"염려하지 마시오. 다윗은 여러 해 동안 내 지휘 아래 있었지만, 아무 허물도 발견하지 못했소."

"우리는 다윗을 믿을 수 없습니다. 그를 죽이시던지 이 싸움터에서 떨어진 곳에 유배시키십시오."

"옳은 말이오. 만일 싸움터에서 그자가 선봉에 섰다가 군사를 돌이켜 우리를 친다면 이스라엘군에게 대패할 것입니다. 다윗은 야훼 신의 열렬한 추종자이고 민족주의자입니다. 자기 나라를 포기하지 않을 것입니다. 오히려 우리의 목을 많이 베어 가지고 가서 사울과 화해하려 할 것입니다. 그자의 본심을 꿰뚫어 보소서."

"다윗이 누구입니까? 이곳 블레셋 장수 골리앗도 그에게 죽지 않았습니까? 그들 나라에서는 '사울은 천천이요, 다윗은 만만'이라는 유행가가 있는데, 그 수는 우리 블레셋 군사를 죽인 수라고 들었습니다. 이 싸움터에 동맹군으로 받아줄 수 없습니다."

아기스가 다윗을 감싸 안았지만, 블레셋 장군들이 반대하며 나섰다. 천막 문이 열리며 땀 냄새를 확 풍기는 장수가 들어선다.

"우리 왕궁을 지키는 수비대장이 아닌가? 본국 궁은 안 지키고 이 싸움터에는 웬일인가?"

에글론 장군이 놀란 표정으로 맞는다. 장수는 거침없이 아기스를 향해 퍼붓는다.

"나는 골리앗의 다섯째 아우 '라흐미'요. 다윗이 이 근처에 와 있다고 들었소. 놈의 머리를 끊어 다곤의 신전에 바치겠소. 그자와 대면시켜 주시오."

라흐미는 뛰어 오느라 입가에 흰 앙금까지 물고 거칠게 소리친다.

"골리앗 형님께서는 방심한 사이 그 어린놈이 던진 물맷돌 하나에 거꾸러지셨소. 놈은 내 형과 싸우러 나올 때 우리 형제까지 다 죽이겠다고 다섯 개의 물맷돌을 가지고 나왔다고 들었소. 그놈이 나타났으니, 내가 한 번 겨뤄야 하지 않겠소?"

아기스가 난처한 표정을 짓자, 라흐미는 고래고래 소리를 지른다.

"나도 전날에는 이 가드 땅의 전사였소. 형 골리앗이 창피하게 죽은 후 고개를 들 수 없어 에글론으로 용병생활을 떠난 것이오. 나는 원수 다윗에게 복수를 원하는 것뿐이오."

"다윗은 이미 내 수하의 장수다. 그와 싸운다는 것은 곧 나에게 선전포고하는 것이다."

아기스는 라흐미의 혈기를 막았지만, 곧 다윗과 싸움이 벌어질 것을 예감한다.

작전 회의를 마친 아기스는 모든 자를 물린 후 다윗을 불러 대면한다.

"야훼께서 사서서 보고 있으려니와 네가 정직하여 내게 온 날부터 오늘까지 악이 있음을 보지 못하였다.[189] 나는 이번 싸움에 너를 동참시킨 것을 기뻐했으나 다른 장군들이 좋아하지 않으니 어찌하느냐? 시글락으로 돌아가서 편안히 쉬라. 우리나라 다른 성 사람들 눈에 거슬리면 네 생명까지 위태로울지 걱정된다."

"내가 무슨 불충한 일을 했나이까? 오늘까지 종을 어떻게 보셨기에 이번 기회에 종의 원수 사울을 죽이지 못하게 하시는 것입니까?"

다윗은 반발하는 척했지만, 자신의 칼로 동족을 죽이지 않게 된 것을 신 앞에 천만번 감사한다.

"나는 네가 신의 사자같이 선한 것을 알고 있다. 그러나 우리나라 사람이 네가 싸움터에 나가는 것을 극렬하게 막고 있다. 시글락으로 떠나라. 네가 살 길이다."

다음 날 새벽, 다윗은 아기스의 환송까지 받으며 시글락으로 돌아간다.

"사울을 죽일 수 있는 절호의 기회였는데, 내 칼로 목을 베고 싶었는데."

"이놈아, 눈치 없는 짓 말아라. 외삼촌의 얼굴을 보아라. 아기스 앞에서는 그렇게 슬픈 표정을 짓더니 구름을 지나온 보름달처럼 밝지 않느냐?"

다윗은 콧노래까지 부르며 말을 타고 달려가고, 그 뒤를 아비새와 아사헬이 따른다. 황야 바람도 따라 온다.

---

[189] 아기스는 그가 믿는 블레셋 신 다곤의 이름이 아니라 야훼의 이름을 말하며 다윗의 마음을 위로한다. 다신교를 믿던 고대 중동에서는 흔히 있는 외교술이다.

다윗, 아말렉과의 전투

"블레셋 연합군이 이스라엘을 치면 사울과 요나단 왕자가 큰 재난을 만날 것이다. 우리가 도와줘야 할 것이 아닌가?"

"이놈아, 사울 왕조가 망해야 우리 주군께서 왕이 되는 것이 아니냐. 쓸데없는 소리 하지 마라."

다윗 군사들은 잡담을 나누며 시글락으로 돌아온다. 그 소리가 들리는지 안 들리는지 다윗은 말고삐를 잡고 제 길을 간다. 요나단과 맺은 언약이 광야 거친 바람결에 들린다.

'우리 서로의 생명과 자손들을 지켜주자. 야훼의 이름으로 맹세하자.'

다윗이 속으로 눈물을 흘린다.

'왕자님과의 언약을 지킬 수가 없소. 난 그 약속을 저 흙바람 속에 던져버리려 하오, 흑흑흑!'

시글락으로 돌아오는 광야에서 다윗과 부하들은 한 광경을 지켜본다. 치타가 잡아놓은 가젤영양을 뜯어먹고 있다. 영양은 쓰러져 눈을 멀뚱멀뚱 뜨고 있는데, 치타는 아랑곳없이 허벅지를 뜯어대고 피를 핥아댄다.

또 얼마를 걸었을까? 독수리와 뱀이 뒤엉켜 싸운다. 독수리가 이기는 법인데, 오히려 뱀의 똬리에 어거되어 죽어간다. 시글락에 가까워졌을 때, 마을에서 연기가 피어오르는 것이 보인다.

"고기 굽는 연기가 아니다. 무슨 일이 생긴 것이 아니냐?"

불안감이 뒷머리를 내리치자, 다윗은 식솔의 야영지로 말을 재촉한다.

시글락 성은 불타고 여기저기 시체들이 널브러져 있다. 한쪽 그을린 성벽 쪽에 숨어있던 노인이 다윗 앞에 엎드리며 통곡한다.

"장군이 없는 사이 아말렉 군대가 침공했습니다. 닥치는 대로 사내들을 죽이고, 장군의 아내들과 가솔들 또한 포로로 끌려갔습니다."

시글락의 백성들이 몰려와 다윗을 에워싸며 울부짖는다. 가나안 본토민들, 이스라엘 사람들, 블레셋인인 그들은 모두가 흥분하여 대든다.

"당신 때문에 조용하던 이곳이 아말렉 군대에 침략당했소!"

그들은 돌을 던지며 고함을 쳐댔다.

"당신이 전날에 아기스 왕의 환대를 받으려 아말렉 객상들을 주살하여 비위를 건드려 놓았기 때문에 복수하러 이 시글락까지 온 것이 아니오?"

이스라엘 백성들은 더욱 울부짖는다.

"장군은 어찌하여 블레셋 왕 아기스와 협작하여 우리 이스라엘을 치러 갔단 말이오? 그렇게 자리를 비우니 우리가 처참하게 당했잖소?"

"내 아내들은 어찌 되었을고, 내 아들 암논은 어찌 되었느냐!"

다윗이 돌에 맞아 부어오른 얼굴로 돌아와 성벽 아래에서 흐느낀다. 예언자 갓이 다가와 말한다.

"부인들과 아이는 아직 죽지 않았을 것입니다. 아말렉인들은 상술에 밝은 놈들이라 분명 인질 협상을 벌이고 노예로 팔아먹으려 살려두었을 것입니다. 어서 이 사건을 야훼께 물어보소서.”

갓의 말에 힘을 얻은 다윗이 소리친다.

“아비아달을 부르라. 에봇을 가져오라 하라. 성의(聖衣) 앞에서 야훼께 물어보리라!”

아비아달이 급히 에봇을 가져오고 옷 주머니에서 우림과 둠밈 두 돌을 꺼내 던지며 신탁을 받는다.

“신께서 말씀하셨습니다. 지금 군대를 몰고 쫓아가면 아말렉군을 잡을 수 있습니다.”

“삼일이나 지났는데 가능하단 말이냐? 다시 한번 물어보아라.”

다윗의 재촉에 아비아달이 다시 우림과 둠밈을 던진다.

“따라잡을 수 있고 포로로 잡혀간 생명들도 찾을 수 있다고 계시를 주셨습니다.”

다윗은 벌떡 일어나 군사들을 이끌고 아말렉 군대를 쫓는다.

다윗은 아벡으로 데리고 갔었던 용사 육백 명을 대동하고 추적한다. 병사들은 쫓으면서도 반감이 많은 사울을 욕한다.

“아말렉놈들이 지금까지 살아 날뛰는 것은 전날 사울 왕이 사무엘 예언자의 명령을 어기고 살려준 까닭이다. 사울 때문에 우리는 또 그놈들과 목숨 건 사투를 벌이게 됐다.”

다윗 군대 장군들은 말을 타고, 병사들은 뛰어 황야를 달린다. 그런데 시글락 남방 골짜기 ‘브솔’(‘찬 샘.’ 유다 남부 사막 계곡)에 이르자 그중 보병 이백여 명은 지쳐 나자빠진다. 늙은 병사들로 아벡에서부터 시글락으로 왔고, 또 쉬지도, 음식도 제대로 먹지 못하고 급히 추적해 오느라 지쳐버린 것이다. 다윗이 명령한다.

“시간이 없다. 너희들은 이곳에 머물라. 나머지 사백 명만 나를 따르라! 야훼께서 함께하신다면 사백 명으로도 육백 명의 힘을 발휘하게 해 주실 것이다. 남은 자들은 이곳 후방에 매복하고 있다가 혹시 우리가 위험에 처하면 도우라!"

그런데 무작정 남쪽을 향해 달리던 다윗 무리는 황야에서 길을 잃는다. 사방이 지평선이고 방향을 알 수 없다. 멀리 흙먼지 속에서 신기루 잔영만이 비칠 뿐이다.

"땅이 모래가 아니라 단단한 까닭에 아말렉 놈들의 발자취를 찾을 길이 없습니다."

"놈들은 사막 길을 갈 때라도 자취를 지우고 가는 간교한 놈들이다. 다른 흔적이 없는가 찾아보아라. 아무리 약은 사막너구리도 제 흔적은 남겨놓기 마련이다."

"이것 좀 보십시오! 구린 것이 아말렉 놈들의 똥 같습니다."

"이놈아, 안 구린 똥이 어디 있더냐? 내가 보니 객상들이 몰고 다니는 낙타새끼 똥 같다."

아말렉 흔적을 찾지 못하면서도 다윗은 군대를 몰고 계속 전진하고 있을 때다. 광야 한 편에 쓰러져 있는 사람을 보고 진군이 멈춘다. 독수리들이 주위를 맴돌고 있다.

"어서 지나가소서. 병들어 쓰러진 노예를 주인이 버리고 간 듯합니다. 손목에 문신이 있습니다. 우리 히브리인은 아닙니다."

웃통은 벗겨지고 토끼가죽으로 아랫도리만 간신히 가린 채 맨발로 쓰러져 있는 자의 행색을 보며 요압이 다윗을 재촉한다. 율법에 금한 문신이 있자, 이스라엘인이 아닌 것을 알아차린 것이다.

"저 자는 독수리 먹이가 될 것이 분명하지 않느냐? 음식물을 주어라."

다윗의 말에, 부하들이 일으켜 입에 가죽부대를 대주자 사내가 물을 받아 마시며 깨어난다. 무화과 조림 한 쪽과 건포도를 건네주자 사내가 허겁지겁 입속에 처넣는다.

"너는 어떤 자에게 속한 노예더냐?"

사내가 정신을 차리자, 다윗이 심문한다.

"저는 이집트인이요, 아말렉인 노예입니다. 사흘 전에 열병이 들어 주인이 버리고 떠났나이다."

다윗의 눈이 확 커진다.

"그러면 시글락을 침범했던 아말렉인들 중에 너도 같이 있지 않았느냐?"

다윗의 다그침에 사내의 입술이 파르르 떨린다.

"그… 렇… 습… 니다. 우리가 유다 남방과 시글락도 불살랐나이다."

다윗은 그 말을 들으며 전날 블레셋 아기스 왕을 속이기 위해 유다 남방을 불살랐다고 했던 말을 떠올렸다. 거짓말을 했었는데, 아말렉인들이 그의 말처럼 그 성읍들을 불살라 버린 것이다. 다윗이 깊은 한숨을 쉬다가 말한다.

"어서 아말렉 군대로 속히 인도하라."

"저를 죽이지도 않고, 내 주인 아말렉인의 수중에도 넘기지 않겠다고 신에게 맹세하소서. 그러면 아말렉 군대에 인도하겠습니다."

"신의 이름으로 맹세한다. 아무쪼록 아말렉인들에게 속히 인도하라!"

다윗의 군대는 노예를 말에 태우고 곧바로 아말렉인 은둔지로 달려갔다. 사내는 아말렉인들로부터 여러 기술을 배운 자였다. 특히 밤에 별의 운행을 보고, 낮에는 발자국을 보며 방향을 감지하는 기술을 알고 있었다. 발자국만 보더라도 남자인지 여자인지, 여자라면 임신 여부까지 판단할 수 있는 능력을 갖춘 자였다.

"풀로 엮은 미투리 발자국이 많은 것을 보니 여자들도 많이 동행하고 있습니다. 이 발자국을 보니 뒤꿈치가 깊은 것이 임신한 여인도 있는 것 같습니다. 진군은 더 늦어졌을 것입니다."

다음 날 아침까지 추적하던 다윗 군대의 눈 가까이 아말렉인들의 모습이 보인다. 황야 가시나무 그늘진 곳에서 이곳저곳 퍼질러 있다. 아말렉인들은 다윗의 추격은 생각도 못했다. 며칠 머무를 양이었는지 나뭇잎으로 지붕만 올린 움막을 지어놓고, 그 밑에서 그물침대를 걸고 잠든 자도 있다. 바위 그늘 모닥불가에서는 술을 퍼마신다. 안주로 전갈과 도마뱀을 잡아 굽기도 했고 기어다니는 흰개미를 주워 먹기도 한다. 다른 한쪽에서는 아이들이 양 발가락 마디뼈로 공기놀이를 한다.
"다윗 놈이 얼마나 속이 탈꼬? 반반한 계집들을 아내로 얻었더라고. 이집트인들에게 팔면 값 꽤나 나갈 계집들이 아닌가!"
"이번 싸움으로 블레셋 놈들과 이스라엘 놈들 모두를 제압했으니, 이보다 더 큰 승리가 어디 있나?"
모닥불가에서 떠들던 아말렉인들 사이에서 비명이 터진다. 아말렉 장수가 목젖에 활을 맞고 쓰러진다. 다른 아말렉 사내도 들이닥친 다윗 군대의 칼과 창에 뱃구레를 잡고 쓰러진다. 술병을 든 아말렉 병사가 쓰러진다. 구운 전갈을 손에 든 병사가 그 위에 엎어진다. 아말렉인들의 방언과 비명이 울려 퍼진다.

"오, 아버지! 형제들아, 살아있었구나!"
무엇보다도 다윗은 식구가 살아있는 것이 반가웠다. 아말렉인들이 포로의 상품 가치를 높이려 가솔들을 해치지 않고 붙잡아 두었던 것이다.
아말렉군과의 싸움터에서 조금 떨어진 오렌지나무가 우거진 오아

시스에서는 나머지 아말렉 군사들이 낙타와 가축들에게 물을 먹이고 있다.

"저쪽에서 우리 병사들의 비명이 들린다. 웬일이지?"

"아뿔싸, 다윗의 군대가 벌써 쫓아온 모양이다. 이렇게 빨리 추적해 온 것을 보면 다윗은 비범한 놈임이 분명하다. 어찌할까."

"어찌하기는, 화살처럼 도망가야지!"

그들은 낙타와 가축들을 몰고 줄행랑을 친다.

아말렉인은 그동안 여러 지역을 침노하여 늑탈했던 까닭에 전리품이 엄청나게 많았다. 급히 버리고 간 낙타와 병기, 식량, 옷감, 특히 귀걸이, 목걸이, 코걸이 등이 많았다. 아말렉인이 가지고 있던 금속 장신구들은 돈 대신 사용하는 물품이기도 했다.

다윗의 군대가 시글락으로 돌아온다. 그 도중 브솔 시냇가에서 뒤처졌던 이백 명의 늙고 병든 병사들이 그들을 맞는다.

"수고들 하셨소, 어떻게 우리 편 피해 없이 이렇게 많은 전리품을 가져왔단 말이요. 야훼가 도우셨구려."

"저리들 가시오. 그렇게 몸 사리고 안 따라오더니 무슨 낯짝으로 우리를 맞는단 말이요?"

뒤처졌던 이백 명과 끝까지 쫓았던 다른 사백 명의 병사들 간에 반목이 벌어진다.

다윗의 군대가 시글락 성읍에 입성한다. 백성들이 병사들을 맞아 환영가를 부른다.

"사울은 천천이요! 다윗은 만만이로다!"

이 노래는 다윗 무리에게는 국가(國歌)처럼 불려진다. 노래를 부르는 자 중에는 얼마 전에 아말렉의 침공을 보고 다윗을 향해 돌을 들었던 자들도 있다.

전리품이 나눠진다. 장군들에게는 큰 몫으로, 또 적의 목을 잘랐던 사병 중 나귀를 받는 자도 있다. 아말렉 처녀를 아내로 받은 홀아비 병사도 있다. 백성들도 전리품의 일부인 식량을 배급받는다. 장군 몇몇이 반발하며 나선다.

"어찌 병사라고 다 전리품을 상으로 받을 수 있소? 이백 명은 도중에 쉬고 전투에 참여하지 않았으니 배제해야 옳지 않소?"

"동료가 피바다 속에서 싸울 때 그늘에 쉬고 있던 비겁한 그자들을 처자식과 함께 내어 쫓으소서."

그들은 자신들에게 돌아올 몫이 작을 것을 염려했다. 다윗이 속셈을 알아차리고 차분히 말한다.

"전투에 나갔으나 힘에 부쳐서 따라오지 못했으니 참여한 것이나 다름없다. 모두가 균등하게 나누게 될 것이다."

다윗은 아말렉으로부터 노획한 전리품들을 이번에도 유다 장로들에게 보낸다. 심지어 이민족들에게까지 전리품들을 보냈다. 이들은 다윗이 사울에게 쫓길 때 도움을 주었던 자들이고, 하비루 시절 인연을 맺었던 자들이다. 역시 친분을 이어가며 자신의 왕국이 도래할 때 협력을 받기 위해 보낸 것이다. 다윗의 치밀한 처세술을 곁에서 지켜보며 예언자 갓이 생각한다.

'감추고 있어서 그렇지 야망은 사울보다 더 큰 자다!'

선물을 받은 유다지파 중심 성읍 헤브론 장로가 밀서를 보내온다.

우리는 그대의 왕위 등극을 적극 지지하오. 그대가 왕국을 세우려면 이 헤브론 땅에 세우시오. 이곳은 조상 아브라함의 묘지가 있는 영지이고, 이스라엘에서 가장 오래된 성읍이오. 땅도 넓으니, 제국의 도성으로는 제격이오….

유다지파 장로들은 알고 있었다. 사울은 노을이고, 다윗의 왕국이 찬연히 밝아오고 있다는 것을.

"블레셋이 침공했다고 합니다. 이번에는 다섯 도시가 연합을 이루어 대규모로 침공했다고 하니 사울 군대는 막지 못할 것입니다."
"아, 나라는 존망에 놓였는데 다윗이 언제 왕위에 오를 것인가. 아직도 그 악마의 칼날을 피해 다닌다고 하던데…."
사울이 놉 제사장들을 살해한 후, 사무엘은 그를 악마의 수장으로 여기고 있었다.
"다윗 군대는 승승장구하고 있습니다. 유다 남방 이방 족속들을 쳐부수고 많은 전리품을 취했다고 합니다. 그 전리품을 유다지파에 보냈다고 합니다. 이스라엘인 모두가 다윗이 이스라엘 왕이 될 것이라는 것을 소문만이 아니라 사실로 믿고 있습니다."
신학생이 말할 때, 교정에 앉은 사무엘이 지팡이를 의지한 채 하늘을 바라본다.
"다윗이 왕위에 오르는 그날까지 이 늙은 몸을 끌고 갈 수 있을까? 야훼의 뜻이 멀도다!"
사무엘은 눈에 백태가 가득 끼어 앞이 보이지 않았다. 햇빛의 밝음만을 느끼며, 다윗이 전령을 보내 대관식에 참석하라는 소식만을 기다린다. 사무엘이 라마에서 각 지파로 서신을 띄운다.

모든 지파는 사울을 왕위에서 폐하고, 유다지파 아들 다윗을 왕으로 추대하시오. 야훼의 뜻이오. 야훼께서는 이미 선조 야곱을 통해서 유다지파에게 왕의 지팡이를 주시겠다고 계시하셨소….

그렇게 시작하는 사무엘의 서신은 조상 야곱이 아들 유다에게 복을 빌은 전승의 기록으로 끝맺는다.

유다는 사자 새끼, 아들아, 너야말로 짐승을 덮쳐 뜯어 먹고는 배를 깔고 엎드린 수사자라 할까? 왕의 지팡이가 유다를 떠나지 아니하리라….

사무엘의 서신이 전해지자, 지파 수장들은 비밀리에 다윗에게 사병과 군량미를 보낸다. 아직 사무엘의 영향력은 여러 지파에 미치고 있다.

기브아 궁. 블레셋 침공을 앞에 놓고 사울과 베냐민지파장들이 모여 숙고한다.
"사무엘이 해서는 안 될 짓을 했습니다. 언제는 베냐민지파 왕을 세우신 것이 야훼의 뜻이라고 선포하곤, 유다지파에서 왕이 나오는 것이 신의 뜻이라고 전파한다는 전갈입니다. 지금이 어느 때입니까? 블레셋 놈들의 침공으로 나라가 위태로운데 영적 지도자라는 자가 나라를 분열시키고 있습니다."
"왕이시여, 사무엘은 지금 라마에 있습니다. 어서 수급을 베소서. 화근이 될 제자들도 주살하소서."
사울이 고개를 흔든다.

"사무엘이 라마에 있는 것을 몰라 지금껏 목을 베지 않은 줄 아느냐? 그래도 나를 왕으로 세워준 분이다. 더군다나 노년이다. 얼마 안 있으면 음부로 내려갈 것인데, 내 칼에 그의 피를 묻히랴!"

사무엘의 죽음

'어머니, 어머니. 신은 하늘 너머에 있어 보지 못했고, 땅의 신인 어머니는 볼 수 있었습니다.'

화병의 꽃이 시들어 있는 침실. 침상에 누운 사무엘이 주름진 눈꺼풀을 내린다. 그동안 이스라엘을 위해 기도의 눈물을 다 쏟았지만, 어미 생각에 눈이 젖는다.

먼 전날, 어미 한나는 태몽으로 받은 신탁을 믿고, 사무엘이 배냇저고리를 겨우 벗을 나이 때쯤 실로의 신전으로 데리고 갔다. 그날 대제사장 엘리에게 아들을 맡기고 돌아가는 한나를 보며 사무엘은 신전 문 앞에서 발을 동동대며 울었다. 그 후 팔십여 년을 오직 한가지 제목의 기도로 살았다.

'오, 신이여. 이스라엘을 위해 기도하지 않는 죄를 짓지 않게 하소서.'

밤하늘의 유성이 긴 꼬리를 늘어뜨리고 빛을 잃으며 사라진다. 라마 신학교에 칩거하던 사무엘이 이스라엘의 불확실한 미래를 앞에 놓고 눈을 감는다. 기원전 1017년, 향년 83세다.

"스승님을 죽인 자는 사울이다. 그의 불순종과 배반으로 화병이 들어 작고하셨다."

"복수를 해줄 사람은 다윗 장군밖에 없다. 우리도 그에게로 가 의탁하며 큰일을 도모하자."

신학생인 예비 예언자들은 스승의 시신을 보며 울분을 토한다.

"아, 이스라엘의 등불이 꺼졌다!"

사무엘 사망 소식은 이스라엘 전역에 알려졌고 백성들은 탄식하며 울부짖었다. 백성들은 베옷을 입고 라마로 모여들어 시신 앞에서 준비해간 재를 뿌려대며 오열했다. 이스라엘이 블레셋 침공을 받는 이때, 그의 죽음은 백성들을 더욱 불안케 했다.

다윗도 시글락으로 떼 지어 몰려온 신학생들부터 부음을 듣는다. 땅바닥에 엎드려 울어댄다.

"어찌하여 이 위태로운 이스라엘과 저를 두고 소천하셨나이까?"

다윗에게 사무엘의 죽음은 큰 손실이었다. 보이지 않게 다윗의 정권이 세워지도록 후원했던 그의 죽음이었기에 울음소리는 커진다. 사울 왕을 견제할 수 있는 유일한 인물이 사라진 것이 울음소리를 더 서럽게 만든다. 갓 또한 스승을 위해 굵은 베옷을 입고 얼굴에 재를 뿌리며 열흘을 금식하고 삼십 일을 애곡한다.

"사무엘 예언자가 작고했다고?"

이 사건은 블레셋 침공 방어에 분주하던 기브아 궁 사울에게도 큰 놀라움이었다. 그도 금식하며 라마 쪽을 향해 눈시울을 적신다. 농부였던 자신을 택하여 왕으로 삼아주었던 은인이었고, 왕인 자기를 백성들 앞에서 신의 이름으로 저주한 원수이기도 했다. 한때는 스승이요, 아비처럼 섬겼고, 한때는 증오도 했던 애증의 그림자 사무엘…. 사울의 눈에 눈물이 고인다. 모사가 말한다.

"왕을 저주했고 다윗을 지원했던 사무엘이 죽었는데 왜 그렇게 서러워하십니까?"

"나는 수천 번 사무엘을 죽일 수도 있었다. 그러나 그를 한 번도 해치지 않았다. 신의 사람으로 믿었기 때문이다. 사무엘은 나를 버렸지만 나는 그를 버리지 않았다."

사울은 장사에 쓰일 세마포와 '몰약'[190] 등을 라마로 보냈다.

마지막 사사인 사무엘의 시신이 라마 신학교 뒤뜰 정원 공터에 장사된다. 향료가 채워진 옹기관에 담겨 땅에 묻혔다. 그러나 사무엘의 이름은 묻히지 않고 추종자의 입에서 여전히 살아난다.

"이제 누가 이 이스라엘을 위해 기도할 것인가? 누가 백성들에게 미스바 언덕에 모여 기도하자고 할 자가 있을까?"

라마와 주변 성읍 사람들 사이에 소문도 떠돈다.

"사울이 신학교 주방에 첩자를 심어놓아 독약으로 예언자님을 살해했다는 말이 사실이야?"

"글쎄, 놉 제사장들을 죽인 그 악귀가 무슨 짓을 못 하려고."

아직 히브리 경전은 정립되지 않은 때였다. 또 유력한 예언자도 나타나지 않았기에 사무엘의 죽음은 이스라엘을 영적 혼돈으로도 빠뜨린다. 야훼 신앙은 소멸될 위기에 처한다. 금세 이스라엘 남자들은 가나안 이교도의 신상을 찾았고, 아낙들은 점술과 사술을 쫓아다녔다.

"신접한 자와 박수들을 이 땅에서 내어 쫓으라. 이 땅은 야훼의 나라다!"

---

[190] 향료의 일종으로 아라비아와 아프리카에서 자생하는 무라나무에서 나는 진. 썩는 냄새를 방지하기 위해 시신 위에 발랐다.

사울은 무당을 내쫓는 등 이교도의 관습을 금지시킨다. 율법에서 금한 것을 실행에 옮긴 것이다. 블레셋 침공을 막아야 하는 지금 야훼 종교로 민의를 뭉치게 하려는 의도였다.[191]

이 칙령은 사울을 의심하던 사제들에게 신뢰감을 준다. 그러나 그의 명령을 그대로 믿지 않은 자도 적지 않았다.

"놉 땅의 제사장들을 죽인 사울이 어찌 야훼의 이름을 들먹일 수 있는가? 제사장들과 백성들에게 환심을 사려고 생색을 낸 것에 불과하다."

블레셋군이 전차를 집결시킨 곳은 북부 에스드렐론 이스르엘 평지다. 이곳에서 동맹을 맺은 가나안 북부 본토민 성읍들의 지원을 기대했다. 반면 사울 군대를 북쪽 이스라엘 지파로부터 고립시킬 수 있는 지형이다.

사울도 블레셋군과 맞서려 상비군 삼천 명을 이끌고 북으로 이동하여 '길보아'('분출하는 샘.' 이스르엘 골짜기에 있는 해발 500m 높이의 산)에 진을 쳤다. 블레셋군은 철기 무기, 전차와 말을 보유하고 있지만, 사울은 마병 백여 필과 보병이 전부다. 그러기에 유격전으로 유도하기 위해 고지를 택해 군영을 삼는다. 산림이 우거진 경사지가 있어 전차를 막아주고, 타격 적중 거리 내에 있는 적들을 잘 관찰할 수 있는 곳이다. 근처에는 병사들이 마실 '하롯'(길보아 북서쪽 돌출부) 연못이 있었다.

"오래전 길갈에서 블레셋군을 쳤을 때 내 군대가 대승한 적이 있었지. 그때 그들을 추적하여 잔멸해야 했음에도 나는 금식을 선포하여 호

---

[191] 히브리 율법뿐만 아니라, 중기 아시리아 법률에도 무당은 사형에 처하도록 했다. 저주를 막기 위한 조항이었던 것 같다.

기를 놓쳤다. 그 어리석은 실수가 저 난적을 만들었구나."

군영 천막 안에서는 사울이 심복과 아들들 앞에 전날 블레셋과의 전투를 추억하며 비통해한다.

"이곳 길보아는 사사 때 조상 기드온께서 미디안 족속을 친 곳이다. 우리도 블레셋군을 도륙해야 할 것이다."

사울은 결의를 다진다. 그러나 사울 왕조는 사무엘이 비밀리에 다윗을 택해 기름 부음을 하여 왕으로 책봉했다는 소문이 퍼지면서부터 기반이 흔들리고 있었다. 사울과 다윗의 내분 또한 이스라엘 국력을 급격히 쇠퇴시켰다. 이런 때 블레셋 연합 대군의 침공은 치명적이다.

"이 가나안에서 마지막 한 명까지 히브리 놈들을 멸절시키겠다. 우리 다섯 블레셋 국가가 다곤 신전 앞에서 맹세한 서약이다."

블레셋군이 길보아 북쪽 모래 언덕 쪽으로 몰려온다. 총사령관은 가드 왕 아기스다. 사울 왕국이 다윗과의 갈등 속에서 허점을 보이고 있는 이때, 사생결단을 낼 마음으로 몰려온 것이다. 또 사무엘의 사망 소식을 듣고 더욱더 기세가 등등하다.

"이스라엘에는 지도자가 없다. 다곤 신이 준 이 가나안에서 히브리 노예들을 멸절할 기회다!"

사울이 온종일 막사에서 은잔 점(占)[192]만 치다가 휙 집어던지며 한탄한다.

"우리는 한 번도 블레셋 다섯 성읍 연합군과 싸워본 적이 없다. 더군

---

[192] 고대인들은 은잔에 술을 부은 후 기름 혹은 잎새를 집어넣고 흔들어 그 모양새를 보며 점을 쳤다. 히브리인 조상 요셉도 이 은잔 점을 쳤다.

다나 아기스는 싸움 전력이 많은 자가 아니냐, 이를 어찌할꼬!"

전날 사무엘의 기도를 받고 나가 싸우던 사울의 기백은 사라진 지 오래다. 믿음도, 용기도, 젊음도 사라진 그는 블레셋군에 대한 보고를 듣고 움츠러든다. 사울이 궁중예언자들을 부른다.

"우리 군대가 블레셋 놈들을 이길 수 있겠느냐?"

"기도해 보았지만, 야훼께서 어떠한 응답도 주시지 않습니다."

"저도 마찬가지입니다. 아무리 기도해 봐도…."

으뜸예언자도, 버금예언자도 똑같은 말을 한다. 사울이 이번에는 제사장들을 향해 소리친다.

"너희들이 에봇 주머니에서 우림과 둠밈을 꺼내 신탁을 받아보아라. 과연 우리 군대가 저 블레셋 군대를 쳐부술 수 있겠느냐?"

그러나 궁중제사장들도 우림과 둠밈을 던져보고는 고개를 갸우뚱거렸다. 패배를 뻔히 알고 있었기에 그 말을 차마 못했는지도 모른다. 사울은 느낀다. 야훼 신이 자기를 버렸다는 것을….

"무당을 찾으라, 그에게 물으리라!"

사울의 명령에 조금 전까지 숨죽이고 있던 궁 제사장들이 불쑥불쑥 나선다.

"율법에 '너희는 신접한 자와 박수를 믿지 말며, 추종하여 스스로 더럽히지 말라'라고 이르지 않았습니까?"

"왕께서도 얼마 전 야훼의 이름으로 무당들을 처형시키지 않았습니까?"

"야훼가 나를 버렸으니 찾는 것이 아니냐? 시종들은 무당이 있는 곳으로 인도하라. 그렇지 않으면 너희들의 목이 오늘 밤 붙어있지 못하리라."

시종들이 다른 소리를 못 내고 기겁하며 대답한다.

"여기서 조금 떨어진 '엔돌'(주거의 샘) 성읍에 신을 접한 여인이 있다는 풍문을 들었습니다. 여인은 죽은 자의 영혼도 불러낸다고 합니다."

그날 밤, 평민 옷으로 변장한 사울이 군영을 나와 내관 둘과 함께 무당[193]을 찾아간다. 기브아 시장 저잣거리에서 점을 쳤었는데, 무당을 죽이라는 사울의 숙청을 피해 숨은 여인이다.

평평하게 다진 터 위에 흙벽돌로 지은 움막. 사울이 내관과 함께 쇠가죽으로 친 문을 젖히고 들어선다. 눈 주위에 잔뜩 채색 문신을 한 여인이 어두운 안쪽에 앉아 있다. 옆에는 '진동항아리'(무당이 자기 집에 모셔 놓는 신위)가 놓여 있다.

'오브'('신을 접한 자.' 가죽부대라는 말에서 파생) 여인은 무엇을 넣었는지 아랫배가 가죽부대처럼 부풀어 올라와 있다. 신을 접한 자는 아랫배에 귀신이 들어가 있어서 마술을 행한다고 믿고 있었기에 꾸민 것이다.

"네가 접신한 여인이냐?"

"그렇소, 내 몸에 강신(降神)하셨소. 왜 찾으셨소? 옷을 보니 걱정이 없는 귀인 같은데."

여인은 사울을 연신 훑어보며 눈치를 살핀다.

"술법을 부려 내가 원하는 사람을 지하에서 불러올리라!"

여인이 화를 낸다.

"그 멀고 깊은 땅속 스올[194]에서 영혼을 불러내라고? 요사이 왕이 내

---

[193] 이스라엘에서는 무당을 '하바림'(투덜거리는 사람), '플라하스'(속삭이는 사람)라고도 불렀다.
[194] 히브리 사람들은 우주가 하늘, 땅, 땅 밑 삼층 구조로 되어있다고 보았다. 땅은 산들로 주름잡혀 있고 강과 호수로 나누어진 평평한 곳이다. 땅 위에는 둥근 하늘이 펼쳐져 있고, 그 하늘에는 물이 담겨져 있고, 신들이 사는 곳이 있다. 또 땅 아래 물에 잠긴 기둥이 있어 땅과 하늘을 받치고 있다고 믿었다. 그리고 땅 아래 물속 깊이에는 스올이 자리 잡고 있었다. 히브리인들은 죽은 자들의 망령들은 모두가 이

린 칙령을 알지 못하느냐? 너는 사울이 신을 접한 자와 박수를 이 땅에서 살해했음을 알고 있을 것인데, 올무를 놓아 나를 죽게 하려느냐?"

"야훼의 이름으로 맹세하니 너는 이 일로 벌을 당하지 아니하리라!"

사울은 십계명 중 제삼 계명에서 금지한 '야훼의 이름으로 맹세하지 말라'한 계명을 어기며 신접한 여인에게 그 약속을 준다.[195] 여인이 한참 사울을 뚫어지게 바라보다가 되묻는다.

"누구를 불러올리랴?"

"사무엘이다!"

여인이 놀라 고함을 지르며 뒤로 발짝 넘어진다.

"어찌하여 나를 속이시나이까, 당신은 사울 왕이 아닙니까? 그리고 사무엘은 이미 '아바돈'[196]에 있는데 어찌 그 깊은 데에서 그를 불러올리라 하십니까."

"사무엘을 그곳에서 올리지 않는다면 네가 대신하여 내려가게 될 것이니라!"

"아닙니다. 누구의 명령인데 거부하리이까? 곧 불러올리겠습니다."

여인은 '공중이'(귀신 소리라는 휘파람을 내면서 점을 치는 여자) 흉내를 내며 '물떡'(귀신에게 던지는 떡)을 던지기도 하는 등 사무엘의 영을 부른다.[197] 무당 여인이 몇 번 흰 눈동자만 나오도록 눈을 뒤집더니 사울에

'스올'('음부.' 땅 속 세계에 있는 죽은 자의 처소)로 간다고 믿었다. 돌아오지 못하며(욥기 7장 9절 참조), 혼란과 무질서의 장소요, 어둡고 아무 구별이 없는 곳이다.
[195] 사울뿐만 아니라 다윗 등 여러 이스라엘 인물들이 야훼의 이름으로 맹세하는 장면이 히브리전승 여러 군데 기록되어 있다(사무엘하 12장 5절 참조). 이것은 십계명이 모세 때가 아니라 왕조 후세에 만들어진 계명이라는 것을 입증하는 것인지 모른다.
[196] 스올과 마찬가지로 죽은 자가 가는 장소.
[197] 히브리전승에 따르면 그 밤 사울은 신접한 여인을 통해 사무엘의 영혼을 만났다고

게 환상을 말한다.

"왕이시여, 한 유령이 땅속에서 올라오고 있습니다."[198]

"그 모양이 어떠하더냐?"

"노인 형상이 올라오는데, 땅에 끌리는 긴 겉옷을 입었나이다."

"오호라, 그분이 바로 사무엘이시다. 오 사무엘이여, 제 절을 받으소서!"

사울이 무녀 앞에서 큰절을 올린다. 복화술사 여인은 엎드린 사울 앞에서 사무엘의 목소리를 흉내 낸다.

"사울아, 음부에서 편안히 쉬고 있는데 어찌하여 나를 불러올려서 귀찮게 하느뇨?"

"심령이 답답하여 찾아왔나이다. 우리 이스라엘군이 블레셋 군대를 이길 수 있습니까?"

"네가 야훼 말을 순종치 않고 전날 아말렉인들을 다 잔멸시키지 않았으므로 저주가 임할 것이다. 너와 이스라엘을 블레셋인들의 손에 넘길 것이다. 네 아들들도 그리할 것이다."

무당을 통해서라도 사무엘의 계시를 받고자 했던 사울에게는 참담한 예언이 아닐 수 없었다.

"그날의 내 죄 때문에 내 아들들까지 죽는다니…."

한다. 기독교 보수적인 해석에 따르면 여인이 불러낸 유령은 사무엘이 아닌 악령이었다고 말하기도 한다. 그 영은 사울의 칼이 두려워 신접한 여인이 꾸며낸 목소리였을지도 모른다.

[198] 수메르 신화에서도 길가메쉬가 땅에 있는 큰 구멍 뚜껑을 열자 죽은 자의 영인 엔키두가 그곳에서 솟아올라 지하세계의 존재들에 대하여 말해주는 장면이 나온다. 히타이트 제의(祭儀) 본문에서도 구멍 속에 음식과 은제품을 넣어 그 속에서 올라오는 신의 이야기를 듣기 위해 기다리는 인간의 모습이 묘사되어 있다.

사울은 아직까지 야훼 신앙과 사무엘에 대한 믿음이 완전히 사라진 것은 아니었다. 어쩌면 그것이 사울에게 있어서 고통이었는지 모른다. 그는 예언을 듣고 움집 바닥에 혼절해 버렸다.

사울이 한참 만에 깨어났다. 그런 후에도 종일종야 음식을 먹지 못했다. 얼굴빛이 시체나 다름없다. 신접한 여인이 측은함을 느끼며 말을 건넨다.

"왕께서 나를 죽일지도 모른다는 심정으로 예언을 전했을 뿐입니다. 왕께서 여종에게 떡 한 조각을 드리게 하시고, 기력을 얻어 편히 돌아가소서."

"먹지 아니하겠노라."

사울이 연신 고개를 흔든다. 신탁의 낙담 때문이기도 했지만, 귀신을 믿는 여인이 만든 음식을 먹고 싶지 않았다. 그러자 따라온 내관들도 간청한다.

"그래, 한 점 입에 넣고 가자. 내 생애 마지막 식사인지도 모르겠다."

사울이 식탁에 앉는다. 언제나처럼 우유부단한 모습이다. 신접한 여인이 송아지를 급히 잡고 무교병(누룩을 넣지 않고 찐 떡)을 만들어 사울과 내관들 앞에 내놓는다. 그들이 먹고 저물녘 길보아 산 군영으로 돌아간다. 먹구름처럼 까마귀 떼가 큰 무리를 지어 사울을 따라간다.

사울이 전쟁을 앞두고 엔돌까지 가 신접한 여인을 만났다는 소문은 금세 궁과 백성들 사이에 퍼져버렸다. 가장 반발한 것은 제사장들이다.

"적들은 내륙까지 침투하여 군영을 설치하고 노리고 있는데, 왕은 군영을 비우고 점을 치러 갔다고 하더라. 얼마 전에 신을 접한 자들을 죽이라고 하더니 자신이 찾아가다니."

"야훼의 기름 부음 받은 왕이 악령을 의지하여 미래를 점치고 있으니 이 나라는 망한 것이나 다름없다."

궁중제사장은 물론, 다른 제사장들도 '악령을 의지하는 왕을 섬길 수는 없다'며 궁을 떠난다.

'제사장들이 궁을 떠났다고? 그러면 누가 나를 위해 기도해 주겠느냐? 이제 블레셋군과 어떻게 싸울고.'

길보아 군영. 사울은 홀로 탁자에 앉아 눈물을 끓이며 고함을 지른다.

"나는 땅의 신인 왕이다. 사무엘이 없어도, 다윗이 없어도 수많은 적과 싸워 이겼다. 내가 누구를 두려워하랴. 나는 내 백성, 내 부하들과 함께 이 근동을 지배할 것이다. 야훼여, 저 멀리 가라. 저 멀리!"

길보아 전투

가나안을 떠돌며 점을 쳐 주는 눈두덩이 뻥 뚫린 맹인 술사가 더듬대며 길을 걷다가 길보아 산정에서 불어오는 피 냄새를 맡으며 읊조린다.

"신들의 이름으로 싸우는 그대들, 별이 되려고 싸우는가? 하이에나의 먹이가 되려고 싸우는가? 땅이 아가리를 벌리고 그대들을 달라고 아우성이구나!"

사울은 블레셋군과 맞서기 위해 이스라엘 각 지파에 지원군을 파견하라고 전령을 보냈다. 그런데 이스라엘 군대의 대부분을 이루었던 에브라임, 므낫세, 납달리, 스불론, 잇사갈지파 수장들은 병사를 몰고 왔으나 길보아 총본영까지 오지 않고 근처까지 와 멈춰 있었다.

"어서 진군해야 합니다. 왕의 독촉이 심합니다. 총본영 우리 이스라엘 군대가 블레셋 군대에 포위 당하다시피 했습니다."

"사울은 야훼의 종이 아니오. 귀신을 믿는 정신병자일 뿐이오. 제사장들을 살생한 그에게 우리 군대를 맡길 수 있겠소?"

장군들의 재촉에도 진군을 막는 자들은 지파를 인도하는 종군제사장들이다. 그들은 알고 있었다. 계시를 받지 않더라도 이번 전쟁에서 승리할 수 없다는 것을….

블레셋군은 이스르엘 평지로 전차를 몰고 왔다. 철병거가 햇빛에 반짝여 들판이 하얗게 보인다. 사울이 총본영 장막에서 작전을 지휘한다. 갑옷 속에는 엔돌의 무당이 써 준 부적이 숨겨져 있다.

"베냐민지파 외에 다른 지파는 오지 않았느냐? 가까이 있는 북쪽지파는 왜 오지 않느냐?"

"근처 이스르엘까지 와서는 군대를 움직이지 않고 지켜보고만 있습니다."

"이런 미친놈들이 있나, 어서 전령을 띄워 진군을 독촉하거라!"

사울은 몇 번이나 전령을 보냈지만, 북쪽지파 장로들은 이스르엘 평원 뒤쪽 수넴 근처에서 구경꾼처럼 관망만 하고 있을 뿐이다. 다급한 그가 심복들을 닦달한다.

"남쪽지파에서는 소식이 없느냐?"

"민망스럽게 그들도 왕의 군령을 어기고 움직이지 않고 있습니다. 다윗의 눈치를 보느라 출병하지 않는 것 같습니다."

"누구의 눈치를 보고 있다고?"

"다윗이 시글락에서 세력을 꽤 모으고 나라를 세운다는 풍문이 도니 그에게 붙으려는 것 같습니다."

군장 차림의 요나단은 사울과 신하들이 나누는 대화를 들으며 가슴으로 운다.

"두려워하지 마라. 이 아비는 전날 사무엘이 나를 버리고 떠났을 때도, 육백 명의 병사만으로 블레셋 군대를 쳐서 몰살시켰다. 지금은 상비군도 있고 철기 무기도 많이 있다."

사울은 요나단, 리스위, 말기수아 왕자들을 군영으로 불러 말한다. 그러나 고령으로 싸움터에 나가지 못하고 본 진영 천막에 머물며 아들들을 앞장세운다.

요나단이 동생들과 함께 상비군을 이끌고 협곡으로 몰려간다. 앞에는 블레셋 연합군이 다곤 형상의 깃발을 휘날리며 몰려온다.
'아, 이때 다윗이 있었으면….'
요나단의 그런 마음을 읽기라도 한 듯 리스위가 말한다.
"다윗을 기다리오? 그자는 이미 시글락에 자기 나라를 세웠소. 므낫세지파, 갓지파뿐만 아니라 우리 베냐민지파에서까지도 탈영한 자들이 그에게로 몰려갔다고 들었소. 다윗은 간교한 자요. 아말렉족속으로부터 빼앗은 재물들을 이스라엘 곳곳 유력한 자들에게 보내어 자기편이 되어달라고 뇌물로 쓴다고 들었소. 그자가 충신이고 형님을 생각한다면 이 어려운 전투를 벌일 때 벌써 왔을 것이오."
요나단이 시글락 쪽을 바라보며 눈시울을 적신다.
'다윗이 왜 이렇게 좋은지 나도 모르겠다. 이 마음을 주신 분도 야훼가 아니겠느냐?'

"이스라엘 지파 지원군이 우리 뒤쪽 수넴까지 와서 군영을 세우고 있으면서 어찌 사울 본 군대와 합류하지 않는 것이냐?"
블레셋 연합 총사령관 아기스는 이스라엘 북쪽지파 군사들의 동향에 의심을 보내며 사울 군대를 치지 못한다. 협공하지 않을까 두려웠기 때문이다.
"신뢰할 수 있는 정보에 따르면 저들은 협공하기 위해 진 치고 있는 것이 아닙니다. 이스라엘 지파들은 이미 사울을 버렸습니다. 이곳까지 출정한 군사들도 소수에 불과합니다. 두려워하지 말고 사울 군대를 치소서."

모사의 말을 듣고 아기스가 진군 명령을 내린다. 마병과 전차가 앞서고 보병이 뒤를 따른다.

"저들의 전차 수가 많아도 이 좁은 협곡에서는 무용지물이다. 겁먹지 말고 맞서라!"

지형물을 의지한 요나단은 말에 올라 군사들 앞에 서서 칼을 휘둘러댄다. 블레셋 연합군은 전차를 뒤로 물리고 보병들을 앞장세운다. 험한 협곡이었다. 블레셋군은 우루루 몰려왔지만, 일제히 공격할 수 없었다.

"다곤 귀신의 후예들을 이 가나안에서 몰아내자!"

칼바람과 칼바람이 협곡에서 부딪친다. 요나단의 칼이 블레셋군을 쉴 새 없이 찔러댄다. 칼이 부러지자, 적의 시체 곁에 놓인 창을 들고 진격한다.

"야훼 귀신의 후예들을 잔멸시켜라!"

골리앗의 막냇동생 라흐미가 앞장선다. 거대한 몸짓으로 철퇴를 휘두르다 요나단을 보고 고함을 지른다.

"네가 다윗의 친구 요나단이냐? 다윗은 너와 생명을 주고받는 언약을 했다고 하더니만 어찌 코도 안 보인단 말이냐? 오늘은 네 목을 베고, 내일은 다윗 놈을 찾아 목을 베리라."

처음에는 밀고 밀리는 난전이었으나 차차 수가 많은 블레셋군에게 이스라엘군이 지쳐간다. 그들이 협곡에서 밀려 평지로 나온다. 블레셋 전차들이 기다리고 있다. 전차 바퀴들이 이스라엘군을 짓밟는다. 누워 있는 풀잎마다 피가 뿌려진다.

이스라엘 야전군 장막에서는 마지막 결전을 놓고 회의가 벌어졌다. 이미 퇴각한 요나단과 왕자들, 살아남은 장군들이 회의에 참석하고 있다.

"형님! 우리 수명이 다한 것 같소, 원통하오!"

리스위가 눈물을 주르르 흘리며 요나단을 바라본다.

"야훼의 군사로 죽는다면 이보다 큰 영광이 어디 있겠느냐? 또 사울의 장수로 죽는다면 이보다 더 큰 명예가 어디 있겠느냐!"

요나단이 동생의 어깨를 치며 핏물로 붉어진 얼굴로 웃는다.

"형님은 왕세자이시니 몸을 보존하시오. 그리하여야 사울 왕국을 이어 갈 수 있을 것이 아니오?"

셋째 왕자 말기수아의 말에 요나단이 슬프게 웃는다.

군 진영에서 회의가 진행되는 도중 블레셋 총공세가 시작된다. 활의 위력이 막강했던 그들은 협곡 정상을 차지하고 활시위를 당긴다. 철판도 뚫는다는 블레셋군의 활촉이 공기를 가르고 날아온다. 화살은 염소털로 짠 군영 천막을 뚫고 이곳저곳에 무수히 박힌다.

"으악!"

여기저기서 비명이 터졌다. 요나단이 진영을 뛰어나가 남은 병사들을 데리고 협곡 초입으로 몰려간다. 말 위에 올라 창을 휘두르며 외친다.

"일당백은 무찔러야 영웅이란 소리를 듣지 않겠느냐, 나를 따르라!"

피와 피가 튀고 살과 살이 뒤섞이는 난투전이다. 이곳저곳 풀섶이며 나뭇가지에 양편 병사들의 피와 살이 흩어진다. 배에 칼을 맞은 병사가 쏟아진 내장을 움켜쥐고 울부짖는다. 칼이 도막 나고 창자루가 꺾여 양 군은 육박전으로 싸운다. 블레셋 수장이 요나단의 얼굴을 돌을 들어 치자, 그가 피를 한 모금 내뱉으며 주먹으로 그 수장을 친다. 한쪽에는 리스위와 말기수아가 숨을 거두고 이스라엘 병사의 시체 밑에 묻혔다.

요나단은 목 근처에 큰 상처가 났고 배와 옆구리에서 피가 흥건히

배어 흘렀다. 그는 홀로 바위에 기대앉았다. 갈색 천리마가 곁에서 쓰러져 눈을 감는다. 죽은 말의 몸뚱이에 채찍 자국이 선명했다. 길들이려 그가 때렸던 자국이다. 요나단이 애마를 끌어다 웅덩이에 놓고 재갈과 고삐와 채찍을 함께 묻는다.[199]

요나단이 고개를 들어 주변을 살펴본다. 샘물이 흘러 동쪽으로 흐르고 있다. 하롯샘이다. 요나단이 다가가 손으로 물을 떠 입에 집어넣었다. 몇 번 그렇게 물을 떠 넣던 요나단이 칼을 들고 몇 걸음 더 걷는다. '모래산'(이스르엘 평원의 동편에 위치한 산)이 보였다. 깨진 머리에서 흘러나오는 핏물이 눈에 들어가 희미해지는 시야를 보며 중얼거린다.

'저곳은 사사 기드온께서 북부 이스라엘 족속과 연합하여 미디안 족을 격파시켰던 곳이 아니던가. 그런데 나는….'

그를 발견한 블레셋 군대가 몰려와 에워싼다.

"사울의 아들이다. 어서 쳐라!"

블레셋군이 요나단을 향해 단창을 던진다. 온몸에 창을 맞으며 쓰러진 요나단이 땅을 긁어대며 힘없이 말을 흘린다.

'다윗아, 나와 맺은 언약을 잊지 말아다오…!'

"흑흑, 왕자님들도 다 전사하셨다는 비보입니다."

길보아 총본영으로 달려온 전령이 소식을 전하며 입술을 깨문다. 사울이 의자에서 일어나 가슴을 치며 소리친다.

"내 아들들의 영혼을 따라가리라!"

사울 왕이 지팡이를 짚고 나서다가 내동댕이친다. 돌아서서 군영

---

[199] 애마가 죽으면 부장품과 함께 묻는 고대 근동 용사들의 관례다.

한쪽에 세워놓은 깃발 달린 두 개의 의전용 창을 잡고 땅을 짚으며 진영을 나간다. 보초병들까지도 전쟁터에 나가고 총영은 비어 있었다. 왕을 호위하던 마지막 남은 호위 장수들과 병기든 자가 따라 나간다.

사울이 전쟁터에 나갔을 때는 이스라엘군도 블레셋군도 시체만 남기고 보이지 않았다. 저쪽에서 시신의 옷을 벗겨 가려고 주변 지역 백성들이 다가왔다가 도망간다. 그가 절룩이며 걷다가 울부짖는다.
"요나단아, 리스위야, 말기수아야, 아비가 왔다. 어디 있느냐?"
그 소리를 듣고 한 떼거리의 블레셋군이 몰려온다.
"저기에 이스라엘군이 남아있다!"
블레셋군이 고함을 치며 다가오자, 사울과 장수들이 그들을 향해 달려간다. 블레셋군은 이스라엘 장군들을 보자 놀라 줄행랑을 친다. 그리고 조금 후에 더 많은 블레셋군이 몰려온다.
"저기 이스라엘 장군들이 있다. 놈들은 많지 않다. 도륙하라!"
몰려든 블레셋군 궁수들이 땅에 한쪽 무릎을 꿇고 활을 쏘아댄다. 이스라엘 장군들이 사울 앞에 서서 날아오는 화살을 칼로 쳐댄다. 더 많은 화살이 한꺼번에 날아오자 장군이 제 몸을 일으켜 사울 앞에 버티고 서서 화살을 온몸으로 맞는다.
"이놈들, 아직도 들어보지 못했느냐? 단창의 명수 이 사울을!"
사울이 일어나 블레셋 궁수들에게 달려가며 창을 던진다. 깃발 달린 긴 창은 멀리 날아가 궁수의 가슴팍에 박힌다. 다른 이스라엘 장군들도 사울을 따라 블레셋 궁수들에게 몰려간다. 궁수들도 다가오는 사울과 장군들을 향해 화살을 날린다. 화살 한 개가 사울의 가슴에 박힌다. 그가 멈칫거리며 화살을 뽑으려 하는 찰나, 또 다른 화살이 가슴에 박힌다. 사울이 이번에는 화살을 뽑으려 하지 않고 블레셋 궁수 쪽을 바라본다. 그쪽에서는 이미 다가간 이스라엘 장군들이 격전을 벌이고 있다. 사울이 그 광경을 바라보며 한 자루 남은 깃발 달린 긴 창을 의지한 채 서 있다. 피가 뚝뚝 땅바닥에 떨어진다.

"괜찮으십니까? 흑흑흑!"

방패를 든 호위병사가 블레셋군과 싸우다가 사울에게 다가와 흐느낀다.

"네가 칼로 나를 찌르라. 할례 없는 자들이 와서 나를 모욕할까 두렵구나."

호위병사는 왕을 찌르지 못하고 울먹인다. 사울이 하늘을 바라본다.

"삼천층[200]에 사는 신이여, 당신이 원한 것은 결국 내 목숨과 내 왕국의 패망이었소?"

사울이 창을 거꾸로 박고 그 위에 엎어진다. 창이 배를 뚫고 등으로 나왔다.

"나는 신에게 아직도 할 말이 남아있다…."

그 말을 흘리며 창을 품은 채로 쓰러진다.

"왕이여, 왕이여, 흑흑흑!"

사울의 죽음을 본 후, 호위병사도 칼로 제 배를 가르며 땅에 엎어진다. 세찬 바람이 분다. 저편 블레셋 궁수들과 이스라엘 장군들 간에 칼바람을 일으키던 싸움도 끝나고 모두가 쓰러져 있다.

조금 후 아브넬이 십여 명의 군사를 데리고 전쟁터에 나타난다. 그

---

[200] 고대 근동 사람들은 하늘이 삼층으로 되어있다고 보았다. 첫 층은 구름과 새가 있는 하늘. 둘째 층은 해와 달, 별들이 매달려 있는 하늘. 셋째 층은 신과 천사가 있는 하늘.

도 길보아 산 주변에서 여러 번의 전투를 치렀고 패전하여 쫓기는 신세다. 아브넬은 얼굴에 피눈물 자국이 가득하다.

"장군, 살아남은 자가 없는 것 같소. 어서 궁으로 돌아갑시다. 그곳도 위험하오. 곧 블레셋인들이 침공할지도 모르오."

아브넬은 심복의 말을 들으며 시체들이 쌓인 것을 지켜보다 발길을 돌린다.

조금 전까지 들리던 신음도 그치고 들판은 고요하다. 검은 독수리 떼가 이곳저곳에 앉아 날개를 퍼덕인다. 먹성대로 시체를 뜯어먹은 독수리 중 몸이 무거워 날지 못하고 땅바닥에서 허우적대는 놈도 있다. 시체들이 널브러진 들판에 사내가 다가와 사방을 두리번거린다.

'많이도 죽었구나. 그러나저러나 쓸 만한 것이 있나?'

사내는 다윗이 시글락에서 아말렉인을 진멸할 때 혼비백산하여 낙타를 타고 탈출한 자 중 한 명이다. 그동안 동료를 잃고 며칠 동안 네게브 사막을 헤매고 다녔었다. 그 지역은 평소에는 마른 황야로 있다가 겨울 우기로 많은 비가 격류가 되고 지형을 심하게 변하게 하는 까닭에 지리에 익숙한 자도 길을 잃곤 했다. 사내는 전투가 벌어졌다는 소문을 듣고 찾아와 버려진 전리품이라도 없나 헤매고 있다.

'다 거지발싸개 같은 놈들뿐이군!'

사내는 시체의 옷가지들을 뒤졌지만, 별반 소득이 없자 투덜거린다. 그러나 한 시체를 알아보고 동공을 활짝 밝힌다.

'이자는 사울 왕이 아닌가?'

사내는 시체를 만지며 금머리띠와 금팔찌를 손에 쥐고 부르르 떤다.

'이제 부자가 되었다. 모가지를 내놓고 싸워야 하고, 시체나 뒤지는 이 지긋지긋한 용병생활을 끝내도 된다. 으하하하!'

그가 갑자기 시글락 있는 쪽을 바라본다.

'그래, 더 부자가 될 수 있는 길이 있지. 이것을 시글락에 있는 사울의 원수 다윗에게 갖다주고 상금을 받자. 사울이 죽었으니 이 나라의 왕이 될 자인데, 나를 관직에 중용할지도 모른다.'

사내는 금머리띠와 금팔찌를 품속에 깊숙이 감추며 히죽거린다.

'이스라엘인은 노예에게까지 관대하다고 하지 않았던가. 이스라엘인 조상 중 세산이란 자는 아들이 없고 딸뿐이자 부리던 이집트 노예를 사위로 삼아 가문을 잇지 않았던가. 원수를 갚아준 나에게 다윗은 부마 자리를 줄지도 모르지, 히히히!'

사내는 용병시절 그가 잡아 노예로 팔아먹었던 히브리 포로에게 들은 전승을 기억하며 시글락 쪽을 향해 달려간다.

사울과 왕자들이 주살당하고 이스라엘군이 대패했다는 소식이 퍼진다. 그때까지 관전하던 이스르엘 골짜기에 있던 북쪽지파 이스라엘 군대가 혼비백산하여 도망간다. 그러자 그곳에 블레셋군이 몰려와 근처 성읍들을 삽시간에 점령해 버린다.

그날 블레셋군은 승전고를 울리고 이스르엘과 요단 계곡이 교차하는 '벧산'[201]에 총본영을 설치했다. 벧산의 수호신인 메칼 신전 옆에 군장막을 친 아기스가 부관들에게 명령한다.

"철천지원수 사울의 시체를 찾지 못했다. 날이 밝자마자 그의 수급

---

[201] 이곳은 기원전 1300년경 이집트 파라오 투트모스 3세, 세티 1세 등의 침공을 받고 정복된 후 한 때 그들의 지배를 받았다. 그 후에도 블레셋인이 벧산의 수호신 메칼의 신전을 세워 아스다롯 여신까지 섬기는 등 가나안 안에서도 이교도 냄새가 진한 곳이다.

을 찾아야 할 것이다. 그것보다 더 좋은 전리품이 어디 있겠느냐?"

쓰러져있는 시체들 위에 무수히 박힌 화살 형상이 가시나무숲처럼 보인다. 블레셋 병사들이 싸움터에서 흩어진 무기를 수거하고, 시신들의 옷을 벗겼다. 시체 등에서 활을 뽑던 병사가 소리를 질러댄다.
"여기 사울의 시체가 있다! 아뿔싸, 갑옷 외에는 아무것도 없는 것이 어느 놈이 벌써 장식품들을 다 가져갔구나, 빌어먹을!"
이곳저곳에서 군사들이 우르르 몰려들어 사울 시체를 둘러싼다. 병사가 군홧발로 툭툭 건드린다.
"어디 한번 단창을 던져보시게나, 헤헤헤!"

"사울의 목을 베어라. 머리를 블레셋 다섯 성읍으로 보내 우리 다곤 군대가 야훼 귀신의 군대를 쳐부수고 승리한 것을 기뻐하게 하라!"
보고를 받고 달려온 아기스는 망나니를 시켜 사울의 목을 벴다. 흰머리를 늘어트린 사울의 목이 잘린다. 흰 턱수염도 붉은 피로 물이 든다.
"전날 우리 장수 골리앗의 머리를 잘라 이스라엘 사방 성읍에 전시하고, 그의 칼을 놉 땅 야훼 귀신의 신전에 놓은 것을 복수하자. 사울의 머리 없는 몸은 벧산 성벽에 박아라. 그리하여 온 이스라엘 백성이 우리를 두렵게 여기게 하라. 이 자의 갑옷은 벧산 '아스다롯의 집'(바알의 부인인 아스다롯 여신의 신전)에 보관하거라."

사울의 시체가 벧산 성벽에 걸렸다. 시체를 유린한 것은 죽은 자에게서 내세의 편안함을 빼앗기 위한 것이다. 패전한 이스라엘 군사들의 시체도 성읍 대로변을 따라 말뚝에 매달렸다. 금세 맹금류들이 날아와 성벽에 매달린 사울의 시체를 쪼아댄다. 까마귀가 사울의 내장을 입에 물고 날아간다.

"놈들의 전리품을 보니 없는 것이 없군. 이것은 가발이 아냐?"
"누군가의 머리 가죽을 벗겨 만든 것이겠지. 아말렉인들은 이것을 가지고 남쪽 이집트로 가져가 팔아먹는다고 하더구만. 이집트 귀족들은 가발이라면 사족을 못 쓴다더군."
"이 가발 좀 봐. 보드라운 머리털이 소녀의 머리 가죽을 벗긴 모양이야. 이렇게 독한 민족이니까 야훼께서도 가나안에서 진멸시키라고 했지."

아말렉군을 도륙하고 시글락으로 돌아온 지 수일이 흘러갔다. 다윗 병사들은 전리품을 보며 한 때를 보낸다. 그러나 다윗과 최측근 심복들은 군영 탁자에 둘러앉아 길보아 싸움을 주시하고 있다.

"블레셋 다섯 도시국가의 연합침공입니다. 사울은 삼천 명의 상비군만 가지고 싸웠을 것입니다."
"사울의 군대가 밀렸을 것입니다. 북쪽지파까지도 군사를 보내지 않았다는 정보를 들었습니다. 물론 우리 유다지파도 참전하지 않았습니다."

이때 사내가 찾아와 다윗 보기를 요청했다. 회의가 중단되고 그가 다윗 앞에 무릎이 꿇려진다.

"너는 모습이나 방언으로 보아 이방인이 분명한데, 나를 찾음이 웬일이냐?"

다윗은 옷이 찢어지고 머리에 흙을 뒤집어쓴 사내를 보며 눈빛을 세세히 세운다. 얼마 전에 주살했던 아말렉 군사들과 연관된 자가 아닌가 하여 의심의 눈초리를 보낸다. 사내의 입에서는 뜻밖의 말이 나온다.

"저는 원래 아모리인으로 객상이었는데 노름으로 모든 것을 탕진하고 몇 해 전 블레셋으로 건너와 용병생활을 하고 있습니다. 사울 왕과 요나단 왕자에 관하여 보고할 일이 있어 장군을 찾은 것입니다."

다윗이 자리에서 벌떡 일어나 다가와 묻는다.

"지금 어디서 왔느냐?"

"이스라엘군과 싸우다 길보아 산 근처 싸움터에서 왔습니다."

"싸움은 어떻게 되었느냐?"

다윗이 다급하게 물으며 눈에 불을 확 켠다.

"이스라엘 군대가 패배했습니다. 군사들은 다 도망갔고 죽은 자가 헤아릴 수 없습니다. 사울 왕과 요나단 왕자도 죽었습니다."

"무엇이!"

다윗의 얼굴빛이 바뀐다. 모사 요나답이 다가와 속삭인다.

"저자의 말을 그대로 믿을 수가 없습니다. 눈을 보니 간교한 빛이 숨어 있습니다. 입술 놀림 그대로 믿지 마소서. 방언을 들으니, 아모리족속 중 아말렉인 같습니다."

가나안의 원주민인 아모리족속은 몇몇 유랑 족속으로 나뉘어져 여러 이름으로 불리고 있었다. 다윗이 눈길을 박고 묻는다.

"그들이 죽었다고, 네까짓 놈이 그것을 어떻게 아느냐?"

"제가 우연히 길보아 산에 올라가 보니 심히 부상당한 사울이 자기 창을 의지하여 서 있었습니다. 한편에서는 블레셋 전차와 마병들이 그를 향해 달려오고 있었습니다. 그때 사울 왕이 나를 보더니 불렀습니다. '너는 누구냐?'라고 묻길래 '저는 아말렉 사람'이라고 했더니 사울이 제게 이르되, '목숨이 아직 내게 있어 고통이 심하니 너는 내 곁에 서서 나를 죽이라' 했습니다. 제가 보기에도 사울은 부상이 심해 살 수 없는 자였습니다. 그래서 제 칼로 죽이고 머리띠와 팔찌를 벗겨서 왕 앞에 가져왔나이다."

사내는 다윗을 왕이라고 부르며 품 안에서 꺼낸 사울의 머리띠와 팔찌를 내민다. 다윗이 왕이 될 것이니 왕이 쓰는 보물들을 받으라는 것이다. 머리띠, 팔찌를 본 다윗이 얼굴을 붉히며 눈을 감는다. 그가 돌아서며 갑자기 자기 옷을 잡아 찢더니 울기 시작한다.

'이게 웬일인가, 다윗이 울고 있지 않은가?'

사내는 영문을 몰라 두리번거린다. 분명히 무언가 잘못되고 있다고 생각하며 도망치려 슬금슬금 몸을 뺄 때다. 울던 다윗이 돌아서며 소리친다.

"네놈은 유다 남방에 사는 아말렉인이렸다!"

그 목소리가 노여움으로 가득 차 있다. 사내가 기어들어 가는 목소리로 대답한다.

"예… 거기서 도망친… 아말렉의 아들입니다."

"이교도 이놈! 어찌 야훼의 기름 부은 자 죽이기를 두려워하지 않았단 말이냐? 여봐라, 저놈을 쳐 죽여라!"

다윗의 말이 떨어지자마자 장수가 다가와 철퇴를 들어 머리를 내려친다. 쓰러진 아멜렉인의 두개골에서 뇌수가 흘러나왔다. 다윗이 분이 안 풀렸는지 저주를 퍼붓는다.

"네 피가 네 머리로 돌아갈지어다. 네 입이 내게 대하여 증거하기를 '내가 야훼의 기름 부음 받은 자를 죽였노라' 하지 않았느냐!"

다윗과 심복들과 시글락 이스라엘 백성들은 사울과 요나단의 죽음을 비통해하며 저녁까지 통곡했다. 다윗의 울음소리와 눈물방울은 더 컸다. 평생 적이었으나, 자신을 선봉장군으로 등용시킨 사울이었고, 생명을 주고받았던 요나단의 죽음이었다.

이스라엘이 패하고 사울 왕과 요나단이 이교도에게 처참하게 당한 굴욕감은 다윗을 더 깊은 슬픔에 빠뜨렸다. 그러나 군영 한쪽에서는 다윗 심복 중 사울과 반목이 심했던 자들이 웃음을 참느라 고생이다.

다윗이 밖으로 나와 길보아 산 쪽을 바라본다. 아침 안개가 햇빛에 빛나고 있다. 울먹이며 요나단을 떠올린다. 첫 만남 때 골리앗을 처치하고 돌아오자, 왕자궁으로 초대하여 자신을 극진히 대접하던 요나단, 궁 뒤뜰 에셀 바위 곁에서 변치 말자고 양손을 붙잡던 요나단, 신 광야에서 만나 호리병의 포도주를 나누던 요나단… 다윗이 신을 벗고 엎드려 세 번 절을 올린다. 땅바닥에 뜨거운 눈물이 촛농처럼 떨어진다.

다윗은 모든 심복에게 거친 염소털로 짠 조의를 입고 금식하게 했다. 사울과 요나단을 조상하며 시를 짓는다.

"이스라엘 사내 중 병기를 잡을 만한 나이가 되면 이 시를 가르쳐라. '활의 노래'라고 일컬어라. 사울 왕의 군대가 패배한 것은 블레셋군이 활에 능했기 때문이다. 우리 또한 활 다루는 기술을 연마할 것을 바라는 마음에서 붙였노라. 노래를 부르고 들을 때마다 사울 왕과 요나단 왕자를 기억하라."[202]

이스라엘아, 너의 '하쯔비'(미를 더욱 돋보이게 하는 장신구. 사울과 요나단을 가리킴)가 산 위에서 죽임을 당하였도다. 오호라, 두 용사가 엎드러졌도다. 이 일을 '가드'(블레셋 첫째 도시국가)에도 고하지 말며 '에스글론'(블레셋 둘째 도시국가) 거리에도 전파하지 말지어다. 블레셋 딸들이 즐거워할까, 할례받지 못한 자의 딸들이 개가를 부를까 염려로

---

202 전날 에셀 바위 곁에서 다윗과 요나단이 활 쏘는 것을 신호로 우정의 약속을 했던 그때를 기념하여 이 조가(弔歌) 제목을 지었다는 설도 있다.

다… 저희는 독수리보다 빠르고 사자보다 강하였도다… 요나단이 산 위에서 죽임을 당하였도다. 내 형 요나단이여, 내가 그대를 애통함은 그대는 내게 심히 아름다움이라. 그대가 나를 사랑함이 기이하여 여인의 사랑보다 승하였도다…. (다윗의 '활의 노래.' '야셀의 책'[203]에도 기록되었다고 함)

사울의 시신이 벧산 성벽에 걸렸다는 소문이 요단 동편 길르앗 야베스 성읍에 전해졌다. 거민들이 거리에 나와 울부짖는다.

"사울 왕은 우리의 은인이다. 암몬 왕 나하스에게 눈이 뽑히고 전멸당할 수밖에 없을 때, 그가 와서 우리를 구해주지 않았던가. 왕의 시신을 그렇게 새들의 먹이로 줄 수 없다."

"시신을 어떻게든 찾아와야 할 것이야. 그런데 어떡하나, 블레셋군은 얼마 전에도 쫓기는 사울 군을 추적하여 이 요단 동편까지 쳐들어와 성읍들을 유린했는데… 요단 나루터에는 이미 블레셋병들이 진을 치고 있을 것인데."

길르앗 야베스 장로들은 야음을 틈타 군사들을 몰고 요단강을 건너 벧산으로 달려갔다. 그들은 새벽녘에 그곳에 도착했다. 그러나 장로들은 블레셋 진영 앞에서 군 장막만 보고 위세에 눌려 진군을 멈춘다.

"우리 힘으로는 블레셋군과 싸워 시신을 빼앗아 올 수 없습니다. 내가 저곳 블레셋인 중 제사장을 알고 있으니, 뇌물을 주어 협상을 합시다."

"옳은 말이오. 나라 전체가 나가 싸웠어도 진 싸움인데, 어찌 한 지

---

[203] 의로운 자의 책이란 뜻. 이스라엘 국민적 영웅의 위업과 전승을 노래한 책.

방인 우리들이 부딪칠 수 있으리오."

야베스 장로들은 블레셋 세력가들과 다리를 놓아 예물을 바치며 서신을 보내 애원했다.

그대들의 위대한 힘을 보았소. 그래도 사울은 한 나라 왕이었소. 모독할 만큼 했으니, 시신을 우리에게 주시오.

적장의 시신은 모독해야 할 전리품이었기에 돌려주지 않는 것이 승자의 관례였다. 그러나 뜻밖에 블레셋인들은 사울의 시체를 돌려준다. 뇌물을 받은 다곤 제사장이 아기스에게 한 말 때문이다.

"전날 이스라엘 엘리 제사장의 아들들이 야훼의 언약궤를 가지고 와 싸웠을 때, 우리는 그 싸움에서 이겼습니다. 그들의 언약궤까지 빼앗아 다곤 신전에 갖다 놓지 않았습니까? 그러나 오히려 전염병이 도는 등 재앙만 있었고 우리에게 이득이 없었습니다. 사울의 시신을 저들에게 넘겨주소서. 언약궤가 그랬던 것처럼 시체에 귀신이 붙어 또 괴롭힐까 두렵습니다."

길르앗 야베스인들은 사울의 시체를 가지고 고향으로 돌아왔다. 그들은 상주가 되어 울었다. 그리고 성읍 한쪽에서 시신을 불살랐다. 시신을 화장하는 것은 이스라엘 사람들에게는 흔한 장례법이 아니었다. 엄한 범죄자들에게만 행해지곤 했었다.[204]

---

[204] 히브리인들은 산 사람은 산 영이고, 죽은 사람은 죽은 영이라고 생각했다. 죽음이란 영이 극도로 약화된 상태로 알았고, 화장을 하면 완전히 그 영이 죽는다고 생각

그러나 사울의 시체는 너무 훼손되어 다른 방법이 없었다. 야베스 사람들은 골분을 유골함에 담아 석류나무 아래 묻어 주었다. 사울이 생전에 석류나무 그늘에 쉬기를 좋아했던 까닭이었다.

야베스 사람들은 사울의 장례를 치르고도 칠 일간 금식하며 애도했다. 장로가 성문 앞까지 나와 백성들과 굵은 베옷을 입고 머리에 재를 뒤집어쓴 채 운다.

"입다의 딸을 위해서는 나흘 울었지만, 사울을 위해서는 칠 일간 애곡하리라!"[205]

블레셋 연합 진영에서는 이스라엘과의 승리를 놓고 환호한다. 그러나 이들도 이스라엘 못지않게 많은 군사를 잃었다. 블레셋 가드 총본영에서는 아직 죽은 병사들의 장례도 끝나지 않았는데 연합 세력 간에 전과를 놓고 다툰다.

"가사와 에글론에서는 이번에 적은 군사를 보내왔소. 우리와 똑같이 이스라엘 영토를 나눠 가질 수는 없소. 노예 몇 명만 데리고 귀환하시오."

했다. 또 영혼의 안식처 몸이 소멸된다고 보아 화장을 금했다. 복수할 때만 화장을 했다.

[205] 히브리전승에 따르면, 사사 입다가 침략군 암몬으로부터 길르앗을 구원하기 위해 전쟁터에 나갈 때 일이다. 만일 승리를 주면 내 집 문 앞에 나와서 영접하는 자를 야훼께 번제로 드릴 것을 서원한 적이 있다. 그때 승전가를 부르며 환영하고 나온 자는 외동딸이었다. 모세가 바다를 갈랐을 때 먼저 누이 미리암이 춤을 췄듯이 그렇게 한 것이다. 그때 입다는 그 서원을 지키기 위해 딸을 토막 치고 태워 야훼의 단에 바쳤다. 그 후 길르앗 사람들은 해마다 입다의 딸을 위하여 나흘씩 애곡해 주던 관례가 있었다.

"우리도 수백 명의 목숨을 이 전투에 바쳤소이다. 똑같이 전리품과 영토 지배권을 분배해야 할 것이오."

골리앗 막냇동생 라흐미도 큰 소리를 낸다. 용병인 까닭에 대가를 철저히 찾고 싶어 했다.

"내가 이번 싸움에 철퇴로 죽인 자만도 이스라엘 장수 세 명과 병사 수십 명이오. 특별히 전리품을 챙겨줘야 할 것이오."

그 후 블레셋인들은 여세를 몰아 갈릴리 지방과 요단강 동쪽 일부를 점령해 버렸다. 사울 왕국의 처절한 패배였다. 블레셋 연합군은 내륙 깊숙이 침투하여 다윗의 고향 베들레헴까지 함락시키고 영채를 세웠다.

"베들레헴은 다윗의 고향입니다. 이번 기회에 다윗의 친척들을 주살하겠습니다."

에글론에서 파견한 블레셋 장군이 말하자 아기스가 막는다.

"다윗은 망명하여 우리 땅 시글락에 있다. 내 충성스러운 신하가 되었다. 다윗은 이번 싸움에 제 나라 이스라엘을 돕지 않았다. 그의 권속을 죽이는 것은 내 재산을 없애는 것이니 가만히 있지 않겠다."

헤브론[206] 왕국 건국

'나는 애당초 왕이 되는 것을 꿈꾸지 않았다. 그런데, 왜 나는 왕이 되는 길을 가고 있는가? 나를 인도하는 것은 욕망인가, 야훼인가? 아, 어떤 바람에 떠밀려가는 듯하다.'

다윗은 자주 기도를 올렸다. 무릎은 언제나 닳아 있다. 오늘은 산기도를 마치고 내려오는 얼굴에 어떤 의지가 서린다.

블레셋 시글락 군영. 다윗 곁에 장군, 모사, 용병 수장 등이 시립해 있다. 다윗이 일장 연설을 한다.

"난 오래전에 사무엘 예언자로부터 기름 부음을 받고 야훼의 이름으로 왕권을 보장받았다. 이제 내 유다지파와 함께 남쪽에 나라를 세우겠다. 사울 군대는 블레셋군에게 쫓겨 자신들의 목숨도 위태로우니 내가 왕국을 세우는 일을 방해하지 못할 것이다."

"어서 신의 뜻을 이루소서!"

"신의 뜻입니다. 신께서 나라를 세워주시고 영원히 지켜 주실 것입

---

[206] '곡창.' 예루살렘 서남쪽 30㎞ 지점 성읍. 해발 900m로 가나안에서 가장 높은 지대의 마을이다.

니다. 왕위에 오르시어 사무엘님의 염원대로 신정정치를 이루소서!"
그를 따르는 사람이라면 모두가 기다렸던 일이었다. 건국에 찬동하고 나섰다.

다윗 무리는 블레셋 땅 시글락에서 이스라엘 땅 유다 광야로 나온다. 시글락에 거주하던 이스라엘인들도 대부분 따라 나왔다. 이들 무리를 블레셋군이 쫓는다.
"허락도 받지 않고 시글락을 떠나니 아기스가 우리를 붙잡으려 보낸 병사들이 아닐까요? 명령을 내리소서, 도륙하겠습니다."
심복들이 칼을 빼 든다. 다윗도 움찔 몸이 달라붙으며 경계한다. 모사 요나답이 급히 나선다.
"블레셋 병사들이지만 식솔까지도 데리고 오는 것을 보면 싸움을 하자는 뜻은 아닌 듯싶습니다. 일단 만나보시죠."
그러는 사이 머리에 깃털을 꽂은 블레셋 장수가 말에서 내려 다가온다. 가드에 주둔하고 있던 블레셋 수비대장 잇대가 600명의 수하 부하를 데리고 온 것이다.
"오래전부터 성군이 될 재목인 다윗 장군을 흠모해 왔습니다. 충성을 다하겠습니다. 우리 식솔들을 받아주십시오."
잇대는 용병으로 써달라고 온 것이다. 다윗이 눈여겨본다. 빼어난 인재가 필요했던 다윗은 잇대를 얼른 품에 안는다.
"그대는 지금부터 나의 친구요. 객장(주종관계가 아니라 손님처럼 대하는 장수)이라고 생각하겠소."

다윗 무리는 얼마간 블레셋과 이스라엘 국경 중간지대 유다 광야에서 체류한다. 큰 전쟁을 치른 양국(兩國)의 동태를 살피고 있었다. 다윗은 비록 건국을 선언했지만 사울 왕가가 지금 어떤 처지이고, 또 그들을 몰아낸 블레셋 연합 세력이 어떤 태도로 나올 것인가 가늠하며 섣불리 진척시키지 못했다.

다윗은 때를 기다리며 국경 지대에서 베두윈족으로부터 블레셋, 이스라엘 목동들을 지켜주며 삯을 받았다. 또 지나가는 이국의 객상들에게 통행세를 뜯기도 했다. 하비루 생활로 돌아온 것이다.
"광야에 버려진 멧돼지새끼 사체를 뜯는 하이에나도 영역이 있고 순번이 있다. 어디서 굴러온 자들이냐?"
다윗은 그 일대에서 목동들을 지켜주며 하비루 생활을 하는 '크레타[207]인들의 항의를 받는다. 철 병기를 들었고 제법 힘쓸만한 자들이 많았다. 다윗이 탐내어 수장과 부관들을 장막으로 정중히 초청하여 말한다.
"그대들을 친위대 용병으로 삼고 싶소."
크레타 수장은 다윗의 초라한 행색을 보며 비웃음을 흘린다.
"임금이 낮의 왕이라면, 이 광야에서 밤에는 내가 왕이요. 당신들과 같이 있으면 똑같은 거렁뱅이가 될 것 같소. 내 밑 용병으로 들어오시오."
"내 처지가 난처하여 대가를 지불할 수 없지만, 때가 되면 충분한 것으로 갚을 것이오."

---

207 이때 메소포타미아 문명보다 늦은 에게해 문명이 지중해를 중심으로 꽃피고 있었다. 그리고 그리스 본토민들과 지중해 섬 사람들 간에 여러 이해관계로 전쟁이 일어났다. 이 전쟁터 유민들이 이집트와 가나안 쪽으로 많이 흘러왔을 것이다. 크레타인들은 지중해 섬 크레타 원주민들인데 블레셋인과 섞여서 용병 생활을 했다. 크레타는 제우스의 출생지로 알려져 있고, 그곳 사람들은 제우스의 아들 미노스 왕의 후예라고 자부심이 대단했다.

곁에 있는 잇대도 설득한다.

"우리는 블레셋 도성 수비대였다. 가나안의 영웅 다윗 장군을 모시고 미래를 도모하려 한다. 언제까지 힘없는 자들을 윽박질러 재물이나 뜯는 개 같은 생활을 하겠느냐? 뜻하는 바 있으면 따르거라."

크레타 수장이 잇대의 말을 듣고 다시 보니 다윗의 용모나 주변의 장군들도 예사로운 인물은 아닌 듯싶다. 다윗 앞에 무릎을 꿇는다.

"배운 것이 칼질밖에 없습니다. 장군의 신발끈이라도 매게 해 주십시오!"

"지금 사울 왕조는 왕을 잃고 망연자실하여 기브아 성문을 굳게 닫고 있습니다. 그렇다고 요단 서편 내륙을 블레셋인들이 다 지배하는 것은 아닙니다. 그들 연합세력은 역시 타격을 입었고, 사울 왕조를 쫓아낸 후 서로 공과 전리품을 놓고 다투는 바람에 분열되었습니다. 어떤 세력도 이 가나안을 지배할 힘이 없습니다. 우리가 나라를 세울 적기입니다."

심복들은 이스라엘과 블레셋의 동태를 수시로 전한다. 다윗은 귀를 기울이며 건국을 준비한다. 먼저 제사장과 상의한다. 자신의 나라를 신이 세웠다는 정통성을 인정받기 위해서다.

"아비아달 제사장이여, 야훼께 신탁을 받아보시오. 나라를 세워야겠는데, 어디가 좋을지 신께 물어보시오."

"헤브론에 세우소서, 신의 뜻입니다!"

아비아달의 신탁이 아니더라도 유다 평야 중심지 성읍 헤브론은 다윗이 왕국을 세우기에 적합한 곳이었다. 헤브론은 일찍이 아브라함이 거주하며 제단을 쌓았고, 이스라엘 조상 삼대 족장인 아브라함, 이삭, 야곱이 장사된 성지다. 성읍이 산지로 둘러싸여 방어하기가 용이하여 도성으로서는 적격이었다. 그곳은 유다지파의 중심부에 위치하며 성주와 장로들도 그동안 다윗을 열렬히 지지했다. 다윗 역시 오늘을 위하여 전리품들을 보내며 환심을 샀던 곳이기도 했다.

다윗은 부형들과 첫 번째 아내 에글라 또 다른 두 아내 이스르엘 여인 아히노암과 갈멜 사람 나발의 아내였던 아비가일을 데리고 헤브론으로 올라간다. 지금껏 전쟁터를 떠돌던 장군들, 군사들과 그들의 식솔들도 동행한다.

헤브론은 빈 땅이 아니다. 여호수아 이후 헤브론에서는 갈렙 후예들이 세력을 이루고 있었다. 그러나 그들도 큰 군사를 몰고 온 다윗에게 세력을 내어 주지 않을 수 없었다. 오히려 다윗이 왕조를 이루면 큰 관직을 얻을까 하여 건국에 협조한다.

다윗이 헤브론 광야에 도착하여 깃발을 꽂자, 유다 광야에서 지파를 이루고 있던 히브리 계열 시므온지파, 옷니엘족속, 여라므엘족속이 합류한다.

그리고 또 한 세력이 다윗에게 힘을 실어준다. 유다 남부에 거주하던 유목민이며 금속 세공에 뛰어난 겐족속이다. 모세의 처가 족속으로 야훼 신앙을 받아들여 히브리인들보다 더 신앙심이 열렬했던 이들은 사울보다 신앙심이 돈독한 다윗을 더 선호했고 이번 건국에도 앞장섰다. 겐족속은 가축과 양식과 무엇보다도 철기 무기류를 가지고 와 충성을 맹세했다.

또 다윗으로도 전혀 예상치 못한 세력이 몰려왔다. 헤브론은 도피성[208] 중 가장 큰 성읍이다. 사울 정권 아래에서 어떤 연유로든 범죄한 자들이 근처에 숨어있다가 다윗에게 투항한다.

기원전 1010년경, 다윗은 헤브론에서 제사장 아비아달이 주관하는 대관식을 갖는다. 아브라함이 제단을 쌓았다 하여 성소가 된 상수리나무 아래에서 식이 거행된다. 그가 다윗의 머리에 기름이 담긴 양뿔 그릇을 들고 붓는다. 베들레헴에서 사무엘에게 기름 부음을 받은 후 15년쯤 지난 때다. 예언자 갓이 전승의 왕 법도를 발표하고, 왕에게 충성해야 하는 백성의 법도를 발표한다. 다윗은 서른 살, 헤브론 땅에서 왕좌에 앉는다. 그러나 다윗의 혈통인 유다지파만의 단독 결행이다.[209]

"유다 왕 만세! 유다 왕 만세!"

사람들은 다윗을 유다 왕으로 호칭한다. 다윗의 측근 얼마를 빼놓고는 백성들 모두가 유다지파 사람들이요, 소유한 지역 역시 헤브론을 비롯하여 유다지파 일부 지역이 전부였다.

남쪽 유다지파 사람들은 헤브론에 나라가 세워지자, 다윗 왕조를 적극 지지했다. 유다지파는 북쪽지파들과는 다른 분류로 취급되고 있

---

208 이스라엘뿐만 아니라 페니키아, 시리아, 그리스, 로마 등은 어떤 특정한 지역 또는 신전이 있는 구역을 성역시하여 죄인이라도 그 구역 내에서는 안전을 보장받게 하는 제도를 가지고 있었다. 특히 억울한 누명을 쓴 사람이나 도주한 노예, 채무자, 정치적 망명자들이 성역 내에 들어와 신의 보호를 선언하게 되면 그는 즉시로 모든 복수와 재판에서 벗어나게 된다. 어느 민족이 섬겼든 이름은 다르나 민족의 주신(主神)이라면 모두가 긍휼을 가지고 있었기에 이런 성지가 생겨난 것이다. 이스라엘에서는 이 성지를 도피성이라고 불렀다. 이곳은 이스라엘 전역에 있었다. 요단 동편에 골란, 길르앗 라못, 베셀 등 세 곳이 있었고 서편에 북으로부터 게데스, 세겜, 헤브론 등 역시 세 곳을 두어 가나안 어디에서나 하룻길 정도면 도달할 수 있도록 지역을 안배하여 세워 놓았다. 또 도피자가 잘 보이도록 성읍 중앙지에 세우고 가는 길도 잘 닦아놓아 피하기 쉽도록 했다.

209 이때 유다 최남부에 자리 잡고 있던 시므이지파는 이미 유다지파에 흡수 통합되어 그 지파이름 자체도 망각되어 있었다.

었다. 이것은 여호수아 군대가 가나안에 입성했을 때부터 생긴 분열이다.[210]

즉위식 후, 잔치는 3일 동안 계속된다. 다윗의 사람들은 이곳저곳 토호들로부터 보조를 받아 잔칫상을 마련했다. 유다지파 사람들은 자신의 태에서 왕이 나왔다는 사실에 환영했다. 헤브론 근처 '벧술'('바위의 집.' 헤브론 북쪽 6km 지점)과 '아님'('샘물.' 헤브론 남쪽 18km 지점) 토호들이 찾아와 축하했고, '벧답부아'('사과의 집.' 헤브론 서쪽 6km 지점)에 사는 농부는 마차에 가득 사과를 싣고 와 대관식에 참여한 사람들에게 나눠주기도 했다. 대관식이 끝나고, 다윗의 측근에서 공로가 많은 자들에게 정식으로 관직이 주어진다.

"아비 아히멜렉과 함께 충성을 다한 아비아달은 궁중대제사장[211]으로 삼을 것이다. 왕이 어려운 시절 같이 했던 갓은 궁중예언자로 삼을 것이다."

그러나 왕정정치 아래 대제사장은 신의 사제가 아닌 왕이 임명한 또 한 명의 신하로 전락해 버린다. 갓 또한 신탁을 받고 예언자가 된 것이 아니라, 다윗의 임명으로 궁중예언자의 직위에 오른다.

"요압은 그동안 왕의 목숨을 위해 앞장서서 싸웠으므로 국방장관에

---

[210] 북과 남의 가운데에 있는 예루살렘을 함락시키지 못한 까닭에 유다는 남쪽에 고립되어 있었다. 그리고 북쪽의 대표 지파인 에브라임과 므낫세는 요셉지파로 어미 이름을 따 라헬지파로 불리었고, 남쪽의 대표지파인 유다는 역시 어미 이름을 따 레아지파로 불리우며 그들은 서로 대립하고 있었다. 이 분열은 북쪽지파 사울이 왕위에 오르고, 남쪽지파 다윗이 그의 대항자가 되면서부터 더 심해졌다.
[211] 궁중대제사장은 신전 운영을 책임지고, 왕궁의 관리로서 부제사장과 레위인들의 보조도 받을 수 있는 위치였다.

임명한다. 아비새는 동생 요압 못지않게 충성을 다했으므로 친위대 용병장군으로 삼고, 아사헬은 선봉장군으로 삼겠노라….”

다윗은 측근으로 나라 행정의 모양새를 만들어간다. 또 상급으로 봉토를 하사한다.

“갈렙의 후예 헤브론 성주여, 그대는 모든 땅을 나에게 바쳐 나라를 세우게 했다. 도성 행정 장관을 삼고 식읍으로 헤브론 중심지를 내줄 터이니 가솔들과 함께 삶을 영위하여라….”

관직 수여가 끝난 후 다윗이 신하들을 일일이 치하하고 있을 때, 모사가 말한다.

“사울 왕을 장사한 부족이 길르앗 야베스 사람들입니다. 어떤 치하가 있어야 할 것 같습니다.”

다윗이 한참을 생각하고 명령을 내린다.

“길르앗 야베스 쪽으로 사자를 보내 나의 서신을 건네주거라.”

너희가 야훼의 기름 부음을 받은 사울에게 은혜를 베풀어 장사하였으니, 복을 받을지어다. 너희 주 사울 왕의 죽음에 애통함을 금할 수 없기로 야훼의 기름 부음을 받은 나 다윗은 너희 공로를 치하하는 바이다.

서신은 길르앗 야베스 백성들의 사울에 대한 충성심을 칭송하고 복을 빌어주는 내용이다. 다윗은 서신을 만민에게 공포함으로 사울 가문에 대한 포용력을 과시한다. 또한 스스로가 야훼의 기름 부음을 받은 왕이라는 사실을 천하에 밝힌다.

다윗이 헤브론을 도성으로 삼고 나라를 세웠다는 소식이 블레셋에 전해지자, 가드 왕 아기스가 깜짝 놀라 분통을 터뜨린다.

"다윗이 내 허락도 없이 봉토인 시글락을 버리고 헤브론에 나라를 세웠다. 그동안 우리 족속이 처형하라고 했을 때 수없이 제 목숨을 살려주었거늘, 배신하다니! 군대를 일으켜 놈의 목을 베리라."

모사들이 위로한다.

"다윗은 한갓 작은 성읍 헤브론의 족장일 뿐입니다. 오히려 나라를 세운 것이 우리 블레셋에게는 유리할지 모릅니다. 그들은 아직 남아있는 북쪽 사울 왕조와 다툼을 벌일 것입니다. 이스라엘은 진펄에 얽혀진 게들처럼 싸우다가 자멸할 것입니다."

다윗이 헤브론에 나라를 세움으로 그러지 않아도 느슨했던 이스라엘 열두 지파 동맹은 아예 깨져 버렸다. 가나안 정착 후부터 세겜, 실로에서 모이던 지파 동맹에서 유다지파가 탈퇴한다.

반면에 유다 남부에 있던 시므이 족속과 함께 헤브론 내의 소 지파였던 갈렙, 웃니엘, 여라무엘, 겐족속이 합해져 남부 동맹이 결성된다. 개종한 이민족까지 포함된 군사동맹이다. 이들의 모임 장소는 헤브론 성지였던 아브라함의 묘지 근처다.

사울 가족의 죽음은 다윗이 나라를 세우는 호기로 작용한다. 유다 지파 외에도 다른 여러 지파에서 장군들과 병사들이 헤브론으로 몰려들었다. 시므온 자손 중 용사 칠천일백 명이 투항한다. 또 레위 자손 중 사천육백 명과 아론 직계 제사장 여호야다와 그와 함께한 자 삼천칠백 명이 투항한다.

여호야다는 레위인 중에서도 세력을 가진 자였고, 데리고 온 아들은 장대한 몸체에 눈빛이 비수처럼 날카로웠다. 누가 보아도 장수감이었다. 다윗이 얼른 채용한다.

"'브나야'(주께서 세우셨다)라고 했느냐. 너를 용병을 통솔하는 친위대 부관으로 삼겠다. 앞뒤 좌우에서 내 생명을 지켜다오."

오직 신전에서 종사해야 할 레위지파가 전쟁의 장수로 채용된 것은 율법과는 반하는 것이다. 모세, 여호수아 때 만들어진 지파 분류는 왕조시대에 들어서며 희미해지고 있었다.

가나안을 떠도는 다른 종족들이 용병으로 채용되기 위해 몰려왔다. 평생 싸움터를 떠돌았던 다윗은 용병을 선호했다. 대가만 주면 싸움 병기로는 그만이라고 여기고 있었다.

"우리에게는 아내가 있고 자식도 많소이다. 급료로 한 달에 호밀 한 호멜(한 마리의 나귀가 운반하는 양. 약 227ℓ, 12말)은 줘야 할 것이오."

"우리는 떠돌이라 농사를 지을 수 없어 호밀은 갖고 있지 않소. 대신 전리품은 반반 갈라 가지는 것으로 합시다."

모사 요나답이 재정을 맡아 용병들과 타협을 보고 있을 때다. 다윗이 용병 중 한 사내를 부른다. 그와 수하 병사들이 머리에 쓴 뱀 형상이 수놓아진 두건이 특이했기 때문이다. 두건은 아라비아 사람들의 전유물이고 가나안 남자들은 여간해서 쓰지 않는 용품이다.

"그대는 누구인가?"

"예루살렘 '여부스'(요단 서편에 살던 가나안 일곱 족속 중 하나) 족속 제사장 아들 '사독'(예루살렘의 신 멜기세덱, 아도니세덱과 동일한 어근을 가지고 있음)이라고 합니다. 저와 함께 온 자들 스무 명은 우리 족속 군사들입니다."

"왜 내게 왔는가?"

"왕의 명성을 익히 듣고 있었습니다. 이 주인 없는 가나안 땅에서 성군이 되실 인물로 생각되기에 수하 군사들을 데리고 왔습니다."

"너희 여부스족속에게도 왕이 있을 터인데…?"

"예루살렘의 제사장인 제 아비가 왕께서 훗날 이 가나안의 큰 제왕이 되실 것이라는 신탁을 받으시고 저를 보내셨습니다."

"예루살렘 제사장이 나에 대한 신탁을 받았다고?"

"그렇습니다. 우리는 '엘 엘리온'(지극히 높으신 신)을 국신으로 섬기고 있습니다."

다윗이 사독이란 자를 받아들일지 망설이는 순간 늙은 제사장이 말한다.

"먼 옛날 여호수아 시대 예루살렘 왕이었던 '아도니세덱'(주께서 의로우시다)과 잠시 다툰 적이 있으나, 우리는 예루살렘과 악연이 없었습니다. 오히려 그 전 시대 아브라함은 '살렘'(예루살렘의 옛말) 왕 멜기세덱의 축복을 받았고, 그에게 십일조를 바치기도 하며 화친하기도 했습니다. 이 자는 제사장의 아들이라고 하니, 그 멜기세덱의 후예일 것입니다. 이 자가 섬기고 있다는 엘 엘리온 신도 알고 보면 우리 야훼와 다를 것이 없습니다. 아브라함도 엘 엘리온 신을 참 신으로 생각하고 경배했습니다. 이 자를 품에 안으시어 인재로 사용하시는 게 좋을 듯합니다."

가나안에서는 '엘'(신)의 이름을 지방, 족속마다 다르게 불렀다. 그런데 엘 엘리온은 아브라함도 경배한 신이니 야훼와 다를 것이 없다는 얘기다. 모사의 말이 그럴듯했다. 그런데 제사장의 아들이 용병으로 찾아온 것은 다윗으로서는 납득하기 어려웠다. 그것도 사독의 자술로 알게 되었다. 예루살렘에서 사제 세력들 간 다툼이 있었고 아비가 피살되자, 다윗에게로 피신해 온 것이다.

"우리 선조 아브라함과 너의 선조 멜기세덱처럼 화친하자. 그대에게 중요한 업무가 주어질 것이다."

사독과 수하의 병사들은 다윗의 말을 듣고 엎드려 절을 하며 충복이 될 것을 맹약한다.

여러 지파 사람이 헤브론 다윗에게 몰려온다. 모사 요나답이 다윗 앞에서 이들을 칭송하며 수를 보고한다.

"에브라임지파 큰 용사들이 이만 팔백 명이요, 다윗 왕을 세우기 위해서 온 므낫세 반 지파 용사는 일만 팔천 명이요, 다윗 시대가 오고 있는 것을 예견하고 온 잇사갈지파 두목이 이백 명이요, 군기를 가지고 항오를 지어 온 두 마음을 품지 않은 스불론지파 오만 명이요…."212

그러나 유다지파는 따로 계수하여 보고한다.

"유다지파 용사는 육천팔백 명이오."

상대적으로 유다지파가 많지 않았다. 다윗 심복만을 헤아려 일부러 그 수를 적게 한 것이다. 다윗이 유다지파 출신으로 이미 몇 년간 헤브론에서 통치하고 있었기 때문에 이 지파는 오히려 수가 많았다. 그렇지만 다윗지파를 위한 전쟁이라는 것을 피하고 다른 지파의 사기를 떨어뜨리지 않기 위해 낮추어 일부러 계수한 것이다. 그렇지만 역시 다윗의 유다지파가 중추적인 역할을 한다. 모여든 다른 병사들에게 군수품을 전달했으며 무화과병, 건포도, 포도주, 기름, 쇠고기, 양고기 등 음식물들을 고루 나누어 주기도 했다.

---

212 그 나머지는 납달리지파 중에서 장관 일천 명과 방패와 창을 가지고 온 자가 삼만 칠천 명이요, 단지파 용사가 이만 팔천육백 명이요, 아셀지파 용사가 사만 명, 그리고 요단 동편 르우벤, 갓, 므낫세 반 지파가 합하여 십이만 명이요, 베냐민지파에서도 투항한 자가 용사 삼천 명이었다. 이 수는 히브리전승 다른 부분처럼 많이 과장된 수일 것이다. 역시 다윗을 칭송하는 전승 저자의 의도일 것이다.

다윗이 헤브론에 또 다른 이스라엘을 세우고 왕이 되었다는 소식을 들은 이스라엘인들은 찬동하지만은 않았다. 내막을 알고 있던 지파장들과 장로들은 성토했다.

"사울왕은 누가 뭐래도 여러 적을 쳐부수어 나라를 세운 왕이다. 죽었다고 하나 소생들이 살아있다. 어찌 신하였던 다윗이 나라를 분리해 왕이 된단 말인가!"

"코흘리개 목동이었던 다윗을 군 총수로 삼고, 부마로 삼아 출세시켰던 사울 왕이 아니었던가. 우리 이스라엘이 블레셋에게 패하고 왕이 죽은 것은 다윗에게도 책임이 없다고 아니할 것이다."

그동안 다윗은 요나단 왕자와의 우정, 사울의 딸 미갈과의 결혼, 사울을 여러 번 살려준 사건 등을 통해 사울가의 사람이요, 사울 왕조를 위한 충신인 것을 은연 중에 백성들에게 보여줬다. 그러나 나라를 세우자, 모든 행위는 결국 왕권 탈취를 위한 계략으로 비췄다.

북쪽지파 족장들은 사울가를 지지하고 있었고, 베냐민 자손 곧 사울의 동족은 대부분 사울의 '바이크'('집.' 거주지뿐만 아니라 가족도 가리킴)을 좇았다. 그들은 사울이 죽은 후에도 자신들의 지파에서 두 번째, 세 번째 왕이 나올 것을 기대하고 있었기에 다윗에게 오지 않았다.

이스보셋, 마하나임 망명정부

 남편과 아들들을 잃은 사울의 처 아히노암의 곡소리가 기브아 궁에 밤낮으로 흘러나왔다. 신하들도 넋을 잃었다. 알 길 없는 풍문만이 이런저런 곳에서 궁으로 들려왔다.
 "곧 블레셋군이 기브아로 몰려와 우리 모두를 살해해 버린대요."
 "다윗의 군대가 몰려온대요. 사울 왕에 대한 원한으로 우리를 살려 두지 않을 거예요. 다윗의 사주를 받고 우리 궁에 누군가가 반역을 일으켜 사울 왕의 후손들을 다 주살한다는 소문도 있어요."
 시녀들은 소문을 입에 담고 퍼뜨리고 있었고, 모든 자가 그렇게 믿었다.

 하늘에서 구름바위와 구름바위가 부딪히는 듯한 괴성 벽력이 치던 날, 기브아 산악지대에 숨어 살던 하비루 산적패가 궁 담을 넘어 침입한다. 나라가 혼란하니 도적들까지도 왕궁을 얕잡아 본 것이다.
 "블레셋군이 자객들을 궁으로 보내 살생하고 있다!"
 누군가의 외침에, 궁 안은 뛰쳐나온 수비병들과 시녀들까지 뒤엉켜 우왕좌왕한다. 왕자궁의 시녀가 요나단 아들 다섯 살 된 므립바알(바알과 싸우는 자)의 손을 잡고 밖으로 피신시킨다. 젖을 물려 키웠던 유모였다. 황급히 왕궁 뒷산 바위를 오를 때다. 뱀을 밟고 놀라 아이를 바위 아래로 떨어뜨린다. 까마득한 언덕 아래에서 양쪽 다리가 부러진 아이가 자지러지게 운다. 산적떼들은 수비병들이 몰려나오자 쫓겨났지만, 므립바알은 두 다리를 저는 불구가 되었다.

기브아 궁 왕실. 장로들이 모여 국가의 운명을 놓고 회의를 한다. 북쪽 다른 지파도 있었지만 대부분 베냐민지파 사람들이다.

"블레셋군은 이 기브아 근처까지 와 있소. 우리 군대는 막을 길이 없소."

수석장로의 말에 긴 침묵이 흐른다. 블레셋 군대는 사울과의 전쟁으로 큰 타격을 입었을뿐더러, 전리품 분배 때문에 도시국가 간에 분열되어 승리했음에도 기브아 궁을 함락시키지 못하고 있었다. 그러나 곧 몰려올 것이 뻔한 일이다.

"다른 지파들이 협력했으면 이렇게까지 우리가 밀리지는 않았을 것이오."

"이제 와서 다 무슨 소용이오? 산적도 막지 못하는 나라가 되었는데…."

회의장은 비통함만 토해댔다.

"다윗에게 투항하는 것이 야훼의 뜻이오. 사무엘도 그것을 원하지 않았소. 헤브론에 나라를 세웠다고 하니, 같이 통합해야 할 것이오."

"그 길 외에는 이스라엘이 살길이 없소. 다윗은 예전에 적은 군대를 이끌고 블레셋과 싸워 이기지 않았소? 블레셋군은 다윗이란 이름만 들어도 오줌을 지린다는 얘기도 있소."

"다윗은 우리 민족 철천지원수 블레셋에 몸을 의탁했던 자요. 그런 자를 어떻게 왕으로 세운단 말이오?"

"그렇소, 사울 왕 후예에게 왕위가 물려지는 것이 순리요. 가나안의 모든 나라처럼 부자 승계의 순리를 따라야 옳을 것이오."

"사울 왕권을 이을 요나단 왕세자는 전사했소. 아들 므립바알은 변을 당해 두 다리를 쓰지 못하고 있소. 어찌 불구인 자를 제왕으로 삼을 수 있단 말이오?"

사울 가문을 지지하는 파와 다윗을 지지하는 파가 반목을 거듭한다. 이때, 군대장관 아브넬이 회의장에 뛰어들어와 고함을 쳐댔다.

"이 나라를 어떻게 세웠는데 양똥 냄새나는 목동 놈에게 가져다 바친단 말이오. 블레셋에게 패했다고는 하나 우리에게는 북쪽지파가 있고 군사가 남아 있소. 그리고 왕조를 이어갈 사울 왕의 넷째 아들 이스보셋 왕자가 계시지 않소!"

그가 장로들 가운데 서서 칼까지 빼 들고 고함을 지른다.

"나 아브넬은 이스보셋 왕자와 함께 사울 왕가를 이어갈 것이오. 다른 말 하는 자는 먼저 내 칼날에 세 치 혀가 잘릴 것이오!"

아브넬이 허공에 칼을 휘둘러대자, 모두가 고개를 숙일 뿐 말하는 자가 없다. 다시 말뚝 박듯 말한다.

"내가 군대장관으로 오르던 그때, 다윗은 수금이나 타던 딴따라에 불과했다. 그자가 지금 헤브론에서 반란을 일으켜 부족장이 되었다고 해서 칭송하거나 따르는 자가 있다면 그놈부터 내 칼을 받을 것이다."

그날 밤, 아브넬은 군사들을 풀어 다윗에게 정권을 넘겨주자고 주장한 장로 몇 명을 살해했다. 미리 눈치채고 헤브론으로 도망간 장로들은 아들과 손자들까지 참살했다.

'대신들이 나라를 들어 다윗에게 바친다고 하지 않던가. 그러면 내 목도 잘라서 바칠 것이 아닌가?'

요나단을 비롯해 형들이 갑자기 전사함으로 왕 노릇을 해야 할 이스보셋[213]이었지만 왕자궁에 칩거하며 공포에 질려있다. 아브넬이 찾아갔을 때 떨며 말한다.

"아저씨, 궁 사람들은 내가 왕자 자리에서 폐해지고 쫓겨날 것이라고 하던데 사실이오? 다윗이 온 이스라엘 왕이 될 것이라던데…."

아브넬이 눈시울을 붉힌다.

"우리 사울 가문이 이렇게 무너질 수 없습니다. 제가 왕자님을 왕으로 세우고 위대한 사울 왕조를 이어갈 것입니다."

"어찌 내가 왕이 되겠소? 주변의 적국들도 많고, 우리의 주적인 다윗은 사납고 용맹하다고 하던데. 나는 칼을 잡아보지 못했어요. 지난번 길보아 전투에도 아버지와 형들은 전쟁터에 나갔지만, 왕자궁에 숨어 있었어요."

"우리는 지금도 북쪽지파를 지배하고 있고, 소수지만 마병과 보병도 보유하고 있습니다. 저를 믿으시고 나약한 소리하지 마십시오. 왕자님께서는 용맹스러운 사울 왕의 피가 흐르고 있지 않습니까?"

"모든 것이 무섭지만 아저씨의 뜻에 따르겠어요!"

"기브아는 적들로부터 노출된 곳입니다. 먼저 도성을 옮기시지요. 그곳에서 왕권이 자손 대대로 이어가도록 힘껏 돕겠습니다."

블레셋인들에게 대패해 요충지들을 빼앗겼기에 요단 서쪽 기브아

---

[213] '이스보셋'(부끄러움의 사람)은 원래 '이스바알'(바알의 사람)이라는 본명을 가지고 있었다. 신정국가의 왕자가 이 이름을 사용한 것은 히브리인들조차 야훼를 가나안의 최고신 바알로 바꿔 부른 풍습 때문이다. 또 가나안 다신교를 받아들이고 있다는 뜻이기도 했다. 훗날 히브리전승 저자들이 이것을 부끄러워하여 이스보셋이라고 바꿔놓은 것이리라.

또한 적들의 공격권 안에 있었다. 왕을 잃고 군사가 뿔뿔이 흩어진 지금 아브넬은 천도를 권유하지 않을 수 없었다.
"이 이스라엘은 군대장관인 아저씨의 나라예요. 아저씨의 말을 왕명처럼 따르겠어요. 제 생명을 지켜주세요."
이스보셋은 오히려 아브넬에게 충성을 맹세한다.

아브넬은 왕자 이스보셋, 왕족들, 신하, 시녀 등과 백성들을 데리고 요단 동쪽으로 이동한다. 적들로부터 가장 먼저 공격을 받을 수밖에 없는 기브아 사람들도 새로운 도성을 찾아 따라가며 흐느낀다.
"아, 기브아 왕국이여! 이 궁은 블레셋 군대에 초토화되고 잡초와 엉겅퀴가 뒤덮여 너구리의 굴이 되겠구나!"
"사울 왕이여, 요나단 왕자여, 어찌하여 우리를 두고 먼저 가셨소!"
사울은 죽었지만 추종하는 자들이 다 죽은 것은 아니다. 다 변절하여 다윗에게로 간 것도 아니다. 베냐민지파를 비롯하여 북쪽 몇몇 지파 군사들이 사울의 아들 이스보셋을 따른다. 아니 아브넬을 믿고 따라가는 것이다.
사울의 손자요, 요나단의 아들인 므립바알이 피난민이 되어 따라나선다. 두 다리를 못 쓰는 아이는 종 시바의 등에 업혀 발발 떨며 고개를 들지 못한다.
'순번대로라면 우리 아버지가 왕세자였으니 내가 왕이 되어야 하지 않는가. 그런데 막내삼촌이 왕이 되었다. 어쩌면 거추장스러운 나를 죽일지도 모른다!'

이스보셋이 아브넬의 권유에 옮겨간 땅은 요단 동편 길르앗이다.[214] 이 땅 한쪽 길르앗 야베스는 암몬 왕 나하스에게 침공을 당할 때 사울이 구원해 준 곳이다. 사울 가문에 대한 길르앗 백성의 호의는 대단했다. 블레셋과 다윗에게 사울 가문이 쫓겨 온다는 소문을 듣자, 백성들은 길가로 나와 애통한다. 재를 머리에 뒤집어쓴 노인이 베옷을 입고 나와 그 옷을 찢으며 통곡한다. 그 모습을 보고 이스보셋도 따라서 운다.

'내 아버지가 잔인한 폭군이었다고 하던데, 꼭 그런 것만은 아니구나!'

"어서 오십시오, 사울 왕의 아드님이시며 이스라엘의 왕이여!"

성에 도착하자 길르앗 성주가 영접한다. 패전한 사울 군대는 길르앗 백성들의 적극적인 호응 속에 요단 동편에 무사히 안착한다. 아브넬은 이스보셋을 앞세워 길르앗 북쪽 마하나임에 망명 왕조를 세운다. 뒤편에는 얍복강이 흐르는 배수진을 친 성읍이다.

"기브아는 지금 빈 성입니다. 우리 군대를 진주시켜야 합니다."

"…."

다윗은 사울과 요나단의 고향인 기브아를 침공하는 것을 망설인다. 사울 왕조를 전복시킨 장본인이라는 낙인이 찍히는 것이 부담스러웠다. 제의를 했던 국방장관 요압이 다시 나선다.

"우리가 빨리 점령하지 않으면 블레셋군이 차지할 것입니다. 블레

---

214 요단 동편은 수많은 골짜기가 단층을 이루고 있으며 그 골짜기 사이 시내가 흐름으로 곡물을 생산할 수 있었다. 또 이 산지는 수목이 울창한 지역으로 포도와 올리브 재배에 적합했다. 또 '왕의 도로'라고 일컬어지는 이집트에서 메소포타미아까지 이어진 국제 상업도로가 있었다.

셋 도시 간에 전리품 다툼이 없었다면 기브아 궁은 벌써 그들에게 유린당했을 것입니다."

다윗은 출정을 명령한다. 분명한 침략이었지만 성막 보호라는 명목이었다.

"기브아 기브온 언덕에는 야훼의 성막이 있으니 이민족들에게 빼앗길 수 없다!"

요압을 수장으로 삼은 선발대가 기브아 거리로 진군한다. 성읍은 블레셋군이나 다윗군이 쳐들어온다는 풍문이 돌아 이스보셋을 따라가고 숨은 까닭에 인적이 뜸했다. 길모퉁이에 숨어있던 아이가 달려오더니 요압에게 돌을 던진다. 같이 걷던 부관이 칼집에서 칼을 빼 들자, 그가 손을 들어서 막는다.

"제 왕조를 지키려는 것이 무슨 죄가 되겠느냐."

선발대는 주위를 살피며 기브아 궁 쪽으로 계속 진군한다. 부관이 거리에 남아 돌을 던진 아이를 찾아 멱살을 잡고 가슴에 칼을 박는다. 기브아 거리에 피가 뿌려진다.

요압은 기브아에 초소만을 세운 채 군대를 헤브론으로 철수했다. 이미 빈 궁이었고, 도성이나 군사기지로 사용하기에는 불리한 점이 많았다. 사울이 세울 때부터 기브아 궁은 조악했다. 또 무엇보다도 아직 사울을 지지하던 백성들이 많았기에 다윗의 도성으로 적당하지 않았다.

다윗군이 기브아 궁을 점령했다는 소식은 마하나임의 이스보셋 궁에 알려졌다. 아브넬이 가슴을 친다.

"다윗 이놈, 역시 재빨리 우리 도성을 점령했구나. 가만두지 않으리라!"

다윗이 헤브론에 왕국을 세웠고 그곳으로 여러 지파 장로가 몰려갔으나, 사울 왕가는 여전히 지속된다. 실정도 있었지만 그만큼 사울은 큰 인물이었다. 이때 남과 북의 군사 수도 대등했다.

오 년이 지난 후, 이스라엘군은 아브넬의 통솔 아래 사울 때의 영토를 회복하고 있었다. 블레셋군은 그들이 빼앗은 요단 동편까지 요새와 초소를 두고 이스라엘인들을 착취하고 있었는데 그가 차례차례 몰아냈다.[215] 아브넬은 전리품을 기브아 근처 성지 기브온 성막에 보냈다. 다시 베냐민지파의 민심을 얻어 기브아 궁으로 돌아가려는 열망이었다.

마하나임 왕조가 점점 안정되자, 베냐민지파 중 사울에게 충성했던 신하들이 왕처럼 군림하고 있는 아브넬에게 항의한다.

"어찌 선왕의 아들에게 왕위를 물려주지 않는 것이오? 어서 대관식을 치르시오. 근친이며 신하인 자가 왕위를 넘보는 것은 아니요?"

그동안 과도 정부를 이끌고 있던 아브넬은 어쩔 수 없이 대관식을 치를 것을 약속한다.

"나는 사울 왕가를 이어가기 위해 충성을 했을 뿐 반역자가 아니다. 내 조카 이스보셋 왕자를 당연히 왕으로 세우겠다."

이스보셋이 제사장들에게 머리에 기름 부음을 받고 비로소 왕위에 오른다. 그동안은 모든 실권을 아브넬에게 넘겨주고 왕자로만 존재하

---

[215] 이스보셋이 차지한 영토는 요단 동편 게네사렛 호수 남쪽에서 사해 북쪽까지의 영토 길르앗과 이스르엘과 에브라임과 베냐민지파 등의 땅이 포함돼 있다. 이스보셋의 왕국 영토는 여전히 예루살렘 이북과 요단강 동쪽을 포함한 이스라엘 거의 전부였다. 단지 다윗이 지배하고 있는 유다지파 땅만이 제외된 것이다.

던 세월이었다.

그러나 왕권이 아들에게 이어지는 것이 원칙이라는 법칙이 이스라엘에서는 적용되지 않는 시기였다. 왕위가 세습된 적이 없는 왕정 초기였다. 이스보셋의 왕위는 정당성이 확고하지 못했다. 또한 사울의 실정과 블레셋에게 참패한 이후 이스보셋을 지지하는 사람은 베냐민지파 친족 얼마뿐이다.

이스보셋의 대관식이 있던 그날, 아브넬은 자신이 마하나임 왕국의 실권자라는 것을 확인시켜 주기라도 하는 듯 선전포고를 한다.

"다윗이 왕을 자처하고 헤브론 땅에 반란을 일으킨 지 오 년이 넘었다. 어찌 보고만 있을 것인가? 군대를 동원해 반란 도당들을 멸절시킬 것이다!"

"아브넬이 군사를 몰고 요단강을 건너와 기브온 평야에 당도해서 싸움을 걸고 있습니다."

요압이 군사 동향을 다윗에게 보고한다.

"저들이 만만치가 않습니다. 우리가 헤브론에 나라를 세운 지 오 년이 지났지만, 지금까지 북쪽지파들이 사울 왕가를 지지하고 있습니다. 사울의 장례식을 치러준 은혜가 고마워 우리가 사절단을 보냈던 길르앗 지방마저 저들을 적극 지지하고 있습니다."

사울과 왕자들이 죽었을 때만 해도 다윗은 금세 이스라엘의 왕이 될 줄 알았다. 헤브론에 나라를 세웠을 때도 많은 사람들이 몰려왔었다. 그런데 사울의 아들 이스보셋이 마하나임에 나라를 세우자, 상황이 바뀌었다.

"북쪽은 열 지파가 아니더냐? 우리는 유다지파(시므온지파는 유다지파에 동화되었음)뿐이니 어찌 상대할 수 있을까?"

다윗이 말할 때 요압과 아비새가 나선다.

"피할 수 없는 싸움입니다. 아브넬이 살아있는 한 우리를 가만두지 않을 것입니다. 그는 야망이 큰 자입니다. 우리를 제압한 다음에 스스로가 통합 이스라엘의 왕위에 오를지도 모릅니다. 그들과 우리 중 한쪽이 죽어야 끝나는 전쟁입니다."

"이미 싸움은 시작되었습니다. 우리 북쪽 성읍들이 침략을 받고 초토화됐습니다. 아브넬은 그곳에 큰 군영까지 차렸습니다. 어서 출정해야 합니다."

대제사장 아비아달이 장군들과 함께 항전을 지지한다.

"사울 왕조는 야훼께서 인정하지 않고 버리신 왕조입니다. 전복시키는 것이 야훼의 뜻입니다."

아비 아히멜렉, 그의 형제들, 또 놉 지방 제사장들과 주민들까지 다 주살한 사울 왕조가 멸망하는 것은 신의 뜻이라고 주장하고 있었다. 그러나 궁중예언자 갓은 전쟁을 반대한다.

"우리의 적은 저들이 아니라 블레셋 족속입니다. 이번 싸움은 율법에 금한 형제간에 혈투요, 야훼께서 원치 않는 싸움입니다. 사신을 보내시어 달래시고 군사를 물리게 하소서."

아비아달이 얼굴이 벌겋게 되어 반박한다.

"이것은 선과 악의 싸움이고 야훼가 명령한 성전(聖戰)이요. 어찌하여 왕의 시야를 가리는 것이오?"

예언자와 제사장 사이에 다툼이 있었지만 결국 헤브론 정권의 총수를 맡고 있는 다윗은 출정을 결정한다.

"요압과 아비새와 아사헬은 전군을 이끌고 나가 아브넬 군대와 싸워라. 반드시 개선가를 부르며 돌아오라!"

풀이 주단처럼 깔린 기브온[216] 평원. 아브넬이 장수들과 군영을 설치했다. 다른 한편에서는 요압과 다윗의 심복들이 나와 군영을 세우고 대치한다. 양 군 사이에는 큰 연못이 있었다. 원래는 자연히 생긴 못이었는데, 농경수로 사용하기 위해 더 깊이 파서 그 밑으로 내려가는 나선형 계단까지 만든 인공호수다. 고인물은 수천 명의 병사와 많은 가축을 먹일 수 있는 넉넉한 양이다. 물이 귀한 이 지대에서는 전략적 요충지였다. 아브넬이 나와 맞은편 요압에게 소리친다.

"어찌 우리가 이렇게 만나야 하는 운명이냐?"

"나도 너에게 칼을 뽑는 것이 나 자신을 찌르는 것처럼 아프구나."

"다윗의 모가지만 가져오면 너를 살려주고 우리 왕국의 국방장관으로 삼겠다."

"나를 주군을 버리는 반역자로 생각했느냐? 너야말로 섬기는 주군을 종처럼 부리는 패역무도한 자가 아니냐? 딴소리 말고 어서 나와서 겨뤄보자."

두 장군은 서로 사납게 대꾸하며 싸움이 시작된다. 이들은 오랜 인연이 있었다. 기브아 궁에서 다윗 때문에 처음 만났다. 아브넬은 사울 최측근으로 군대장관이었고, 요압은 다윗의 조카로 궁에 놀러 온 식객에 불과했다. 둘은 직위와 나이에서 큰 차이가 났지만, 형제처럼 지냈던 사이었다.

"우리는 어쨌든 아브라함의 피를 나눈 혈족들이다. 많은 피를 흘리지 말고, 열두 명의 장수를 뽑아 서로 장난하자."

---

[216] 예루살렘 서북부 9km 지점에 있는 성읍으로 마하나임에서 약 60km, 헤브론에서 35km 지점. 베냐민지파의 성읍이었으나 다윗 군대가 최근 점령하고 있었다.

아브넬이 장난하자는 것은 싸우자는 말이고, 열두 명을 선발하자고 그 수를 말한 것은 열두 지파 즉, 이스라엘 전체의 지배권을 걸고 싸우자는 의미다. 요압이 응답한다.

"좋다. 한번 겨루어 보자!"

양쪽에서 장수들이 뽑혀 나와 상대방과 마주하며 무기를 뽑는다. 칼, 창을 잡은 자, 철퇴와 쇠스랑 모형의 무기를 잡은 자도 있다.

"다윗의 개들아, 어서 장난하자! 너희는 기브아의 명장 이 유다란 이름을 들어 봤느냐!"

"사울의 벼룩들아, 어서 오라! 우리가 어찌 잔나비 새끼 이름을 알겠느냐!"

양 진영에서 싸움에 자신 있는 장수 한 명씩 나와 겨룬다. 그러다가 불리한 쪽에서 또 다른 장수가 나와 돕고 하는 과정에서 수가 늘어나며 24명이 뒤엉켜 싸움이 벌어진다. 서로 기세에 눌리지 않으려고 고함을 지르고 무기를 휘둘러대며 엉킨다. 칼과 창이 부딪히고 창과 철퇴가 부딪치고 쇠스랑 날이 날아온다. 장수의 힘을 돋우기 위해 양편 병사들이 고함을 질러댄다. 칼이 상대의 옆구리를 베고 창이 상대의 가슴에 꽂힌다. 철퇴가 칼 든 자의 뒤통수를 친다. 피가 튀고 전사들이 쓰러진다. 그럴 때마다 상대편 병사들이 혀가 나오도록 환호를 질러댄다.

아브넬 장수들이 쓰러지고, 창을 든 자가 마지막까지 남아 싸움을 벌이다가 배에 상처를 입고 돌아서서 줄행랑을 친다. 그 뒤를 요압 측 장군이 쫓을 때다. 도망가던 장군이 갑자기 돌아서더니 창을 날린다. 창은 쫓는 장군의 가슴에 박힌다. 이번에는 아브넬 군영에서 환호가 울려 퍼진다. 양쪽 병사들은 격렬한 칼부림에 모두가 죽음으로 싸움을 끝냈다.[217]

피 냄새는 퍼졌고 피를 본 양측 병사들이 흥분한다. 요압 군영에서 고함이 터지며 군사들이 칼을 들고 뛰어나간다.

"사울의 벼룩들이 뛴다. 쫓으라!"

접전이 벌어졌고, 수세에 몰린 아브넬의 군대가 퇴각한다.

"수장이면 나와서 겨룰 일이지 어딜 도망가느냐?"

아브넬을 겨누어 쫓는 자는 요압의 동생 아사헬이다. 들노루같이 날쌔 다리가 보이지 않을 정도다. 나이 들고 비대한 아브넬을 금세 따라잡았다. 칼을 든 아사헬이 바짝 다가간다.

"네놈이구나, 얼른 돌아가라! 여기는 네 놀이터가 아니다!"

아브넬은 전날 형 요압을 따라 기브아 궁에 놀러 왔던 아사헬을 기억한다.

"기억해 줘서 고맙다. 그러나 목은 내놓아라!"

아사헬이 앞을 막는다. 아브넬 눈앞에서 혼이라도 빼려는 듯 칼을 빙빙 돌린다.

"애송이야, 어서 돌아가라. 그냥 돌아가기에 부끄러우면 병사 한 명 죽이고 그 갑옷이나 벗겨 돌아가거라."

"여기까지 쫓아왔으니 네 머리를 댕강 잘라 왕에게 가져다 바칠 것이다!"

"마지막 경고다. 어서 돌아가지 못하겠느냐? 그래도 나와 네 형 요압은 친구인데 너를 죽이면 네 형의 얼굴을 어떻게 보겠느냐?"

그러나 아사헬은 길을 터주지 않고 오히려 바짝 다가와 칼을 부린다. 그러자 아브넬이 뒤를 돌려 도망가려는 모습을 보이는 척하더니 창을 거꾸로 잡아 달려드는 아사헬의 배를 찌른다.[218] 창은 등을 뚫고 지

---

217 훗날 이곳은 '헬갓핫수림'(칼날의 밭)이라고 명명되기도 했다.

나갔다.

"아, 장군님이 당했다!"

아브넬을 쫓아오던 다윗 군사들이 땅에 엎어진 아사헬을 보고 우르르 둘러선다. 말 탄 요압이 군사들과 함께 당도해 가슴에 핏덩어리를 안고 있는 동생을 본다. 눈에 핏발을 세우고 고개를 돌린다. 저만치 아브넬이 언덕을 넘어 도망치고 있다. 요압이 말고삐를 세게 당기며 군사를 몰아 추적한다.

요압과 아비새가 아브넬을 쫓아 기브온 맞은편 암미 산에 이를 때 해가 진다. 산 능선에서 아브넬이 지켜보고 있다가 요압을 향해 소리친다.

"우리는 피를 나눈 동족이다. 이러한 추적이 계속된다면 양측 간에 참혹한 일이 생긴다는 것을 모르느냐?"

"네가 쳐들어오지 않고 시비를 걸지 않았다면 이 싸움은 생기지도 않았을 것이다. 네 놈이 싸움을 걸어놓고 회피하려 하느냐?"

요압은 전의에 불타고 있었으나 형 아비새가 귓전에 넌지시 속삭인다.

"해가 지고 있다. 추격전은 불가능하다. 아사헬이 큰 상처를 입었으니 돌아가 돌보는 일이 먼저다."

요압이 동생 모습을 떠올리며 말 머리를 돌리다가 소리친다.

"네가 아브라함의 피를 이어받은 동족이라고 말하지 않았더라면 나는 끝끝내 쫓아가 죽였을 것이다."

요압이 통신병에게 나팔을 불게 하자, 병사들이 아브넬 쫓기를 그치

---

218 긴 창은 손잡이 아래쪽 끝도 뾰족하게 되어 있어서 땅에 꽂고 영역을 표시하는 깃발대로도 사용할 때도 있었고, 뒤를 따르는 추적자를 찌르기에 알맞았다.

고 본 진영 쪽으로 회군한다.

요압이 군영에 돌아와 살펴보니 사망한 자가 아사헬과 병사 십구 인이다. 주살한 병사는 아브넬 수하의 베냐민지파 병사들 삼백육십 명이다. 큰 승리였다. 요압은 아사헬의 시체를 붙들고 끝없이 울부짖는다.
"아사헬아, 아사헬아, 내가 어찌 어머니를 뵈올꼬. 아브넬 이놈, 반드시 네 피로 돌려받으리라!"
요압은 아사헬의 시신을 안고 뺨을 비비며 울다가 부하들에게 말한다.
"시신을 씻기고 세마포에 잘 싸라. 고향으로 데려가 내 아버지 곁에 묻어주겠다."
요압이 동생의 시신을 떨어지는 눈물로 염습(殮襲)한다.[219] 요압 무리는 아사헬의 시체를 들고 가서 베들레헴에 있는 아비 묘 곁에 장사했다.

요압과 병사들이 장례를 마친 후 밤새도록 걸어 헤브론으로 돌아왔을 때는 날이 밝아져 있었다. 다윗과 가족들, 시종, 장군들이 궁 앞에까지 나와 맞이한다. 그들과 같이 서 있던 어미 스루야가 요압과 아비새를 보자 더 서러워하며 운다.
"왕의 충성스러운 군대가 원수 아브넬 군대를 쳐부수고 이겼나이다. 왕의 군대는 용맹하게 싸웠습니다."
요압이 엎드려 보고하자, 다윗이 일으키며 울먹인다.
"네 아우 아사헬이 전사했다는 얘기를 들었다. 우리는 위대한 영웅

---

[219] 고대 근동 유목민들은 시신을 염했다. 향료를 넣은 물로 세정을 한 후 시신의 머리털과 체모를 깎는 풍습이 일반적이었다. 또 솜으로 입과 귀, 코 등을 막고 하얀 무명천으로 쌌다.

을 잃어버린 것이다."

요압이 다윗을 얼싸안으며 흐느낀다.

"아사헬 선봉장군이 아브넬을 쫓다가 창에 죽임을 당했나이다. 그는 장렬히 전사했습니다."

아사헬의 죽음은 이스라엘군의 큰 손실이었다. 금방 수하의 병사들이 사기를 잃는다. 다윗은 아사헬의 아들 스마야에게 선봉장군 자리를 물려준다. 병기를 잡을 수 없는 나이였다. 아비의 전공을 생각한 배려였다. 명예 선봉장군인 셈이다.

아브넬은 병사들과 사해 북쪽 갈릴리 호수로부터 요단 계곡으로 이어진 길을 밤새 걸어 마하나임으로 돌아간다. 온몸에 핏물이 잔뜩 묻은 그가 도성이 보이자, 발걸음을 멈춘다.

'아, 왕과 백성들의 얼굴들을 어떻게 볼꼬. 그깟 다윗군 똘마니들에게 패배하다니!'

아브넬은 패전도 패전이지만 혹시 있을지 모를 마하나임에서의 역풍을 걱정한다.

'제기랄, 내가 패전했다고 이를 기회삼아 왕이 징계할지 모른다. 국방장관 직을 삭탈할지도 모르지.'

아브넬은 궁에 도착하자마자 마중 나온 이스보셋과 신하들을 윽박지른다.

"궁 안 누군가가 헤브론의 적들과 내통한 자가 있다. 모든 작전은 노출됐고 우리를 곤경에 처하게 했다."

아브넬이 소리를 질러댈 때, 억지소리인 것을 알면서도 반박하는 자가 없다. 오히려 이스보셋은 기가 질려 회유한다.

"장군, 장하시오. 그대는 창을 휘둘러 적장을 척살하였고, 적들을 두려움에 몰아넣었다는 보고를 받았소."

그 말이 아브넬도 마음에 드는지 주위의 병사들을 보며 웃음을 터뜨린다.

"우하하하, 적장 목 하나 베는 것은 졸병 천 명의 목을 베는 것과 같다고 하지 않습니까? 이번 싸움은 우리의 승리입니다."

다윗의 여인들

헤브론 정권과 마하나임 정권의 첫 전투는 누가 보더라도 다윗의 승리였다. 이 전투의 결과는 관망하고 있던 다른 지파들이 다윗에게로 몰려오는 계기가 된다.

다윗은 헤브론에서 점점 세력을 키워간다. 그리고 근동의 제왕들처럼 많은 아내를 얻기 시작한다. 다윗은 사울에게 쫓기는 시절 헤브론에서 맏아들 암논을 낳았다. 이스르엘 토호의 딸이었던 아히노암의 소생이다. 둘째는 길르압이었는데 갈멜 사람 나발의 아내였던 아비가일의 소생이다. 그동안 아비가일은 주위의 사람으로부터 남편을 죽인 자와 재혼했다고 비방을 받고 있었다. 아비가일이 아들 이름을 '길르압'(야훼는 심판자다)으로 지은 것은 그 얘기를 들을 때마다 가슴을 치며 자주 했던 말이 있기 때문이다. '내가 다윗 왕과 결혼한 것은 내 욕망이 아니고 신의 뜻이오. 야훼께서 내 심판자가 되실 것이오'라고.

이 지파 저 지파 토호들뿐만 아니라 소국의 왕들까지도 매파를 놓아 다윗에게 혼례를 신청한다. 그중 하나가 그술(시리아의 군소 왕국 중 하나로 요단강 상류 지역에 위치) 왕 달매다. 사사 때부터 시리아 사람들은 요단강 수원지 주변에 강력한 힘을 구축하고 그 지역을 지배했다. 길르앗 북쪽

그술은 요단강을 끼고 있는 시리아 지역이다.

달매는 그곳의 큰 권력가로, 왕으로 불린 자다. 그가 많은 예물을 보내 매파를 놓으며 딸을 왕후로 바치겠다고 나선다. 사울 왕조에 조공까지 바쳤던 달매는 다윗 세력에 위협을 느끼며 화평해지고 싶었다. 그술은 소국인 것은 분명했으나 한 나라 공주를 보낸다는 것은 다윗이 국제적인 위상이 높아졌음을 보여주는 사건이다.

"왕이 아내를 많이 두어 왕자들을 얻는 것은 왕실의 번영입니다. 달매의 딸을 후비로 맞이하시죠."

율법은 왕은 아내를 많이 두지 말라고 했지만 측근들은 반대로 말한다.

"그술 왕의 딸을 왕후로 맞는 것은 달매의 사위가 되는 것이요, 그 자가 갖고 있는 세력을 갖는 것입니다. 그래도 그자는 그곳에서 왕으로 불리고 있습니다. 왕께서는 부마가 되는 것입니다."

신하들과 장수들은 달매의 딸을 맞이하라고 권하고 있었으나 다윗은 먼저 얻은 후첩들의 질투 때문에 망설인다. 그러나 마하나임 정부를 견제하기 위해 혼례를 성사시킨다. 그술은 이스보셋 왕국과 북쪽으로 국경을 같이하는 국가다.

"저는 장자 암논을 낳았습니다. 다른 여인에서 낳은 왕자도 있지 않습니까? 그런데 아들을 더 두시면 분명히 왕자 간에 반목이 있을 것입니다. 후비를 더 두지 마소서."

아히노암이 궁을 찾아와 다윗 앞에서 대성통곡한다. 그러나 다윗은 다른 아내들을 멀리하고 달매의 딸 마아가를 맞아 매일 침궁을 찾았다. 그리고 셋째아들 압살롬(평화의 아버지)을 얻었다. 아이는 양수를 터뜨리고 나올 때부터 머리칼이 무성한 것이 출중했다.

"미천한 여식입니다. 어여삐 보소서!"

토호이면서도 거상인 사내가 딸을 데리고 궁을 찾아왔다. 이스라엘 각 지파와 암몬, 모압, 에돔, 블레셋, 이집트까지 객상들을 풀어 거래하며 재물을 모은 자다. 딸을 데리고 와 헤브론 궁과도 이득을 보는 거래를 하고자 했다.

"학깃(축제)아, 골리앗을 쳐부순 영웅 중의 영웅인 다윗 왕께 절을 올리거라!"

아비가 등을 밀자, 소녀가 다윗 앞에 다가와 세 번의 절을 올린다. 다윗의 얼굴이 달을 본 박처럼 밝아진다. 어깨를 덮는 검은 머리칼, 흑요석을 다듬은 것 같은 검은 눈동자의 소녀는 다윗의 마음을 휘어잡는다.

다윗은 학깃에게서 넷째 아들을 낳아 아도니야(나의 주인)라고 이름 지었다. 아이는 얼굴이 다윗을 무척 닮아 사랑을 받는다.

그 후에도 다윗은 헤브론 주변의 여러 토호의 딸들을 후비로 맞았다. 다섯째 아들도 낳아 스바댜라고 이름 지었는데, 헤브론 목장주의 딸인 아비아달(미덕의 아버지)의 아들이다.

다윗은 여러 아내의 침궁을 드나들면서도 본처 에글라의 곁에는 가지 않았다. 심복들의 입방앗거리가 된다.

"우리 주군은 미색만을 밝히는 호색한이다. 본처는 생과부를 만드는구나!"

다윗의 생일잔치가 벌어진 날이다. 여러 아내가 초청되었으나 에글라는 만찬 자리에 나오지 않았다. 취기가 오른 다윗에게 예언자 갓이 에둘러 말한다.

"조상님 아브라함도 본처를 통해 이삭을 낳아 대를 이었습니다. 왕께서도 전례를 따르는 것이 야훼의 뜻입니다."

상권_다윗의 여인들 / 395

다윗도 심복들이 수군거리는 것을 알고 취중에 에글라의 이불 속을 찾았다. 그리고 아들 이드르암을 얻는다.

다윗은 암몬으로 친사를 보내는 등 우호 관계를 더욱더 돈독게 한다. 암몬은 마하나임 정부와 남쪽 국경을 같이한 나라다. 이스보셋을 압박하기 위한 외교였다. 이제 마하나임 정부는 북과 남과 서쪽으로 다윗과 그의 동맹국으로부터 위협을 받게 된다.

이때 갓이 비밀리에 마하나임을 방문하여 제사장들과 예언자들을 만난다. 북쪽 왕국에는 라마 신학교 출신 예언자들이 많았다. 라마가 베냐민지파 땅이기 때문이다.

"내가 이곳에 온 것은 통일 왕을 세우기 위함이오. 그렇지 않으면 우리는 형제들 간에 수많은 피를 흘려야 될 것이오. 이 일에 우리 성직자들이 앞장서야 할 것이오."

그가 국경을 넘어설 때는 북쪽 성직자들을 설득할 수 있다고 생각했다. 북쪽지파 제사장들과 예언자들 역시 갓의 뜻에 동의한다. 그러나 대화는 이견으로 흐른다.

"갓 예언자께서는 사무엘의 기름 부음을 받았다 하여 다윗을 통일 왕국의 왕으로 세우려 하고 있소. 우리 생각은 다르오. 사울 왕가도 사무엘의 기름 부음 받은 왕가의 후예들이오. 어찌 다윗만이 왕이라 주장할 수 있소?"

이스라엘 초기에는 왕권의 계승에 대해 명확히 정해진 규정이 없었다. 누가 왕이 될 것인가 하는 결정은 예언자의 선택에 의존했다. 그러나 예언자들 간에 헤브론 왕조와 마하나임 왕조 간의 일치를 보고 있지 못했다. 그들 또한 그 왕들의 세력 밑에 녹을 받는 공무원으로 존재했기 때문이다.

그날 갓은 목숨을 걸고 마하나임 땅을 밟았으나 사제들과 격론만 벌이다가 돌아온다. 그 역시 마하나임 성직자들처럼 주군의 왕위를 지지할 수밖에 없는 왕정정치 아래 궁중예언자였기 때문이다.

이새가 며느리 에글라의 부축을 받으며 아브넬군과 전투를 준비하고 있는 헤브론 군영 다윗을 찾아와 말한다.
"아들아, 고향 베들레헴으로 돌아가겠다. 외손자 아사헬이 비참하게 죽는 등 네 곁에는 피 흘림이 너무 많구나. 나는 이미 땅속으로 들어갈 날을 받은 늙은이다. 고향 땅에서 고향 바람 마시며 숨 쉬다가 죽겠다."
"베들레헴은 언제 적들이 나타나 침공할 줄 모르는 고을입니다."
"지금 살해당한다고 할지라도 내 수명을 이미 넘어섰다. 이제 죽음과도 친해졌다. 여기서 가까운 사람들이 죽는 모습을 더 볼 수는 없다."
아내 에글라도 말한다.
"저도 아버님을 모시고 베들레헴에서 살겠어요. 그곳에서 양젖을 짜고 소똥을 지펴 빵을 만들고 살겠어요."
이새가 죽을 때가 되어 고향이 그리웠다면, 에글라 역시 헤브론 궁중 생활보다 들녘이 그리웠다. 에글라는 그동안 다윗의 첩들로부터 보이지 않는 견제와 핍박을 받고 있었다. 그녀 곁에는 베들레헴에서 낳은 딸과 헤브론에서 낳은 아들 이드르암이 어미의 손을 잡고 서 있다.

며칠 후 다윗은 아비와 에글라와 소생들을 나귀에 태우고 재물을 갖

---

220 히브리전승은 에글라에게만 다윗의 아내라는 호칭을 붙여주고 있다. 아마도 이 암시는 그가 본처인 것을 말해주고 있는지도 모른다(사무엘하 3장 5절 참조).

추어 고향 땅으로 돌려보낸다.
"때가 되면 부르겠소!"
다윗은 한마디 헛 약속만을 에글라에게 남겼다.[220]

아브넬의 반역

헤브론 왕국은 기브온 전투 이후에도 수시로 마하나임 왕국을 공격했다. 국경을 마주했기에 자연스러운 충돌이기도 했다. 국지전이었으나 전투는 다윗 편에서 이길 때가 많았다. 팽팽했던 세력은 점점 다윗 쪽으로 기울어진다.

마하나임 궁에서는 여전히 아브넬이 모든 권세를 잡고 있었다. 선왕이며 사촌 형이었던 사울의 첩 리스바와 통간(通姦)까지 한다. 선왕 때부터 궁을 드나들며 눈여겨 보아둔 여인이다. 리스바는 아브넬의 권세에 눌려 그가 찾아올 때마다 몸을 내주고 있었다.

아브넬은 이 사실을 숨기려 하지도 않았다. 오히려 알려지도록 대낮에도 시종을 밖에 세우고 근친상간을 일삼는다. 근동 왕들이 죽었을 때 그 후계자가 선왕의 첩을 소유하는 관례를 따른 것이다. 자신이 사울의 후계자라는 것을 만인이 인정해 주기를 바라고 한 계획된 짓이다. 또 다윗군과 전투에서 여러 번 지고 국방장관인 자신의 자리가 위태로워지자, 신경질적으로 폭정을 부린 것이기도 했다.

"아브넬은 권세를 이용하여 천인공노할 죄를 저질렀습니다. '궁

형'(성기를 잘라 죽이는 형)에 처해야 합니다."

수석시종이 아브넬의 악행을 이스보셋에게 전한다.

"이번 소행을 묵인하면 아브넬은 내일이면 왕관을 달라고 윽박지를 것입니다. 인두겁은 하루가 다르게 두꺼워져 가고 있습니다."

이스보셋이 이를 악문다. 왕좌 아래 족대에 놓인 발이 부르르 떨린다.

"어찌 내 아버지의 첩과 통간하느냐?"

이스보셋이 아브넬을 보좌 아래 세우고 소리친다. 아브넬은 군복과 칼을 차고 왕을 알현할 수 있는 특권을 가진 자다. 그는 똬리 튼 뱀의 형상이 새겨진 칼집을 차고 있었다. 눈꼬리가 뱀꼬리처럼 올라간다.

"나는 이 나라를 건국한 일등 공신이오. 선왕의 첩 하나를 건드린 것이 무슨 죄가 된다고 부르셨소?"

이스보셋이 몸을 움츠리자 더 큰 소리를 지른다.

"내가 '유다의 개 대가리'[221]인 줄 아시오? 내가 당신 아버지 사울의 집과 그 형제와 그 친구에게 은혜를 베풀어서 이 나라를 다윗의 손에 내어주지 아니하였거늘 허물 아닌 허물을 돌리는 것이오?"

아브넬은 군홧발까지 굴러대며 고함을 쳐댄다.

"만일 야훼께서 다윗에게 맹세하신 대로 이 나라를 옮겨 그에게 주지 않는다면, 신이 이 아브넬에게 벌 위에 벌을 내림이 마땅하오."

아브넬이 말한 야훼의 '다윗에 대한 맹세'는 전날 야훼의 이름으로 아말렉족속을 다 주살하라고 했는데 일부를 살려주었을 때 사무엘이 사울에게 내뱉은 저주이다. 사울 왕이 야훼의 말씀을 버렸으므로 야훼

---

221 사울 왕가를 배반한 유다지파 지도자들 즉, 반역자를 의미한다.

가 왕을 버려 다른 자 즉, 다윗이 왕이 되게 한다는 사무엘이 받은 신탁이다.

"네가 무슨 말을 하는 것이냐?"

이스보셋이 떨며 묻자 아브넬이 사무엘의 신탁을 제 나름대로 해석하여 거침없이 대답한다.

"왕이 오늘 야훼 뜻을 어겼으므로 왕권이 다윗에게 옮겨질 것이라는 말이오."

자신을 질책한 것이 야훼 뜻을 어긴 것과 같으므로 이스보셋의 왕권이 다윗에게 넘어갈 것이라는 겁박이다. 이스보셋은 얼굴색이 죽은 자처럼 검어지며 아무 말도 하지 못한다.

아브넬의 말이 알려지자, 마하나임 궁에서 소란이 일어난다. 힘없는 이스보셋이지만 왕을 추종한 신하들이 나선다.

"그런 불경한 말을 하는 자가 이 나라 국방의 총수란 말입니까. 어서 불러 국문하시고 참수하소서."

"자객을 보내서라도 못된 입에 칼을 박겠습니다. 그자는 선왕과 왕을 모독했습니다."

예상 밖으로 궁 반발이 심해지자, 아브넬은 멀쑥해진다. 그렇지만 가만히 있지 않았다. 그는 밀서를 헤브론에 있는 다윗에게 보낸다.

이 이스라엘 땅이 누구의 것입니까? 이 아브넬이 지배하고 있는 땅입니다. 이 땅을 당신에게 바치고자 합니다. 내가 당신의 신하가 되도록 도와주시옵소서.

서신을 받아 들자, 다윗의 입이 찢어진다. 즉각 밀사에게 답신을 보내면서도 속마음은 감추고 오히려 조건을 제시한다.

먼저 나를 방문하라. 올 때 미갈 공주를 데리고 와라. 그렇지 않으면 투항은 거짓이 되고, 그대는 나를 보지 못할 것이다.

다윗은 아브넬의 투항 결심이 진심인가 시험해 볼 겸 미갈을 요구한다. 그녀를 요구한 것은 전날 사울의 손에서 탈출시켜 줬던 고마움을 잊지 못했다. 또 사울이 미갈을 자기의 아내로 주었다가 다른 사람에게 시집보낸 모욕을 씻으려 했기 때문이다. 그리고 선왕의 딸을 다시 아내로 맞음으로 사울의 뒤를 이어 왕위를 계승한다는 정당성과 사울 가문과 화해하는 분위기도 만들고 싶었다. 또 미갈 사이에서 아들을 얻어 사울과 다윗 왕조를 통합시킨 완전한 왕조를 이루고 싶은 꿈도 있었다.

아브넬은 이스보셋을 회유한다.
"다윗이 밀사를 보내 전처 미갈 공주를 요구하고 있습니다. 헤브론으로 보내야 할 것 같습니다."
"그놈이 밀사를 보내왔다고? 미갈 누이는 재혼해서 잘살고 있지 않느냐? 왜 유부녀를 요구한단 말이냐?"
"다윗은 블레셋인 표피 이백을 빙물로 주고 미갈 공주를 아내로 맞지 않았습니까? 그것을 다시 요구하는 것입니다. 다윗은 우리를 침략하려 어떤 명분을 찾고 있습니다. 지금은 그들이 우리보다 강합니다. 침략의 빌미를 줘서는 안 됩니다."
"안 된다. 다윗이 원망하고 내 누이를 죽일 수도 있지 않느냐? 또 미갈 공주는 한 남자의 아내인데… 그 남편이 보내겠느냐?"
"그러면 우리가 내일이라도 다윗 군대의 침략을 받아야 하겠습니까? 왕명으로 남편에게 미갈 공주를 보내게 하옵소서. 그렇지 않으면 내가 그를 죽이고 미갈 공주를 헤브론 쪽으로 쫓아내겠습니다."

아브넬은 칼집까지 휘두르며 소리친다.

아브넬은 제 집에 몇몇 장로들을 모아놓고 일장 연설을 한다. 장로들은 은근히 다윗을 지지하던 자들이다.

"너희가 여러 번 다윗으로 임금 삼기를 구하지 아니하였느냐? 이제 그대로 하라. 야훼께서 이미 사무엘을 통해 신탁을 내려 다윗에 대하여 말씀하시기를, '내가 내 종 다윗의 손으로 내 백성 이스라엘을 구원하여 블레셋 사람의 손과 모든 대적의 손에서 벗어나게 하리라' 하지 않았느냐?"

아브넬은 전날 다윗이 왕이 되어야 옳다고 말했다는 이유로 장로들 몇을 반역죄로 몰아 죽인 적이 있다. 그가 장로들이 옳았다고 말하며 그대로 행하라고 말한다. 그리고 오래전부터 다윗이 적들에게 승리할 때마다 민간에 퍼지던, 다윗이 왕이 되면 블레셋 등 모든 적을 쳐부술 수 있다는 그 말이 야훼의 신탁이라고 말하고 있었다. 반란을 유도하는 연설이다.

아브넬은 부하들을 대동하여 베냐민지파 수장들을 찾아가 헤브론의 다윗을 만나러 가는 일에 명목상 동의를 구한다. 마하나임에서는 이 지파가 가장 큰 세력을 가지고 있었기 때문이다.

"그대들은 사울지파로서 세력을 누려왔소. 지금은 사울이 죽고 다윗의 세상이오. 조만간 나를 따라 다윗의 나라로 오시오. 갈라진 이 나라를 다윗 왕 중심으로 통합시킵시다."

사울 시절에 충성했던 늙은 신하가 반발하고 나선다.

"아직 사울의 아들이 왕좌에 앉았는데 주군을 버리고 다윗에게 왕권을 넘겨준단 말이오? 신하의 도리가 아니오."

아브넬과 사돈 관계인 장로가 그의 목소리를 제압한다.

"사울이 죽었을 때 이미 그의 왕조는 끝났소. 다윗은 오래전부터 사울 왕을 이어 왕위에 오를 자격이 있는 자였소. 다윗은 우리 이스라엘을 더 강하고 흥한 나라로 만들 것이오."

분위기는 다시 다윗을 추대하는 방향으로 바뀐다. 아브넬이 반긴다.

"좋소, 모두 의견을 모았소. 이제 우리는 다윗을 따르는 것이오!"

"아브넬이 장로들을 모아 이 나라를 다윗에게 넘기도록 선동하고 있습니다. 미갈 공주를 데리고 헤브론으로 망명할 것 같습니다. 왕께서 모르는 비밀 협정을 다윗과 맺은 듯합니다."

궁내시종이 다급하게 궁으로 달려와 전하자, 이스보셋이 울분을 삼킨다.

'어서 망명하거라. 네놈이 없다고 우리 마하나임 궁이 없어지는 것은 아니다!'

"못난 남편을 용서하오, 흑흑!"

발디엘이 '바후림'²²² 까지 따라와 미갈을 전송한다. 곁에는 아브넬과 심복들이 뒷짐 지고 지켜본다.

"…"

미갈은 고개를 숙이고 말이 없다. 왕이 된 옛 남편을 만나는 기쁨과

---

222 젊은이의 마을. 예루살렘에서 길갈 쪽 근처에 있는 성읍으로 베냐민지파와 유다지파 경계 지점.

새 남편을 떠나는 슬픔이 순간순간 교차한다.

"어서 돌아가라, 공주님은 우리와 함께 곧 국경을 넘을 것이다!"

아브넬이 미갈의 손을 붙잡고 있는 발디엘에게 고함을 지른다.

"미갈….”

손을 놓은 발디엘이 마지막까지 미갈을 보려는 듯 뒷걸음질 치며 걷는다. 곁에는 억새가 바람을 맞으며 몸부림을 친다. 미갈은 아브넬과 수행장군들과 함께 헤브론 광야를 건넌다. 수행장군들은 명목상 그녀를 호송하는 것이지만 아브넬이 신임하는 경호원들이다.

"다윗이 나를 불러놓고 혹시 죽일지 모른다. 너희들은 내 생명을 지켜주어야 한다.”

"신의 사심을 놓고 맹세합니다. 주군의 목숨을 우리 목숨과 바꾸겠습니다. 다윗의 심복들이 어떤 수상한 눈길을 보이면 우리가 먼저 칼을 뽑겠습니다.”

아브넬과 심복들은 불안하고 초조한 마음을 감추지 못한다. 그러나 뒤따라오는 미갈의 관심은 다른 데 있다.

"국방장관, 다윗이 왜 날 찾은 것 같소?"

발디엘의 모습이 시야에서 사라지지도 않았는데, 미갈은 다윗을 만날 꿈에 부푼다.

"제가 알기로는 공주님을 그리워하는 것 같습니다. 가서서 총애를 받으시면 저를 기억해 주소서.”

"사실 부마로 만들고, 아버지에게서 목숨을 건져준 것도 다 내 은혜가 아니오? 그런데 다윗은 나를 잊었는지 헤브론의 왕이 된 후 수많은 첩을 두고 아들들을 낳아 살고 있다고 들었소. 나는 늙고 그의 자식도 낳지 않았는데, 예전처럼 살갑게 대하겠소?"

미갈이 얼굴이 어두워져 헤브론 광야의 흙바람 속을 걷는다. 뒤돌아봤을 때 발디엘은 여전히 그 자리에 서 있었다.

"지금 남쪽 이집트 국경 일대에서 하비루 강도들이 우리 성읍을 유린하고 있다는 보고가 있다."
"그래서 우리도 장군과 병사들을 파송하지 않았습니까? 마병까지 붙여 보냈습니다."
"이번에는 다르다. 강도들의 수가 많고 피해가 극심한 모양이니 네가 출정하여 제압하라!"
헤브론 궁 막사. 다윗이 요압에게 출정을 명한다.

신하들이 출발하는 요압과 군사들을 배웅하고 있을 때, 모사 요나답이 다윗에게 묻는다.
"아브넬이 심복들을 데리고 마하나임을 출발하여 이곳으로 오고 있다는 보고입니다. 모두가 마하나임 최고 무사들입니다. 요압 군대장관이 이곳에 있어야 할 때가 아닙니까?"
다윗은 제 가슴 속으로 답한다.
'모르는 소리 말아라. 요압은 병권을 쥐고 너무 지나치게 강한 세력을 가지고 있다. 이번에 아브넬이 오면 나와 계약할 것인데, 요압이 반대하고 나선다면 나로서도 난처해진다. 아브넬은 요압의 막냇동생 아사헬을 죽인 자가 아니냐? 둘 사이에 불미스러운 일이라도 생긴다면 어찌하랴?'

"미갈은 언제 오느냐, 남편이 순순히 보내주었다고 하더냐?"
"바후림까지 따라온 남편을 아브넬이 되돌려 보내는데 무척이나 힘들었다고 합니다."

"어서 아브넬과 미갈을 맞을 잔치 준비를 해라. 그 자리에는 절대로 후궁들을 앉히지 마라. 질투심이 불같으니 무슨 짓을 할지 모른다. 더군다나 미갈은 내가 섬기던 사울 왕의 딸이요, 공주가 아니더냐? 자존심을 상하지 않게 하라."

궁 뜰 앞에까지 나온 다윗은 시종과 얘기를 나누며 발을 동동댄다.

'아브넬 때문에 피 한 방울 안 흘리고 북쪽지파를 통합하여 이스라엘 왕이 될 수 있다니… 더군다나 미갈까지 내 곁으로 오니 다시 사울 왕의 부마가 된다. 북쪽지파도 부마가 된 내가 통일 왕국의 왕이 되는 것을 막진 못하리라. 그나저나 아브넬이 마음이 변하지 않고 궁에 도착해야 하는데….'

아브넬이 망명할 것이고, 다윗이 요구한 대로 미갈을 데리고 헤브론으로 오고 있다는 소식이 은밀히 궁에 퍼진다. 쉬쉬했지만, 대제사장 아비아달이 찾아와 반발한다.

"아브넬은 사울의 사촌이며 최측근입니다. 망명을 받아들여선 안 됩니다. 제 아비 아히멜렉을 죽였을 뿐더러 놉 땅의 제사장 팔십오 인과 그 성의 남녀와 젖 먹는 아이들과 소와 나귀와 양들까지 다 몰살시킨 살인마입니다."

"그것은 에돔인 도엑이 한 짓이 아닌가?"

"도엑은 사울의 목자장에 불과한데 어찌 한 성을 전멸시킬 수 있었겠습니까? 그때 도엑과 함께 군사를 몰고 가 그 살인을 앞장서서 저지른 자가 군대장관 아브넬입니다. 그가 오면 주살하시어 머리를 성문 앞에 효시하소서."

아비아달이 다윗의 눈치를 보니 청을 들을 성싶지 않다. 분노를 토한다.

"그리고 사울의 딸 미갈 공주를 다시 데리고 와서는 안 됩니다. 율법에 이르기를 한번 이혼한 아내와 재결합하는 일은 금하고 있습니다. 어찌 율법에 충실한 왕께서 그 죄를 범하려 하십니까?"

다윗도 맞고함을 친다.

"나는 미갈을 버린 것이 아니라 잃은 것이다. 나는 그 여자와 이혼하지 않았다. 사울 왕이 내 의사와는 다르게 내 아내였던 미갈 공주를 다른 남자에게 억지로 시집보낸 것이 아니냐? 그 율법은 나에게 적용되는 말이 아니다."

헤브론 궁에서는 마하나임 군대장관을 맞기 위한 잔치가 벌어진다. 다윗은 오른편 똑같은 위치에 왕좌와 비슷한 의자를 마련하여 아브넬을 앉혔다.

"그대의 총명한 판단을 야훼께서도 기뻐하실 것이오!"

다윗은 벌써 몇 잔의 어주를 권했다. 잔칫상 앞에는 비무장한 헤브론 장군들과 신하들, 장로들이 앉아 있다. 또 아브넬이 데리고 온 칼 찬 장군들도 맞은편에 앉아 있다. 곡물과 사과즙을 섞어 발효시키고 야자열매로도 발효시킨 '셰카르'(독주) 잔이 쌍방 장수들 간에 오고 간다. 미갈은 다윗 왼편에 마련한 자리에 앉아 목소리에 날을 세운다.

"이 헤브론에 첩년들이 많다고 하던데 그 낯짝 좀 보려 했더니 왜 보여주시지 않는 것이오? 나는 그동안 당신이 도피 중 무슨 일이 있을까 봐 가슴 조이며 세월을 보냈는데 꽃밭 속에서 놀고 있었구려."

미갈은 음식은 먹지 않고 소반의 육포만 쭉쭉 찢어댄다. 다윗이 변명하며 달랜다.

"그때 그대가 부마궁에서 구해주지 않았다면 이 영광이 없었을 것이오. 사울 왕에게 애매하게 쫓기다 보니 여러 사람들과 만났고 신세를 지지 않을 수 없었소. 그러는 도중, 하는 수 없이 여러 세력가의 딸을 아내로 맞이했소."

그의 말이 오히려 미갈을 격동시킨다.

"왕께서는 우리 사울 집안을 미워해서는 안 돼요. 내 아버지께서는 왕을 선봉장군으로 삼으셔서 이스라엘군의 전권을 맡기셨고, 내 오라버니 요나단은 왕이 어려울 때 구해주지 않으셨어요?"

사울 왕가의 공주인 미갈도 할 말이 많았다. 늦게 자기를 찾은 다윗에 대한 서운함에 연신 입을 비죽거린다.

"오늘은 마하나임 국방장관께서 참석한 자리이니 좋은 얘기만 합시다."

다윗은 부드러운 말로 미갈의 입을 막고 아브넬을 칭송한다.

"사울 왕과 요나단 왕자님이 서거하시고 그 피폐한 나라를 사나운 블레셋에게 빼앗기지 않고 보존시켜 온 분은 장군이 아니오? 그대는 온 이스라엘의 영웅이오. 그리고 누구도 겨룰 수 없는 창의 명수요!"

다윗이 아브넬을 가리켜 창의 명수라고 했을 때, 거기 모인 헤브론 장군들은 그가 요압의 동생 아사헬을 창으로 찌른 것을 떠올리며 얼굴을 붉혔다. 외교사절 만찬 자리에서의 덕담이었지만 그 사건을 잊지 못하고 불쾌해한다. 아브넬은 얼굴이 환해지며 화답한다.

"전투라면 다윗 왕께서 최고의 영웅이 아닙니까? 저는 태양 밑에 작은 등불이요, 달빛 아래 반딧불이입니다."

잔치가 흥겨울 즈음 아브넬이 말한다.

"이 잔치를 왕께서 마련해 주신 것은 단지 흥을 돋우라고 주신 자리만이 아닌 것으로 알고 있습니다. 나와 내 장수들은 이 자리에서 왕에게 충성을 맹세하겠습니다."

아브넬이 다윗 앞에 엎드려 절을 올린다. 따라온 장수들도 허리춤에 칼집을 풀고 하나하나 앞에 나와 절을 올린다.

"이 장군은 내가 가장 총애하는 무장입니다. 지난번에는 블레셋 병사 수십 명의 목을 치고 돌아왔습니다."

"내 젊은 날이 생각나는구먼. 눈빛을 보니 지금이라도 블레셋에 달려가 수천 명이라도 목을 베어올 것 같소."

아브넬이 측근 장군들을 다윗에게 소개할 때마다 그들은 고개를 꺾으며 외친다.

"천명으로 알고 다윗 왕을 따르겠습니다!"

충성 서약이 끝난 후, 아브넬이 자리에 돌아와 다윗에게 넌지시 속삭인다.

"제가 마하나임으로 되돌아가서 지파장들과 군 수뇌부 등을 데리고 오겠습니다. 오늘처럼 충성 맹세 약속을 지키겠습니다."

다윗이 입이 떡 벌어진다.

"믿고 또 믿겠소. 그대야말로 온 이스라엘의 충신이요. 그대가 내 부마가 된다면 딸을 주겠고, 내게 딸을 준다면 내가 그대의 사위가 되겠소!"

잔치가 끝난 후, 다윗은 미갈에게 작은 궁을 주고 침방을 찾았다. 그녀를 안으며 취기로 속삭인다.

"마하나임 왕궁은 그대의 동생이 왕으로 앉아 있지 않소. 서신을 띄워 투항하라고 전해주시오. 그러면 나와 당신은 통일 왕국의 제후와 왕후가 되는 것이오."

미갈은 품에 안겨서도 대답이 없다. 다윗이 등을 토닥이며 독촉한다.

"만일 처남이 투항하지 않는다면 군대를 이끌고 가 마하나임 왕조를 멸망시켜 버릴 것이오. 내가 아니더라도 내 부하들이 이스보셋을 주살할 것이오."

미갈이 고개를 번쩍 들더니 다윗을 떠밀며 목소리를 높인다.

"당신과 내 오라버니 요나단 사이의 약속은 이스라엘 사람이라면 다 알고 있어요. 서로의 후예들은 지켜주기로 야훼의 이름으로 맹세하지 않았나요? 그리고 나는 내 아버지가 세운 나라를 멸망시킬 수 없어요."

"미갈, 이미 이스라엘은 나 다윗의 나라요. 이 사실 또한 모든 이스라엘 백성이 다 알고 있소. 그대는 사울 왕조의 딸이 아니라 이제 다윗 왕조의 아내요."

다윗과 미갈은 침대와 꽃무늬 이불을 옆에 놓고 밤새 언성을 높였다.

'남의 남자와 여러 해를 산 년과 베개를 나란히 하고 잘 수 없다.'

다윗은 문을 박차고 나가 후궁의 침실로 가버린다. 미갈이 침상에 엎어져 흐느낀다.

"나는 다윗의 아내가 아니다. 인질일 뿐이구나, 흑흑!"

다음 날, 별들이 껌벅이며 졸고 있는 이른 새벽. 다윗은 아브넬의 무리를 일찍 마하나임으로 떠나보낸다. 혹시 반대파에서 무슨 일을 저지를지 걱정되었기 때문이다. 아브넬이 다윗이 준 예물을 가지고 떠나자마자, 아침 일찍 대제사장 아비아달이 내관에게 왕을 만나기를 청한다.

"왕께서 이번 환송 잔치로 취기가 심하시어 접견을 못 하시겠다고 하니 돌아가시지요."

아비아달은 왕궁 침실 밖 궁 뜰에서 엎드려 큰소리를 친다.

"아브넬을 살려 보내시면 안 됩니다. 인질로 잡아 놓든지 주살해야 옳으십니다!"

아비아달이 아무리 소리를 쳐대도 후궁 이불 속 다윗은 다른 생각에 젖어있다.

상권_아브넬의 반역 / 411

'아브넬은 결코 반역자가 아니다. 사울 추종자들을 다 나에게로 투항시킬 것이다. 그러면 피 흘리지 않고 나라를 통일시킬 수 있다. 너는 제사장이면서 모르느냐? 아브넬이 귀순한 것은 신의 섭리다.'

요압 형제, 아브넬 암살

"궁에서 이상한 소식이 들립니다. 마하나임 군대장관 아브넬이 헤브론 궁을 방문했다고 합니다."

"설마… 그놈이, 여기가 어디라고?"

"들리는 얘기로는 융숭한 대접을 받고 돌아갔다고 합니다. 왕과 밀약을 맺은 듯합니다."

전쟁터에서 말머리를 나란히 하고 돌아오는 모사의 말을 듣고 요압의 관자놀이에 핏줄이 솟는다.

"어찌 적의 수장이 우리 궁을 방문하여 살아서 돌아갈 수 있느냐? 무슨 일이 잘못 전해진 것은 아니냐? 어서 가서 왕에게 진위를 물어보자."

요압이 말의 등 갈기를 손바닥으로 세게 치며 재촉한다. 뛰어가는 말의 아가리가 흰 거품으로 부글부글 끓는다.

아브넬이 떠난 그날 늦은 아침, 요압이 병사들을 데리고 헤브론 궁으로 돌아왔다. 왕궁을 찾았을 때는, 다윗은 아직 후궁 침실에 들어있었다.

"왕을 알현하러 왔다!"

"왕께서는 아직 잠자리에 계십니다."

"국방장관이 돌아왔다고 어서 알리라 하지 않았느냐!"

신하가 왕을 깨우는 것은 반역 같은 행위였다. 소란을 듣고 다윗이 후궁 침궁에서 접견실로 나왔다.

"귀환이 몹시 빠르구나!"

"장수와 군졸들이 용감히 싸운 덕분에 일찍 돌아올 수 있었습니다. 야훼의 도우심으로 많은 전리품도 얻었습니다."

요압은 진귀한 물품 목록을 가지고 와 다윗에게 보고한다. 다윗이 전과를 칭찬하자, 고개를 숙이고 듣던 그가 작심했다는 듯 얼굴을 붉히며 묻는다.

"사울의 사촌동생 아브넬이 왕을 뵙고 갔다는 말이 사실입니까?"

"그걸 어떻게 알았느냐?"

"대낮 헤브론 궁에서 아브넬을 위해서 잔치를 베풀었다고 하는데, 모를 자가 누가 있겠습니까? 그에게 이 헤브론 군대장관 자리라도 주려는 의도는 아니셨습니까?"

"내가 어떻게 그런 생각을 할 수가 있겠느냐? 네 어머니 스루야는 내 누이요, 너는 내 조카가 아니냐?"

"그렇다면 어떻게 저에게 아무 상의도 없이 적의 수장을 환대했단 말입니까? 그는 사사로이는 내 동생을 죽인 자요, 죽은 아사헬은 왕에게도 조카가 되지 않습니까. 인척의 살인자를 왜 그리 돌려보내셨습니까?"

다윗은 다시 한번 요압의 힘에 위협을 느낀다. 건국 초기부터 모든 병권을 갖고 있던 그에게서 자주 느끼던 소름 끼침이다. 요압은 쏘아보며 계속 윽박지른다.

"그가 스스로 기어들어 왔거늘 왕께서는 순순히 보내셨나이까? 아브넬은 군영을 염탐하려고 온 것입니다. 어서 추적하시어 주살하소서. 유력한 심복들과 왔다고 하니, 같이 주살하면 마하나임 장성들을 이번 기회에 몰살시킬 수 있을 것입니다."

"아브넬은 적의 총수다. 그자를 해하지 말라. 만일 그러면 마하나임 왕국과 큰 싸움을 치러야 한다. 어서 돌아가라, 너도 싸움터에서 돌아와 피곤할 것이다. 내일 아침 공로를 치하하여 큰 상을 내리겠다."

다윗은 더 이상 대답하지 않고 침궁으로 돌아간다.

'내 충의를 무참하게 짓밟다니… 후궁과 잠자리하러 도로 들어가다니!'

요압이 밖으로 뛰어나가 수하 병사를 부른다.

"너는 어서 날랜 전령 몇 명을 택하여 도망가고 있는 아브넬에게 보내라!"

파발마가 마하나임으로 돌아가고 있는 아브넬을 쫓는다. 전령이 한참 달리다 보니 한 무리가 눈에 들어온다. 아브넬은 말고삐를 풀고 시라 우물가(헤브론에서 북쪽으로 4㎞ 떨어진 곳)에 도착하여 심복들과 우물물을 마시고 있다. 우물가 주변에는 대상들의 숙소가 즐비하게 세워져 있다.

"어제 늦은 밤까지 잔치 술을 마셨더니 갈증이 심하구나."

아브넬은 숙소에서 낮잠을 한잠 잔 후 서늘한 저녁때 출발하고자 했다. 말을 탄 전령이 앞에 와 말고삐를 잡고 안장에서 내린다.

"왕께서 미처 나누지 못한 얘기가 있으니 급히 돌아오라고 하십니다!"

아브넬은 고개를 갸우뚱거리다가 말안장에 오른다. 그도 순간 의심이 들었으나 이미 헤브론에 올 때부터 돌이킬 수 없는 일을 저지르고 있었다. 심복들을 한번 쳐다보더니 전령에게 힘없이 대답한다.

"왕께서 부르신다니… 가… 보자…!"

아브넬이 헤브론 궁에 도착해 말에서 내려 발걸음을 옮길 때다.

"저자는?"

그가 발걸음을 멈춘다. 궁 정문 앞에는 요압이 군복을 입었으나 칼집은 차지 않은 모습으로 서 있다. 어떤 낌새를 느끼고 아브넬이 돌아서려고 할 때, 요압이 다가와 어깨를 잡는다.

"왕께서 다시 한번 보고 싶어 하십니다. 그 전에 조용히 할 얘기가 있습니다."

아브넬의 심복들이 의심의 눈길을 보내며 칼집에 손을 댄다. 요압이 미소를 지으며 양손을 벌린다.

"보다시피 나는 무기가 없소. 그저 아브넬 장군과 잠시 밀담을 나누고 같이 왕을 뵈러 가려 하오. 장군들은 여기서 기다리시오."

"…."

그 말에 아브넬 쪽 장군들이 어찌할 줄 몰라 망설이며 눈치만 본다.

"절대로 우리 주군을 홀로 보낼 수는 없소이다. 다시 보고 싶다면 다윗 왕이 나오라고 하시오."

호위장군이 칼날을 반쯤 빼 들고 나선다. 아브넬이 손을 저어 막으며 조용히 말한다.

"다녀오겠다. 너희들은 이곳에 있어라!"

잠시 소란이 끝나고, 요압이 아브넬을 데리고 성문 안으로 들어갈 때다. 요압의 품에서 숨겨져 있던 칼이 땅에 떨어졌다. 아브넬이 놀라 그 칼을 바라볼 때, 갑자기 아비새가 가쁜 숨을 쉬며 성문 뒤에서 나타났다.

"아브넬아! 네 놈을 기다리다가 숨이 막혀 죽는 줄 알았다. 내 동생의 피 값을 찾으리라!"

아비새가 소리치자, 아브넬이 놀라 뒷걸음칠 때 바로 뒤에 서 있던 요압이 땅바닥의 칼을 주워 들어 그의 배를 찌른다. 아브넬이 칼이 박힌 배를 껴안고 비틀거리다가 쓰러지자 다가온 아비새가 그의 가슴에 장 칼을 박는다. 저쪽에서는 아브넬 심복들이 매복한 요압 병사들에게 포위당한 채 사방에서 찔러대는 창을 맞는다.[223] 요압이 그쪽을 힐끔 쳐다보다가 다시 고개를 돌려 나자빠진 아브넬을 본다. 손가락으로 아브넬의 배에 묻은 피를 찍어 입술에 댄다.

"원수의 피라서 달디달구나!"

"요압 장군이 형 아비새와 아브넬을 유인하여 궁 앞에서 죽였나이다. 심복들도 모조리 살해했나이다."

"무엇이, 기어이 요압이 몹쓸 짓을 저질렀구나! 이놈, 어찌 내 허락도 받지 않고 암살할 수 있단 말이냐? 나에 대한 반역이 아니냐?"

다윗은 온몸을 부르르 떨어댄다.

"아브넬의 피에 대하여 나와 내 나라는 야훼 앞에 무죄하니 그 죄가 요압의 머리와 그 아비의 온 집으로 돌아갈 것이다. 또 요압의 집에서 성병이나, 문둥병자나, 지팡이를 의지하는 자나, 칼에 죽는 자나, 양식이 핍절한 자가 끊어지지 아니할 것이다."

헤브론에서는 밀사로 온 아브넬을 살해했다는 소식이 다윗을 불신하는 풍문으로 번진다.

"왕이 무슨 술수를 부려 아브넬을 끌어들이더니 요압을 시켜 살해했다고 하더구만. 아무리 적이지만 사신을 죽이면 누가 의로운 자라고

---

223 고대 근동 유목민들에게 있어서 복수는 최고의 덕목이었다. 모든 수단이 허용되었으며 간계와 교활함도 허용되었다. 만일 근친이 되어 복수해 주지 않는다면 그것은 큰 죄를 짓는 일이었다.

하겠는가!"

다윗이 아연실색한다.

'이 일을 어쩌나. 우리가 마하나임에 대하여 선전포고를 한 것이 아니냐. 평화롭게 이루어질 통일이었는데, 큰 전쟁이 일어나겠구나!'

마하나임 쪽에서도 가만히 있지 않았다. 군부 쪽에서 크게 반발한다.

"평화 사절로 간 우리 총수가 다윗의 수장 요압 형제들에게 살해당했다. 비열한 선전포고가 아니냐?"

"말할 것도 없소, 어서 군대를 모읍시다! 이제 전면전이오."

북쪽 군벌들은 군사들을 모아 전쟁을 준비한다.

양측은 팽팽한 긴장 속에 화살이 날아갈 시간만을 기다린다. 이 공기를 모를 다윗이 아니다. 사신을 죽임으로 벌어질 명분 없는 싸움을 하고 싶지 않다. 사건을 무마시키려 요압을 공격한다.

"너는 무죄한 자를 죽였다. 더군다나 도피성이 있는 이 헤브론에서 죽였다. 도피성에서는 설령 복수자라고 할지라도 재판 없이는 '로체아흐'('살인자.' 고의성이 아니라 과실로 죽인 자)를 죽일 수 없다는 것을 알고 있지 않느냐?"

다윗이 말하는 것은 율법의 도피성 규례다.[224]

---

[224] 이스라엘에서도 원한 없이 우발적이거나 실수로 살인한 자만 도피성 성소에서 보호받을 수 있었다. 우선 범죄자가 그 지역의 실질적인 지도자인 장로들에게 범죄 내용을 알리면 그들은 심사했다. 만일 그가 고의적인 살인자로 판명되지 않으면, 그 도피성에서 자기에게 특사를 베풀어 준 제사장이 죽을 때까지 안전하게 머무를 수 있었다. 제사장이 죽으면 사죄함을 받고 자기 성읍으로 돌아와 살 수 있었다.

"외삼촌, 그는 내 아우를 우연히 죽인 자가 아니고 고의로 죽인 자입니다. 어찌 도피성에서 보호를 받을 수 있겠습니까?"²²⁵

"시끄럽다. 이스보셋 정권을 나에게 돌리기로 맹약하고 준비하는 애국자를 죽이다니, 너는 방해꾼이 아니냐? 사신으로 온 총수를 죽였으니, 저쪽에서 가만히 있겠느냐? 우리는 그들이 쳐들어와도 명분 없는 싸움을 해야 한다. 그리고 아브넬을 내가 죽였다고 믿는 자들이 많다. 나는 밀사를 암살한 고개를 못들 왕이 되었다. 너는 나와 함께 아브넬의 장사를 주관해야 할 것이다."

다윗은 아브넬의 죽음을 국장(國葬)으로 성대히 치러준다. 마하나임 정부를 달래고 자신이 아브넬을 죽인 범인이 아니라는 것을 알리고 싶었다. 다윗이 옷을 찢으며 상여를 따라가며 운다. 그 뒤를 요압과 백성들도 베옷을 입고 따라온다. 요압은 우는 시늉을 하며 따라가지만, 다윗을 향한 분노가 가슴에 가득 차 있다.

'왕은 나를 견제하기 위해 아브넬을 군대장관으로 세우려 했다. 그러니깐 이렇게 그의 죽음을 슬퍼하는 것이 아닌가!'

다윗이 무덤 앞에서 산발하고 애가를 지어 부르며 애도한다.

"아브넬의 죽음이 어찌하여 미련한 자의 죽음 같은고. 네 손이 결박되지 아니하였고, 네 발이 족쇄에 채이지 아니하였거늘, 불의한 자식 앞에 엎드러짐 같이 네가 엎드러졌도다."

아브넬은 죄를 지어 결박된 바도 없었는데 불의한 자들의 습격을 받

제사장이 죽는다는 것은 대속(代贖)의 의미를 지니고 있었기 때문이다.
225 아무리 도피성이라 할지라도 의도를 가지고 낭떠러지 밑으로 밀쳐 죽였거나 철 연장, 돌, 나무 등으로 계획적인 살인을 했을 경우 보호하지 않았다.

아서 의롭지 못한 자처럼 죽었다는 뜻이다. 이 말대로라면 반역자는 요압이 된다. 시를 들으며 요압은 다윗에 대한 원망으로 가슴이 다 타버린다.

"맹세하노니 해지기 전에 떡이나 다른 것을 맛보면 신이 내게 벌을 내리심이 마땅하니라!"

장례식 날, 다윗은 심복들에게 아브넬 애도를 위한 금식까지 선포하며 속마음을 털어놓는다.

"아브넬은 이스라엘의 군사지도자요, 큰 인물이었다. 그가 요압 형제에게 살해된 것이다. 내가 기름 부음 받은 왕이 되었으나 그들의 세력이 너무 크니 어찌할 수 없구나. 만일 칠 경우 자칫 내부 분열이 일어날까 염려스럽다. 야훼께서는 악행한 그자들에게 그 악한대로 갚으실 것이다."

다윗의 말은 요압에 대해 경고를 넘어선 복수를 다짐한 뜻이기도 했다.

"다윗이 아브넬을 죽이지 않은 모양이야. 국장으로 치러줬고, 제 아비나 형제들이 죽은 것처럼 울더라는 거야."

"아브넬을 죽인 자는 요압과 아비새라는 거야. 그 형제가 우리 총수를 살해한 거야. 다윗 왕은 오히려 그들을 심하게 꾸짖었다고 하더군."

헤브론 백성들뿐만 아니라 마하나임 왕국의 요인들과 북쪽 백성들도 다윗을 칭송한다. 궁지에 처하게도 할 수 있었던 이 사건은 다윗에게 오히려 계기를 마련해 준다. 마하나임 군부는 치켜들었던 칼을 내려놓았고, 북쪽지파 백성들의 민심이 그에게로 돌아오고 있다.

아비새와 요압은 다윗에 대하여 다른 생각을 한다.

"동생, 외삼촌이 적장을 국장으로 치렀다. 그를 위해 금식하고 조시까지 지어 바쳤다. 아브넬이 누구이냐? 그자 때문에 오 년 동안 수많은 피를 흘렸고 통일 왕국을 이루지 못했다. 그런 자를 대우하다니, 다 우리를 견제하려는 처사가 아니냐?"

"왕이 나 때문에 통일이 늦어지게 됐다고 소문까지 퍼뜨리고 있습니다. 나를 살인자요, 반역자로 몰고 있습니다. 그런데 어찌하겠습니까? 칼은 내가 들었다고 하나 온 민심이 그에게 가 있으니… 이제 나와 왕에게 화해할 기회는 없어졌습니다. 후대에 가서 새로운 왕이 세워지면 그와는 화해할 수 있을까?"

통일왕국 왕이 되다

 국방장관 아브넬과 유력한 장군들까지 요압 형제에게 암살당한 마하나임 정부는 무정부 상태가 된다. 신하와 백성 모두가 언제라도 있을 블레셋 침공을 두려워한다. 그리고 남쪽 헤브론 정부와 합쳐야 한다는 당위성을 마음속에 품는다.
 군부에는 '림몬'(석류)의 아들들인 바아나와 '레갑'(전차를 모는 자)이 야전군 백부장으로 있었다. 베냐민지파로 '브에롯'(예루살렘 북방 15㎞ 지점에 있는 성읍) 출신이다. 전날 사울이 놉 땅에서 아히멜렉 등 제사장들과 성읍 사람들을 다 주살할 때, 그 곁에 있던 브에롯 성읍 기브온 사람들도 살해했다. 원래 가나안 토민들이었던 브에롯 사람들은 그 후 블레셋 가드로 도피하여 이 성읍은 텅 비어졌다. 그때 이 성읍으로 베냐민지파가 몰려왔는데, 그 촌장 림몬의 아들이 바아나와 레갑이었다. 아비가 뇌물을 바쳐 군 장성에 오른 자들로 나약해진 마하나임 군부를 휘어잡고 있었다. 아브넬 급사 이후 군부의 혼란 중에 생겨난 권력 이동이다.
 바아나와 레갑 형제는 그들 외에 아무도 모르는 비밀이 있다. 아비 림몬은 이스라엘인으로 사울 정권의 수혜자지만, 어미는 브에롯 출신 기브온 족속으로 사울이 놉 사람들을 살해할 때 도망 온 여자였다. 림몬의 후첩으로 들어와 바아나와 레갑을 낳았지만 외가는 그때 사울의 군대에 잔혹하게 살해되었다.

마하나임 궁. 매일 누군가에게 살해되는 상상을 하며 밤새 불안에 떨던 이스보셋이 늦잠에 빠져 있다.
"형, 저쪽이 왕의 침궁이오. 왕은 아직도 자고 있을까?"
"한번 자면 쥐가 똥구멍을 갉아 먹어도 모른다는 자가 아니냐."
"침궁 앞을 지키는 내관이 한 명도 없소."
"이 나라는 이미 허물어진 나라다. 어디서 노름하든지, 낮술에 취해 있겠지. 신이 우리에게 준 기회가 아니냐!"
바아나와 레갑이 궁 침실로 소마소마 다가간다. 침궁 베란다 초롱 속 새도 횃대에 앉아 꾸벅꾸벅 존다. 바아나가 침대 위에 잠들어있는 이스보셋의 입을 틀어막는다. 동시에 레갑이 칼집의 칼을 빼 심장을 찌른다. 이스보셋은 눈을 부릅뜬 채 숨을 거둔다. 바아나와 레갑은 목을 베어 머리를 보자기에 둘둘 싸들고 궁 담을 넘는다.

"어서 가자. 이 머리를 바치면 이보다 더 무거운 황금을 다윗에게 받게 될 것이다. 어차피 이 나라는 망한 나라이니 그의 밑에서 부귀공명을 누려보자."
바아나와 레갑은 밤이 새도록 아라바 길을 달려 헤브론 궁으로 향한다. 손에 든 보자기에서는 피가 뚝뚝 떨어진다.
"이제야 외할아버지와 외삼촌들의 원한을 갚았다!"
"그렇고 말고요. 어머님의 유언이 사울의 만행을 갚아달라는 것이었잖아요."

레갑과 바아나가 주군 이스보셋의 머리를 가지고 온다는 소식이 도착하기도 전에 헤브론 궁에 먼저 퍼진다. 그들이 오는 도중 다윗 군사가 주둔하는 초소를 들렀는데, 그곳 마병이 먼저 궁에 달려와 소식을 전한 것이다.

그런데 금세 다윗이 하극상 반란을 뒤에서 조종했다는 풍문도 섞여 궁에 퍼진다. 내관들이 먼저 수군거린다.

"다윗 왕은 역시 영민한 사람이다. 벌써 군부 수장들을 매수하여 마하나임 궁 적 수장을 암살했다!"

"왕의 생명을 노렸던 원수 사울의 아들 이스보셋의 머리가 여기 있나이다. 야훼께서 오늘 왕의 원수 사울 자손을 치셨습니다."

헤브론 궁. 레갑과 바아나가 보자기를 펼쳐 보일 때, 미갈이 뛰어 들어오며 삿대질한다.

"내 동생을 살해한 저 원수들을 처형하소서. 그렇지 않으면 왕은 주군을 살해한 개같은 자들을 살려준 악한이라고 만인들에게 비웃음을 받을 것입니다."

난장을 벌이던 미갈이 병사들에게 양팔이 잡혀 끌려 나간다.

"…!"

보자기에 놓인 머리를 한참 쳐다보며, 또 시종들에게 머리의 주인을 확인시키던 다윗이 크게 소리친다.

"전에 아말렉인이 사울이 죽었다 하며 좋은 소식을 전하는 줄로 생각했어도, 내가 그를 잡아 처형했다. 하물며 악인이 의인을 그 집 침상 위에서 죽인 것이겠느냐? 여봐라, 저놈들의 손과 발을 베어 헤브론 못가에 매달거라. 저놈들의 손은 살인죄를 범했고, 그 발은 죄를 꾸민 머리를 달고 여기까지 온 죄니라."

바아나와 레갑이 궁 뒤뜰 형장에 끌려 나와 무릎이 꿇려진다. 형을 집행하는 시종이 꾸짖는다.

"너희들은 주군이 역적이라서 살해했다고 하나, 그 정권 아래에서 아비 때부터 녹을 먹은 자들이 주인을 배반한 것 또한 죄가 없다고 아니하리라!"

형제가 형틀을 목에 얹고 손에 수갑을 찬 채 목 놓아 운다.

"아, 밤새도록 달려와 죽음을 재촉했구나."

"우리는 새들의 먹이가 되었구려, 흑흑!"

처형이 끝난 후, 다윗이 명령한다.

"이스보셋 왕의 머리를 그의 삼촌인 아브넬의 묘지에 같이 장사 지내 주거라!"

다윗은 정말 이스보셋을 의인이라고 생각했을지도 모른다. 이스보셋은 직접 그에게 해를 입힌 일이 없기 때문이다. 또 다윗이 바아나와 레갑을 죽인 이유는 그들의 반란에 자신은 관련이 없다는 증거를 보이기 위해서다. 또 마하나임 정부에서 군부 실세였던 그들을 제거하기 위한 것이며, 베냐민지파와 사울 왕가를 따르던 자들을 포섭하기 위한 정략이었다.

이스보셋의 머리가 헤브론 연못가에 있는 아브넬의 무덤에 합장되었다. 연못가 나뭇가지 위에는 바아나와 레갑의 사지가 잘린 시신이 달렸다. 사람들이 지나갈 때마다 혀끝을 찬다.

"쯧쯧, 생전에 아브넬과 이스보셋 두 사람 사이가 원수지간이었는데 합장시켰단 말인가. 무덤 속에서도 싸우겠다."

"어서 마하나임으로 출병하시옵소서. 왕이 죽어 무정부상태일 것입니다. 주모가 차려 준 술 한 잔처럼 그 왕궁을 들어 마실 수 있습니다."

"그렇지만은 않을 것입니다. 지금까지 북쪽은 이스보셋이 지배한 나라가 아닙니다. 군부가 지배하고 있습니다. 그가 죽었지만, 북쪽지파 군부 세력이 아직 남아 있습니다."

헤브론 왕국은 지금이 마하나임 왕국을 쳐야 할 시기인가 고심하며 모사들 간에 쟁론을 벌인다. 한참을 생각하던 다윗은 심복들에게 명령한다.

"마하나임 측에 서신을 보내 휴전을 선포하라. 우리도 군사를 움직이지 마라. 상을 당한 형제를 치는 것은 마땅치 않다."

다윗의 속 깊은 결정이다. 마하나임 왕조가 자신에게로 넘어올 것을 확신하고 있었다. 굳이 피를 뿌려 왕권을 찬탈한 자라고 지탄을 받을까 염려했다. 다윗은 기다림에 능숙한 자였다.

아브넬이 죽고, 이스보셋마저 죽자, 마하나임 왕궁은 모든 질서가 깨져버렸다. 도성은 근처 산적들로부터 유린당했고, 백성들 간에도 악하고 강한 자들이 약한 자들을 갈취하며 성안을 어지럽혔다.

"사울 왕조는 망했소. 이 나라를 다윗에게 바칩시다. 그 외에는 다른 대안이 없소."

마하나임 왕궁 빈 왕좌 아래에서 수석장로의 말에 어떤 장로도 다른 소리를 내는 자가 없다. 한동안 침묵이 흐른 뒤, 버금장로가 힘없는 목소리로 말한다.

"어찌 유다지파 목동 출신에게 이스라엘 왕좌를 넘겨준단 말이오?"

그러나 다른 장로들의 반론에 묻혀버린다.

"한심한 소리 마시오. 벌써 요단 서쪽은 블레셋 침공을 받고 있소.

곧 이 궁으로 쳐들어올 기세요. 헤브론 쪽에서도 우리를 선대하겠다 했소. 투항합시다. 다윗도 사울 왕과 아브넬의 죽음을 애통해하지 않았소? 이스보셋 왕의 장례까지 예를 갖추어 치러줬다고 하지 않소."

지도자들이 다윗에게 항복하러 간다는 소식이 온 마하나임에 퍼졌다. 백성들이 왕궁 앞에 모여 땅을 치며 운다.
"아, 기어이 유다지파 다윗의 무리에게 나라를 넘겨주는구나. 이 왕조가 이렇게 망하는구나, 흑흑흑!"
"사울과 요나단이여, 용서하시오. 우리가 왕조를 잘못 섬겨 반역자 다윗 무리에게 고스란히 넘겨주게 됐소, 흑흑흑!"
요나단의 절름발이 아들 므립바알이 몸종 등에 업혀 마하나임 궁에서 도망친다. 곁에는 아내로 얻은 시종이 따라온다. 그녀의 품 안에는 얼마 전에 얻은 아들 미가가 안겨져 있다. 므립바알이 몸종의 등이 젖도록 운다.
"이 나라가 다윗에게 넘어가면 나를 가장 먼저 죽이리라. 이제 모든 이스라엘이 다 다윗의 땅이 된 것이 아닌가. 아, 내가 갈 곳은 어디인가."

므립바알은 '로드발'('목장이 없다.' 요단강 동쪽 갈릴리 호수 남쪽에 있는 성읍) 마길을 찾아간다. 아비 때부터 사울 왕조와 궁궐에 필수품을 조달하는 장사치였다. 마길은 기브아 궁을 들락날락할 때 왕자궁에 들려 므립바알에게도 외국 인형을 선물하는 등 친근하게 대해주었다. 이 순간 므립바알은 그 외에는 다른 이름이 생각나지 않았다. 그가 흐느끼며 따라오는 아내를 위로한다.
"내가 듣기로는 마길은 큰 부자고 의리도 있는 자라고 들었소. 그 집안은 사울 할아버지 때부터 우리에게 신세도 졌으니 박대하지는 않을 것이오."

북쪽지파 수장들과 마하나임 장로들이 헤브론으로 다윗을 찾아왔다. 옥쇄를 들고 투항하러 온 것이다. 같이 온 사람들은 이스보셋의 근친인 왕족들, 이스보셋의 처첩들이다. 또 사울의 늙은 첩들까지도 있었다. 왕이 바뀌면 처첩도 새 왕에게 양도되는 것이 근동의 관례였다.
"우리는 피와 살을 나눈 혈육입니다…."
이들은 다윗에게 같은 아브라함의 후예라는 것을 먼저 말한다. 혈육의 인정에 호소하는 말이다. 그렇게 말하는 자들은 다윗이 사울의 막료로 있을 때 안면이 있는 자들이다. 다윗은 자기 앞에 엎드린 사람들을 하나하나 일으켜 세운다.
"그대들의 생각이 오직 선하다고 믿고 있소. 나와 함께 야훼의 나라를 세울 것을 신 앞에 약속합시다."
다윗과 신하 된 북쪽지파 실세들은 야훼 앞에 짐승을 잡아 제사를 올리며 '라바트'('언약.' '쪼개다'란 말에서 파생)의식을 거행한다.[226] 궁중제사장 아비아달과 궁중예언자 갓이 주관한다. 큰 돌로 된 번제단 위에는 수소가 반이 갈라져 펼쳐졌다. 한쪽 편에 다윗이 서고 또 다른 편에 마하나임 대표 신하가 섰다.
"우리 중에 누군가가 한쪽에서 이 언약을 파기하는 자는 야훼께서 이렇게 소처럼 몸이 쪼갤 것이오."

---

[226] 기원전 2000년경 히타이트 문헌이나 더 오래된 수메르 마리와 알랄라크 문헌에도 쪼갠 희생 제물로 언약을 삼는 기록이 있다. 아람어로 된 '세피레 조약' 같은 고대 근동 자료에도 동물을 둘로 잘라 계약 위반 당사자에게 어떠한 일이 발생하게 될 것인가 생생하게 보여주고 있다.

아비아달이 말할 때, 모두가 아멘으로 화답한다. 다윗 왕과 북쪽 신하 대표가 그 뒤를 이어 책임과 의무를 다할 것을 선언한다.

"나 다윗은 이스라엘 왕으로서 야훼의 명령을 따라 율법대로 백성들을 통치할 것이오."

신정정치 아래 이스라엘 제왕들의 권력은 무소불위가 아니었다. 권력은 율법이 제한하고 있었다. 그것을 지키겠다는 서약이다.

"우리 백성들은 다윗을 왕으로 모시고 충성을 다할 것을 신 앞에 맹세합니다."

신하들 또한 그 왕에게 충성할 의무를 지게 된 것을 서약한다.

막 비상하려는 듯 날개 달린 사자의 조각이 새겨진 왕좌에 다윗이 왕관을 쓰고 앉았다. 왕좌는 근동 제왕들의 것을 본뜬 것이다. 사자는 최고의 사나운 맹수로 인식되었지만, 악령을 쫓는 데는 불충분하다고 여겼기에 날개를 달아준 것이다.

"왕은 신 중의 신, 야훼의 뜻을 받으시오!"

다윗이 보좌에서 내려와 무릎을 꿇고 제사장들 앞에서 기름 부음을 받는다. 이미 다윗은 베들레헴에서 사무엘에게 기름 부음 받고, 또 헤브론에서 나라를 세울 때 아비아달에게 기름 부음 받았었다. 오늘 기름을 붓는 제사장들은 북쪽 열 지파에서 파송한 자들이다. 유다지파는 참여하지 않았다. 그들 지파는 헤브론에서 아비아달과 함께 다윗의 머리 위에 기름을 부었기 때문이다.

다윗이 야훼의 이름으로 남쪽 헤브론과 북쪽 이스라엘의 왕이 된다. 온 이스라엘의 왕이 된 것이다.

사울의 본처 아히노암은 남편과 자식들이 죽자 화병으로 죽고, 헤브론을 찾아온 사울의 첩은 리스바였다. 미갈이 그녀를 붙잡고 운다.

"이런 자리에서 뵙는군요! 기브아궁에서 가장 곱던 그 얼굴도 많이 상하셨소."

"공주님은 그동안 어찌 지냈소?"

"독수공방하며 인질과 다름없는 생활을 하고 있어요, 흑흑!"

다윗은 이스보셋과 사울의 첩들 중 마음에 든 여인은 첩으로 삼았다. 아브넬까지도 범한 적이 있던 사울의 첩 리스바는 마하나임으로 되돌려 보냈다.[227]

하권에 계속 이어집니다.

---

[227] 다윗이 사울과 이스보셋의 첩들을 취했다는 증거는 훗날 나단의 책망에서 유추할 수 있다(사무엘하 12장 8절 참조). 나단이 말한 야훼가 다윗에게 주었다는 '네 주인의 집과 처'는 사울의 것을 뜻한다.

후기 - 신정정치와 인본정치의 충돌

이스라엘도 비로소 신화의 시대가 가고 기록을 남기는 역사의 시대로 접어들게 된다. 청동기에 머물던 씨족시대와 혼돈의 영웅 활거 시대인 '부족장 시대'(히브리전승에는 사사시대 때)도 지나갔다.

이스라엘 초대 왕 사울과 다윗 시대의 이야기는 역사적으로 신빙성을 가지고 있다. 기원전 9세기경 다윗 왕조에서도 궁중 서기관들에 의해 역사가 기록되기 시작한다.

이 책은 사울과 다윗 왕조에 대한 이야기다. 히브리전승(구약)에 있어서 사울의 역사는 다윗 역사의 변두리에 있다. 그는 항상 다윗의 그늘에 있었다.

그러나 우리 손에 남아있는 사울의 왕조 기록인 '이스라엘 역사'(히브리 경전인 사무엘서, 열왕기서, 역대기서 등)를 쓴 저자는 그 시대 인물들이 아니다. 그들 역시 사건 후 700년 후의 서기관, 사제들이다. 이들은 조상으로부터 들은 얘기와 전해져오는 소소한 단편을 편집하여 사울과 다윗의 역사를 썼을 것이다. 쓴 동기도 야훼 신을 찬양하기 위해, 또 일방적으로 자신들 지파요, 다윗 왕조의 칭송을 위해 쓴 기록이다. 그러기에 독자인 우리는 그때를 상상하고 추리할 수밖에 없다.[228]

기원전 1050~1040년경, 사울은 열두 지파가 지지하고 또 반대하는 가운데 이스라엘 초대 왕으로 오른다. 왕을 세우게 된 동기가 어떠할지라도 이스라엘이 신정정치(神政政治)를 끝내고 왕정정치(王政政治)로 전환된 것은 역사의 필연이었다. 이미 이스라엘은 유목민족으로서 유랑은 끝나고 반유목민으로 정착했으며, 씨족 및 부족의 권위는 붕괴되었다.

왕권이 요구된 가장 결정적이었던 자극은 절망적인 정치적 상황으로부터 나왔다. 사무엘 시대에 히브리민족은 블레셋족과 대면할 수밖에 없었는데 고도의 전투력을 가졌던 그들에게 순종할 것인가 도망할 것인가 두 가지 길밖에 없었다. 또 암몬족의 공격과 아말렉족속과 같은 호전적인 유목민족과의 대결 속에서 계속 신음하고 있었다. 느슨한 부족 중심의 열두 지파 동맹으로 그 난관을 헤쳐가기가 어려웠을 것이다.

예언자 사무엘은 농사꾼 사울을 왕으로 올려놓고도 결국 그와 결별하여 원수 사이가 되었다. 사울이 사무엘에게 처음 버림을 받은 이유는 전쟁을 앞두고 종군 사제인 그가 늦게 오는 바람에 허락을 받지 않고 제사를 드린 이유 때문이다.[229] 이 사건은 세속권과 사제권의 세력 충돌이었을 것이다.[230] 신만 의지하면 된다고 생각한 사무엘의 신본주의

---

228 현재 상태의 열왕기서는 히브리족속이 바빌론에서 해방되기 전 기원전 550년경 완성된 것으로 추정된다. 반면 역대기는 더 훗날 포로 귀환 이후 기원전 350-300년경 기록된 것으로 추정된다. 역대기는 사무엘서, 열왕기서를 본문으로 삼고 그것을 반복, 가필, 변질하여 만든 히브리전승이다.
229 위급한 상황에서는 제사장이 아니었던 사사 기드온도, 다윗도, 훗날 엘리야도 스스로 제사를 드렸다.

는 이상주의였을 것이다. 당시 왕권주의는 현실론이었고 그런 가운데 사울과의 갈등이었을 것이다.

왕정정치로 통치했던 이스라엘 초대 왕 사울은 누구였을까. 사울의 기록은 히브리전승에만 나와 있다. 그러나 이 기록 또한 기독교 전통 해석대로 사무엘이 썼던 또 훗날 누가 썼던, 사울과는 반대되는 지파 누군가의 기록이다. 어법도 유다지파 다윗의 시각으로 썼다.

사울은 단지 예언자 사무엘의 명령을 어겨 신에게 버림받은 왕으로 묘사된다. 그러나 그의 생애는 감춰진 것도, 왜곡된 것도 많을 것이다. 승자의 기록인 역사는 단순히 기록된 것이 아니라 만들어진다.

역사는 강자에 의해 재구성된다. 역사는 중립적이지 않다. 고대 역사가들은 더욱더 사실 그대로가 아니라 주관적 해석이 강했다. 더군다나 성서는 이스라엘 역사가 아니라 신이 활동한 역사다. 그러기에 주관성이 더 강하다.

역사는 돌이킬 수 없는 지나간 기록이다. 그리하여 만약이라는 것은 없다. 그러나 만약 다윗 측근이 아니라 사울 측근이 사무엘서, 열왕기, 역대기 등 역사를 썼다면 사울과 다윗의 인물 평가는 많이 달라졌을 것이다.

역사 속의 사울은 가혹하게 몰아세울 수 없는 인물이다. 그는 전사

---

230 다윗도 쫓기던 때 제사장만이 먹을 수 있는 성소의 떡을 그 수하 병사들과 함께 먹었다. 율법을 어긴 행위였다. 그러나 이 사건은 신의 벌을 받지 않았고, 오히려 신약시대 예수에게 칭송되는 설화로 남았다(마태복음 12장 3-4절 참조).

할 때까지 전선에서 일생을 보냈다. 사울은 블레셋인들의 이스라엘 침공을 막아내는 데 성공했다. 암몬과 아말렉 등 여러 이민족을 토벌하여 재임 기간 중 이스라엘 백성들은 비교적 안정된 생활을 누렸다.

사사기 때에는 영웅들이 나타나 무력만을 행사하여 이스라엘 백성을 구원했지만, 사울은 정치라는 것을 펼친 왕이다. 그는 사사시대 부족사회에서 왕정시대로 뜻깊은 발걸음을 내디딘 자다.

그러나 신정정치를 펼치려는 사무엘과의 갈등 속에 신앙을 잃고 정신착란을 일으키며 쇠퇴의 길을 걸었다. 만일 사무엘이 대항자로 다윗을 등장시키지 않았다면 사울 왕국은 더 오래 지속되었을 것이다. 결국 사울은 히브리경전 속에서 악인으로 남는다. 고대사에 흔히 있던 종교권력에 패배한 세속자의 말로였는지도 모른다.

사울이 죽었을 때 정적이었던 다윗도 시를 지어 칭송했다.

'이스라엘 딸들아, 사울을 슬퍼하여 울지어다. 저가 너희에게 붉은 옷으로 화려하게 입혔고 금 노리개를 너희 옷에 채웠도다!'

위대한 다윗의 역사도 사울이라는 거인의 어깨 위에 올라서며 시작된 것이리라!